BESTSELLER

BESTSELLER

Стивен Фрей

Инсайдер

Роман

ИЗДАТЕЛЬСТВО
ТРАНЗИТКНИГА
Москва
2005

УДК 821.111(73)
ББК 84 (7Сое)
Ф86

Серия «Bestseller» основана в 1998 году

Stephen Frey
THE INSIDER

Перевод с английского Т.А. Кудрявцевой

Серийное оформление А.А. Кудрявцева

Печатается с разрешения издательства
Ballantine Books, an imprint of Random House Publishing Group,
a division of Random House, Inc.
и литературного агентства Permissions & Rights Ltd.

Подписано в печать 20.10.04. Формат 84×108 ¹/₃₂.
Усл. печ. л. 16,8. Тираж 5 000 экз. Заказ № 2789.

Фрей, С.

Ф86   Инсайдер : роман / Стивен Фрей; пер. с англ. Т.А. Кудрявцевой. — М.: АСТ: Транзиткнига, 2005. — 319, [1] с. — (Bestseller).

ISBN 5-17-025978-6 (ООО «Издательство АСТ»)
ISBN 5-9578-1196-3 (ООО «Транзиткнига»)

Инсайдер.

«Человек изнутри» корпорации или фирмы, «сливающий» ценную информацию на сторону.

Такая информация стоит миллионы. Особенно если касается крупнейшей компании на Уолл-стрит.

Молодой сотрудник Джеймс Уэст слишком много знает о том, что в РЕАЛЬНОСТИ происходит за фасадом этой фирмы.

Он может заговорить.

Значит, должен замолчать навсегда!

И убийцей готов стать ЛЮБОЙ из его «безупречных» коллег...

УДК 821.111(73)
ББК 84 (7Сое)

*Моей жене Лилиан и нашим дочерям Кристине и Эшли,
благодаря которым каждый день моей жизни — особенный*

ПРОЛОГ

Август 1994 года

С ветло-желтые глаза вспыхивали на поверхности воды, словно далекие фары, отражая луч мощного фонаря, прорезавшего луизианскую ночь. Мошки кружились вокруг фонаря, который мужчина держал в руке, а другой управлял катером «Бостонский уэйлер», скользившим над темными глубинами. Мужчина улыбнулся. Он знал, что там, внизу, таятся аллигаторы в четырнадцать футов длиной — самые крупные хищники, способные в мгновение ока разорвать человека на части. Он вытер красным платком капли пота, катившиеся по лбу. Был август, и на Байю-Лафурш даже в два часа ночи стояла удушливая, влажная жара.

Большой мотылек сел на верхнюю губу мужчины. Он схватил его, раздавил и швырнул трепещущее тельце в воду. Из глубин тотчас что-то взмыло и в водовороте черной воды поглотило мотылька. Мужчину это на миг отвлекло, и нос «уэйлера» из пластигласа ударился в толстый пень, почти накрытый приливной волной. От удара, хоть и не сильного, мужчина все же качнулся вперед. Подвесной мотор, который прогнал узкое суденышко через залив — с Пристани Генри в доках крошечного городка Лафитт, промышляющего креветками, до Байю-Лафурш, — заглох. Мужчина ухватился за хромированное рулевое колесо, ругнулся, завел мотор, снова нацелил фонарь на воду впереди и медленно поплыл, огибая пень.

Соленый канал, четверть мили назад сузившийся до двадцати футов, снова расширился, и плыть по нему стало легче. Мужчина провел лучом фонаря по заболоченному берегу, затем по веткам кипарисов, нависавших над ним. Они были покрыты толстым испанским мхом, по которому тянулись шелковистые нити паутины; тут порой можно было увидеть водяного щитомордника, который лежит, дожидаясь возможности ухватить птицу или крысу. За деревьями простирались заболоченные поля и пустынные болота, исчерченные сложным лабиринтом протоков. За исключением немногих энергетиков и рыбаков, люди редко забирались так далеко по Байю-Лафурш. Единственными обитателями здешних мест были аллигаторы и койоты, охотившиеся на белохвостых оленей и нутрий, эту странную оранжевозубую помесь крысы с бобром. Это была самая что ни на есть ничейная земля, и лучше ничего быть не могло.

Мотор снова заглох — на поверхности воды появилось много лилий, и они обвили пропеллер «уэйлера», зажав его, словно удав добычу. Мужчина выключил фонарь и несколько секунд постоял, прислушиваясь, у рулевого управления. Без пульсации мотора на Байю-Лафурш стояла полнейшая тишина, нарушаемая лишь симфонией лягушачьего кваканья да гудения насекомых и тихим плеском воды о гладкий корпус катера. Мужчина поднял взгляд на подернутое туманом безлунное небо, потом обернулся и посмотрел через плечо на Новый Орлеан. Город находился всего в пятидесяти милях отсюда, а мог находиться и в пятистах — до того безлюдно тут было.

— Эй!

Мужчина резко повернул голову вправо и, включив фонарь, направил его луч в ту сторону, откуда послышался голос. К нему подъезжал на побитом металлическом каноэ пожилой худой мужчина; на носу лодки стояла, словно увеличенный орнамент, серая собака. Пес взволнованно махал хвостом и тяжело дышал в удушливой жаре, розовый язык непристойно свисал с блестящих черных губ.

— Я-то думал, что я единственный человек на десять миль в округе, — произнес пожилой мужчина с певучим кейджанским акцентом, забавно растягивая слова. Подъехав к «Бостонскому уэйлеру», он приставил руку к глазам, защищая их от яркого света фонаря. — Зовут Невилл, — объявил он, показав два ряда кривых кофейного цвета зубов, блеснувших под козырьком засаленной шапочки «Мак-Трак». — А это Бэйли. — Невилл указал на пса с печальными глазами, положившего передние лапы на борт лодки. Собака напряженно принюхивалась к большому парусиновому мешку, лежавшему на носу «уэйлера». — Какого черта вы тут делаете в такое время, ночью? — спросил Невилл.

— Я инспектор из «Атлантик энерджи». — Мужчина пристально рассматривал обветренное лицо Невилла, пытаясь выяснить, в самом ли деле это случайная встреча. — Проверяю датчики на родниках.

Невилл стянул свою шапочку и почесал лысину.

— Что-то не помню, чтобы у «Атлантик» были агрегаты в этой части Лафурш. — Он снова накрыл шапочкой свою лысую голову, затем сунул руку в висевший у него на поясе грязный кожаный мешочек, вытащил оттуда щепотку темных листьев жевательного табака и сунул за щеку. — И никогда не встречал тут инспектора-энергетика в такое время ночи. Даже ребята, следящие за рыбой и дичью, теперь спят.

— Всегда кто-то бывает первым, — лаконично сказал мужчина. Он заметил, что Невилл исподтишка разглядывает парусиновый мешок, а также ружье «ремингтон-30-06» и лежавшие рядом с ним блоки шлакобетона.

— М-м-м... — Невилл взглянул на Бэйли. — Тихо, малыш, — мягко произнес он. А пес волновался, подвывал и отчаянно махал хвостом. — Солидное у вас ружье, мистер.

— Я никогда не езжу сюда без огневого подспорья. Не мешает быть поосторожнее, когда далеко уходишь по Лафурш.

— Наверное, так, — согласился с ним Невилл. — Господи, да такой штукой можно одним выстрелом свалить бегущего слона. Остановить аллигатора — без проблемы. Даже крупных наземных хищников.

— Потому я его и держу. — Мужчине не терпелось двинуться дальше, но сначала ему нужно было кое-что узнать. — А вы-то что тут делаете в такую позднюту?

— Проверяю свои капканы на нутрию, — настороженно ответил Невилл.

На большом красном холодильнике, стоявшем между колен Невилла, лежал револьвер — похоже, «рюгер-44 магнум». Вполне возможно, что Невилл в самом деле охотился на аллигаторов, а это запрещалось до сентября, и потому он плыл по Байю-Лафурш глубокой ночью.

— Вы тут живете? — спросил его незнакомец.

— Угу, — не без опаски ответил Невилл, снова взглянув на лежавшее на носу «уэйлера» охотничье ружье. И выплюнул за борт табачную жвачку. Она тотчас расползлась по воде темным пятном. — А что?

— Я полагаю, когда наступит сентябрь, будете охотиться на аллигаторов. — Мужчина знал, что Невилл мог заработать немало денег, продавая ценные шкуры и мясо скупщикам черного рынка в доках Лафитта — покупателям, которые не обращают внимания на то, что на хвостах аллигаторов нет ярлыков, строго контролируемых и нелегко выдаваемых инспекторами, следящими за отловом и отстрелом дичи и диких зверей. — Я здесь регулярно бываю и видел немало гигантов. За таких аллигаторов можно получить хорошую цену в Лафитте. Несколько штук были по двенадцать футов длиной, и я видел их снова и снова в одних и тех же местах.

— Вот как? — Невилл попытался не выдать своей заинтересованности. Но один двенадцатифутовый аллигатор мог принести ему почти триста долларов в городских доках, почти столько, сколько он получал за неделю, работая матросом на судах, занимающихся ловлей креветок. — И где же они были?

Мужчина пожал плечами.

— Придется начертить вам карту. Вы в жизни не найдете без нее те места. — Он поковырял на ногте заусеницу, потом поднял на собеседника глаза. — Я бы мог заехать в ваш лагерь, если вы мне скажете, где это.

Невиллу не хотелось раскрывать местонахождение своего дома, но ему нужны были сведения о крупных аллигаторах.

— Значит, двенадцати футов длиной?

— Угу. И я был бы вам благодарен, если б вы их прикончили. Не нравится мне, когда я проверяю датчики, а вокруг плавают эти великаны.

Помедлив несколько минут, Невилл осторожно кивнул.

— Плывите назад, как плыли сюда, потом сверните в первый канал налево. Там проплывете две мили среди ив. У меня единственная хижина в этой стороне Лафурша. Я подумал, что, наверное, приятно будет время от времени иметь компанию.

Мужчина кивнул. Он получил то, что ему требовалось.

— О'кей.

Он нагнулся и, включив мотор «уэлера», рванул назад, высвобождая пропеллер от водяных лилий. Бэйли быстро перескочил обратно в каноэ.

— Адиос! — рванув вперед, крикнул мужчина, перекрывая рев мотора, и умчался прочь.

Минут через двадцать, когда мужчина уже не сомневался, что оставил Невилла и его излишне любопытного пса далеко позади, он выключил мотор и бросил якорь. Нацелил фонарь на воду, подержал его так несколько минут и насчитал за это время десять пар желтых глаз, отражавших яркий свет. Затем он прошел на нос, вытащил труп из парусинового мешка и с помощью толстых цепей подвесил блоки к шее, запястьям и щиколоткам трупа. Передохнул и поистине геркулесовым усилием перекатил все это за борт. Труп и блоки шлакобетона с громким всплеском погрузились по очереди в воду. К тому времени, когда мужчина, вооружившись фонарем, нацелил его на темную воду, на ней оставалось лишь несколько пузырей. У аллигаторов будет этой ночью пир.

Мужчина повернулся и направился к рулевому колесу. Он воспользуется предложением Невилла заехать, наверное, раньше, чем предполагал обитатель Луизианы. Восхода солнца Невилл уже не увидит.

«Гольфстрим-IV» оторвался в ночи от взлетно-посадочной полосы в Сент-Крое, с грохотом пролетел над залитым огнями большим нефтеперерабатывающим заводом и, удалившись на сто миль над Атлантикой, полетел на север. Затем повернул на запад — к Майами.

Атмосфера в самолете была мрачная. В тот день пятеро ответственных сотрудников, тихо сидевших сейчас в пассажирском отсеке самолета, подробнейшим образом представили свою фирму некоему богатому господину, живущему на острове. Несколько дней назад он заявил, что хотел бы предварительно познакомиться с их компанией. Директорам отчаянно нужны были деньги, и они тотчас вылетели на Сент-Крой, желая убедить его стать их партнером. Их компания фактически была банкротом, хотя лишь немногие вне управленческой команды знали, насколько плохи дела.

По окончании презентации инвестор решил не хвататься за «величайшую в его жизни возможность», как ему это было преподнесено. Он почувствовал отчаяние, пронизывавшее строгие костюмы директоров и их излишне уверенную, излишне любезную манеру поведения. Они отвечали на его вопросы общими фразами и уклончиво, да и слишком уж быстро примчались к нему. Будучи опытным инвестором, он знал, что за чрезмерной услужливостью обычно скрывается настоятельная необходимость, а настоятельная необходимость чаще всего является предвестником финансовой катастрофы, к чему он никак не желал иметь отношение.

Время для директоров истекло. На текущем счете компании не было достаточно денег, чтобы выплатить жалованье сотрудникам в конце недели, банк больше не дал бы им кредита, а поступления от заказчиков текли все убывающим ручейком. На следующий день исполнительному директору придется пригласить в Нью-Йорке адвокатов и попросить их составить документы о банкротстве. Других вариантов не было.

Исполнительный директор смотрел сквозь окно в темноту. Подача документов о банкротстве позволит выиграть время, но и только. Без крупного вливания свежего капитала компания обречена. В конечном счете она будет ликвидирована во имя спасения имущества кредиторами, которым повезет, если они получат по пятьдесят центов за доллар своих вложений, — такой сценарий ничего не принесет первоначальному инвестору. Исполнительный директор крепко зажмурился, стараясь не думать о том, какой ему предстоит тяжелый телефонный разговор с этим человеком.

Через несколько минут после взлета бомба была задействована по проводу, который тянулся из багажного отсека к переключателю носового оборудования. Как только колеса полностью ушли в фюзеляж, автоматически пошел отсчет времени, который должен был окончиться через тридцать две минуты, когда самолет окажется над той частью Атлантики, где большая глубина и сильные течения. Где все остатки самолета и летевших в нем исчезнут навсегда уже через две-три минуты после взрыва. И где аварийный локатор, если его электронный пульс выживет после взрыва, заглохнет через двадцать четыре часа, так и не приведя к месту катастрофы спасателей или расследователей.

Мужчина, стоя на палубе яхты, всматривался в звездное небо, напряженно вслушивался. Он знал, что самолет где-то недалеко, и, по мере того как протекали секунды, все с большим трудом сдерживал нетерпение... и волнение. Наконец он услышал вой моторов, а через несколько секунд заметил крошечную вспышку от взрыва бомбы. Потом он увидел большую вспышку, когда огонь перекинулся на баки с горючим и они взорвались, разбрасывая осколки самолета, ливнем искореженного металла полетевшие к воде.

Мужчина медленно выдохнул. Как быстро — одну за другой — осуществил он две чрезвычайно сложные миссии. Его шефы будут довольны. И дело будет жить.

ГЛАВА 1

Июнь 1999 года

— Сколько вы получаете?

— Вы имеете в виду жалованье или все вместе с компенсацией? — не без задней мысли спросил Джей Уэст. Он только при крайней необходимости раскрывал секретную информацию — даже в такой ситуации, когда от него ждали быстрых и исчерпывающих ответов на все вопросы.

— Какая цифра дохода стояла в прошлом году в вашем «У-2»? «У-2» — это форма, которую ваш наниматель направляет вам в январе, чтобы вы знали, какую сумму должны сообщить в Налоговое управление.

— Я знаю, что такое «У-2», — спокойно произнес Джей, не выказывая раздражения саркастическим тоном интервьюера. Молодой мужчина, сидевший в конференц-зале через стол от него, был, как и Джей, в темном деловом костюме. Вот только костюм у этого человека был сшит на заказ. Он был явно новый, из более добротной материи и идеально облегал его мускулистое тело. А Джей купил свой костюм в магазине, и, несмотря на все старания портного, костюм сидел мешковато. — Коммерческий банк, где я работаю, выдает мне кое-какие премии, которые не фигурируют в «У-2», так что мои доходы на самом деле больше, чем...

— Что за премии? — грубо спросил интервьюер.

Джей с минуту изучал этого мужчину со светлыми, коротко подстриженными волосами и недружелюбным, с квадратной челюстью лицом, пытаясь понять, является ли такое конфронтационное поведение вынужденным или врожденным. Он слышал, что компании на Уолл-стрит часто подвергают тех, кого хотят нанять, по крайней мере одному стрессовому интервью, чтобы посмотреть, как те будут реагировать. Но если этот малый играет, ему можно выдать за такой спектакль премию Академии киноискусства.

— Предоставление залога по ценам ниже рыночных, участие компании в моем плане «401-К» и медицинское страхование по сходной цене.

Мужчина закатил глаза:

— Во сколько же, ради всего святого, все это обходится?

— Сумма получается приличная.

Мужчина нетерпеливо махнул рукой перед лицом:

— О'кей, я проявлю щедрость и к упомянутой вами цифре добавлю двадцать тысяч. А сколько вы получили в прошлом году?

Джей смущенно поерзал на стуле, понимая, что цифра, которую он назовет, не произведет впечатления на банкира, занимающегося инвестициями.

— Здравствуй, Джей. — В дверях конференц-зала стоял Оливер Мэйсон с кожаной папкой под мышкой и приветливо улыбался. — Я рад, что ты сегодня сумел уделить нам время.

Джей взглянул на Мэйсона и, в свою очередь, улыбнулся, радуясь тому, что ему не придется отвечать на вопрос о своих доходах.

— Приветствую вас, Оливер, — произнес он тоном уверенного в себе человека, вставая и обмениваясь с пришедшим рукопожатием. Оливер всегда выглядел ухоженным, как только что выпущенная дорогая спортивная машина. — Спасибо, что вы пригласили меня.

— Не за что. — Оливер сел рядом с Джеем и положил на стол свою папку. И, поведя рукой в сторону Картера Баллока, спросил: — Мой зам поджаривал тебя?

— Ничуть, — ответил Джей, стараясь не выдать того, что перенес поджаривание по третьему разряду. — Мы просто дружески беседовали.

— Ты привираешь. Баллок ни с кем просто не беседует. — Оливер достал из папки два экземпляра резюме Джея. — Баллок так же дружелюбен, как медовый барсук — так, во всяком случае, у нас его по-дружески называют, — пояснил Оливер. — Сокращенно — просто Барсук. — И он двинул по полированному столу Баллоку резюме Джея. — Исходи из этого, Барсук. Извини, что не передал тебе раньше. Но я — капитан, а ты — всего лишь матрос на этом корабле, так что действуй.

— Пошел ты, Оливер. — Баллок толстыми пальцами схватил резюме, быстро проглядел его, что-то буркнул, смял бумагу и швырнул ее в корзину для мусора в дальнем углу конференц-зала.

— Ты знаешь про медовых барсуков, Джей? — спросил Оливер своим от природы холодным гнусавым голосом. И широко улыбнулся, не обращая внимания на то, что Баллок отнюдь не положительно отреагировал на резюме Джея.

Джей отрицательно покачал головой, стараясь забыть то, как его жизнь выбросили сейчас в корзину для бумаг.

— Нет.

— Большинство хищников, нападая на добычу, хватают ее за горло. — Оливер усмехнулся. — А медовые барсуки целятся в пах. Они сжимают челюсти, и жертве, что бы она ни делала, их не разжать. Барсуки не выпускают добычу, пока она не впадает в шок, что, как ты можешь представить себе, наступает довольно скоро, особенно если добыча мужского рода. Затем барсук раздирает ее — еще живую — на куски. — При этих словах Оливер содрогнулся. — Вот ужас!

— Пошел ты вместе со своей мамашей, Оливер. — Однако Баллок впервые осклабился, явно довольный тем, что его так обозвали и что у него репутация человека твердого, как тунгстен.

Оливер закинул обе руки за голову и сцепил на затылке пальцы.

— Не позволяй мне прерывать тебя, Барсук.

Баллок пригнулся к столу — его широкое веснушчатое лицо победоносно сияло.

— Итак, Джей, сколько же вы получили за прошлый год?

Значит, появление Оливера Мэйсона не снимает его с раскаленной плиты.

— Сто тысяч долларов, — не без вызова ответил Джей, глядя на расплющенный нос Баллока. На самом деле это было — жалованье плюс премиальные — ближе к девяноста тысячам.

Услышав цифру, Баллок закатил глаза.

— Вы живете в Манхэттене?

— Да. — Джей приготовился к отрицательной реакции. Он знал, что Оливер Мэйсон и Картер Баллок, будучи исполнительными директорами инвестиционной банкирской компании «Маккарти и Ллойд», зарабатывают во много раз больше его.

— Как же, черт побери, вы выживаете на такие деньги в Манхэттене? — пожелал узнать Баллок.

— Сто тысяч долларов — не такая уж презренная сумма, — возразил Джей. Он гордился тем, насколько далеко продвинулся в жизни.

— Вы женаты? — спросил Баллок.

Джей отрицательно покачал головой.

— А где вы живете?

— В Верхней части Западной стороны.

— Снимаете квартиру или она у вас собственная?

— Снимаю.

— С одной или двумя спальнями?

— С одной.

— У вас есть машина?

Джей кивнул.

— Какая?

— «БМВ», — ответил Джей, понимая, что на Оливера и Баллока произведет плохое впечатление, если они узнают, что на самом деле он ездит на побитом, едва работающем «форде-таурусе». — Триста двадцать восьмая.

— Паркуете ее в городе? — спросил Баллок.

Джей снова кивнул и бросил быстрый взгляд на Оливера, который смотрел в пространство и, по всей вероятности, обдумывал какое-то дельце, способное принести ему миллионы.

А Баллок откинулся в кресле и устремил взгляд в потолок.

— Так, давайте вот о чем подумаем, — сказал он, поглаживая подбородок. — Вы получаете сто тысяч долларов в год без каких-либо вычетов, кроме трат на себя, что составляет после выплаты налогов около семидесяти тысяч. Я проявлю великодушие и буду считать, что вы имеете чистыми шесть тысяч долларов в месяц. — Он постучал по ручке кресла, явно получая удовольствие от своего анализа.

Для Баллока, подумал Джей, жизнь сводится к цифрам и почти ни к чему больше.

— По всей вероятности, вы платите около четырех тысяч в месяц за квартиру, коммунальные услуги, кредит на машину, парковку и страховку. Я уверен, что у вас немалая задолженность и за обучение. — И Баллок посмотрел на Джея, ожидая подтверждения.

Но Джей ничем не показал, что Баллок прав. Ни слова, ни жеста, указывавших на то, что каждый месяц он выписывал чек на солидную сумму в погашение сорока тысяч долларов — плюс проценты, — которые он занял, чтобы оплатить четыре года обучения в колледже.

— Остается две тысячи в месяц на еду, одежду, светскую жизнь, — продолжал Баллок, — и чтобы отложить на домик в пригороде, который придется купить, когда вы встретите свой идеал и девушка захочет иметь свое гнездышко. Проблема в том, что на свои деньги вы сможете купить ей коробку с двумя спальнями в Джерси-Сити, а не просторный особняк в Гринвиче, как должно. — Он хохотнул. — А в коммерческом банке ваш рост ограничен. Следующие сорок лет ваше жалованье будет повышаться по мере роста инфляции, а потом вас отправят в отставку, дав вам золотые часы и медицинскую страховку. Может быть. — Баллок покачал головой. — Бедняк вы, дружище. Вы — хомяк на бегущей дорожке, и сойти с нее вы не можете.

Джей не дрогнул, несмотря на точность произведенных Баллоком расчетов. Сто тысяч долларов в год выглядело кучей денег, но в радиусе пятидесяти миль от Нью-Йорка на них далеко не уедешь. Ему почти нечего предъявить за шесть лет работы в Нэйшнл Сити Бэнк оф Нью-Йорк в качестве сотрудника финансового отдела, дающего займы компаниям средней величины. И хотя в банке возможности для повышения лучше того, что обрисовал Баллок, они все-таки невелики.

— Стойте-ка, — воскликнул Баллок, хлопнув себя по лбу. — Я чуть не забыл про эти замечательные блага, которые вы упомянули. Например, возможность получать деньги под заклад по ставкам ниже рыночных — вы же не сможете этим воспользоваться, так как не в состоянии будете купить недвижимость.

Джей почувствовал, как Оливер ткнул в его голень носом начищенного до блеска черного мокасина с кисточкой.

— Я же говорил тебе. — Оливер снова переключился на интервью. — Мой приятель Баллок на лету ловит мяч, верно? Мы не слишком выпускаем его на публику, но он устраивает ад на торговом поле. — Оливер хмыкнул. — Барсук действует, исходя из золотого правила: золотые правила устанавливает он. Запомни это. Живи каждый день на работе в фирме «Маккарти и Ллойд» согласно такому простому принципу — и ты преуспеешь.

Джей окинул взглядом Оливера. Тридцать восемь лет — на десять лет старше Джея. Красивое, очень загорелое лицо после уик-эндов, проведенных на собственном пятидесяти-футовом шлюпе в заливе Лонг-Айленд. Темно-карие глаза были все время в движении — он подмечал все, что происходит вокруг, тем самым давая мозгу прокрутить как можно больше информации. На тонких губах играла улыбка человека, который «держит мир на коротком поводке», длинные иссиня-черные волосы зачесаны назад и щедро смазаны гелем, чтобы не съезжали на широкий покатый лоб. Темно-синие подтяжки делили его накрахмаленную белую рубашку на три части, и с шеи элегантно свисал гермесовский галстук с идеально нарисованным кусочком дерна посреди узла.

Джей поспешил улыбнуться Оливеру:

— Эта кличка очень подходит.

Баллок скрестил руки на груди, довольный тем, что он так точно вычленил личные доходы Джея Уэста и таким образом установил его ранг.

— Мы все знаем, что коммерческие банки платят много меньше того, что платим мы. Они не могут себе это позволить, потому что по-настоящему не рискуют. — Оливер произнес это голосом, каким вел заседания, еще более гнусавым, чем обычно. — Но мы не это тут обсуждаем. Мы тут для того, чтобы обсудить поступление Джея на работу к «Маккарти и Ллойду» в возглавляемый мною отдел арбитражной оценки активов.

— Но почему именно он? — Баллок ткнул пальцем в Джея, а потом в скомканное резюме, лежавшее возле мусорной корзины. — Не обижайтесь, молодой человек, но резюме у вас в лучшем случае средненькое. — Баллоку было тридцать три года, значит, он был всего на пять лет старше Джея, тем не менее он без стеснения называл его «молодой человек», потому что зарабатывал намного больше. — Вы учились в Лихае. — Баллок откинул голову. — Это хороший университет, но, безусловно, не первоклассный, он не принадлежит к Айви-лиг*. К тому же вы даже еще не окончили Школу бизнеса.

* К Айви-лиг («Лиге плюща») принадлежат восемь старейших университетов США. — *Здесь и далее примеч. пер.*

— Да я же...

Но Баллока было не прервать.

— Там тонна молодых людей с серебряными резюме. — Он махнул в сторону окна. — Людей, окончивших Принстон, Гарвард или Йель. Людей, обладающих опытом и подготовкой, какие нам нужны. Мы можем привлечь самые сливки. Зачем нам мучиться с вами?

— Хватит...

— Почему ты хочешь нанять его, Оливер? — спросил Баллок, не обращая внимания на вторую попытку Джея повернуть течение. — Забудем о том, в какой школе он учился или не учился, — у него же нет никакого опыта работы с арбитражем. Он понятия не имеет, как определить, какие акции будут потенциально перекуплены, или как установить их стоимость. Он — чиновник, дающий займы в среднем коммерческом банке и получающий собачье дерьмо на жизнь.

— Точно! — Джей изо всей силы ударил кулаком по столу.

Оливер и Баллок оба вздрогнули от этого неожиданно громкого звука.

— Я изголодался. — Джей постарался удержаться от улыбки при виде изумленного выражения, появившегося на лице Баллока. — Я буду работать семь дней по двадцать четыре часа. Я отдам всего себя фирме. Я буду делать все, что требуется.

— Да-да, — с усмешкой произнес Баллок. — Все нынче хотят стать инвестиционными банкирами, вот только...

— И я знаю, как найти и оценить акции, которые потенциально могут быть перекуплены. — Теперь настала очередь Джея прерывать Баллока. — Я занимаюсь не только займами. Я выступал в качестве финансового советника по нескольким приобретениям Нэйшнл Сити и был инициатором сделок для наших клиентов. Признаю: это были небольшие, приватные сделки. Не те привлекательные сделки, какие вы, друзья, прокручиваете и каким «Уолл-стрит джорнал» посвящает целые страницы, тем не менее мой банк немало на них заработал. — Джей быстро перевел дух, не давая Баллоку возможности встрять. — Цифры есть цифры. Просто у ваших сделок больше нулей, чем у моих. Но я создал себе хорошую репутацию в Нэйшнл Сити.

— Это правда, — подтвердил Оливер. — Директора в Нэйшнл Сити любят его, Барсук. Я звонил двум-трем из них и проверял. — И Оливер положил руку на плечо Джея. — Он талантливый.

Баллок покачал головой:

— Ты меня не убедил. Давай наймем выпускника Гарвардской школы бизнеса и обезопасим себя. И если выпускник не потянет, нам легче будет давать объяснения. А если этот парень не потянет... — Баллок снова ткнул пальцем в Джея. — ...нас поджарят вместе с ним. И босс захочет узнать, какого черта мы думали. — Баллок помолчал. — А вот та женщина, с которой мы встречались вчера вечером, мне действительно понравилась. Как же ее звали? — И он несколько раз щелкнул пальцами.

— Почему, Барсук, вас так интересует, в каком университете я учился? — прищурясь, спросил Джей.

— А что?

— Ваш шеф, — и Джей жестом указал на Оливера, — учился в городском колледже. А городской колледж так далек от Айви-лиг, что и не измеришь, босс же ваш неплохо преуспел и без занятий в одном из этих заведений для высоколобых.

Оливер прикусил губу, чтобы не улыбнуться. Баллок, возможно, и обладает мертвой хваткой медового барсука, а Джей Уэст в другом плане не менее грозен. У Джея нюх человека с улицы. Он знает, как получить секретную информацию, и готов ею воспользоваться. Этого у него не отнимешь. И он — выходец из низших слоев среднего класса, так что материально заинтересован. Это была идеальная комбинация для того, что требовалось Оливеру.

— Я знаю, что вы учились в Гарварде, Барсук, — продолжал Джей. — Я знаю, что вы его окончили с отличием.

— Да, ну и что? — несколько нерешительно произнес Баллок.

— Но это еще не значит, что вашу семью можно ставить в один ряд с Айви-лиг. В Гарварде, Барсук, нет Баллок-холла. Совсем наоборот. Ваша мать ходила в государственный колледж, а отец не окончил даже средней школы. Он — механик, как и мой отец. Только я уверен, что мой отец лучше. — И Джей подмигнул Оливеру. — И в действительности, Барсук, у нас больше общего, чем вам, наверное, хотелось бы признать. Мы оба из давно отживших свое время сталелитейных городов восточной Пенсильвании.

— Как, черт побери, вы все это раскопали? — вскипел Баллок.

— Я...

— Это не имеет значения, — прервал его Оливер. — Важно, что он это раскопал. Мне ясно, что Джей может, когда требуется, с помощью компьютера добывать информацию, а это главное достоинство для человека, работающего в арбитраже. — Оливер задумался. — И он изголодался. А выпускник Гарвардской школы бизнеса скорее всего имеет средства от опекунского фонда, о чем мы не знаем, Барсук. Когда придется вкалывать и просиживать допоздна, он может плюнуть на нас. А Джей не плюнет. Он все сделает, чтобы добыть деньги для «Маккарти и Ллойда». — Оливер взглянул на Джея: — Верно?

— Да, — убежденно произнес Джей. — Чего бы это ни стоило. — Он чувствовал, что наступил решающий момент. — Чего бы ни стоило, — повторил он.

— Я работал с Джеем на одной сделке, и мне понравилось то, что я видел. Я в течение трех месяцев разговаривал с ним о возможности перейти к нам и одновременно проверял его данные. Я убежден, что он очень хорошо будет работать у «Маккарти и Ллойда».

Баллок пожал плечами — доводы начальства не убедили его.

— Ты просил меня, Оливер, встретиться с этим малым и высказать тебе мое мнение без обиняков. — Баллок окинул Джея скептическим взглядом. — Я не думаю, что тебе следует его нанимать. — Помолчал и добавил: — Но ты главный.

— Хорошо, в таком случае вопрос решен. — Оливер протянул Джею руку: — Ты принят.

Джей сразу расслабился, словно наконец сбросил с плеч огромную тяжесть.

— Правда?

— Угу.

— Так быстро?

— Начальник-то ведь я. — Оливер повел рукой в сторону Баллока. — Мне хотелось дать Барсуку возможность покипеть. Последние несколько дней у нас тут было довольно спокойно, а он не находит себе места, если нет возможности излить свою злость.

— Ну что я могу сказать, кроме «спасибо»? — Джей снова пожал Оливеру руку. — Я согласен. — И как человек, одержавший победу, улыбнулся Баллоку.

Баллок встал, покачал головой, фыркнул и, не попрощавшись, направился к выходу.

— Не слишком дружелюбный малый, — заметил Джей, глядя вслед удалявшейся коротко остриженной блондинистой голове.

— Это тебя тревожит?

Джей испустил тяжелый вздох.

— Нет. Я хочу работать у «Маккарти и Ллойда» и зарабатывать деньги, а не друзей.

Оливер одобрительно кивнул.

— Именно это я и хотел от тебя услышать. — Лицо его приняло серьезное выражение. — Я должен был подвергнуть тебя такому испытанию, так как мне надо было посмотреть, как ты ведешь себя под давлением. Я попросил Барсука до моего прихода обходиться с тобой покруче. Тут у нас начинается сумасшедший дом, когда происходят сделки. Ты отлично себя показал, как я и предполагал. — Оливер потер руки. — А теперь поговорим о компании «Маккарти и Ллойд».

Джей прикрыл глаза и позволил себе насладиться моментом. Он совершил прыжок в главные команды финансового мира.

— О'кей, — спокойно произнес он.

— Из наших разговоров тебе известно, что я возглавляю отдел арбитражной оценки активов. Моя задача проста: делать деньги, спекулируя на публично продаваемых акциях. — Оливер перевернул резюме Джея и что-то написал на обороте. — Иногда мы покупаем акции компаний, которые «в игре», — продолжал он. — Это ситуации, когда компания уже получила предложение о перекупке и мы уверены, что она получит и другое, на более крупную сумму, от второго покупателя или же от первоначального. Возможно, поступит еще несколько предложений от нескольких покупателей. В таких ситуациях я продаю наши акции тому, кто больше предлагает. При этом я рискую обнаружить, что других покупателей не появилось или что руководство не может подтолкнуть первоначального покупателя повысить ставку. Тогда я, по всей вероятности, потеряю пару долларов на акцию, когда цена на них снизится, так как сделку объявляют обычно по цене более высокой, чем первоначально существовавшая.

— Это понятно.

Джей заметил, что Оливер снова что-то записал на листе бумаги. Ведя разговор с Джеем, он все время делал какие-то пометки и, по-видимому, одновременно думал о нескольких вещах.

Кончив писать, Оливер аккуратно вернул свое перо «Мон Блан» в нагрудный кармашек рубашки.

— Мы также покупаем акции компаний, которые, по мнению моих сотрудников и моему, могут стать особенно привлекательными кандидатами для приобретения, — это когда перекупка *еще не* объявлена, но мы считаем, что это произойдет в ближайшем будущем. После того, как появляется объявление о перекупке, мы выигрываем, так как цена на имеющиеся у нас акции данной компании подскакивает до предлагаемого для покупки уровня и она, как ты, наверное, знаешь, всегда выше рыночной цены на данный момент, поскольку покупатели должны заплатить лаж за свое приобретение.

— Конечно.

Оливер улыбнулся с таким видом, словно ему подали вкусный десерт:

— Чудесно купить пакет акций до того, как объявили первое предложение, — вот тогда ты чувствуешь весь смак игры. Именно тогда цена на акции может за сутки удвоиться или утроиться. После первого предложения последующие бывают обычно лишь на два-три доллара выше. — Он рассмеялся. — А мы сидим и наблюдаем, как взлетает цена. В конечном счете мы зарабатываем миллионы, иногда десятки миллионов на таких сделках.

— Трудно, должно быть, заключить много сделок, когда покупаешь акции еще до появления первого предложения, — заметил Джей. — Нужно обладать конфиденциальной информацией, чтобы постоянно этим заниматься.

Оливер слегка прищурился:

— Ты имеешь в виду *инсайдерскую* информацию?

Джей помедлил, поняв, что ступил на ничейную землю.

— Вести дела на основе инсайдерской информации противозаконно, — ровным тоном произнес Оливер после неловкого молчания. — Выслушай меня, и выслушай внимательно. Мы тут люди абсолютно этичные. Если сделка попахивает дурно, мы ею не занимаемся. Это как кусок мяса, пролежавший неделю в холодильнике, — он неважно выглядит или не слишком хорошо пахнет. Есть идиоты, которые готовы отравиться, так как не в силах выбросить кусок мяса. Они едят его, а потом отправляются в больницу. А мы, у «Маккарти и Ллойда», за такими вещами не гоняемся. Мы зарабатываем достаточно денег, и у нас нет необходимости глупо рисковать. Мы выбрасываем гниющее мясо и делаем новый забой. Наш президент не позволит нам действовать иначе. Главное в нашем деле — это репутация, Джей. И мы хотим иметь кристально чистую репутацию.

— Безусловно, — в тон ему произнес Джей. — А много народа работает в группе арбитража? — спросил он, переключая разговор на другую тему.

— На данный момент трое специалистов, секретарша и администратор. Ты будешь четвертым специалистом. — И, помедлив, добавил: — Мы, возможно, наймем еще одного. Ну а я возглавляю отдел в чине исполнительного директора, — продолжал он и повел рукой в сторону двери. — Баллок — директор на ступеньку ниже меня и моя правая рука.

У нас есть также заместитель. Ее зовут Эбигейл Купер. А ты будешь вице-директором — это чин между директором и заместителем, в подчинении у Баллока, как Эбби.

Джей кивнул. Не такая уж великая радость отчитываться перед Баллоком, но жизнь не может быть идеальной. И Джей понимал, что отношение к нему Баллока улучшится, если он станет зарабатывать для фирмы деньги.

— Теперь перейдем к вознаграждению, — сказал Оливер.

Это было главное. Это и было причиной, по которой Джей не желал существовать вне стен «Маккарти и Ллойда».

— Твое годичное жалованье будет составлять пятьдесят тысяч долларов.

— Извините? — Джей сразу сник.

Оливер увидел на лице Джея разочарование.

— Угу, пятьдесят кусков. Столько получают все специалисты твоего уровня у «Маккарти и Ллойда».

— Но я сейчас зарабатываю больше пятидесяти тысяч в год.

— И мы не даем специалистам никаких дополнительных вспомоществований, — продолжал Оливер, не обратив внимания на слова Джея. — Никакой медицинской страховки или страхования жизни, никакого плана «401-К», даже пенсии.

— Вы это серьезно?

— Абсолютно.

Джей опустил глаза.

— Но я кое-что тебе обещаю, Джей Уэст.

— А именно?

— Я гарантирую тебе премию минимум в миллион долларов, и гарантирую ее письменно. Ты являешься на работу в отдел арбитража ежедневно до конца года, и пятнадцатого января «Маккарти и Ллойд» выписывает тебе чек *по крайней мере* на миллион.

Джей сумел не выдать своих чувств, хотя его переполняло счастье.

— В самом деле?

— Безусловно. — Оливер внимательно следил за Джеем и был слегка разочарован тем, что молодой человек ничем не показал, как повлияло на него известие о крупном вознаграждении. — И я хочу, чтобы ты усвоил вот что. Во-первых, сейчас уже середина июня, так что миллион долларов будет вознаграждением всего за полгода работы. Подсчеты сделай сам. — Оливер помолчал, словно хотел дать Джею время удвоить миллион. — Во-вторых, если ты не просто будешь ежедневно приходить на работу, твое вознаграждение в январе намного превысит обещанную сумму. Если ты принесешь пару пакетов акций, которые будут приобретены и фирма в результате твоих стараний выиграет на этом реальные деньги, твое вознаграждение в январе будет многократно превышать то, что я тебе гарантировал.

Джей крепко сжал ручки кресла. Миллион долларов в один прием. Его жизнь решительно изменится. Ведь его жалованье в Нэйшнл Сити Бэнк составляло семьдесят тысяч в год, а последнее вознаграждение — двадцать три тысячи. Он получил самое большое вознаграждение среди равных ему по положению коллег и считал, что преуспел. Теперь он понял, насколько был не прав.

— Тебе повезло, — заметил Оливер. — Мы тут любим говорить, что питаемся лишь тем, что убили. А ты получаешь гарантию. Во всяком случае, на первый год. Конечно, если ты ничего не будешь нам приносить, тебя вышвырнут.

— Я понимаю, — сказал Джей. — Но я отработаю миллион.

Оливер откинулся на спинку кресла и зевнул, словно миллион долларов — это не впечатляет.

— Баллок в январе получил три миллиона, — как бы между прочим произнес он.

Сердце Джея подпрыгнуло, но он постарался, чтобы Оливер не заметил его радости. Слишком большая радость по поводу чего угодно, даже возможности получить крупное вознаграждение, может быть воспринята как признак слабости.

— Он прекрасно работает, и я это признаю, так как не хочу, чтобы он перешел в другую фирму. В прошлом году он дал заработать «Маккарти и Ллойду» почти тридцать миллионов долларов, а истратил очень небольшой капитал фирмы.

— Баллок от меня не узнает, что вы сказали мне, сколько он зарабатывает, — сказал Джей.

— Можешь ему сказать — меня это не волнует. Он ведь этим гордится. А ты бы не гордился? — Оливер помолчал. — Мы тут не делаем секретов из того, сколько люди получают. Мы хотим, чтобы все цифры были открыты. Это заставляет вас упорнее трудиться. — Глаза его загорелись. — Видишь ли, так работает Уолл-стрит. Мы следуем ее основному принципу — выживанию и ее самой мощной двигательной силе — инициативе. Каждый день мы превращаем в конкуренцию. Если вы выиграли — значит, выиграли по-крупному. Если проиграли, вы об этом быстро узнаете и выходите из игры. Или вас увольняют. — Оливер улыбнулся широкой улыбкой. — Но ты мне кажешься из числа победителей.

— Так оно и есть, — уверенно произнес Джей.

В тот вечер он вышел из своего кабинета в Нэйшнл Сити Бэнк, не зная, чего следует ждать, и последние полчаса в эмоциональном плане были как катание на «американских горках». Но в конечном счете интервью привело к куда лучшим результатам, чем он мог предполагать. Урезанное жалованье будет малой ценой, которую придется заплатить за гарантированный миллион долларов.

Оливер взял резюме Джея.

— Пошли к Биллу Маккарти. Это президент «Маккарти и Ллойда».

— Я знаю, кто он.

Все в финансовом мире знали имя Билла Маккарти. Десять лет назад они с Грэмом Ллойдом ушли из одного из самых престижных банков на Уолл-стрит, где у них были многообещающие перспективы сделать карьеру, и открыли собственное дело. Теперь Маккарти стал президентом одной из самых доходных на Уолл-стрит частных компаний, которая занималась сделками с акциями и облигациями и являлась финансовым советником самых богатых людей Америки, а также самых солидных компаний и самых стабильных правительств. Маккарти регулярно консультировал ответственных чиновников Белого дома и исполнительных директоров крупных компаний. «Форбс» определял стоимость фирмы в полмиллиарда долларов и относил к числу друзей Маккарти губернатора штата Нью-Йорк и мэра Нью-Йорка.

— Поторапливайся! — Оливер поманил Джея с порога конференц-зала. — Кстати, еще одно, — добавил Оливер, подняв руку.

— Что именно?

— Все, что происходит у «Маккарти и Ллойда», остается в стенах компании. Тебе теперь известно, сколько получил в прошлом году Баллок, но эта цифра не сообщается никому, кто не работает у «Маккарти и Ллойда». И точно так же ты не обсуждаешь информацию о состоянии кого-либо из наших клиентов с кем бы то ни было вне стен компании. Если сотрудника поймают за обсуждением наших дел с посторонним, его немедленно уволят. Мы почти ежечасно получаем весьма секретную информацию. Мы должны оберегать тайны наших клиентов, а то, как говорится, «от развязанного языка корабли тонут».

«Только в военное время», — подумал Джей.

— Билл Маккарти неотступно придерживается этого принципа и прекращает контракты за его нарушение, — продолжал Оливер. — За то, что люди напивались в баре и говорили чего не следует. Понятно?

Джей услышал в голосе Оливера угрожающую интонацию.

— Да.

— Хорошо. — Предупреждение было сделано, и Оливер снова заговорил дружелюбно. — Пошли. — Оливер вышел в коридор, и Джей заспешил, чтобы не отставать от него. — Настоящая проблема — пресса, — сказал Оливер через плечо. — Они такие чертовски голодные, так жаждут получить информацию об этом месте.

— Не сомневаюсь.

Джей прекрасно знал: подробности того, что происходит в стенах «Маккарти и Ллойда», обычно неизвестны широкому миру. «Уолл-стрит джорнал» нарек компанию «Эриа-51» — по сугубо секретной авиабазе военно-воздушных сил в невадской пустыне, где правительство разрабатывало оружие следующего поколения и, судя по словам ревнителей конспирации, похоронило чужаков Росуэллов. А журналисты прозвали Билла Маккарти Говардом Хьюзом за его полнейшее отрицание рекламы.

— Конечно, наше желание держаться в тени лишь разжигает аппетиты прессы. — Оливер улыбнулся. — Билл — ловкий деятель. Мы имеем куда больше известности, не говоря ничего, чем если бы себя рекламировали.

Коридор неожиданно вывел в огромный, больше акра, операционный зал «Маккарти и Ллойда». Перед двумя мужчинами возникли ряды рабочих мест, похожие на стойки в кафе, каждый двадцати футов в длину, оканчивающийся перегородкой, по другую сторону которой находилось другое рабочее место такой же длины. По каждую сторону перегородки сидело — локоть к локтю — человека четыре или пять, точно завсегдатаи за ужином. Каждый стул именовался тут «позицией». Перед каждой позицией у перегородки стояло несколько экранов компьютеров, показывавших ежесекундно котировки акций, облигаций, валют и состояние рынков по всему миру. А кроме того, перед каждой позицией стояли телефоны с несколькими линиями, чтобы маклер мог, не теряя времени, покупать и продавать. По всему залу были размещены телевизоры, подключенные к Си-эн-эн и сообщавшие о происходящих в мире событиях, так как, например, переворот в России мог разнести в пух и прах рынки США не менее быстро, чем хаос в своей стране, — и наоборот. В зале почти отсутствовали украшения — разве что маленький национальный флажок-другой на перегородке в тех местах, где производились сделки с иностранной валютой, что позволяло определить, валютами каких стран тут занимались. А в общем и целом это было унылое, неприглядное место. Однако украшения были бы излишни, так как люди тут не имели времени заниматься пустяками. Они сидели здесь, чтобы делать деньги, — к этому все и сводилось.

Оливер остановился и указал в дальний угол.

— Вон там, — сказал он громко, чтобы перекрыть гул многих голосов, — отдел оценки активов.

— Отдел? — переспросил Джей.

— Угу, — подтвердил Оливер. — Здесь, в операционном зале, мы не употребляем слов «группа» или «подразделение». Мы именуем это «отделами».

— О'кей.

— Те три рабочих места в углу и составляют отдел оценки активов — там работают продавцы и трейдеры, орудующие деньгами компании. У той стены — отдел определения доходов, а рядом...

— Оливер! — окликнула его маленькая молодая брюнетка, кинувшись к ним по открытому коридору, проложенному вдоль всей длины операционного зала. В руках у нее был лист бумаги.

— Привет, Эбби! — отозвался Оливер.

— У меня готовы предложения по этому пакету акций. — Эбби из вежливости улыбнулась Джею, потом снова перевела взгляд на Оливера. — Я пошлю их факсом.

— Хорошо.

Краешком глаза Джей заметил, как на миг переплелись пальцы Оливера и Эбби. Затем она заспешила дальше, оставив после себя запах духов.

— Эбби — милая девочка, — сказал Оливер. — Чрезвычайно работоспособная. Сидит тут по крайней мере до десяти вечера. — И посмотрел на Джея. — Я уже упоминал, что Эбби — замдиректора в отделе арбитража. Она тебе понравится.

— Не сомневаюсь. — Джей взглянул на левую руку Оливера и увидел на ней обручальное кольцо.

— Дружище, я заметил, как ты окинул взглядом Эбби, и должен сказать, что одобряю твой вкус. — Оливер по-дружески ткнул Джея в плечо. — Но не загружай себе голову всякими идеями. Она обручена. — Он повернулся и пошел дальше. — Как я уже говорил, вон там — отдел рынка основных капиталов, рядом с отделом определения доходов, а в дальнем углу — наша вотчина, отдел арбитража и оценки активов. У нас всего одно рабочее место, но мы зарабатываем больше денег, чем кто-либо во всем этом зале. — Он небрежно повел рукой, указывая на отдел. — В отличие от ребят из отдела оценки активов, что работают в дальнем углу, мы занимаемся *только* акциями компаний, подлежащих перекупке. А они — всеми прочими.

Джей проследил за движением руки Оливера и заметил Баллока, сидевшего перед компьютером и изучавшего экран.

— Эй, да это же сам Бог!

Джей резко повернул голову направо. Голос принадлежал молодому трейдеру, сидевшему футах в двадцати от них.

— Сам великий Оливер! — крикнул другой.

— Что это они? — поинтересовался Джей.

Оливер дружелюбно кивнул этим двоим.

— С тех пор как я поступил сюда пять лет назад, отдел арбитража невероятно хорошо поработал, — негромко пояснил он. — Как я уже говорил, нас мало, но мы зарабатываем больше любого другого отдела. Отдел определения доходов, где работают эти двое, не слишком отличился в прошлом году. Собственно, по их вине компания потеряла деньги, но они все равно получили приличные премии, так как мой отдел — отдел, частью которого ты вот-вот станешь, — подчеркнул Оливер, — сорвал с котла крышку. В который раз! — похвастался он.

— Король идет! — крикнул кто-то.

Джей покачал головой. Он чувствовал себя так, будто сопровождал царственную особу.

— Наверху у нас группы слияния и приобретения, корпоративного финансирования и финансирования проектов, — продолжал Оливер, не обратив внимания на выкрик. — Билл не хочет, чтобы эти группы находились в операционном зале из-за возможности возникновения конфликта интересов. А вот когда отдел арбитража находится в том же зале, что и трейдеры отдела оценки, конфликта интересов нет, — с сознанием своей правоты произнес он. — Они слышат о предложениях по перекупке почти прежде всех, кроме руководства, и кому-то из них нетрудно подойти к нам и дать информацию, на основе которой мы можем действовать. Но в конце-то концов, это компания Билла. И он может делать с ней все, что хочет.

Джей оглядел зал. Большинство из нескольких сот человек, говоривших по телефонам, смотревших на экраны компьютеров или разговаривавших друг с другом, составляли мужчины; было тут и несколько молодых привлекательных женщин. Он заметил, с каким почтением почти все они кивали Оливеру, а Оливер лишь немногим отвечал.

— Контракт с нами ты подпишешь завтра, — сказал Оливер. — Ты, по всей вероятности, ничего не подписывал в Нэйшнл Сити?

— Нет.

— Не волнуйся: это обычное дело. В контракте будут подробно изложены финансовые и юридические условия твоего найма. — Оливер ударил ладонью о ладонь и рассмеялся. — Я оговорю, что ты не можешь подать на нас в суд ни по какому поводу. Что любое несогласие с «Маккарти и Ллойдом» будет урегулировано арбитром нашей профессии. Скорее всего кем-то, крупно обязанным Биллу. Многие солидные инвестиционные банки отошли от такого курса и разрешают своим служащим подавать на них в суд, но не мы. Мы не обязаны на это соглашаться. — И Оливер ударил ладонью по стене. — Какой кусок дерьма, а? Но собственно, что это меняет? Каждый знает, что он здесь за тем, чтобы делать деньги, а если он их не делает, то его увольняют. Хочешь иметь легкую жизнь, Джей Уэст, продавай диваны и кресла. И ради Христа, не говори кадровику, что ты хочешь, чтобы юрист просмотрел контракт. Это все равно, что выбросить большой красный флаг.

— Не скажу.

Оливер свернул в коридор, ответвлявшийся в сторону от операционного зала, и гул стал тише.

— Какой сегодня день?

— Вторник, — ответил Джей, радуясь тому, что может оказать хоть какую-то услугу человеку, который гарантировал ему, что через немногим более семи месяцев он получит по крайней мере миллион долларов.

— Хорошо, значит, ты приступаешь в четверг.

— Я не смогу.

— Что? — Оливер резко остановился и, уперев руки в бока, круто повернулся с перекошенным от крайнего раздражения лицом.

Джей заморгал от неожиданности:

— Я хочу предупредить Нэйшнл Сити о моем уходе за две недели, как положено. Я хочу, чтобы у них было достаточно времени посадить кого-то на мое место и чтобы передача дел прошла гладко.

— Ерунда, Джей! — в ярости рявкнул Оливер. — Сынок, я только что гарантировал тебе премию в миллион долларов в январе из моего личного бюджета. Я хочу видеть тебя в этом здании без промедления. Не на будущей неделе, не через неделю, а в четверг. Думается, я чертовски великодушен, давая тебе два дня на приведение в порядок твоих дел. За миллион долларов тебе следует уже сидеть за столом и работать на меня, как только ты освободишься после разговора с Биллом Маккарти. Каждый день твоей работы на Нэйшнл Сити будет вычтен из твоей работы на меня.

— Дело в том, что люди в Нэйшнл Сити по-доброму относились ко мне, — спокойно произнес Джей. — Это мои друзья. И я хочу расстаться с ними по-доброму. Я считаю, что это важно.

— И вполовину не так важно, как важно угождать мне, приятель, — холодно возразил Оливер.

Джей несколько секунд смотрел на Оливера. Директора в Нэйшнл Сити не обрадуются, но Оливер Мэйсон дает ему шанс, какой выпадает раз в жизни. Выбора у него не было.

— О'кей, я буду здесь в четверг, с самого утра.

— Вот это правильный ответ. Секунду, сынок, ты заставил меня поволноваться. Запомни: что бы тебе ни говорили, жизнь — это улица одностороннего движения. И движение это — прямо вперед. Устреми взгляд на цель и иди к ней, как можешь, не теряя времени и не беспокоясь о тех, кто ничего больше не может для тебя сделать. Начиная с данной минуты эти идиоты из Нэйшнл Сити уже в прошлом. Плюнь на них. — Оливер видел, что Джей мучается, не решаясь так внезапно расстаться с Нэйшнл Сити. — У тебя ведь нет детей? — спросил Оливер.

— Нет.

— Заведи, — посоветовал он.

— Зачем?

— Только они будут по-настоящему ценить тебя.

— Почему это?

— Потому что никого другого они не знают. К сожалению, даже они в какой-то момент дают сбой. — Оливер покачал головой. — Да, заведи детей, Джей, но пойми меня правильно. Я вовсе не предлагаю тебе обзавестись женой. — Он продолжал идти по коридору. — Вот и пришли, — неожиданно объявил он и, не постучав, открыл дверь. — Здравствуй, Кэрин.

— Привет, Оливер.

На глазах у Джея Оливер подошел к столу, за которым сидела женщина, взял ее руку, нагнулся и галантно поцеловал пальцы.

— Ох, Оливер! — Женщина отвернула голову, явно довольная вниманием Оливера.

— Джей, познакомься с Кэрин Уокер. — И Оливер жестом указал на Кэрин. — Это очень способный помощник Билла Маккарти.

На взгляд Джея, Кэрин перевалило за пятьдесят. Это была первая женщина такого возраста, которую он увидел у «Маккарти и Ллойда».

— Здравствуйте.

— Привет, — любезно ответила она, затем быстро снова переключила внимание на Оливера. — Как поживает ваша прелестная жена?

— Отлично, спасибо.

— Здравствуйте, Оливер, — прогремел голос Билла Маккарти, появившегося в дверях кабинета. Рукава его рубашки были закатаны выше локтей, остатки дымящейся сигары зажаты в зубах. Это был не человек, а медведь — с широким носом, мясистыми щеками и лохматой копной светлых волос.

— Здравствуйте, Билл. — И Оливер протянул ему черную кожаную сигаретницу. — Я тут кое-что вам принес.

— Что же? — спросил Маккарти своим низким голосом с тягучим акцентом южанина.

— Сигары «Дэвидофф Дабл Р». — Он достал из сигаретницы две сигары и протянул их Маккарти. — Двадцать баксов за залп. Лучшие сигары вне Кубы.

Маккарти, не сказав ни слова, схватил сигары, затем шагнул к Джею и обменялся с ним рукопожатием.

— Билл Маккарти.

— Джей Уэст.

— Следуйте за мной, мистер Уэст, — резко приказал Маккарти и направился в свой кабинет.

Джей шагнул к двери, за которой исчез Маккарти.

— Желаю насладиться, — тихо произнес Оливер. — Только не говори глупостей вроде того, что ты еще две недели должен пробыть в Нэйшнл Сити, потому что там к тебе так хорошо относятся.

— Разве вы не идете со мной? — осведомился Джей, пропустив мимо ушей слова Оливера.

— Не-а. Ты пробудешь там недолго. Найди меня, когда освободишься.

— Хорошо.

— Входите же, — буркнул Маккарти, видя, что Джей медлит на пороге просторного кабинета.

Это был угловой кабинет с панорамным видом на Нижний Манхэттен и гавань Нью-Йорка за ним. В спускавшихся на город сумерках вдали поблескивали огни кораблей, которые стояли на якоре к северу от моста Верразано-Нэрроуз.

— Закройте дверь, — приказал Маккарти, сидевший за массивным столом, заваленным газетами и заставленным бумажными стаканчиками с остатками черного кофе.

Джей толкнул дверь, и она с щелчком закрылась за ним.

— Давайте сразу договоримся о двух вещах, — начал Маккарти. — Не зовите меня «мистер Маккарти» или «сэр». Зовите меня Билл. Это коллегиальная компания.

Маккарти говорил с сильным южным акцентом, и Джею приходилось тщательно вслушиваться, чтобы понимать его.

— О'кей... Билл.

— И не целуйте меня в задницу из лживого уважения. Да, стою больше пятисот миллионов долларов. Собственно, много больше. Как отсюда до Северного полюса. — Он хмыкнул. — И я каждые два-три дня беседую со старшими советниками президента. А также с администрациями губернатора и мэра. Они все время обращаются ко мне за советами. Статья в «Форбс», которую вы, вероятно, читали, готовясь к интервью, точна, хотя в ней не дана вся картина. У меня даже лучшие связи, чем там написано, и на то есть две основательные причины: я почти всегда прав в своих советах и щедр на пожертвования. Давай политикам деньги, и они все сделают для тебя. В этом плане они — самые предсказуемые люди. — Маккарти затянулся сигарой «Дэвидофф» и швырнул вторую, подаренную Оливером, на свой захламленный стол. — А теперь садитесь, — снова приказал он, указывая на стул перед столом, и стал разгребать свои завалы.

Джей подошел к стулу и сел.

А Маккарти, роясь в бумагах, поглядывал на молодого человека. Джей был высокий, стройный, темный блондин; прямые волосы его были разделены косым пробором и спускались по лбу почти до черных бровей, а сзади закрывали воротничок рубашки. У него было узкое, но сильное лицо с большими синими глазами, пухлые губы и слегка искривленный нос, — по всей вероятности, был сломан, решил Маккарти. Под одним глазом у него был еле заметный шрам длиной с полдюйма — единственный изъян на гладкой коже, которую до сих пор приходилось брить всего дважды в неделю, чтобы баки не разрослись. Но поразил Маккарти не физический облик молодого человека. На него произвело сильное впечатление и слегка обеспокоило то, какая стальная уверенность в себе чувствовалась в спокойных манерах Джея.

Маккарти выпрямился в своем кресле.

— Вам надо подстричься, — неожиданно объявил он.

— Извините? — Джей в это время любовался видом на гавань.

— У вас слишком длинные волосы. Я этого не люблю.

— Хорошо. — Джей исподтишка посмотрел на самого Маккарти, чьи волосы были отнюдь не короткими.

А Маккарти продолжал перебирать бумаги у себя на столе.

— Я знаю, что Оливер послал мне по внутренней почте ваше резюме, но я не могу его найти в этой куче мусора. —

Он перестал рыться и откинулся на спинку своего большого кожаного кресла. — Так что изложите мне аудиоверсию в сокращенном варианте.

— О'кей. Я из Бетлехема, что в Пенсильвании. На прошлой неделе исполнилось шесть лет, как я окончил Лихай с дипломом по английскому языку. И с тех пор я работаю в Нэйшнл Сити Бэнк оф Нью-Йорк в качестве специалиста по финансовым операциям с корпорациями.

Маккарти вынул окурок изо рта и ткнул им в Джея.

— Вы хотите сказать, что работаете в качестве сотрудника, выдающего займы?

— Прошу прощения?

— Все, работающие в коммерческих банках, именуют себя специалистами по финансовым операциям с корпорациями, — запальчиво произнес Маккарти. — Я же считаю специалистом по финансовым операциям с корпорациями того, кто гарантирует размещение национального долга и совершает сделки на основе оценки, чего — готов поставить кучу денег — вы никогда не делали. Вы давали займы, так?

За шесть лет работы в Нэйшнл Сити Джею никогда еще не приходилось перед кем-то оправдываться или видеть, чтобы кто-то подвергал сомнению его способности. А у «Маккарти и Ллойда» такое случилось с ним уже трижды за последние двадцать минут, хотя официально он даже еще не был их сотрудником.

— Я внес свой вклад в заключение сделок, — спокойно ответил он.

Маккарти подумал было копнуть глубже, но потом решил этого не делать.

— Буду прямолинеен. Оливер очень рискует, беря вас. Я говорил ему: надо нанять кого-нибудь из выпускников Принстона или Гарварда, но он хочет нанять вас. — Маккарти пожал плечами. — У Оливера отлично развит инстинкт. Он возглавляет отдел арбитража и за последние пять лет заработал для меня кучу денег. Если он хочет вас попробовать — его дело. Но позвольте кое-что вам сказать. — Маккарти пригнулся к столу. — За вами будут пристально наблюдать, и репутация Оливера пострадает, если вы не пройдете испытания. Он принес мне немало денег, но прошлое меня не слишком интересует. Меня интересует настоящее. Запомните это, — подчеркнуто произнес Маккарти. — На Оливере лежит огромный груз, как и на всех, кто тут работает. Но за это у Оливера есть дом для отдыха на Карибском море, летом он плавает на своей пятидесятифутовой яхте, которая стоит в яхт-клубе в Уэстчестере, он ездит на дорогих машинах, его ребенок ходит в лучшую в округе частную школу, и о том, как он отдыхает, большинство людей знают лишь из рассказов Робина Лича. — Маккарти с силой ткнул тлеющий конец сигары в стоявшую на кипе папок хрустальную пепельницу. — Оливер хочет гарантировать вам миллион долларов в январе. Я лично не понимаю почему. Однако у него есть свой бюджет, и он имеет право им распоряжаться. — Маккарти поднял руку. — Бюджет-то его, но деньги в конце концов мои. Если у вас не будет отдачи, вы уйдете, а у Оливера будет большая проблема, потому что я терпеть не могу терять деньги. Для меня это все равно как звук от ногтей, медленно скребущих по аспидной доске. У меня по коже идут мурашки. — Маккарти помолчал. — Оливер ради вас положил голову на плаху. Он дает вам такой шанс, за какой многие люди готовы пойти на убийство. Так что цените это.

— Я и ценю, — спокойно произнес Джей. Теперь он понял, почему взорвался Оливер при мысли, что Джею понадобятся две недели на то, чтобы расстаться с Нэйшнл Сити. Сотрудник «Маккарти и Ллойда» должен незамедлительно приносить доход. И после того, как прозвенит звонок, возвещающий начало операций, темп будет лихорадочный и будет лишь ускоряться. С потерями тут не мирятся. — Я не забуду, что он для меня сделал.

— Отлично. — Маккарти взглянул на свои часы. — Мне надо ехать на ужин в «Уолдорф-Асторию». Есть у вас вопросы?

— Только один. — Джей поднял указательный палец. — Каково это — иметь полмиллиарда долларов?

Маккарти несколько секунд гневно смотрел на Джея, потом поднялся с кресла, обошел стол и встал перед молодым человеком.

— Возможно, вы это когда-нибудь узнаете, — прохрипел он и, не выдержав, улыбнулся. — Рад видеть вас в нашем клубе, мистер Уэст. — И пожал Джею руку.

ГЛАВА 2

Джей поставил свой кейс на стол в отделе арбитража, снял пиджак и аккуратно повесил его на спинку кресла. Джей, Баллок, Эбби и секретарша сидели по эту сторону перегородки, тогда как Оливер находился по другую сторону компьютеров и телефонов, рядом с административным помощником. По обе стороны Оливера было два незанятых места. Он несколько раз говорил о том, что собирается нанять людей на вакантные места, однако Джей работал у «Маккарти и Ллойда» уже больше месяца, а ничего не происходило, и он начал подозревать, что Оливер на самом деле не намерен никого нанимать. Нанять людей значило бы поделить капиталы, а Оливеру это никак не улыбалось.

— Здравствуйте, Эбби, — весело произнес Джей.

Было рано — семь тридцать с минутами, и она была единственным сотрудником, находившимся в отделе. Джей взглянул поверх компьютеров, но так и не понял, приехал ли уже Оливер. Мятый пиджак висел на спинке его кресла, но Джей заметил, что это тот же, что Оливер носил накануне.

— Как вы себя чувствуете в это прелестное июльское утро?

Эбби перестала стучать по клавиатуре и оторвала взгляд от кривой индекса Доу Джонса, зигзагообразно ползшей слева направо по экрану одного из ее мониторов.

— Жарко.

— Я вас понимаю. — В Нью-Йорке наступила томительная жара, и в метро, когда Джей ехал в поезде номер 2 из своей квартиры в Верхней части Вест-Сайда через пол-Манхэттена на Уолл-стрит, было душно и тяжко. — Жара стоит немыслимая.

— Особенно если у тебя кондиционер пошаливает.

Джей посмотрел на Эбби. Маленькая — всего на несколько дюймов выше пяти футов, кожа оливкового цвета, темно-каштановые волосы с рыжинкой, приветливая улыбка и роскошная фигура. У нее было некрасивое лицо, но вечная улыбка делала ее необыкновенно привлекательной.

— Это худо. — Эбби жила в Куинсе, на другой стороне Ист-Ривер, на пятом этаже в квартире с одной спальней. Она пригласила Джея на небольшую вечеринку, чтобы познакомить с несколькими своими друзьями, через неделю после того, как он поступил на фирму. Если кондиционер в ее окне пошаливает, при такой жаре у нее станет как в бане. — Я охотно подъеду и посмотрю, в чем там дело, — предложил он. — Я не инженер, но отец научил меня, как собирать и разбирать механизмы.

— Не сомневаюсь, — кокетливо произнесла она и, приподняв бровь, окинула Джея недвусмысленным взглядом, а затем рассмеялась.

А он, ухмыляясь, опустился в кресло. Они с Эбби подружились за истекший месяц. Она не злилась на то, что какой-то пришлый взят в отдел арбитража на более крупный пост, чем она. Наоборот: всячески старалась сделать так, чтобы Джей чувствовал себя комфортно. Не то что Баллок, который продолжал делать все, чтобы превратить первые недели Джея на работе в ад.

— Не беспокойтесь о кондиционере, — сказала Эбби. — Вечером придет отец и постарается исправить его. А если не сумеет, то сказал, что купит мне новый. Но мило, что вы обеспокоились.

— Никаких проблем.

— Ой! — Эбби щелкнула пальцами и взяла розовую бумажку для записей. — Я думаю, вам следует позвонить этому человеку. За последние десять минут он трижды звонил вам.

Джей взял у Эбби бумажку.

— Брайан Келли, — громко прочел он имя. — Келли работает в компании «Голдман Сакс». Он продает обычные акции организациям. Вчера вечером Оливер все перевернул, пытаясь добраться до Келли.

Эбби накануне взяла выходной и не присутствовала при этом «пожаре».

— А зачем Оливер так старался добраться до Келли?

— Это связано с корпорацией «Бэйтс», — пояснил Джей.

— Это ведь компания «Бэйтс» отчаянно старалась отбиться от захвата британским конгломератом. Верно?

— Да, — подтвердил Джей. — Британцы предлагали шестьдесят пять за акцию «Бэйтса» две недели назад.

— Разве Оливер не купил большой пакет акций «Бэйтс» на другой день после того, как было объявлено предложение о перекупке?

— Совершенно верно. Оливер был уверен, что появится другая компания, которая предложит за «Бэйтс» более крупную сумму, чем британский конгломерат. Он считал, что мы сможем быстро заработать по нескольку долларов на акцию. Но пока ничего не произошло. Никто другого предложения «Бэйтс» не сделал.

— А какое отношение ко всему этому имеет Брайан Келли? — спросила Эбби.

Джей осторожно огляделся.

— Вчера вечером Оливеру кто-то позвонил сюда и сказал, что «Дженерал электрик» намерена сделать встречное предложение компании «Бэйтс». — Джей дотронулся до шрама под глазом. — Предложение, намного превышающее предложение британцев.

— Кто уже позвонил ему насчет предложения «Дж.Э.»? — усомнилась Эбби.

— Не знаю, — признался Джей.

— Он никогда не говорит, верно?

— Да. — Джей хотел спросить Оливера об источнике информации, но промолчал, так как ясно было, что Оливер не хочет это говорить. — Когда Оливер услышал вчера вечером про «Дж.Э.», он сразу попытался поймать Келли. А Келли днем сказал Оливеру, что у компании «Голдман» есть несколько акций «Бэйтс», которые она хочет продать. Но Оливеру не понравилась цена, которую назвал Келли, и в тот момент он еще не знал про намерения «Дж.Э.». Когда Оливер вчера вечером позвонил Келли, никто у «Голдмана» не мог его найти. Наверное, он уже уехал домой. Оливер орал в телефон как оглашенный.

— В самом деле?

— Угу. Вы бы слышали его. Он просто взбесился. У него на шее вздулись вены. Когда он не смог достать Келли, он попытался связаться с другими своими контактами на Уолл-стрит, но ни у кого не было акций «Бэйтс» для продажи. — Джей с трубным звуком выпустил из легких воздух. — Если у компании «Голдман» есть продажные акции и мы их не получим, Оливер просто рехнется. — Джей встал и оглядел зал. — А Оливер или Баллок еще не пришли?

— Нет, — ответила Эбби. — Я здесь с половины шестого, и я не видела ни одного из...

— С половины шестого? — недоверчиво переспросил Джей.

— Я не могла спать. У меня в квартире было под сто градусов.

— Ах, верно: вышел из строя кондиционер.

Джей снова оглядел операционный зал. Оливер придет в ярость, если они упустят возможность купить акции «Бэйтс», а «Дженерал электрик» объявит перекупку за большие деньги. С точки зрения Оливера, не использовать деньги — преступление более серьезное, чем убийство. Это все равно что разделить богатство. Но Оливер был бы не менее зол, если бы Джей купил акции по слишком высокой цене, а «Дж.Э.» так и не сделала предложения.

— Окажите мне услугу, Эбби, — успокаиваясь, произнес Джей.

— Пожалуйста.

— Позвоните Келли. Узнайте, где он продает акции «Бэйтс» и сколько их у него. — Джей поднялся с кресла. — А мне надо кое-что проверить.

— О'кей, — нерешительно произнесла она. — Но помните, Джей, у меня нет права совершать сделки.

— Я знаю. — Он успокаивающе дотронулся до ее плеча. — Я вас не подставлю. Просто добудьте мне информацию. Если

Келли поднимет крик и скажет, что ему нужно немедленно знать о нашем решении, — повесьте трубку. — Джей повернулся и пошел прочь.

Минут через пять он вернулся.

— Сумели поймать Келли?

Эбби кивнула. Вид у нее был взволнованный.

— И?

— У него миллион акций «Бэйтс» на продажу, — сказала она слегка дрожащим голосом. — Все произошло, как вы и говорили, Джей. Он сразу закричал, что я должна немедленно решать. Сказал, что у него есть другие заинтересованные покупатели. Он хочет заключить сделку с Оливером, но время истекает.

— А какую цену Келли назвал за акции? — спросил Джей, одновременно хватая телефон и проверяя по компьютеру цену на данный час.

— Семьдесят три, — явно нервничая, ответила она.

— Мерзавец, — шепотом вырвалось у него.

— Что не так?

— Келли обирает нас, — ответил Джей. — На экране цена всего семьдесят долларов за акцию — такую же цену назвали мне минуту назад наши ребята из отдела оценки. — Он немного подумал. — Но миллион акций — это большой пакет, а Оливер упоминал, что «Дж.Э.» собирается предложить свыше восьмидесяти долларов за акцию.

У Эбби глаза чуть не вылезли из орбит.

— Восьмидесяти долларов?

— Да. — Джей перевел на нее взгляд. — Если мы купим акции «Бэйтс» у Келли за семьдесят три, а «Дж.Э.» предложит за них восемьдесят, мы заработаем по семи долларов на акцию. А если мы купим весь миллион акций, то это составит семь миллионов долларов. И мы сможем за одни сутки заработать семь миллионов долларов. Буквально за сутки.

— Но ведь британская компания предложила всего шестьдесят пять долларов, — заметила Эбби. — Если вы приобретете миллион акций по семьдесят три доллара, а «Дж.Э.» так и не выступит с предложением, «Маккарти и Ллойд» *потеряет* по восемь долларов на акцию. А это значит восемь миллионов баксов. — Эбби покачала головой. — Получится, что вы приобретали акции «Бэйтс», полагаясь на слухи. А мы все знаем, что слухи в мире перекупки весят не больше обещаний президента быть верным принципам.

Джей криво усмехнулся и стал набирать номер Келли.

— Это может повернуться неожиданным образом. — И жестом дал понять Эбби, чтобы она взяла трубку и слушала разговор.

— Алло! — Трубка была снята при первом же звонке.

— Мне надо поговорить с Брайаном Келли.

— Это Келли.

Джей услышал какой-то шум на другом конце.

— Брайан, это Джей Уэст из «Маккарти и Ллойда».

— Да-а? А где Оливер? Я хочу разговаривать с ним.

— Оливер еще не приехал.

— Потрясающе, — буркнул Келли.

— Я могу принять решение относительно «Бэйтс», — спокойно произнес Джей.

— Да-а? Ну так у вас на это три минуты. Оливер был в прошлом хорошим клиентом, но я не стану его дожидаться.

— Давайте ваше предложение, — попросил Джей.

— Я уже сказал тому, кто звонил минуту назад. Цена — семьдесят три.

— Предлагаю семьдесят один, — быстро произнес Джей.

— Боюсь, мы не сойдемся. — И Келли приглушенно хохотнул.

Джей почувствовал, как длинные ногти Эбби впились в его правое предплечье. Он развернулся, секунду смотрел на нее, затем выхватил бумажку, которую она протягивала ему.

— Я жду, — тихо произнес Келли.

Джей пробежал глазами бумажку.

— Ух, какая звонкая установилась тишина, — добавил Келли, напирая. — Я вешаю трубку и продаю...

— По семидесяти одному доллару за пятьсот тысяч акций, — прервал его Джей.

— Но у меня миллион акций! — выкрикнул Келли. — Я говорил женщине, которая звонила из вашей конторы, что продаю пакетом. Единым набором. Разбивать его нельзя. Миллион акций или ничего.

— Я сделал предложение, — ровным тоном заявил Джей. — И оно окончательное.

— Считаю до трех, Джей Уэст, и если не услышу по семьдесят три за миллион акций, — вешаю трубку!

— Можете считать до *ста* трех, если хотите, Келли. Но предложение не изменится. Я уверен, Оливер будет рад услышать, какой вы сговорчивый. Я работаю здесь всего месяц, но знаю, сколько сделок он проводит через вас и сколько вы на нас делаете денег. — Джей помолчал. — Я бы не рассчитывал на то, что деньги, как манна небесная, будут по-прежнему сыпаться на вас.

Теперь тишина наступила на конце Келли.

— Келли?

По-прежнему молчание.

— Что ж, приятного вам дня, — вежливо сказал Джей.

— Ладно! — рявкнул Келли. — Идет. Пятьсот тысяч по семьдесят одному доллару. Черт бы вас побрал!

Джей подмигнул Эбби.

— Отлично. Ребята, занимающиеся оформлением операций, могут это позже прокрутить. Приятно иметь с вами дело, Келли. — В ответ он услышал лишь, как с грохотом бросили трубку на рычаг.

— Неплохо провели дело, Джей. — Эбби улыбнулась и положила на рычаг трубку. — Вы были великолепны.

— Вы спасли меня, Эбби. — Он откинулся на спинку кресла и глубоко вобрал в себя воздух. — Я бы купил весь миллион акций, если бы вы не напомнили мне, что миллион акций составил бы свыше пяти процентов «Бэйтс».

А если какое-то одно лицо владеет пятью процентами акций компании, покупатель по закону обязан сообщить об этом Комиссии по обмену ценных бумаг, и эти сведения сможет получить любой, имеющий доступ к документам комиссии. Оливер строго-настрого запретил в отделе арбитража делать приобретения, превышающие пять процентов акций любой компании. Он не хотел, чтобы кто-либо знал, какие дела он проворачивает.

— Спасибо.

— Не стоит благодарности, — сказала Эбби.

Джей посмотрел на нее. Как быстро она стала хорошим другом. Он не сомневался, что Баллок дал бы ему купить миллион акций, а потом отдал бы его на растерзание Оливеру, а Джей уже несколько раз за последние недели видел, как это бывает. Словно происходит извержение вулкана, и недотепа начинает метаться в поисках укрытия и сжимается от страха. А вот Эбби никогда так его не подставит. Он улыбнулся ей. Как ни странно, сексуально их не тянуло друг к другу. Она мягко давала всем понять, что занята. Но никогда не упоминала о приятеле и на работу никто из поклонников ей не звонил.

— С добрым утром.

Джей и Эбби обернулись на гнусавый голос Оливера. Он стоял перед ними, излучая здоровье, бронзовый от загара.

— Отлично выглядите.

— Спасибо, Эбби. — Оливер пробежал взглядом по ее ногам. — Я провел уик-энд на яхте. Было здорово. Все время приятный бриз и ни облачка на небе. Должно быть, я немного загорел.

— Несомненно. — Эбби взглянула на Джея. — Вот что нас ожидает, когда мы станем исполнительными директорами: по воскресеньям катания на яхте по заливу Лонг-Айленд и загар. — Она огорченно вздохнула. — А пока мы трудимся в безвестности за минимальное жалованье и проводим летние уик-энды в Центральном парке, потому что ничего другого не можем себе позволить.

— Угу.

Джей посмотрел на Оливера. Хоть он и утверждал, что все у «Маккарти и Ллойда» знают, сколько кто получает, Оливер приказал ведь Джею не говорить остальным про гарантированную в январе премию в миллион долларов.

— Значит, этот уик-энд вы с супругой катались на яхте, — вежливости ради сказал Джей.

Оливер отрицательно покачал головой.

— Нет. Барбара уезжала на показ лошадей, — сухо произнес он.

— Понятно.

Как-то странно все получалось. Когда Джей поступил на работу, Оливер в первый день вел себя как гордый отец, провел Джея по всей компании и познакомил с главными действующими лицами. Они ели ленч с Биллом Маккарти в обеденном зале компании, где внимательные официанты подали им чудесное седло барашка на серебряных тарелках. Но после этого дня, проведенного вместе месяц назад, Оливер охладел к нему. Он не был недружелюбен, но и сердечен тоже не был.

— Что тут у вас происходило? — с явным недоверием осведомился Оливер, указывая на телефоны. — Пока я шел по залу, похоже было, что вы что-то шуровали.

— Джей только что совершил отличную сделку, — выступила Эбби. — Купил пачку акций «Бэйтс» у этого малого Брайана Келли, что работает в фирме «Голдман».

— Сколько? — поспешил спросить Оливер. — Не говорите, что свыше пяти про...

— Успокойтесь, — прервал его Джей. — Келли пытался всучить нам миллион, но я купил только половину. Так что это меньше пяти процентов. Нам ничего не надо объявлять.

— Молодчина. Я рад, что ты не забыл об этом в пылу сражения. Это значит, ты кое-чему учишься.

Джей указал на Эбби:

— Мне напомнила об этом Эбби. Так что это не моя заслуга.

— И сколько же ты заплатил за акции? — осведомился Оливер, не обратив внимания на честность Джея.

— По семьдесят одному доллару.

— Похоже, дороговато, — отрезал Оливер.

— Да нет, если «Дж.Э.» проявится, — возразил Джей.

Оливер в задумчивости потер подбородок. И обратился к Эбби:

— Почему бы нам с вами не найти комнату для совещаний, чтобы обсудить предложение, которое я сегодня намерен сделать Биллу?

— Что-что? — На лице Эбби промелькнула растерянность.

— Предложение, — раздраженно повторил Оливер. — То, о котором мы говорили в пятницу.

— А-а, понятно. — Эбби поспешно поднялась с кресла, схватила папку и пошла за Оливером по лабиринту операционного зала.

Джей проводил их взглядом. Часы показывали всего лишь половину восьмого, но в зале уже было полно народу, и Эбби с Оливером приходилось прокладывать себе путь среди трейдеров, выкрикивавших по телефонам поручения о покупке и продаже. Под конец они нырнули в коридор в дальнем конце зала. Тут было что-то не то. Папка, которую взяла Эбби, выглядела пустой.

Когда они исчезли, Джей обратился к своим компьютерам. С помощью информации, поступавшей на эти экраны, можно было сделать состояние, особенно в такой фирме, как «Маккарти и Ллойд», которая щедро предоставляла своим сотрудникам ссуды для закупок. Способ сделать таким образом состояние был прост: найти соответствующие акции и играть на них. Однако пока что Джей не вытащил ни одного козыря, если не считать акций «Бэйтс», приобретение которых в любом случае не будет поставлено ему в плюс, так как Оливер купил такие акции первым две недели назад. Джей чувствовал, что неприветливость Оливера частично объяснялась его, Джея, медленной раскруткой. Он крепко сжал челюсти. Он хотел делать деньги для Оливера и для себя, но не хотел и терять их. И остро понимал, насколько важнее побыстрее заработать, чем быстро потерять. Репутации создаются или теряются в зависимости от успеха или провала двух-трех первых сделок.

— С добрым утром.

Баллок швырнул пиджак на перегородку за его компьютерами, ослабил узел галстука, закатал рукава синей рубашки и сел в кресло рядом с Джеем.

— Здравствуйте, — настороженно откликнулся Джей.

Баллок редко начинал день с дружелюбного приветствия. Он поставил на стол простую коричневую сумку, извлек из нее булочку с отрубями, щедро намазал маслом и откусил большой кусок, почти половину.

— Есть для меня какие-нибудь горячие новости? — спросил он, прожевывая булочку, так что крошки летели на пол.

Джей, несмотря на то что рот Баллока был забит, услышал в его голосе саркастические нотки. Оливер еще не высказывал своего неудовольствия медленной раскачкой Джея. Баллок же то и дело его шпынял.

— Угу, про компанию, что делает эти булочки. Вы, наверное, съедаете их штук пять за день.

— Три, — поправил его Баллок.

— А также про компанию, что производит «Быстрое похудение», — добавил Джей. — Вы сами добавите пару пунктов к цене на ее акции, когда от всего этого жира раздастся ваша талия.

— Вот тут вы ошибаетесь. Я тружусь над собой дважды в день и каждый день — утром, перед тем как приехать сюда, и вечером, когда возвращаюсь домой. Это все, что я в состоянии делать, чтобы не прибавлять в весе, детка.

— В любом случае зачем вы так стараетесь? — спросил Джей: его обозлило то, что Баллок по-прежнему говорит ему «детка». Баллоку нравилось хвастаться своим мускулистым торсом, поэтому он носил рубашки на размер меньше, чтобы они обтягивали грудь. — Пытаетесь возместить то, чего не видно?

— Зачем вы задаете столько глупых вопросов?

Джей улыбнулся:

— Есть такой господин по имени Общение, к которому я привык. И я немного забеспокоился, когда вы пожелали мне доброго утра. Это прозвучало так дружелюбно.

Баллок прожевал булочку и вытер салфеткой рот.

— Вы перестанете улыбаться, когда Билл Маккарти захочет узнать, почему вы не заработали денег для его отдела арбитража.

— Не волнуйтесь за меня, Барсук, — парировал Джей.

— Я о вас совсем не волнуюсь, — заверил его Баллок. — Зато какое я получу удовольствие, когда Билл притопает сюда и на весь этот чертов зал начнет орать, что вы ничего не делаете. А день этот скоро наступит. Он уже давно ни на кого не орал, и вы идеально для этого подходите. Вы считаете Оливера нетерпеливым, а его не сравнишь с Биллом. — Баллок помолчал. — И гарантии не всегда бывают гарантиями, даже в письменном виде.

— Что вы имеете в виду? — спросил Джей.

— Сами поймете.

Джей выпрямился в кресле: неужели «Маккарти и Ллойд» может отказать ему в премии?

— Оливер со мной так бессовестно не поступит.

— Не будьте в этом уверены, — буркнул Баллок.

— В любом случае, — сказал Джей, — я работаю над парой проектов, которые принесут нам немалые деньги.

— Над какими же именно? — Баллок добавил масла на булочку и снова откусил изрядный кусок.

Джей передернул плечами.

— Скажу вам, когда готов буду нажать на курок. — Он не доверял Баллоку. Этот малый мог без труда все выяснить про компанию, купить акции, опередив Джея, а когда цена на них пойдет вверх, все заслуги присвоить себе.

— Я ваш непосредственный начальник, и я хочу знать — немедленно, — над чем вы сейчас работаете, — не отступался Баллок.

— Все это еще в предварительной стадии. Вы не хуже меня знаете, что чем больше народу знает о какой-то возможности, тем больше вероятия, что слух об этом просочится. А если на Уолл-стрит станет известно, что мы интересуемся какими-то акциями, цена на них может взлететь, прежде чем мы успеем что-то купить, и случай будет упущен.

— Устраиваете дымовую завесу, — не без издевки произнес Баллок. — Но это ложная тревога. Огня-то нет. На самом деле у вас ничего нет в загашнике.

— Вы...

— Мистер Баллок!

Баллок и Джей при звуке этого голоса подняли глаза. Перед ними была Кэрин Уокер, помощник Билла Маккарти. Рядом с Кэрин стояла высокая блондинка с матовым лицом и гладко зачесанными назад волосами, собранными на затылке в пучок. Джей и Баллок инстинктивно поднялись со своих мест. Эта женщина, бесспорно, что-то собой представляла.

— Это Салли Лэйн, — пояснила Кэрин. — По-моему, Оливер ждет ее сегодня.

— Да. — Баллок шагнул к Салли и протянул руку. — Доброе утро. — По его широкому лицу расплылась улыбка. — Приятно видеть вас с нами.

Джей метнул взгляд на Баллока. Тот посмотрел на Джея и снова обратил все внимание на Салли.

— Приветствуем такое пополнение отдела арбитража.

— Благодарю вас. Я с нетерпением ждала сегодняшнего утра. — Она отпустила руку Баллока и повернулась к Джею: — Салли Лэйн.

— Джей Уэст. — Он встретился взглядом с ее голубыми глазами, постаравшись не выказать удивления тем, что в отделе появился новый сотрудник. — Добро пожаловать к «Маккарти и Ллойду».

— Благодарю.

Салли, по мнению Джея, была дюймов на шесть меньше его и стройнее. Лицо у нее было узкое, с тонким носом и тонкими губами. Грим почти отсутствовал, хотя она, несомненно, очень заботилась о своей внешности. На ней было простое, но хорошего вкуса темно-синее платье ниже колен, идеально сидевшее на ее стройной фигуре. Светлые волосы блестели, и лицо выглядело натурально свежим.

— Салли поступает к нам работать вице-директором, — объявил Баллок с победоносной улыбкой. — В таком же качестве, как и вы, Джей.

— Отлично, — весело произнес Джей. Он не собирался показывать Баллоку, что раздосадован своей непричастностью к кругу посвященных. — Добро пожаловать в наш коллектив, Салли.

— Я в восторге, что буду работать здесь.

— Мне еще надо провести вас в отдел персонала, Салли, — сказала Кэрин.

Как только женщины ушли, Джей отправился на склад, обходя по операционному залу длинные рабочие столы. Значит, они наняли в отдел арбитража еще одного профессионала. Еще одного вице-директора. Возможно, Оливера раздражала медлительность Джея куда больше, чем он показывал, и он намерен заменить Джея, посадив на его место Салли Лэйн. Выйдя из операционного зала и шагая по коридору к складу, Джей подумал об этом и покачал головой. Это выглядело бессмысленным. Ведь он работал в компании всего месяц. А Оливеру нужно было потратить по крайней мере месяц на то, чтобы проинтервьюировать Салли и осуществить все проверки. Значит, он начал интервьюировать ее одновременно с поступлением Джея.

Джей нырнул в дверной проем и пошел по плохо освещенному извилистому проходу мимо картонных коробок со старыми папками. Правда, Баллок сказал в шутку, что гарантии не всегда остаются гарантиями. Да, в свой первый день на работе Джей подписал контракт, гарантировавший ему получение миллиона долларов в январе, но компания может задержать выплату, если Оливер и Билл Маккарти будут недовольны тем, как он работает. Он слепо поверил Оливеру и, не передавая тридцатистраничный контракт юристу для проверки, пробежал его глазами и тотчас подписал. А в документе ведь могли быть оговорки, которые позволят компании отказаться от выполнения своих обязательств. Джей раздраженно вздохнул и, свернув на склад, потянулся к выключателю. Обычно-то он куда более осторожен.

И замер. Из комнаты в конце прохода доносились приглушенные голоса — в одном, явно женском, звучал страх. Джей вышел со склада и тихо прошел по ковру к двери в конце прохода. Она была слегка приоткрыта, и он мог заглянуть в комнату. Свет был погашен, но благодаря маленькому окошку, из которого струился слабый серый свет, Джей увидел Оливера — тот прижимал Эбби к дальней стене одной рукой, а другую просунул под ее короткое платье.

— Оливер, пожалуйста, — молила Эбби, отталкивая его руку. — Пожалуйста, не надо.

— В чем проблема? Тебе не нравится мое внимание?

Джей проглотил комок в горле, пораженный этой сценой. Повернув голову, он окинул взглядом плохо освещенный проход, затем снова заглянул на склад.

— Не здесь, не на работе, Оливер! — Эбби тщетно пыталась вырваться.

— Значит, встретиться со мной после работы в отеле «Плаза» — тут ты не возражаешь. — Оливер спустил ее колготки до колен, затем, просунув между ее ног свой мокасин с кисточкой, скатал ее колготки до туфель.

Эбби нагнулась, пытаясь снова их натянуть, но Оливер схватил ее и грубо снова прижал к стене.

— Я хочу, чтоб ты была в «Плазе» точно в шесть, — приказал он. — Понятно?

— Оливер, я люблю тебя, но я так больше не могу.

Джей замер. Он уже готов был распахнуть дверь, но Эбби произнесла слово «люблю».

— Это почему же? — Оливер задрал платье Эбби до шеи и прижался к ней. — Почему ты больше не можешь так?

— Ведь ты женат, — тихо произнесла она, уже не сопротивляясь.

— Это небольшое осложнение не мешало нам последние несколько месяцев. И ты не отказалась провести со мной уик-энд на яхте.

Джей прикусил губу. Значит, то, что происходило в операционном зале несколько минут назад, было шарадой.

— Прошу тебя, Оливер, — всхлипнула Эбби.

Оливер отступил, и платье на Эбби спустилось до бедер.

— Мне не составит труда уволить тебя, — прошептал он. — К обеду ты будешь уже на улице, и никто в нашем деле не наймет тебя. — Он подтянул галстук. — Я знаю, что ты без средств, Эбби. Тебе нужно это место. — Он помолчал. — И не думай, что я не уволю тебя. Уволю в один миг.

Вдруг ожесточившись, Эбби посмотрела на него.

— Это будет не очень умно с твоей стороны, — сквозь слезы бросила она. — Не забывай: я ведь все знаю про тебя и твоих приятелей. Если ты уволишь меня, уж я доведу твой секрет до сведения соответствующих людей. Не сомневаюсь, они позаботятся обо мне за такую информацию.

— Никакой информации у тебя нет.

— Я знаю, чем я обладаю.

Оливер ткнул пальцем ей в лицо.

— Такой шаг был бы великой глупостью с твоей стороны, Эбби.

— Это что — угроза? — Она сбросила его палец с лица.

— Понимай как хочешь, — процедил он сквозь зубы.

Эбби несколько секунд смотрела на Оливера, затем вызывающе приподняла подбородок.

— Я просто поверить не могу, что ты говоришь мне такое. — И еле слышно добавила: — Я думала, ты любишь меня.

Он протянул руку и смахнул слезинку с ее щеки.

— То же самое я могу сказать и о тебе.

— Но я же люблю тебя, — всхлипнула она. — Люблю всем сердцем. Я столько раз говорила тебе это.

Оливер взял в ладони ее лицо:

— Тогда не противься мне, и все будет в порядке.

Эбби постояла, застыв. Потом обхватила руками шею Оливера и крепко поцеловала его.

— Не могу я тебе противиться, — пробормотала она и, откинув голову, прижалась к стене.

Джей отошел от двери. Несколько минут он стоял в полутьме с сильно бьющимся сердцем, не зная, что делать. Он не оправдывал их поведение, но в конце концов его это не касалось. Он повернулся и тихо пошел назад, старательно обходя ящики с папками. Выходя из прохода, он чуть не столкнулся с Баллоком.

— Какого черта вы там делали? — не без подозрения спросил его Баллок.

— Искал блокноты с линованной бумагой, — поспешил ответить Джей.

Баллок бросил взгляд на пустые руки Джея, затем посмотрел мимо него в проход.

— Где же они?

— Что? — неуверенно произнес Джей. Он что, имеет в виду Оливера и Эбби?

— Блокноты.

— А-а, я таких не нашел, — сказал Джей, постаравшись, чтобы это прозвучало убедительно. — Придется попросить того, кто отвечает за них, заказать новую партию.

— Непременно. — Баллок снова посмотрел через плечо Джея. — Я бы рекомендовал вам вернуться на свое место. У вас там несколько сообщений на телефоне.

Джей прошел мимо Баллока и заспешил по операционному залу. А Баллок, похоже, пришел сюда проверить, будто знал, что происходит в комнате в конце прохода. Будто знал, что Оливер находится на складе вместе с Эбби. Оливер с Баллоком ведь друзья, и Оливер выплатил Баллоку в январе премию в три миллиона долларов. Так что у Баллока есть все основания оберегать Оливера, рассудил Джей.

Он вдруг остановился посреди операционного зала. Что имела в виду Эбби, угрожая рассказать соответствующим людям про Оливера и его приятелей?

После нескольких операций фиктивная корпорация в Антигуа перевела деньги на счет Виктора Сэвой в Банк Суисс, таким образом, можно было считать, что деньги уже стали чистыми, поскольку Антигуа была новой финансовой черной дырой на Карибском море. Деньги теперь находились в Швейцарии и почти на сто процентов были успешно отмыты. Однако Сэвой был человеком осторожным. Он знал, что надо быть очень внимательным к деталям и необычайно терпеливым, чтобы остаться вне досягаемости для ФБР, Службы иммиграции и натурализации, Скотланд-Ярда и правовых органов Восточной Европы, на которые давил Вашингтон, требуя найти его.

— Поставьте здесь свою подпись, — сказала сидевшая за столом молодая женщина, протягивая ему ручку.

— Certainement*, — произнес Сэвой на безупречном французском, беря ручку и изображая на выплатном ордере фамилию, под которой он в тот день существовал.

— Прекрасно, теперь это ваше. — И молодая женщина протянула ему небольшую коробку.

— Merci**.

В коробке лежало пятнадцать миллионов швейцарских франков — около десяти миллионов долларов — крупными купюрами. Он взял коробку и положил в карман пиджака, затем поднялся, перегнулся через стол, пожал женщине руку и спокойно пошел по роскошному залу банка.

---

* Конечно (*фр.*).
** Благодарю (*фр.*).

Пройдя сквозь качающиеся двери и выйдя на улицу, Сэвой посмотрел на часы. Было без десяти три. Еще достаточно времени, чтобы положить деньги на депозит. Он свернул направо, быстро прошел по Парадеплац сто ярдов, отделявших его от Цюрихского банка, и вошел туда. Он нес огромные деньги и, хотя гордился тем, что умеет в любой ситуации держать себя в руках, чувствовал, как учащенно бьется сердце. В течение нескольких минут — пока он шел по тротуару от одного банка к другому — этими деньгами. мог завладеть кто угодно на улице, в том числе и обычный вооруженный вор. Но теперь, когда Сэвой снова оказался под крышей, и деньги и он сам были в безопасности. Более того: до денег теперь определенно уже не доберутся власти. Даже если они каким-то образом сумели проследить за хитросплетением переводов в Банк Суисс, — а правоохранительные органы США могли теперь проникать сквозь доселе непроницаемую завесу швейцарской секретности, — дорожка обрывалась на этом счету, как следы среди заснеженного поля.

В Цюрихском банке Сэвой разделил пятнадцать миллионов между двумя счетами на неравные суммы, чтобы власти не обнаружили, что сумма, полученная в Банк Суисс, была переложена в Цюрихский банк, добавив к пятидесяти миллионам, которые уже лежали на счетах, открытых на другие имена, чем счет в Банк Суисс. Теперь оставалось выполнить еще одну операцию. Он заберет деньги из Цюрихского банка разными суммами в виде удостоверенных чеков и отвезет их в банк в Лихтенштейне, где лежат другие счета. Вот тогда он будет уже абсолютно уверен в том, что никакая правительственная структура не сможет проследить перемещение денег из Нью-Йорка.

Покончив с депозитами, Сэвой вышел из банка на залитую палящим солнцем улицу. Мимо проехал трамвай, и он порадовался тому, что при нем нет больше огромных денег. Последнюю операцию он проведет завтра в Лихтенштейне, потом улетит в Афганистан.

А сейчас надо связаться с командой, проходящей подготовку на ферме в Виргинии, чтобы убедиться, что все идет по графику. Последнюю неделю ими руководил его заместитель, толковый человек, хорошо знающий свое дело. Тем не менее Сэвой всегда волновался, когда не контролировал все сам. Быстро шагая мимо многочисленных магазинов по улице, ведущей к его отелю «Бор-о-лак», он вспомнил, как мать многократно говорила ему в детстве: «Если хочешь, чтобы было сделано как надо, — делай сам». Она гордилась бы тем, что он следует ее совету.

Джей стоял, прислонясь к рабочему столу, и разговаривал по телефону. Прошло четверть часа с тех пор, как он вернулся со склада. Он заметил, что в отделе арбитража появилась Эбби. Ему показалось, что платье у нее смято и она расстроена, но, возможно, это игра воображения, подогреваемого тем, что он видел на складе.

Он оборвал разговор, когда она поравнялась с ним.

— Приветствую вас!

— Привет, — коротко ответила она и плюхнулась в свое кресло.

Джей взял свой стакан с содовой и сделал глоток.

— У вас все в порядке?

— Все отлично. — Она нагнулась, открыла ящик и вытащила сумочку.

— Так что же сегодня Оливер докладывает Маккарти? — спросил он, заметив, что у нее нет папки.

— О компании, акции которой он думает приобрести.

— С каких это пор Оливер должен спрашивать у Маккарти разрешение предпринять какой-то шаг?

— Речь идет о большой закупке. Возможно, на двести миллионов долларов.

Джей присвистнул.

— Это много. И все равно я...

— Извините, мне надо в дамскую комнату, — оборвала его Эбби и, отодвинув свое кресло, пошла мимо него.

Джей мягко взял ее за руку.

— Вы ни о чем не хотите со мной поговорить? — спросил он.

На ее губах была размазана темная помада, и он заметил на ее шее синяки. Она приостановилась, меряя его взглядом, вызывающе выдвинув подбородок. Затем лицо ее смягчилось, глаза затуманились. Она открыла было рот, намереваясь что-то сказать, но тут перевела взгляд с Джея в сторону, стряхнула с себя его руку и умчалась.

Джей обернулся и увидел Оливера, направлявшегося к арбитражному отделу. Оливер пробирался среди трейдеров, когда Джей услышал, как Баллок окликнул его из проложенного параллельно залу открытого коридора. Голос у Баллока был как звук рожка в тумане и без труда перекрыл шум, царивший в большом помещении. Оливер остановился и стал ждать Баллока. Их разделяло всего каких-нибудь двадцать футов, и Баллок теперь уже не кричал, так что его слова тонули в шуме, к тому же он прикрыл рот рукой, чтобы скрыть губы.

Джей взял телефонную трубку и стал лихорадочно набирать номер, не отводя взгляда от Оливера и Баллока. Он не обратил внимания на механический голос, говоривший ему, что он набрал неработающий номер. Оливер поднял глаза и посмотрел в упор на Джея, — Джей тотчас отвел взгляд. Когда он снова посмотрел на Оливера, тот уже продолжал свой путь к отделу арбитража, глядя прямо на него, а Баллок шагал в противоположном направлении.

Джей сел и сделал вид, будто говорит с кем-то по телефону, а Оливер подошел к своему месту через перегородку. Он схватил телефонную трубку и набрал номер.

— Джейми, это говорит Мэйсон, — закричал он. — Я хочу купить сто тысяч акций «Пендекс». Немедленно. Они есть у тебя? По телеграфу только что прошло сообщение о предложении перекупить «Пендекс».

Джей посмотрел на Оливера — тот сидел, заправив большой палец под пеструю подтяжку. В противоположность Эбби Оливер выглядел невозмутимо, как всегда.

— Да знаю я, что это составит больше тридцати миллионов долларов, ты, маленькая задница! — рявкнул Оливер. — Ты что, думаешь, я не умею считать? — Он оттянул подтяжку и отпустил — она щелкнула по его накрахмаленной белой рубашке. — Просто оформи сделку. — Оливер пробежал пальцами по клавишам своего компьютера. — И раз уж ты этим занимаешься, купи-ка мне десять тысяч августовских... Что? Конечно, я получил на это добро. Так что знай делай свое дело, понял?.. Отлично! И я не намерен платить больше тридцати одного за акцию. Позвони Барсуку — он подтвердит. Меня некоторое время не будет на месте. — И Оливер бросил трубку на рычаг. — Джей!

— Да?

— Надо поговорить. Пошли. — И, не дожидаясь отклика со стороны Джея, Оливер повернулся и пошел.

А Джей поднял глаза к выложенному плитками потолку и быстро прочел молитву. Наверное, Баллок что-то сказал насчет склада. И его, Джея, краткое пребывание у «Маккарти и Ллойда», возможно, подходит к концу.

Когда Джей вошел в конференц-зал, Оливер уже сидел там с сигарой в зубах, положив ноги на стол. Он знаком показал Джею, что надо закрыть дверь, а сам поднес к кончику сигары зажигалку.

— Садись.

Глядя на мокасин, который Оливер на его глазах просунул между ног Эбби, Джей с удивлением услышал в голосе начальства дружелюбные интонации, каких не было с первого дня его работы у «Маккарти и Ллойда».

— Да ну садись же. — Оливер ногой подтолкнул стоявшее рядом кресло, и оно покатилось к Джею. — Хочешь сигару? — Он извлек из кармана брюк черную сигаретницу, снял крышку и протянул Джею. Там было две сигары.

— Нет, спасибо.

Джей медленно опустился в кресло, не отводя взгляда от Оливера, в известной мере ожидая ловушки. Дружелюбие, внезапно проявленное Оливером, могло ведь быть отвлекающим маневром перед предстоящей атакой.

— Это, приятель, по-настоящему хорошие сигары. Фирмы «Дэвидофф».

— Нет, право, не хочу.

— Как угодно. — Оливер закрыл крышку и сунул сигаретницу в карман. — Ну, как ты? — И глубоко затянулся сигарой.

— Отлично.

— Не сомневаюсь. — Оливер повернул голову в сторону и кашлянул. — Послушай, я знаю, что был кое-чем озабочен с тех пор, как ты здесь. Мы тут работали над парой очень крупных сделок — одну из них я собираюсь сегодня днем подбросить Биллу. Благодаря ей мы недели за две сможем удвоить наш капитал. — Оливер осклабился. — Это будет чертовски хорошая сделка.

— Согласен. — Что-то было не похоже на начало речи об увольнении. — И как я узнал сегодня утром, вы еще трудились над тем, чтобы нанять пополнение в наш отдел, — сказал Джей.

— Ты имеешь в виду Салли?

— Да.

Оливер взмахнул сигарой. На ковер упал пепел, но он не обратил на это внимания.

— Угу, дружище, мне следовало сказать тебе о ней, но, как я уже говорил, я был занят. — Он снова затянулся. — Над чем ты сейчас трудишься?

Джей пожал плечами.

— Над парой вещей. Я интересовался компанией, базирующейся в Нэшуа, штат Нью-Гемпшир, под названием «Турбо-Тек». Я говорил вам об этом две недели назад. Мой приятель работает там в группе маркетинга. Его зовут Джек Трэйнер. — Джей не боялся рассказать Оливеру об этой сделке. У Оливера не было повода красть идею, а вот Баллок мог это сделать. Оливер же получал процент от общего дохода, который приносил отдел, чья бы ни была идея. — Я действительно считаю, нам следует...

— Я говорил тебе, что мне не нравится эта компания, — перебил его Оливер.

— Но я обнаружил, что одна японская компания последние две недели набирала ее акции. Со времени нашего последнего разговора цена на «Турбо-Тек» выросла на пятнадцать процентов и может еще подскочить, если японцы выступят с предложением приобрести компанию. Что, я полагаю, они и сделают.

— Нет. Никогда нельзя ставить на японцев. Думаешь, они поступят так, а они поступают как раз наоборот. Они это ловко делают. — Оливер улыбнулся. — Не огорчайся, Джей Уэст. Мне нравится ход твоих мыслей, но у меня есть идея получше.

Джей поднял на него взгляд.

— Какая?

— Некая компания «Саймонс». Ее штаб-квартира где-то на Среднем Западе. В Грин-Бэй, а может быть, в Милуоки — не уверен. Словом, разузнай про нее побыстрее. Удостоверься, что у нее нет серьезных проблем. Никаких смертельных вирусов или тикающих бомб. И когда все проверишь, покупай пятьдесят тысяч акций. Понятно?

— Я немедля за это примусь.

— Прекрасно. — Оливер спустил ноги на пол и наклонился к Джею. — Эта операция поможет тебе выбраться из застоя и заставит забыть о том, как медленно — согласись — ты тут разворачивался.

Джей содрогнулся. Он не был готов к такому.

— Я знаю, что сегодня утром ты приобрел акции «Бэйтс», но это ведь была не твоя идея.

— Знаю.

— Я, конечно, дам тебе пинка под зад, если по твоей милости у меня залягут пятьсот тысяч дополнительных акций и со стороны «Дж.Э.» так и не поступит предложения о покупке.

Джей молчал.

— Еще два момента, дружище, — поспешил сказать Оливер. — Я хочу, чтобы ты завтра взял отгул и провел день в Коннектикуте на яхте. Погода предполагается совершенно замечательная. Будет жарко, но замечательно. Я пошлю машину к восьми утра забрать тебя из дома.

— Не думаю, чтобы Баллок этому обрадовался.

Оливер сверкнул улыбкой:

— Наплюй на Барсука. Помни: приказания тебе даю я.

— Я не знаю...

— Это больше не обсуждается. Договорились, — поставил точку Оливер. — Это даст нам хорошую возможность лучше узнать друг друга. И ты познакомишься с моей женой.

— О'кей. — Джей не стремился знакомиться с женой Оливера. Она, по всей вероятности, понятия не имела, что Оливер вытворяет с Эбби в свободное от работы время.

— Возьми с собой купальные трусы и что-нибудь приличное. Блейзер, брюки защитного цвета и галстук. — Оливер поднялся и направился к двери.

— Вы сказали, Оливер, что есть два момента.

— Ах да. — Он приостановился в дверях. — Завтра, когда ты приедешь ко мне, я одолжу тебе сто тысяч долларов, чтобы ты продержался до премии.

— Что-что? — Джей не был уверен, что правильно расслышал.

— Угу. — Оливер кивнул. — Я ведь знаю, что, перейдя к нам, ты стал меньше получать, и я лично хочу тебе помочь. Я одолжу тебе денег. Ты вернешь мне их, когда получишь премию.

— Но вы не обязаны...

Оливер поднял руку.

— Я не хочу, чтобы ты ездил в этом разбитом «таурусе». — Он снова широко улыбнулся. — Ты недостаточно хорошо в нем выглядишь. Куда лучше будешь выглядеть в «бимере» — ты ведь такую машину назвал, когда мы с Баллоком тебя интервьюировали. — С этими словами он вышел из зала.

А Джей несколько минут смотрел на пустой дверной проем. Потом откинулся на спинку кресла, глубоко вздохнул и протер глаза. С Оливером Мэйсоном не соскучишься.

ГЛАВА 3

На лице Тони Вогела, стоявшего в прихожей номера люкс отеля «Плаза», было написано беспокойство.

— Оливер, я встревожен.

Это был маленький плотный лысеющий мужчина с печальными глазами, под которыми набухли лиловые мешки. Оливер оглядел лысину Вогела, прикрытую аккуратно выложенными прядями волос. Они походили на ряды только что посаженной кукурузы.

— Чем, Тони? Новые волосы не растут? — И Оливер опустил глаза на конверт в руках Вогела.

— По-моему, в городе что-то пронюхали, — угрюмо ответил Вогел, игнорируя остроту Оливера.

— Не может быть. Уж я бы услышал.

— Так или иначе, — возразил Вогел, — надо действовать осторожно. Возможно, сейчас нужно на время все приостановить. А возможно, и навсегда.

Оливер громко расхохотался:

— Мы этим занимаемся уже почти пять лет, и за все время ничего плохого не случилось. Почему тебя вдруг страх пробрал?

— Другие тоже это чувствуют, — ответил Вогел, пропустив мимо ушей вопрос Оливера.

— Все?

— Все, — подтвердил Вогел. — Особенно Торчелли.

— Но нас никак не могут поймать, — возразил Оливер. — За деньгами не проследить. Тут все идеально. — Он дважды громко дернул носом. — А кроме того, мы не можем остановиться. И ты это знаешь.

— Мы можем делать все, что хотим. — Вогел помолчал. — Возможно, сейчас самое время забрать деньги.

— Что?

— Угу.

— Ты хочешь сказать...

— Ты прекрасно понимаешь, что я говорю.

Оливер невольно стиснул зубы.

— На этот раз ты действуешь сгоряча, Тони. Чересчур сгоряча.

— Мы считаем, таким путем мы искусно прикроем все дело и одновременно выберем наши денежки. Оборвем все связи и скроем все следы.

— Давай сюда конверт, Тони. — Оливер похлопал Вогела по плечу и выхватил у него конверт. — Почему бы тебе не спуститься в «Дубовый бар» и не выпить за мой счет? Чего-нибудь хорошего, крепкого.

— Оливер, я...

— Ты — что? — Оливер внезапно перестал сдерживаться. — Ты, черт возьми, что? — взорвался он.

Вогел понял, что пережал.

— Я... то есть мы...

— Мерзавец ты, вот кто.

— Послушай, извини. — Вогел заговорил уважительным, потом извиняющимся тоном. — Мы же следим, чтобы все было в наших наилучших интересах. И твоих тоже.

Оливер фыркнул.

— Ты и остальные действуете за моей спиной, принимаете кучу односторонних решений и считаете, что я сложу палатку и последую за вами. А чудовищно-то рискую я. И нахожусь под давлением тоже я. — Он произнес это точно одержимый, захлебываясь словами. — Создал все это я. А вы четверо просто сели в коляску. И решения принимаете не вы. Принимаю их я.

— Мы обеспечиваем информацию, — возразил Вогел.

— Великое дело. Я могу создать меньше, чем за неделю, еще одну такую группу с четырьмя другими людьми. — Оливер улыбнулся. — И тогда с чем ты останешься, Тони? — Улыбка слиняла. — Ни с чем. Вот как. — Он вскинул голову. — Или, может, ты и меня хочешь прикончить?

Вогел поднял руки ладонями вперед:

— Ни в коем разе, Оливер.

— Черт побери, ты даже не знал бы, как это сделать. — Оливер расхохотался. — Собственно, почему я должен волноваться? Вы все четверо из безупречных семей. Вам духа не хватит, чтоб совершить убийство!

— Я не знаю. — Вогел опустил голову.

— Вот именно. — Оливер покачал головой. — Убирайся отсюда сейчас же, а я, возможно, постараюсь забыть, что у нас был этот разговор.

Вогел проглотил слюну. Он прекрасно понимал, что Оливеру все это не понравится. Но ему было поручено дать понять, каково настроение группы.

— Остальные не будут довольны, особенно Торчелли.

— Скажи остальным, чтоб позвонили мне, — ровным тоном произнес Оливер. — Особенно Торчелли.

Вогел посмотрел на кофейный столик со стеклянной крышкой, по которому четырьмя рядами шириной в шесть дюймов каждый был рассыпан белый порошок.

— О'кей.

— Хорошо. — Оливер открыл дверь номера и указал на коридор. — Смотри, чтобы дверь не ударила тебя по заду. И пригни голову. Не смотри никому в глаза.

— Я всего лишь передал то, что меня просили, Оливер, — пробормотал Вогел, быстро выходя в коридор. — Прошу это помнить.

Оливер хлопнул дверью, затем подошел к дивану перед кофейным столиком, положил на столик конверт, взял короткую красную соломинку, пригнулся и вдохнул порошок. Опустошив первую полоску, он сделал передышку. Опустошив и вторую, он швырнул соломинку на столик и медленно откинулся на спинку дивана, опершись головой на подушки. Просидев так несколько минут, он почувствовал в горле знакомую влагу, закапавшую из носа, и лекарственный привкус во рту. Тогда он закрыл глаза, слегка охнул и заулыбался, преисполняясь эйфории от сознания своей власти, абсолютного контроля и полной уверенности в себе. Ведь он контролировал огромные массы денег, множество людей готовы были выполнить любую его прихоть, и ему это нравилось. Его не пробьешь. Он неприкасаемый.

Оливер взял со стола конверт, который принес Вогел, вынул из него единственный лист бумаги и взглянул на стоявшее на странице название. «Прекрасно», — подумал он.

Эбби лежала обнаженная на боку под одеялом, спиной к двери в спальню, как велел Оливер. Она знала, что он в гостиной приканчивает кокаин. Она натянула одеяло на плечи — ее трясло. Тут было холодно, как на льдине, потому что она повернула регулятор кондиционера на самую большую мощность.

Она ждала уже целых четверть часа и с трудом заставляла себя лежать спокойно. Она едва ли сознавала, что пальцем ноги нетерпеливо постукивает по матрацу и зубы у нее стиснуты. Думала же она лишь о том, что счастлива.

Когда они нюхали кокаин в гостиной, сидя на диване, Оливер обещал, что попросит жену дать развод и выедет из своего особняка в Коннектикуте. Он обещал, что они с Эбби переедут в квартиру на Верхней Восточной стороне и будут счастливо жить вместе. Эбби хихикнула и уткнулась лицом в подушку, чтобы Оливер не слышал. Она всегда была пай-девочкой. Ни в колледже, ни в первые годы работы на Уолл-стрит она не прикасалась к наркотикам и не заводила романов с женатыми мужчинами. Никогда даже не помышляла об этом. Но в ее жизнь ураганом ворвался Оливер, и теперь она грешила так, что ее родители-бруклинцы пришли бы в ужас. Однако у нее никогда не было никого такого, как Оливер. Она вдруг стала жить, балансируя на краю пропасти, и каждый миг ее жизни был полон восторга. Оливер, казалось, изведал все самое лучшее. Он жил так, точно каждый день — его последний день на земле. Он был богом... или скорее дьяволом, но это его не смущало. А ей просто хотелось быть с ним. И она была уверена, что со временем сумеет его изменить. Ей уже удалось многое сделать.

Скрипнула дверь, и Эбби затрепетала: она услышала, что Оливер снимает одежду. Вот он отбросил одеяло, и его теплое тело легло рядом с ней. Эбби повернулась к нему, и несколько минут они безудержно, чувствуя, как кокаин пульсирует в крови, целовались. Затем он лег на нее, резко раздвинув коленями ее ноги. Она положила руку между его ног и своими маленькими пальчиками обхватила разбухший член. Оливер вошел в нее, взял в рот ее темный сосок, и она изогнулась, вскрикнула. Первые несколько секунд ей было больно — такой он был большой, а потом соки ее брызнули, вызванные накалом страсти от близости обожаемого мужчины, она обвила его руками, и тело ее задвигалось в ритме с ним.

— Почему ты ничего не надел? — шепотом спросила она. — У меня близится то самое время.

— Я не пользуюсь презервативами, — с трудом справляясь с дыханием, сказал он. — Ты же знаешь. Я их терпеть не могу.

3*

— И все же.

Оливер поднялся и, тяжело дыша, — грудь его блестела от пота, — уставился на нее.

— Продолжай, — взмолилась Эбби. — Мне было так хорошо.

Оливер улыбнулся:

— Я сейчас так сделаю, что тебе будет еще лучше.

— Каким образом?

Он, не отвечая, сунул руку под подушки и вытащил два галстука.

— Давай сюда руки, — скомандовал он.

— Ч-что? — заикаясь, произнесла она.

— Руки. Дай их мне.

Эбби отвернула голову.

— Оливер, нет.

Он сжал пальцами ее тонкую шею.

— Не говори мне «нет», — прошипел он.

— Извини, извини, — сказала она и покорно протянула ему руки.

Он быстро связал ее руки вместе и притаранил их к изголовью. Затем обмотал второй галстук вокруг ее шеи, завязал его и стянул узел.

— Оливер, прошу тебя, — прохрипела Эбби еле слышно. Она пыталась высвободиться, но руки у нее были привязаны к кровати, и она ничего не могла сделать.

Верхняя губа у Оливера дернулась при виде вздувшихся на ее шее вен. Он снова вошел в нее и заработал — сначала методично, медленно, потом изо всех сил, быстро. Возбуждение его возрастало, и он крепче и крепче затягивал на ее шее галстук.

Эбби отчаянно пыталась ослабить узел, в ней нарастала паника, но усилия ее были тщетны. Потом, глядя в его черные глаза, когда ей казалось, что она вот-вот потеряет сознание, Эбби вдруг почувствовала, что сейчас кончит. Оргазм начался, как спазм, и стал нарастать приливной волной, вздымавшейся все выше и выше, пока не достиг предела. Волна вспенилась, и, очутившись на ее гребне, Эбби непроизвольно сжалась под Оливером и укусила в ладонь, которой он зажимал ей рот. Она взмывала все выше и выше по мере того, как Оливер крепче стягивал галстук на ее шее, перекрывая ей кислород, а потом волна с грохотом разбилась, погрузив ее в море наслаждения, и Эбби потеряла сознание.

Через две-три минуты она пришла в себя. Оливер стоял возле кровати, застегивая рубашку. Горло у Эбби горело, но ей казалось, что она плывет на облаке. Она вся расслабилась.

— Что это было? — словно в полусне шепотом спросила она.

— Ты потеряла сознание. — Оливер сел в стоявшее рядом кресло, чтобы надеть носки.

— Никогда в жизни не испытывала ничего подобного. — Она чувствовала в себе его семя. Он кончил, когда она без сознания лежала под ним. — Где ты такому научился? — Она попыталась передвинуться, но ее руки были привязаны к изголовью кровати.

— Я бываю в разных местах, — не без самодовольства ответил он.

— Не сомневаюсь. — Окончательно придя в себя, она снова потянула за узел галстука на шее. — Развяжи, пожалуйста.

— И не подумаю. — Он сунул ноги в мокасины. — Хочу посмотреть, насколько ты находчива. — Он встал и направился к двери из спальни. — Если завтра ты не явишься на работу, ответ мне будет ясен.

— Оливер!

Он откинул голову и рассмеялся, затем вернулся к кровати. Встал на матрац на колени, развязал галстук на руках Эбби и бросил его на пол.

— Я шучу.

Она секунду потерла запястья, потом обвила его шею руками, притянула к себе и, радуясь освобождению, поцеловала.

Но вот губы их разомкнулись, и Оливер заглянул в глаза Эбби. Он не принадлежал к числу сентиментальных людей, однако она вызывала в нем чувства, о существовании которых он не подозревал. Она влияла на него, хоть ему и не хотелось в этом признаваться. Он погладил ее по щеке и поцеловал.

— Как славно, — прошептала она. — Как бы я хотела, чтоб ты почаще был таким.

— То есть? — Он опустился на кровать рядом с ней.

— Целовал бы меня, как сейчас. Так нежно. А то ведь ты целуешь меня, можно сказать, только когда мы занимаемся любовью.

— Извини.

— Да нет, все в порядке, — мягко произнесла она. — Просто ты не бывал с женщиной, которая знает, как надо относиться к тебе.

Он нежно погладил ее по щеке, думая, как она права.

— Извини за то... — И замолчал.

Она приложила палец к его губам:

— Все о'кей.

— Я же никогда не причиню тебе боли.

— Я знаю.

Он менялся под ее влиянием, медленно, но верно. Она уже готова была порвать с ним раньше, на складе, но сейчас чувствовала, что любит его как никогда.

Он снова поцеловал ее.

— Я должен идти.

— Куда?

— Домой.

— Нет. Не пущу. Не хочу, чтоб ты ехал домой, к ней.

— Мне надо. — Оливер еще раз поцеловал ее, затем поднялся, прошел к двери и исчез.

Несколько секунд она смотрела на дверь, потом подтянула к себе подушку. Услышав, как сначала открылась, затем захлопнулась дверь в коридор, она повернулась на бок. Было всего лишь восемь часов, а «Маккарти и Ллойд» арендовали этот номер люкс на весь год. Так что можно было не спешить. Эта большая кровать куда удобнее ее собственной. А у отца был ключ от квартиры, так что он мог и без нее зайти и посмотреть кондиционер. Эбби закрыла глаза и почувствовала, что погружается в сон.

Сначала Эбби показалось, что ей снится кошмар, но слишком сильно сдавило шею. Она открыла глаза и, потянувшись к горлу, стала царапать и отдирать материю, врезавшуюся ей в кожу, ее длинные красные ногти царапали шею до крови.

— Оливер! — задыхаясь, прохрипела она. — Не надо больше, пожалуйста!

Тут она почувствовала тяжесть — на спину ей надавили коленом и прижали животом к кровати. Закинув назад руки, она попыталась отбросить насильника, потом попробовала перевернуться, но не смогла.

Она стала вертеть головой из стороны в сторону, стараясь просунуть палец между шеей и галстуком, но не сумела. Она задыхалась и, уцепившись за край простыни, сдернула ее с матраца. И тут почувствовала, как верхнюю половину ее тела приподнимают с кровати и перегибают через колено, упертое ей в позвоночник. Она билась изо всех сил, но они угасали из-за отсутствия кислорода. Наконец руки ее повисли, а глаза закатились.

Еще несколько минут насильник продолжал крепче и крепче стягивать галстук, хотя тело Эбби уже обмякло и она больше не пыталась защищаться. Потом голова ее упала на подушку и ее не стало.

ГЛАВА 4

Часом раньше Манхэттен исчез из зеркала заднего вида, и Джей вступил в мир, где обеспеченные люди считаются бедняками. Где, если ты точно знаешь, сколько стоишь, значит, ты стоишь немного и где положение в обществе определяется тем, в какую частную школу ходит твой ребенок, к какому загородному клубу ты принадлежишь и ездишь ли ты сам на работу или же тебя возят.

Сквозь затемненные стекла Джей с заднего сиденья синего «линкольна-таун-кар», подхватившего его у дома, рассматривал поместье в Коннектикуте. По обе стороны длинной подъездной аллеи стояли высокие клены, заслоняя яркий солнечный свет. Белые четырехполосные изгороди разделяли на аккуратные прямоугольники поля клевера и тимофеевки, на которых пестрели породистые лошади, стоявшие парами — грудь к бедру и помахивавшие хвостом, отгоняя насекомых от глаз друг друга.

Когда показался главный дом, Джей подвинулся вперед на кожаном сиденье. Притулившись к склону холма, в окружении красиво подстриженных садов и лужаек, в конце закруглявшейся подъездной аллеи стоял трехэтажный особняк из темного камня. С одной стороны к нему примыкал гараж на четыре машины, а перед ним стояли зеленый «мерседес» с четырьмя дверцами, красный «субурбан» и белый «Остин-хили-3000».

Шофер мягко притормозил перед главным входом, затем выскочил и побежал вокруг машины к дверце Джея.

Но Джей уже успел выйти. Он стоял, уперев руки в бока, и любовался большим домом. У каждого из многочисленных окон в белых рамах были темно-зеленые деревянные ставни, а перед окнами стояли черные ящики с яркими цветами. Посмотрев вверх, он насчитал четыре трубы на крытой шифером крыше, затем опустил глаза на вход под длинным широким навесом. Дом был совершенно прелестный.

— Я хотел открыть вам дверцу, — извиняющимся тоном пояснил шофер.

— В этом не было необходимости. — Джей рассматривал это великолепие, перед которым стоял, пытаясь представить себе, каково в таком месте жить. Лицо его помрачнело, когда он посмотрел на гараж. Дом, в котором он вырос, легко мог уместиться в этом гараже. — Спасибо, что заехали за мной.

— Не стоит благодарности. — Шофер подошел к багажнику, достал сумку Джея и повесил себе на плечо. — Пойдемте в дом, сэр!

— Я ее сам понесу. — И Джей стащил ремень сумки с плеча мужчины. — Вам вовсе не обязательно ее нести.

— Здравствуйте, Джей Уэст.

Джей поднял глаза. В проеме двери рядом с главным входом стояла женщина — по-видимому, решил Джей, жена Оливера.

— Я — Барбара Мэйсон, — сказала женщина, спускаясь со ступеней. На ней были простая белая кофточка и шорты защитного цвета. — Входите, пожалуйста.

Джей попрощался с шофером и направился к ней.

— Как поживаете? — Барбара поджидала Джея на лужайке. — Я столько о вас слышала. — И похлопала его по плечу. — Уверяю вас, только хорошее.

— Я рад. — Джей мгновенно заметил, как уверенно держится Барбара. Он называл это «долларовой закалкой» — эту ауру независимости, рожденную сознанием, что о деньгах можно не заботиться. — Мне бы не хотелось, чтобы Оливер рассказывал обо мне без прикрас.

Она сжала ему плечо и с напускной скромностью улыбнулась.

— Конечно, нет.

С одной стороны, Барбара выглядела женщиной привлекательной. Блондинка среднего роста с хорошеньким личиком и прелестной улыбкой. Но, приглядевшись, Джей, к своему удивлению, увидел в углах ее рта морщины, указывавшие на возраст, и едва различимую печаль в сеточке морщинок вокруг зеленых глаз. Ноги у нее были загорелые, но он заметил появление варикозных вен и то, что руки у нее преждевременно состарились. По всей вероятности, она одного возраста с Оливером — ей около сорока, но выглядит старше. Джей представил себе Оливера рядом с ней и подумал, что они не подходят друг другу. Он ожидал увидеть яркую, более экзотическую женщину, — возможно, потому, что в то утро на складе он видел, с каким сексуальным напором действовал Оливер. И он опустил глаза, когда перед ним возникла эта сцена, где Оливер стоял, вжавшись в Эбби.

— На яхте сегодня будет чудесно, — заметила Барбара, ведя Джея по лужайке к боковой двери, возле которой стоял мальчик. — Познакомьтесь с Младшеньким, моим сыном.

— Здравствуйте. — Младшенький протянул руку, растопырив пальцы.

— Привет. — Джей взял маленькую руку мальчика и пожал. — Рука-то у тебя какая сильная, — сказал он, проходя вслед за Барбарой на кухню особняка.

— Спасибо. А теперь мне можно идти, мам?

— Да, лапочка. Но пойди отметься у няни.

— А где Оливер? — спросил Джей, глядя вслед убегавшему Младшенькому.

— Наверху, одевается. — Барбара подошла к кухонному столу, на котором стояла большая корзина с грудой еды. — Оливер не говорил мне, что вы такой красавец, — деловым тоном произнесла она.

Джей усмехнулся:

— А мне Оливер не говорил, что вы так откровенны.

— Я говорю все, что думаю, когда мне это приходит в голову, — отнюдь не в качестве извинения сказала она, вытаскивая несколько предметов из корзины и кладя на стол. — Иногда я попадаю в сложное положение с дамами в клубе, но я всегда держалась такого образа мыслей и уже не могу измениться. По-моему, я унаследовала это от отца. Он иногда может быть очень прямолинеен.

Джей оглядел большую кухню в деревенском стиле, оборудованную новейшими приборами и всеми мыслимыми приспособлениями для кулинарии.

— Ваш отец тоже связан с Уолл-стрит?

Барбара глубоко вздохнула, словно ей тяжело было говорить о занятиях отца.

— В свое время у моего отца была компания «Авиация Келлога». Моя девичья фамилия — Келлог. Эта компания...

— Вспомогательная авиалиния, использующая большие транспортные самолеты, — прервал ее Джей. — Года два-три назад ее купили за кучу денег.

— Откуда вам это известно?

— Я работал в инвестиционной группе Нэйшнл Сити Бэнк, которая пыталась купить ее. Я должен был обеспечить финансирование покупки, но когда стало ясно, что речь идет о такой крупной авиалинии, группа, в которой я работал, отказалась от этой идеи. — Джей помолчал. — Значит, ваш отец Гарольд Келлог. — «Если верить «Форбс», Келлог был чрезвычайно богат».

— Совершенно верно, — подтвердила Барбара.

— Это многое объясняет, — пробормотал себе под нос Джей.

— Что именно?

— Да нет, ничего.

— Скажите же.

— Это, право, меня не касается.

— Выкладывайте, — потребовала она, подмигнув ему. — Не то я скажу Оливеру, что вы рассказали мне, как он крутится вокруг кого-то на работе.

Глаза Джея вспыхнули, и он посмотрел на Барбару — не устраивает ли она ему проверку.

— Хорошо, хорошо, — согласился он со слишком уж широкой улыбкой. — Я просто знаю, сколько стоит тут недвижимость. Земли на этой ферме будет акров сто...

— Сто пятьдесят, и у отца еще две сотни акров на другой стороне холма.

— А площадь дома, наверное, тысяч десять квадратных футов.

— Что-то в этом роде.

— Правильно. — Под впечатлением услышанного Джей приподнял брови. В его родном городе даже коммерческие фирмы не занимали таких больших зданий. — Я уверен, что Билл Маккарти очень хорошо платит Оливеру, но все это... на такое не хватит средств даже у большинства инвестиционных банкиров.

— Это верно, — согласилась Барбара. — Ферму подарил нам папа. Оливер на свои деньги не мог бы себе такое позволить.

Впервые Джей услышал в ее голосе сарказм или, возможно, горечь.

— И я знаю, это его раздражает, всякий раз как он подъезжает к дому, — продолжала она. — Всякий раз, как видит, чего добился мой отец. — Губы ее растянулись в скупой улыбке. — К сожалению, я все это себе не представляла, пока мы сюда не переехали, — печально призналась она. — Они не слишком ладят. Мой отец может быть, ну, словом, весьма колким. Оливер всегда на него обижается. Наверное, из-за своего происхождения. — Она немного помолчала. — Я, пожалуй, наговорила больше, чем вам хотелось бы услышать, — тихо произнесла она. — Возможно, больше, чем должна была говорить. Но я ведь вас предупреждала. — И закончила более громко, своим естественным голосом: — Я выкладываю первое, что приходит в голову.

— Я рад, что это так. — Джей невольно провел пальцем по шраму под глазом. Это уже вошло у него в привычку. — А как вы с Оливером познакомились?

Барбара метнула на него прозорливый взгляд.

— То есть вы хотите понять, каким образом такая светская девушка связалась с парнем из совсем другой части общества.

Немного смущенно он передернул плечами. Она попала в точку.

— Я ведь сказала вам, Джей. Я непредусмотрительна.

— Не может быть. — Он проверил, нет ли в коридоре Оливера. — Так расскажите же.

— Оливер, когда хочет, может кого угодно очаровать. — Она опустила глаза на свой французский маникюр. — Я познакомилась с ним на коктейле на Восточной стороне Нью-Йорка двенадцать лет назад, когда он был восходящей звездой у Дж. П. Моргана. Меня заинтересовало, как молодой человек, выросший в муниципальных домах Бронкса, мог настолько преуспеть в такой фирме голубых кровей и начищенных туфель, как «Морган», — заинтересовало даже то, как он оказался на этом коктейле, куда были приглашены только представители истеблишмента. А к концу вечера интересовал меня уже он сам. Он человек динамичный. Окончив городской колледж, он пробился на фирму «Морган», ну а остальное, как говорится, уже история. Стоит дать Оливеру малейшую возможность, чуточку приоткрыть дверь, — он этим воспользуется. Я никогда не встречала человека, который так быстро может освоить столь много разных вещей или по крайней мере внушить вам, что он их освоил. Он настоящий делец, но одновременно и величайший на свете обманщик. Он — загадка, человек, постоянно меняющийся, и хотя я замужем за ним, мне так и не удалось до конца раскусить его. И это одна из причин, почему я его люблю. — Она вздохнула. — И почему терплю.

Джей несколько секунд смотрел на Барбару, пораженный ее искренностью.

— А, черт!

— Что случилось? — Неожиданный возглас Барбары испугал Джея.

— О, я забыла купить джин для поездки. Оливер любит пить на яхте «Бифитер» с тоником. — Она закатила глаза. — Он взбесится, обнаружив, что я забыла купить бутылку.

— Мы можем остановиться по дороге на яхту, — заметил Джей.

— Нет. — Барбара покачала головой. — Если уж Оливер тронулся в путь, он не любит останавливаться. Он дико злится, если нам приходится заезжать за покупками по пути в клуб. И я не хочу слушать о том, какая я плохая хозяйка, раз забыла сказать домоправительнице, чтобы она купила джин. Он всегда говорит мне, что надо делать списки, а я этого терпеть не могу. — Она подошла к холодильнику, на стенке которого были крючки, и сняла с одного из них ключи. — Будьте ангелом и купите мне джин. Милях в двух отсюда, на дороге, в которую упирается наша подъездная аллея, есть маленький торговый центр, а в нем — винный магазин, — пояснила она, вручая ключи Джею. — В конце подъездной аллеи сверните налево.

— Я помню, я видел этот торговый центр, когда ехал сюда. Это ключи от «субурбана», что стоит у входа? — Он понял по виду ключей, что они не от этой машины, но хотел из вежливости дать Барбаре возможность поменять ключи, если она ошиблась.

— Нет. Они от «остин-хили», что стоит рядом с ним. На «хили» вам приятнее будет прокатиться.

Джей улыбнулся:

— Отлично.

— Машина разогрета, — сказала Барбара. — Оливер совсем недавно ездил на ней.

— О'кей. Я скоро вернусь.

Джей вышел из двери и быстро направился к сверкающей английской спортивной машине. Он откинул парусиновый верх, сел за руль и включил шестицилиндровый мотор. Затем помчался по подъездной аллее в милю длиной, ветер приглаживал назад его волосы, белая стрелка спидометра доползла до семидесяти, и лишь тогда он нажал на тормоза, заблокировал колеса полированного хрома и, проскользив немного, остановился там, где подъездная аллея выходила на сельскую дорогу. Машина, взвизгнув, остановилась, и Джей, откинув голову, расхохотался, потом ударил ладонью по приборной доске и вдохнул исходивший от машины запах кожи. Оливер жил как в волшебном сне.

Джей посмотрел в обе стороны, затем перевел машину в первую скорость, включил акселератор и помчался по извилистой дороге. Он переключал скорости, когда машина огибала крутые повороты, и когда скорость увеличивалась, центробежные силы вжимали его в сиденье. Наконец пошла прямая дорога, и Джей включил предельную скорость. Слишком быстро появился торговый центр. На один миг он подумал было промчаться мимо и покататься, но все же сбавил скорость, не желая заставлять ждать Оливера и Барбару. Переключив скорости, он проехал по усыпанному гравием паркингу и остановился.

Расстегивая пояс безопасности, Джей вздрогнул — в отделении для перчаток зазвонил телефон. Джей перегнулся через сиденье для пассажира и открыл отделение для перчаток. Наверное, это Оливер, подумал он, — звонит, чтобы предостеречь против слишком быстрой езды на его крошке. Джей схватил тонкий мобильник с черной подставки и нажал на кнопку ответа.

— Алло!

— Оливер, это Тони! Слава Богу, я тебя поймал. Послушай, не следуй той информации, что я вчера дал тебе. Есть проблема. Мы хотим сначала рассмотреть ситуацию лицом к лицу. Понял?

Джей молчал, слушая звуки, производимые транспортом на другом конце линии.

— Оливер?

Джей продолжал молчать.

— Вот дерьмо!

В ухе Джея раздался щелчок. Он медленно опустил трубку и уставился на нее. Наконец перегнулся через место для пассажира и положил трубку в отделение для перчаток, на папку, в которой, очевидно, лежали квитанции об обслуживании машины, регистрационные документы и страховки. При этом он заметил рядом с папкой компьютерную дискету и незапечатанный конверт под ней. Повинуясь импульсу, Джей вытащил конверт и извлек из него лист бумаги — на нем значилось: «Белл кемикал». «Белл» была одной из крупнейших химических компаний в стране.

Краешком глаза Джей увидел в боковом зеркале красный «субурбан». Машина мчалась по прямой дороге к торговому центру. Он сунул бумагу обратно в конверт и положил его в отделение для перчаток, как раз когда Оливер поставил «субурбан» рядом с «хили».

— Эй, дружище! — окликнул его Оливер в открытое окошко «субурбана». Он выключил мотор, выскочил из машины и подошел к Джею, стоявшему позади «хили». — Рад, что ты сумел к нам добраться.

— Спасибо, что пригласили меня.

— А как же иначе. — На Оливере была рубашка «поло», шорты защитного цвета и солнечные очки «Вуарнет». — День выдался отличный — лучше некуда.

— Безусловно, — согласился Джей. — Зачем вы сюда приехали? — Он заметил, что Оливер, несмотря на небрежный костюм, держался по-прежнему по-деловому, начальственно.

Лицо Оливера исказила гримаса раздражения.

— Эта чертова Барбара. Она бывает иногда такой недотепой. Забывает купить мне джин, потом забыла сказать тебе взять лосьон от загара. Я напоминал ей об этом утром раз десять. Она все равно забыла. Можешь такому поверить? Я говорил тебе, Джей: заводи детей, но не жену.

— Почему вы просто не позвонили мне по вашему мобильнику?

— Что?

Джей заметил, что Оливер раздраженно постукивает себя по бедру. Вот так же он делал, когда в отделе арбитража становилось горячо.

— По мобильнику, что находится в вашем отделении для перчаток. — И Джей указал на «хили». — Вы же могли позвонить мне и сказать, что надо взять лосьон. Зачем надо было ехать сюда?

— Откуда ты знаешь, что у меня в отделении для перчаток есть мобильник? — обозлившись, спросил Оливер. — То, что Барбара дала тебе ключи от моей машины, еще не дает тебе права шарить в ней.

— Телефон зазвонил, — спокойно произнес Джей. — Я подумал, это вы звоните, и взял трубку.

— А-а. И кто же это был? — нерешительно спросил Оливер.

Джей пожал плечами:

— Я не знаю. Человек сказал, что вы не должны использовать информацию, которую он сообщил вам вчера. По-моему, он назвался Тони. Он повесил трубку, поняв, что на другом конце не вы. Странный какой-то звонок.

— А-а, да. — Оливер махнул рукой, словно прибивая муху. — Я вчера после работы встречался с Тони в Дубовом зале. Это агент по недвижимости. Я думаю купить квартиру в Манхэттене, и он представляет мои интересы. Место чудесное, на берегу Ист-Ривер, но мне трудно попасть в этот дом. Председатель совета кооператива не любит инвестиционных банкиров, особенно если они из Бронкса. Ну а Тони накопал немного грязи на него, и мы собирались ее использовать. Понимаешь, немножко по-дружески повлиять на то, чтобы он встал на мою сторону. Я сознаю, это звучит не очень хорошо, но иногда люди в таких домах могут быть изрядными снобами. И иногда их надо подтолкнуть. — Он состроил скорбную гримасу. — Наверное, Тони испугался.

— Наверное.

Несколько секунд Джей и Оливер смотрели друг на друга. Наконец Оливер достал бумажник и сунул в руку Джея стодолларовый банкнот.

— Купи мне джин и лосьон, хорошо, дружище?

— Конечно.

— И дай мне ключи от моей крошки.

— Что?

— Ключи от «хили». — Оливер указал на машину и протянул Джею ключи от «субурбана». — А тебе — эти.

Джей вытащил из кармана ключи от «хили», и они с Оливером произвели обмен.

— Спасибо. — Оливер бросился к «хили» и сел за руль. — Обожаю эту машину! — выкрикнул он. — Увидимся дома.

Джей посмотрел, как Оливер задом вывел «хили» из паркинга и помчался. Он опустил глаза на стодолларовый банкнот в руке, потом посмотрел вслед исчезавшей спортивной машине.

А двадцать минут спустя Джей остановил «субурбан» рядом с «хили», взял с места для пассажира пакет с джином и лосьоном и вышел из машины. Но не сразу пошел к дому — его так и подмывало заглянуть в отделение для перчаток. Он бросил взгляд на боковую дверь в дом, потом снова посмотрел на «хили». Верх у нее был по-прежнему опущен, так что проверить отделение будет легко. Он протянул руку к кнопке, открывающей «бардачок».

— Красавица машина, правда?

Джей круто повернулся, чуть не выронив пакет.

— Извините, если испугала вас.

— Н-нет, нисколько, — заикаясь, произнес Джей.

Перед ним стояла Салли Лэйн в простой черной рубашке для гольфа и красных шортах, доходивших ей почти до загорелых колен. Длинные светлые волосы и аквамариновые глаза Салли блестели на утреннем солнце.

— Я не знал, что вы сегодня тут будете.

— Оливер пригласил меня вчера за ленчем, — пояснила Салли. — Он подумал, что это даст нам возможность лучше узнать друг друга. Вне конторы. — Она заложила руки за спину. — Он хочет, чтобы мы тесно сотрудничали. Говорит, я могу многому у вас научиться.

— Угу. — Накануне Джей почти не видел Салли. Она провела свой первый день на работе с Оливером, который знакомил ее с другими сотрудниками, как и Джея в первый день его работы у «Маккарти и Ллойда». — Я рад, что вы смогли приехать.

— Очень люблю эту машину. — Проходя мимо Джея, Салли задела его рукой. — Когда я была девочкой, у отца была «хили». Только красная. — Она остановилась у задней дверцы машины и повернулась к Джею. — Нам пришлось от нее избавиться, так как она сильно заржавела от соленого воздуха.

— А вы росли...

— В Глостере, штат Массачусетс. — Она заложила за уши свои длинные волосы. — Это севернее Бостона, на океане.

— Я знаю. — Как и накануне, она была почти без макияжа. И эта безыскусственность показалась чрезвычайно привлекательной Джею. — Глостерский «Гортон» и все остальное.

— Все так говорят. Это ставит тебя в дурацкое положение.

— Почему?

— Все равно как если бы ты все время должна ходить в полиэтиленовой накидке и желтой шляпе с полями, держа в руках коробку с замороженными рыбными палочками. — Салли согнула руки, делая вид, что держит коробку, и, повернувшись боком, зазывно посмотрела на Джея. — Ну как?

— Отлично. Если в отделе арбитража не получится, вы всегда найдете работу, продавая морскую снедь.

Ему интуитивно нравилась Салли, хотя Баллок накануне большую часть дня убеждал его, что это его соперница: Салли-де тоже дана гарантия на премию в миллион долларов, и Оливер будет сталкивать лбами Салли и Джея, а потом уволит того, кто хуже себя проявит к декабрю, с тем чтобы выплатить всего одну премию. Это было похоже на Оливера, так что Джей не мог игнорировать услышанное. К тому же у Салли было преимущество: она окончила Йель и Гарвардскую школу бизнеса, а потом два года работала в элитной консультативной финансовой фирме в Лос-Анджелесе. Именно о таком багаже говорил Билл Маккарти в тот день, когда нанимали Джея. О багаже, какого у Джея не было.

— Мне, наверно, не следует чересчур издеваться над рыбной промышленностью, — сказала Салли. — Ведь именно так начинала моя семья в этой стране.

— В самом деле?

— Да. Мы переехали сюда из Европы в тысяча восемьсот семидесятых годах и осели в Глостере. Мой прапрапрадед каждый день выходил в океан, судя по тому, что мне рассказывали. Все началось с одного маленького суденышка, а вскоре у него была уже целая флотилия.

— Ваша семья по-прежнему живет там?

Салли отрицательно покачала головой.

— Нет, мои отец и мать уехали оттуда. — Она опустила голову. — Они жили во Флориде, но год назад погибли в авиационной катастрофе.

— Сочувствую.

Джей услышал звук открываемой двери и оглянулся через плечо. Оливер тащил к машинам большую корзину со снедью для пикника, Барбара следовала за ним.

— Вы оба готовы ехать? — крикнул им Оливер.

Салли снова прошла мимо Джея, коснувшись его рукой, и, перебежав через лужайку, взяла одну из ручек корзины, чтобы помочь Оливеру донести ее до «субурбана».

Джей внимательно наблюдал за ними, пытаясь обнаружить признаки того, что Оливер питает к Салли не только профессиональный интерес.

— Открой дверцу, дружище, — крикнул Оливер, когда они с Салли подошли к «субурбану».

Джей открыл багажник, поставил туда пакет с джином и лосьоном, потом помог Оливеру и Салли поместить корзину.

Упаковав вещи, Оливер повернулся к Джею и протянул ему ключи от «хили».

— Возьми и поезжай с Салли в веселой машинке. А мы с Барбарой поедем в скучной.

— Мне казалось, вы не любите, когда другие люди ездят в вашей крошке, — поддел его Джей.

— Я этого не говорил.

— Вам и не надо было.

— Ты прав. Но это особый случай. Так что давай пользуйся.

Джея и Салли можно было не упрашивать. Они прыгнули в спортивную машину и поехали по подъездной аллее следом за Оливером и Барбарой.

— Сделайте одолжение, — крикнул Джей, перекрывая ветер, когда они свернули на проселок. Он намеренно держался за «субурбаном». — Удостоверьтесь, что Оливер положил в отделение для перчаток регистрационное удостоверение и страховку. Мне б не хотелось, чтобы меня остановили и оказалось, что у меня их нет.

Салли открыла дверцу и вытащила черную папку. Она быстро нашла регистрационное удостоверение и страховку и показала их Джею.

Он кивнул. Когда она открыла отделение для перчаток, он заметил, что компьютерная дискета и конверт исчезли.

ГЛАВА 5

— На счет три скажите «мани»! — Оливер нацелил «Полароид» на Джея и Салли, лежавших на палубе яхты, и вытащил снимок. — Хорошая улыбка, Джей, — не без сарказма заметил Оливер, протягивая еще не до конца проявившуюся фотографию Барбаре.

— А теперь ты тоже сядь там, Оливер, — посоветовала Барбара, прикрыв глаза от послеполуденного солнца, ярко отражавшегося от голубой воды. — Я сниму вас втроем.

— Хорошо, — согласился Оливер и, взяв свой стакан с джином и тоником, раздвинул Джея и Салли и сел между ними.

Барбара сделала снимок и положила аппарат рядом с собой.

— Иисусе, Барбара! — воскликнул Оливер. — Там же мокро!

Он подхватил камеру и снимки и стал искать сухое место, куда бы их положить. В заливе Лонг-Айленд дул послеполуденный бриз, и вся палуба была в соленых брызгах.

— Держите. — И Джей протянул Оливеру рюкзак, который он прихватил с собой.

— Спасибо.

Оливер быстро сунул в него камеру и два снимка и пошел на нос пятидесятифутовой яхты, нареченной «Властная». Это была великолепная яхта. По ее белому носу и кабине шла ярко-синяя полоса, и над ними вздымался большущий грот.

— Ладно, оба — марш за борт, — скомандовал Оливер Джею и Салли, подняв, как факел, свой стакан. — Говорю: в воду.

— Здесь? — недоверчиво спросила Салли. А яхта плыла, разрезая бурлящие воды и накренившись на несколько градусов влево.

— Именно здесь! — рявкнул Оливер, слегка заплетающимся языком. — Я тут капитан, и все, что я говорю на «Властной», подлежит выполнению.

— Не заставляй их купаться, если они не хотят, — возразила Барбара; судно тут еще больше легло на борт, и она уцепилась за Оливера. В последние минуты волны стали еще выше.

Джей стянул через голову майку, бросил ее на палубу и ткнул в бок Салли.

— Пошли. — Она выглядела отлично в черном купальном костюме. — Оливер ведь не бросит нас тут, — шепнул он. — Даже он такого не сделает.

— Почему вы так уверены?

— Все будет в порядке.

Она боязливо посмотрела на север. Коннектикут был еще виден, но он был далеко, затянутый дымкой жаркого июльского дня.

— Я в этом не уверена, — нерешительно произнесла она.

— Да ну же, Джей Уэст! — крикнул Оливер. — Неужели испугался водички? Я могу понять боязнь Салли. Она все-таки женщина.

— Прекрати, Оливер. — Барбара игриво ударила Оливера по руке. — Не будь таким настырным. И таким шовинистом. — Она обхватила его, отчего выплеснулась почти вся жидкость из его стакана, и поцеловала в щеку. — Я люблю тебя, — прошептала она.

— Спасибо, милочка, — автоматически поблагодарил он, не отрывая взгляда от Салли. — Последний шанс, Уэст, — крикнул Оливер. — Если ты сейчас не нырнешь, буду знать, что ты баба.

Джей с усмешкой посмотрел на Салли:

— Какой-то подростковый ультиматум, но, по-моему, у меня нет выбора. Он ведь босс.

— Наверное, — нехотя согласилась она.

Джей подошел к окружавшим палубу канатам, перелез через них и нырнул. Вода — по температуре близкая к ванне — тем не менее освежала. Было почти четыре часа, — а они находились на заливе с одиннадцати, — и Джей уже готов был поплавать. Он выскочил на поверхность воды, протер глаза и тотчас увидел, что яхта уплывает вдаль. Он окинул взглядом палубу — Салли на ней не было.

— Эй!

Джей обернулся. Салли, рассекая воду, плыла позади него.

— Значит, вы все-таки отважились, — одобрительно произнес он. — Я не думал, что вы поплывете.

— Я не могла допустить, чтобы другой замдиректора отдела арбитража переплюнул меня. Оливер никогда не дал бы мне это забыть. — Она повернула голову вбок и улыбнулась. — Неизвестно ведь, что Оливер в конце года сочтет самым важным. А я хочу получить свою премию не меньше, чем вы.

— Не сомневаюсь. — Джей слегка хмыкнул. Оливер был мастер манипуляций.

— Здесь, безусловно, чувствуешь себя одиноко, когда неожиданно попадаешь в воду, — заметила Салли. Берега уже не было видно.

Джей посмотрел на ее лицо с тонкими чертами, подпрыгивавшее на волнах.

— Немного побаиваетесь, я не ошибся?

— Немного, — призналась она.

— Оливер повернет назад, — заверил он ее.

Джей не был в этом так уж уверен, но берег находился всего в двух-трех милях от них. Пришлось бы плыть изо всех сил, однако он не сомневался, что они доплывут, если придется.

— Есть тут акулы? — с опаской спросила Салли.

— Конечно. Тигровые акулы, большие белые...

— Я хотела лишь услышать простое «да» или «нет», мистер Морской Биолог. — Она подплыла ближе к Джею, ища глазами яхту. — Зачем, вы думаете, он заставил нас плавать?

— Чтоб показать свою власть, — машинально ответил Джей. — Потому и яхту назвал «Властная». — Он перевернулся на спину и закачался на волнах, вытянув руки и ноги. — Оливер принадлежит к тем людям, которым необходимо постоянно убеждать себя, что они всем командуют.

— Наверное, вы правы. Ой! — вскрикнула она.

— Что такое?

— Что-то скользкое проскочило по моей ноге. — Она заспешила к нему — глаза у нее были вытаращены от испуга. — Господи, опять. — Она обхватила шею Джея руками и прижалась к нему.

— Все в порядке. Вам просто почудилось. — На глаза Джею попался ее золотой браслет, блестевший на солнце. Он надеялся, что ей почудилось. Если она снова что-то почувствует, браслет, сколько бы он ни стоил, придется отправить на дно залива. Джей знал, что акул и других рыб-хищников привлекают блестящие предметы.

— Извините, — застенчиво произнесла она и слегка отстранилась, но по-прежнему держалась достаточно близко, так что их пальцы порой соприкасались, когда они рассекали волну.

— Не стоит.

Было так чудесно чувствовать на своем теле ее руки. Джей все время твердил себе, что она — соперница, что надо соблюдать дистанцию, но это становилось с каждой минутой все труднее. Джей уже заметил на яхте, что, обнаружив, как он наблюдает за ней, она тоже стала наблюдать за ним.

— Вон они едут за нами, — сказала Салли, указывая на «Властную». — Слава Богу.

Джей тоже увидел величественную белую яхту, направлявшуюся к ним, и слегка огорчился. Ему бы хотелось продлить это состояние.

Когда «Властная» подошла ближе, Оливер бросил им спасательный канат. Затем приспустил парус, а когда Джей и Салли подтянулись к яхте, спустил веревочную лестницу, чтобы они могли подняться на борт.

— Отлично было, правда? — Оливер так и сиял. — Вам обоим именно это и было нужно.

Салли взяла большую простыню и завернулась в нее.

— Ага, все было отлично, если не считать того, что по моей ноге проплыла акула.

— Ой, нет. — И Барбара поднесла обе руки ко рту.

Оливер вернулся к штурвалу и закрепил грот.

— Скорее всего это была лишь чертова голубая рыба.

Джей смотрел на Оливера с Барбарой, которые снова были вместе. Они просто никак не подходили друг другу.

— Что это ты на нас уставился? — запальчиво спросил Оливер. С тех пор как он послал их плавать, Оливер успел прикончить еще один джин с тоником.

— Да просто так, — ответил Джей.

Оливер взглянул на небо, потом снова перевел взгляд на Джея.

— Хочешь увидеть побольше?

— То есть?

Оливер указал на верхушку мачты, которая на семьдесят футов вздымалась над водой.

— Я охотно подниму тебя туда на боцманском сиденье, если ты хочешь по-мужски все обозреть.

Джей втянул щеки. До верхушки было далеко, а судно ныряло и раскачивалось на неспокойном море.

— Если ты, конечно, не боишься высоты, — громко добавил Оливер так, чтобы Салли и Барбара могли слышать.

— Я не слишком люблю высоту, — признался Джей. — Но какого черта. — И он с вызовом посмотрел на Оливера. — Попробую.

Оливер медленно кивнул. Он не ожидал, что Джей с такой готовностью примет вызов.

— Хорошо.

Через несколько минут Оливер пристегнул боцманское сиденье — доску в полтора фута длиной и десять дюймов шириной — к поворачивающемуся фалу на правом борту с помощью парусиновой петли, которую он пропустил под сиденьем, и сцепил ее концы на фале. Джей сел на доску и ухватился за парусиновый ремень на груди.

— Почему ты не дашь ему сиденье с привязными ремнями? — крикнула Барбара из кубрика.

— А что это такое? — спросил Джей, взглянув на Оливера, проверявшего, насколько крепко сцеплены концы парусиновой петли на фале.

— Это более современный вариант того, на чем ты сидишь. Оттуда никак не вывалиться. — Оливер похлопал Джея по плечу. — К сожалению, я оставил его в яхт-клубе.

— Едва ли оно там нужно! — крикнул Джей, хватаясь за ремень, так как Оливер начал крутить рукоятку лебедки. Через какие-то минуты он уже добрался до середины мачты, взлетев почти на сорок футов в воздух.

— Хватит, милый! — крикнула Барбара.

— Помолчи, — буркнул Оливер, продолжая крутить ручку. Наконец он перестал. Джей находился всего в двух-трех футах от верхушки мачты. — Как ты там, приятель? — крикнул Оливер. — Неплохой вид с такой высоты?

— Красота! — крикнул Джей. — Видно до самого Нью-Йорка. — Он улыбнулся Салли, которая смотрела на него, щурясь от солнца. — Вам надо попробовать, Салли. Совсем недурно.

— Ни в коем случае! — крикнула она в ответ и повернулась к Барбаре. — Он просто рехнулся.

— Несомненно, — согласилась с ней Барбара. — Общепризнанно ненормальный, если хотите знать мое мнение. Или просто бесстрашный.

— Сейчас увидим, насколько бесстрашный, — прокрякал Оливер и, крепче натянув грот, изменил курс «Властной», чтобы она шла под ветром.

Большая волна ударила им в бок, и судно опасно накренилось. Джей вцепился в ремни, чувствуя, как сердце переместилось в горло.

— Какая гонка! — воскликнул Оливер, крепко держа руль. После полудня бриз усилился, и «Властная» набирала скорость. — Здорово! Он выполнит все, что я скажу ему. Я такое люблю.

— Спусти его! — воскликнула Барбара.

— Он еще не просил об этом, — возразил Оливер. Яхта снова накренилась, на этот раз сильнее — почти на тридцать градусов. — Он прекрасно себя чувствует.

— Оливер! — прикрикнула на него Барбара.

— С тебя хватит, Джей Уэст? — со смехом спросил Оливер, очень довольный собой. — Пора мне тебя спасать?

— Можете не утруждаться! — крикнул в ответ Джей.

«Властная» снова легла на правый борт, Джей отпустил ремни, вытянул вверх руки, подвинулся на доске вперед и соскользнул с боцманского сиденья.

— Осторожно! — воскликнула Салли, указывая вверх.

— Господи Иисусе! — Оливер выпустил из рук руль и бросился вперед, уверенный, что Джей расшибется о палубу в лепешку.

Но этого не произошло. Он пролетел мимо нее и плюхнулся в воду, быстро выбрался на поверхность и помахал, давая понять, что с ним все в порядке.

Через несколько минут Джей взобрался по веревочной лестнице на палубу и улыбнулся находившейся там троице — вода ручейками стекала с него.

— Это было здорово. — Он пригладил мокрые волосы и повел рукой в сторону Оливера. — Теперь моя очередь поднять на мачту ваш зад на этом маленьком деревянном сиденье.

Оливер несколько секунд в ярости смотрел на Джея. Он слышал за своей спиной, как хихикнула Барбара. Она-то знала, что он скажет в ответ. Наконец Оливер улыбнулся:

— Да никогда в жизни, Джей.

ГЛАВА 6

— Привет, Сэвой.

— Привет, Карим.

Сэвой несколько раз проверил темную улицу, потом снова посмотрел на темнокожую прыщавую физиономию перед ним. Карим был хамелеоном, способным работать в опасных мирах, не поддаваясь разоблачению. Он начал свою жизнь насильника в Хаде, афганском ответвлении КГБ, затем перешел к борцам за свободу — моджахедам как раз перед вторжением советских войск в Афганистан в декабре 1979 года. Теперь он находился в одной связке с Талибаном. У Карима был нюх на тех, кто выигрывает. И умение выживать.

— Буду я доволен? — спросил Сэвой.

— Абсолютно. — Карим кивнул. — Пошли туда. — И он ткнул большим пальцем, показывая направление. — Мне нравится твой хвост, — тихо бросил он через плечо. — Он выглядит почти настоящим.

Сэвой прищурился, но ничего не сказал — пошел следом за Каримом по улицам Кундуса, маленького городка с семьюдесятью тысячами жителей, находящегося в 250 километрах от Кабула, по другую сторону Гиндукуша.

Карим остановился перед маленьким домиком, достал связку ключей, открыл замки на входной двери, поманил Сэвоя и снова запер дверь. Он провел Сэвоя по узкому коридору и затем еще через одну запертую дверь. За второй дверью был небольшой склад, где пахло маслом и плесенью.

Сэвой усмехнулся, и в свете фонаря сверкнула золотая коронка, которую он надел на живой зуб.

— Это, как я понимаю, твой кабинет.

Карим буркнул что-то утвердительное, затем враскачку прошел по земляному полу к горе брезента. И резким движением отбросил его — под брезентом у стены громоздились деревянные ящики. Карим ломом вскрыл верхний ящик.

— Вот. — И посветил фонарем внутрь.

Сэвой подошел к ящику, нагнулся и, достав из него одно из штурмовых орудий, принялся внимательно его осматривать.

— Автомат Калашникова, сорок седьмая модель, — буркнул Карим. — Маленький вклад Михаила Калашникова в мир во всем мире. У меня есть несколько ящиков «АК-74». Это оружие стреляет маленькими пулями — пять сорок пять по сравнению с семь шестьдесят два, какими стреляет сорок седьмая модель. При этом маленькие пули вылетают быстрее и причиняют больше ущерба цели. У семьдесят четвертой модели также меньше отдача и, если поставить ружье на автомат, оно не ускоряет темп стрельбы. Однако предохранителем по-прежнему трудно пользоваться. — Сэвой понял, что Карим исподволь уже приступил к торгу. Но они ведь заранее договорились о цене. — И он слишком громко щелкает. — Он погладил похожий на банан тридцатизарядный магазин. Автомат Калашникова не отличался особой красотой, но был надежен. Его можно надолго зарыть в песок или закопать в мокрую землю, и он по-прежнему будет работать, потому он так и популярен столько лет. — Что у тебя еще есть для меня?

— Армейские армалиты, восемнадцатая модель. — Кариму казалось, что упоминание об этом виде оружия должно вызвать бурную реакцию.

Сэвой поднял на него глаза, не в силах скрыть удовлетворения.

— В самом деле?

— Да. Это должно порадовать твоего клиента.

— Откуда ты знаешь, что должно порадовать моего клиента? — Сэвой положил обратно в ящик «АК-47» и выпрямился.

— У меня есть свои способы это определять. — На самом деле это была догадка, но теперь Карим уже знал наверняка.

— Понятно, — сказал Сэвой как можно более безразличным тоном, а сам подумал, что, возможно, чем-то ненароком выдал себя. — Есть у тебя еще что-нибудь?

— Гранаты с ракетной тягой седьмой модели и ракеты «земля — воздух» седьмой модели «Стрела». Как раз те самые гранаты с ракетной тягой и ракеты «земля — воздух», что вы просили. — Карим помолчал. Еле заметная заинтересованность, какую проявил Сэвой, когда он упомянул про армалиты-18, многое сказала торговцу оружием, так как он знал, какая группа предпочитает этот вид вооружения. Он не мог не подколоть Сэвоя и сказал: — Только не грузите их на корабль под названием «Клавдия» и не отправляйте из Ливии. — И осклабился, не в силах сдержаться. Он теперь знал, куда будет направлено оружие.

Сэвой сцепил зубы при упоминании о своей провалившейся в прошлом попытке переправить оружие.

— Грузовики придут сюда завтра вечером с наступлением ночи, — сказал он. — Будь наготове.

— Насколько я понимаю, направятся в Карачи.

— Да. — Не было смысла это отрицать. Карачи было единственным — по логике — местом, куда могли направляться грузовики. — Вторая половина денег поступит на твой счет в Банк Суисс утром. И не думай, что ты получишь хоть на пенни больше того, о чем мы условились. — Он повернулся было, чтобы уйти, но остановился. — Нам потребуется еще, Карим. Постоянное поступление оружия. Мои клиенты, как тебе, наверное, ясно, не мелочевка. Они хорошо обеспечены и готовы на многое пойти, чтобы разрушить договор о мире. Даже ты удивился бы, узнав, что они планируют. — На секунду мысль его переключилась на команду, проходившую подготовку на далекой виргинской ферме. — Эта ситуация может оказаться чрезвычайно выгодной, а может привести к твоему краху. Не думай, что мои клиенты не убьют предателя. Убьют. И на все пойдут, чтобы найти тебя.

ГЛАВА 7

Освежившись душем, Джей вышел из мужской раздевалки Уэстчерского яхт-клуба в ярко-синем блейзере, только что отглаженной бледно-голубой рубашке, отутюженных защитного цвета шортах и со здоровым загаром — плодом жаркого дня, проведенного на воде под безоблачным небом. Кивнув нескольким членам клуба, он уверенно прошел через зал и вышел на веранду. С нее открывался вид на гавань клуба, а также на Палец Сатаны, протянувшуюся по заливу узкую полоску земли, где стояло несколько домов, оцениваемых в несколько миллионов каждый. Слабый запах дорогих духов, лосьона для загара и морского воздуха создавали пьянящий аромат, и Джей остановился в дверях, впитывая его в себя. Немного погодя он вышел на веранду и сел в большое зеленое плетеное кресло. Он попросил официанта в белом смокинге принести ему джин с тоником и стал смотреть на воду, размышляя о том, как сумел преуспеть в жизни.

Родной дом Джея в Бетлехеме, штат Пенсильвания, находился недалеко отсюда — не более чем в ста милях к западу, — но о богатстве, которое источали эти земли, его родители-клерки, все еще жившие в городке сталелитейщиков, и представления не имели. Они дали Джею и другим своим детям приличное воспитание. У них всегда была крыша над головой, и они ели по крайней мере два раза в день, хотя крыша слишком часто протекала, а на обед и ужин неделями у них были сосиски с бобами.

Джей и один из его братьев окончили государственную школу и поступили в колледж, но Кенни продержался в Ист-Страудсберге всего два года, а потом пошел работать помощником крановщика на бетлехемский сталелитейный завод. Только Джей сумел перепрыгнуть в мир белых воротничков. Он подозревал, что родные по-своему завидуют его успеху. Но такова жизнь, считал Джей, и не испытывал к ним недобрых чувств.

— Ваш джин с тоником, сэр. — И официант поставил стакан рядом с креслом Джея.

— Спасибо. — Джей вытащил изо льда кусочек лайма и провел им по краю стакана. — Запишите это на счет Оливера Мэйсона, — сказал он. — Его членский билет — номер три семнадцать.

Оливеру каждый месяц присылали счет на адрес компании, и как-то на предшествующей неделе Джей заметил номер его членского билета на инвойсе, лежавшем на рабочем месте Оливера. Джей усмехнулся. Оливер не рассердится, узнав, что он без разрешения назвал номер его членского билета. Собственно, это произведет на него впечатление. На Оливера всегда производили впечатление люди, узнававшие конфиденциальную информацию.

— И запишите себе десять долларов чаевых.

— Благодарю вас. — И официант поспешил прочь.

А Джей откинулся на удобные полосатые — зеленые с белым — подушки. Он сделал большой глоток холодного напитка и стал смотреть, как на залив опускаются сумерки. Вот это жизнь. Вот ради чего он готов часами заниматься изнурительной работой в отнюдь не дружелюбном окружении и терпеть постоянные выпады Картера Баллока.

Он залюбовался самым большим домом на Пальце Сатаны. «Деньги — корень всех зол, — подумал он. — Путь к погибели. Это просто бессмысленная чушь, придуманная слабоумными людьми, которые не умеют распоряжаться деньгами и даже без богатства испортили бы себе жизнь. Изречение снобов, которые никогда в жизни ничего не хотят. Плохой совет доброжелательных, но печально наивных людей, вроде захлебывающихся словами лауреатов премии «Оскар», которые, крепко держа свои статуэтки, призывают всех несчастных, влачащих жалкое существование актеров мира не расставаться со своей мечтой, тогда как на деле надо было бы посоветовать им очнуться и найти себе настоящую работу, потому что у них астрономически мало шансов когда-либо преуспеть».

Особняк на Пальце Сатаны затуманился в глазах Джея. Он был свидетелем того, к чему могут привести деньги и власть. Они превратили Оливера Мэйсона в человека, который мог заставить молодую женщину выполнять его требования на складе и пригрозить ей потерей работы, если она не подчинится его сексуальным притязаниям. Джей был убежден, что именно деньги или психопатическая жажда наживы лежат в основе сдвигов в личности Оливера. А он, Джей, принимает угощение от этого человека, работает на этого человека, в определенном отношении хочет походить на этого человека.

— Я не допущу, чтобы такое произошло со мной, — шепотом произнес он.

— Интересный ведете разговор?

Джей вскинул глаза. Перед ним стояла Салли в летнем платье, доходившем до середины ляжек. Ее длинные светлые волосы лежали на одном плече, и кожа, как и у него, светилась здоровьем. Он обвел глазами комнату. Салли была предметом всеобщего внимания.

— Я просто прокручивал в голове некоторые цифры, — глуповато пояснил он, вставая и пододвигая ей плетеное кресло рядом с собой. — Связанные с одной сделкой, над которой я работаю.

— Несомненно. — Она поманила официанта и, указав на стакан Джея, дала понять, чтобы ей принесли то же самое, затем села в кресло. — Ненормальные люди разговаривают сами с собой, а я ведь знаю, что вы человек ненормальный.

— Что вы выдумываете? — Джей не удержался и снова бросил взгляд на ее длинные ноги. Теперь, когда она сидела, платье у нее задралось еще выше. — Какой же я ненормальный?

Салли закатила глаза.

— Ни один человек в своем уме не станет прыгать из боцманского кресла с высоты семидесяти футов.

— Подумаешь, великое дело.

— И с виду вы даже не нервничали.

— Хотите поспорить?

— Не понимаю!

— Когда я вылез из воды, с меня текли ручьи, верно?

— Да.

— Так это был пот.

Салли рассмеялась и взяла у официанта свой джин с тоником.

— На тот же счет, сэр? — спросил официант.

— Да, — подтвердил Джей. — И еще десять долларов чаевых.

— Благодарю вас. — Официант заметил, что перед Джеем стоит почти пустой стакан. — Я вам принесу еще.

— Чрезвычайно признателен.

Салли подняла свой стакан, и они чокнулись.

— Похоже, вы чувствуете себя здесь в своей тарелке, — заметила она, сделав глоток. — Вы тут выросли?

— Нет. — Джей уже давно понял, что нечего изображать из себя кого-то, кем ты не являешься. — Я сын механика, который если и заходил в закрытый клуб, то для того, чтобы починить тележку для гольфа, и не был знаком с «остин-хили», а знал только «плимуты» и «шевроле».

— Понятно.

Джею хотелось вызвать у нее реакцию на то, что он был из породы «синих воротничков», то есть промышленных рабочих. Но ее, казалось, это от него не отвратило.

— Расскажите мне о себе, — попросил он.

— В моем происхождении нет ничего интересного. Всё, как у всех.

— Да ладно вам, — сказал он. Она, казалось, не стремилась рассказывать о себе, что ему понравилось. Он не любил людей, которые каждую минуту готовы распространяться о себе. — Баллок говорил мне, что вы окончили Йель и Школу бизнеса Гарварда.

— Да.

— А по окончании Школы бизнеса вы пару лет работали в консультативной финансовой компании в Лос-Анджелесе.

Салли отрицательно покачала головой:

— Нет, я работала в конторе в Сан-Диего. А в Лос-Анджелесе — штаб-квартира компании.

— Как она называется?

— Это маленькая фирма на Западном побережье, — быстро ответила она. — Вы едва ли ее знаете.

— Испытайте меня.

Она слегка пнула его своей сандалией:

— Господи, где же голая лампочка и полиграф?

Наверное, он слишком сильно нажал.

— Извините.

Он отвел взгляд, потом снова посмотрел на нее. А она глядела на него в упор поверх своего стакана. Она вдруг показалась ему еще красивее, чем накануне.

— Эй, дружище! — окликнул его Оливер с порога, и несколько человек за окружающими столиками сразу умолкли, люди стали озираться, отыскивая, кто нарушил тишину вечера.

Джей помахал ему в ответ.

Оливер ухватил официанта за локоть, заказал выпивку и быстро зашагал по веранде, остановившись лишь затем, чтобы попросить у двух пожилых дам, сидевших за соседним с Джеем и Салли столиком, разрешение взять свободное кресло.

Джей видел, что дамы нехотя уступили кресло, и заметил, как они оглядели Оливера с его гладко прилизанными волосами и ярко-красной, как пожарная машина, рубашкой под синим блейзером. Оливер резко контрастировал с большинством членов клуба, консервативных как по манере причесываться, так и одеваться. Однако Джей увидел, что Оливер быстро очаровал дам своими манерами и обаянием. Когда он расставался с ними, они уже смеялись и похлопывали его по локтю.

— Что вы им сказали? — спросил Джей, когда Оливер опустился в кресло, придвинув его поближе к Салли.

— Я сказал, что хочу их, — ответил он, пригнувшись к столику, чтобы дамы не могли его услышать. — Обеих. — Он осклабился, и на его левой щеке появилась ямочка. — Одновременно.

Салли приложила руку ко рту, чуть не пролив своего напитка.

— Я сказал, чтобы они попозже ждали меня наверху в одной из комнат для гостей, — продолжал Оливер, положив руку на голое колено Салли. — Они согласились. Наверное, они слышали... — и, помолчав, сжал колено Салли и подмигнул ей, — что в колледже меня звали Большой Пес.

Салли откинула голову и снова рассмеялась. А Оливер, взглянув на Салли, указал на свое торчащее адамово яблоко.

— Говорят, это можно определить по рукам мужчины, но адамово яблоко — единственная реальная возможность понять это без обследования. — И повернулся к Джею. — Да, кстати, дружище, «Дженерал электрик» объявила о своем предложении перекупить «Бэйтс» по восемьдесят два доллара за акцию, — как бы между прочим заметил он.

— Это здо...

— Но не пытайся поставить себе в заслугу то, что ты приобрел вчера ее акции, — предупредил его Оливер. — По правде говоря, тебе не следовало платить за них так много. Этот малый, Келли, что работает у «Голдмана», воспользовался тем, что меня не было рядом. Я мог бы приобрести эти акции по крайней мере на доллар дешевле. А может быть, и на два. Келли ни за что не захотел бы потерять меня в качестве клиента. — Оливер взял пригоршню орешков из стоявшей посреди столика мисочки. — В конце вашего разговора он, наверное, дал тебе понять, что ты в выигрыше. Наверное, орал, и вскрикивал, и первым повесил трубку, да?

Джей молчал.

— Келли — чертовски хороший актер. Он заарканил тебя, как тунца на тройной крючок. — Оливер несколько раз ударил по столу, взглянул на Салли и снова перевел взгляд на Джея. — Я удивлен, что мне пришлось говорить тебе про предложение «Дж.Э.» о перекупке, дружище. Ты что, не видел терминал Блюмберга возле мужской раздевалки?

Терминалы Блюмберга сообщают поминутно новости рынка и стоимость акций компаний со всего мира. И в Уэстчестерском яхт-клубе стояло несколько таких терминалов в разных местах, чтобы его богатые члены могли в любое время проверить свои инвестиции.

Джей нерешительно кивнул:

— Я это видел.

— Ну так надо было этим воспользоваться, а не любоваться, — отрезал Оливер. — Джей, ты должен все время думать о сделках, над которыми мы работаем. — Он повернулся к Салли: — Вот вам хороший урок. Даже в такой день, как сегодня, когда очень легко забыть про Уолл-стрит и отдел арбитража, вы должны держать в уме сделки. — Он снова посмотрел на Джея. — Понял, дружище?

— Да, — ответил Джей, заметив в дверях, ведущих на террасу, Баллока в темном костюме, явно приехавшего прямо от «Маккарти и Ллойда». — А Баллок тоже член этого клуба, Оливер? — спросил Джей. Он был явно разочарован при виде розоватой, коротко остриженной головы и широкого лица с квадратной челюстью.

— Что? — Оливер поднял глаза, затем обернулся через плечо, видя, куда направлен взгляд Джея. — Здравствуй, Барсук! — крикнул он, вставая. И посмотрел на Джея с Салли. — Я пригласил его на джин. Я знал, что ни один из вас не станет возражать.

Баллок помахал и быстро направился к ним по веранде.

— Здравствуйте, Салли. — Он пожал ее руку и тепло улыбнулся, затем обменялся рукопожатием с Оливером и наконец кивнул Джею. — Как ты сегодня, Оливер?

— Отлично, — сказал Оливер. — Мы провели чудесный день на заливе. Очень жаль, что ты не мог присоединиться к нам, но я рад, что ты смог приехать хотя бы на ужин. Будет весело.

— Не может не быть.

— В отделе все в порядке? — пожелал осведомиться Оливер. — Как я понимаю, крупных проколов не было, потому что ты не звонил мне по мобильному.

— Все хорошо.

Оливер кивнул:

— Я обязан тебе, Барсук. Надеюсь, тебе пригодилась Эбби. — И, рассмеявшись, добавил: — Я ведь сказал, что отдаю ее тебе лично в рабство на день.

Баллок поморгал — казалось, он тщательно взвешивал, что сказать.

— Эбби сегодня не появлялась.

— Что?

Джей заметил, как по лицу Оливера пробежала тень озабоченности.

— Она не вышла на работу, — повторил Баллок.

— Почему? — гневным тоном спросил Оливер. — Она что, заболела?

— Не знаю.

— Что значит — не знаешь?

— Она не звонила, — пояснил Баллок.

Лицо Баллока покраснело, став почти одного цвета с ярко-рыжими волосами.

Некоторое время Оливер с Баллоком молча смотрели друг на друга. Тут в дверях появился Билл Маккарти об руку с Барбарой, и через несколько минут вся компания направилась ужинать в ресторан «Квартердек».

Окна в «Квартердеке» выходили на веранду и на воду, и когда солнце зашло за горизонт, на катерах и яхтах, стоявших в гавани, вспыхнули желтые, зеленые и красные огни, создавая красивую панораму. В зале ресторана было не слишком много народу, и по окончании еды, когда подали кофе, Оливер и Маккарти взяли по сигаре. Курить сигары в этом зале обычно не разрешалось, но командор клуба, старший партнер одной юридической фирмы на Уолл-стрит, сказал Оливеру, что в этот вечер можно закурить. Командор надеялся, что «Маккарти и Ллойд» станет его хорошим клиентом.

Раскурив сигару, Маккарти, сидевший в конце накрытого белой льняной скатертью стола, повернулся к Джею, сидевшему справа от него.

— Над чем вы эти дни работаете, мистер Уэст?

Хотя Маккарти требовал, чтобы все в компании звали его Билл, сам он всегда называл других по фамилии, — всех, кроме Оливера. Так он напоминал каждому, кто тут главный.

Джей замялся.

— Все в порядке, мистер Уэст. Можете смело говорить. Мы все тут друзья.

Джей бросил взгляд на лохматую светлую голову Маккарти. Хотя он строго требовал, чтобы все в компании были аккуратно подстрижены, сам месяцами не стригся. И часто ходил в брюках с бахромой на карманах. Джей постепенно узнал, что, несмотря на свои миллионы, Маккарти до нелепости скуп.

— Меня смущает тот столик, — сказал Джей, жестом указав на сидевших неподалеку четверых.

— Не волнуйтесь, — заверил его Маккарти. — Они достаточно далеко от нас. Не услышат.

— О'кей.

Справа от Джея сидел Баллок, и краешком глаза Джей заметил, как Баллок пригнулся к нему. Заметил Джей и то, что Оливер перестал разговаривать с Салли и Барбарой.

— Я отслеживаю несколько ситуаций, в особенности две, — тихо произнес он. — Первая касается компании «Саймонс». — Это была та компания, о приобретении акций которой говорил ему Оливер накануне утром в конференц-зале. — Ее штаб-квартира в Грин-Бэе, штат Висконсин, и она производит чистящие средства. Я провожу сейчас разведку, обзваниваю тамошних людей, перемалываю цифры. Похоже, это пристойный кандидат для перекупки. — Он помолчал, чувствуя — даже не глядя на Оливера, — что уязвил его. — Но перспектива прибыли невелика.

— Выглядит не слишком впечатляюще, — заметил между затяжками Маккарти. — Сонная компания в скучной отрасли производства. Мы приобрели сколько-нибудь ее акций?

Джей отрицательно покачал головой, чувствуя ярость Оливера, как жар из открытой печи.

— Нет еще.

— А вторая ситуация?

— Компания под названием «Турбо-Тек» в Нэшуа, штат Нью-Гэмпшир. — Оливер похоронил эту идею, а тут появился шанс возродить то, что, по мнению Джея, было превосходной возможностью. — Они проектируют компьютеры для офисов среднего бизнеса. Немногие аналитики на Уолл-стрит следят за «Турбо-Тек», поэтому стоимость акций этой компании упала ниже индекса «Насдак». Но это отличная компания.

— Эта идея мне нравится. — Маккарти явно оживился. — Как вы откопали эту компанию?

— Мой приятель по колледжу работает там в отделе маркетинга. Его зовут Джек Трэйнер.

— Эта компания выходит на внешний рынок, что сделало бы ее более для нас привлекательной?

Джей понял, что это значит. Маккарти хотел, чтобы его отдел арбитража быстро завладел акциями компании и избавился от них. «Турбо-Тек», возможно, хорошая компания, но если цена на акции быстро не поднимется, он не хотел утруждать себя ею.

— Японская компания скупает ее акции.

— Откуда вам это известно? — не без подозрения осведомился Маккарти. — Послушайте, я понимаю, что вы — человек в нашей фирме новый. — И продолжал, не дав Джею шанса как-то на это отреагировать: — Но вы уже должны были оценить, что у меня абсолютно чистые руки. Мы в «Маккарти и Ллойде» держимся безупречной этики. Я не желаю слышать даже шепотом произнесенной фразы о чем-то недостойном в отделе арбитража. Или в любом другом отделе моей фирмы. — Он ткнул в Джея дымящейся сигарой. — Если Комиссия по обмену ценных бумаг или бюро прокурора Соединенных Штатов постучат в мою дверь, я буду сотрудничать с ними. И если они обнаружат что-либо противозаконное, я лично помогу им засадить в тюрьму виновного. — Он так повысил голос, что Салли и Барбара перестали разговаривать. — Я не могу допустить, чтобы на моей фирме было подобное черное пятно. Я тогда потеряю доступ в Вашингтон.

— Я понял, — размеренным тоном произнес Джей. Он заметил, как самодовольно улыбнулся Баллок. Мерзавцу очень все это нравилось.

— Отлично, — ставя точку, сказал Маккарти.

— Я никогда не подведу вас, Оливера или компанию и не скомпрометирую.

— Вдвойне отлично.

— То, что японская компания приобрела определенную позицию в «Турбо-Тек», знают все, — спокойно произнес Джей. — Но эта информация не была ни в одном американском издании — очевидно, поэтому биржа не отреагировала быстрее. Сообщение о росте приобретений появилось как бы между прочим в одной осакской газете. Я знаю это, потому что у меня есть знакомая, которая работает в Токийском отделении Нэйшнл Сити Бэнк. А это банк, где я работал до того, как поступить к «Маккарти и Ллойду».

— Я это помню. — Из голоса Маккарти ушла резкость.

— Моя знакомая в Токио подумала, что меня может заинтересовать эта информация, так как знала, что у меня есть приятель, который работает в «Турбо-Тек». Она вырезала статью, приложила перевод на английском и послала мне. Информация безусловно важная, но отнюдь не приватная. Она общедоступна. — Джей выпрямился в кресле, посмотрел на Баллока, победоносно прищурясь, улыбнулся Салли и снова перевел взгляд на Маккарти. — Я три недели следил за этими акциями, и за это время цена на них повысилась на пятнадцать процентов, но в них еще достаточно жизненных соков, особенно если японская компания решит объявить, что полностью перекупает «Турбо-Тек».

Джей знал, что Оливер сейчас бледен как полотно, но ему представилась возможность блеснуть перед председателем совета директоров. И такую возможность он не намерен упускать, даже рискуя испортить отношения с Оливером.

— Тогда какого черта вы до сих пор не купили акции? — спросил Маккарти.

— Я хотел еще немного поработать, прежде чем кому-либо об этом говорить.

Это должно утихомирить Оливера. Таким образом Маккарти не узнает, что возможность купить акции была упущена.

— А сколько на сегодняшний день стоит акция? — спросил Маккарти.

— Биржа вчера закрылась на двадцати двух с четвертью.

— Сколько акций «Турбо-Тек» еще не реализовано?

— Около десяти миллионов.

— Завтра утром первым делом купите двести тысяч акций, — приказал Маккарти. — Или сегодня вечером, если сумеете их добыть в часы, когда не работают рынки. Используйте трех-четырех брокеров. Двести тысяч акций принесут нам солидный доход, если вы правы, и в то же время не привлекут внимания.

— Я согласен.

— Если эта операция с «Турбо-Тек» выгорит, я возьму назад, Джей, все мои слова Оливеру про то, что вы ничего не делаете, а только занимаете место в отделе арбитража. — Маккарти так и сиял. — Мне кажется, этот малый все-таки может заработать для нас деньги, — сказал он, поворачиваясь к Оливеру. — Так что ваши инстинкты были, пожалуй, верны.

Оливер холодно кивнул.

— А где, черт возьми, пропадала сегодня Эбби? — неожиданно спросил Маккарти, отхлебнув кофе.

Джей стрельнул глазами на Оливера, потом — на Барбару. На секунду ему показалось, что он заметил на ее лице печаль, какую видел в доме. Но она опустила голову и стала перебирать салфетку.

— Я оставил Эбби сообщение на ее автоответчике сегодня рано утром. Хотел, чтобы она добыла некоторую информацию, но она мне не отзвонила, — продолжал Маккарти. — Это так на нее не похоже.

— По-моему, она сегодня плохо себя чувствовала, — сказал Оливер. — Какой-то кишечный вирус, — добавил он и повернулся к Баллоку: — Верно, Барсук?

— Да, — решительно ответил Баллок. — Судя по всему, ей было плохо, но она считает, что завтра утром будет на месте.

— Ясно. — Маккарти еще глотнул кофе, потом похотливо осклабился. — Мне всегда хотелось ее потрахать, — сказал он.

При этом смущенная тишина воцарилась за столом. Маккарти достаточно громко произнес это слово, так что все слышали.

Джей взял свой стакан с водой, сделал большой глоток и закашлялся, точно вода попала не в то горло. Это нарушило тягостное молчание и отвлекло внимание от Маккарти.

Маккарти наклонился к Джею, протянул ему салфетку и похлопал по спине.

— Билл, а что с вашим партнером Грэмом Ллойдом? — спросил, прокашлявшись, Джей. Ему хотелось задать этот вопрос с тех пор, как он появился на фирме. Похоже, сейчас было самое подходящее время.

Маккарти медленно опустил чашку с кофе на стол и покачал головой, радуясь, что его вывели из затруднительного положения.

— Он погиб во время несчастного случая с его яхтой в Карибском море. — Голос Маккарти звучал печально. — Он плыл из Нового Орлеана на Багамы, и его яхту перевернуло неожиданно возникшей волной. Ну, вы знаете: одной из этих огромных волн, которые появляются неизвестно откуда!

Джей кивнул:

— Я читал о таких.

— Жуткая история, — сокрушенно произнес Маккарти. — Береговая охрана подтвердила, что у него не было никакого шанса выжить. Они обнаружили яхту, плававшую вверх днищем. А тела его так и не нашли.

— Это ужасно.

— Именно. — Голос Маккарти слегка захрипел. — А еще хуже то, что этого могло и не быть. Я уговаривал его не ездить туда. Говорил, что слишком опасно. Но он был упрямый мерзавец. Редко кого-либо слушался. Говорил, что верит в себя и свои инстинкты. Ну и это стоило ему жизни.

Джей смотрел на Маккарти. Казалось, ему тяжело было вспоминать.

— Трудно вам, наверное, пришлось, когда это случилось.

— Трудно. — Лицо Маккарти было мрачно, потом он заставил себя улыбнуться. — Но хватит говорить о смерти Грэма. А то испортим весьма приятный вечер.

— Согласен, — поспешил сказать Оливер и поднял свой бокал. — Выпьем за Грэма, старую сволочь. — И сделал большой глоток. — Ну а как насчет «Янки»?

Маккарти усмехнулся, а Оливер с Баллоком начали спорить о том, сумеет ли команда выиграть на международных состязаниях в конце лета.

— Похоже, трудно чем-либо испортить настроение Оливеру, — заметил Маккарти Джею.

— Это правда. — Джей помедлил. — Позвольте отлучиться?

— В туалет?

— Да.

— Это туда, — указал Маккарти на дверь, — и потом по коридору направо.

— Благодарю.

Джей поднялся и, пройдя через зал, направился в мужскую уборную. Было почти десять вечера, и они выпивали уже около трех часов. Джей смотрел прямо перед собой, пытаясь определить, в какой мере алкоголь влияет на него. Голова слегка кружилась, — правда, комната вращалась не слишком быстро, — и вдруг он уже ни о чем не мог думать, кроме Салли. Чем больше он пил, тем чаще поглядывал на нее. Его огорчило то, что за ужином она сидела не рядом с ним, но рассаживал всех Оливер и посадил Салли рядом с собой, как можно дальше от Джея. Похоже, Оливер заметил на веранде, что между ними что-то возникло.

Джей застегнул молнию, подошел к умывальнику и стал мыть руки. У него не было постоянной девушки, а отношения с той, что была в колледже, порвались, когда он переехал в Нью-Йорк. Там он всецело погрузился в работу, впитывая в себя все, что можно, о Уолл-стрит и финансах, и времени на то, чтобы завести серьезный роман, у него не было. А теперь он заинтересовался женщиной из одной с ним компании, собственно, из одного с ним отдела. И в такое время, когда ему надо работать напряженнее, чем когда-либо. Он закрутил кран, схватил полотенце и вытер руки. Салли Лэйн интересовала его. Это нельзя отрицать. Но нечего и думать о том, чтобы ухаживать за ней. Ничего хорошего не будет, если встречаться с кем-то, кто работает рядом, особенно если ты состязаешься с этим человеком. А если они с Салли попытаются встречаться и Оливер узнает, оба, по всей вероятности, будут уволены. Как бы ему ни хотелось посмотреть, что из этого получится, надо подавить в себе тягу к ней. Он распахнул дверь из туалета.

— Привет! — В нескольких футах от него стоял Оливер.

— И вам тоже! — Джей придержал дверь, полагая, что Оливер хочет войти. — Прошу.

Оливер посмотрел через плечо.

— Пошли прогуляемся.

— О'кей.

Оливер держался достаточно любезно, но он наверняка кипел по поводу спонтанно возникшего разговора о «Турбо-Тек».

— Спасибо за сегодняшний вечер. Ужин был чудесный.

— К вашим услугам.

Оливер провел Джея в небольшую комнату, примыкавшую к главному холлу, и закрыл дверь.

— Послушайте, — начал Джей, — по поводу «Турбо-Тек» я...

— Не волнуйся, — прервал его Оливер. — Я не знал, что у тебя есть такая хорошая информация. Тебе следовало сказать мне про контакт в Токио. Сделай то, что сказал Билл: купи эти акции.

— Хорошо.

Оливер прочистил горло.

— Послушай, я хочу кое о чем с тобой поговорить.

— Да?

— Угу. — И Оливер похлопал себя по ляжке.

— О чем же? — осторожно подтолкнул его Джей. Он видел, что Оливер в затруднении.

— Насчет Барбары... и меня.

— Что-что?

— У нас возникли проблемы. — Оливер на миг встретился глазами с Джеем. — Проблемы супружества.

— Ясно. — Джей, тотчас почувствовав неловкость, отвел взгляд. — Это худо.

— Ты прав. Худо. — Оливер потер подбородок. — Я действительно люблю ее. И хочу, чтобы ты это понимал. — Он нервно рассмеялся. — Люблю настолько, что собираюсь с будущей недели ходить с ней к консультанту. Никогда не думал, что стану этим заниматься.

— Хорошо, что вы готовы на это пойти.

— Правда, да?

Джей уловил в голосе Оливера неуверенность.

— Да.

— Мне просто хотелось, чтобы ты это знал. Наверное, ты и сам все заметил, пока находился на яхте.

— Нет, не заметил.

Это было очевидно, но, пожалуй, лучше Оливеру об этом не знать.

— Словом, лучше, чтоб ты знал, — решительно заявил Оливер. — Потому что в операционном зале не может быть тайн. Слишком тесно мы сотрудничаем.

— Это правда.

— А кроме того, я считаю тебя другом. Человеком, с которым я могу говорить. — Оливер опустил глаза. — Я знаю, иногда я слишком нажимаю на тебя, Джей, но такая уж у меня натура. Я не обособляю тебя. Просто дело, которым мы занимаемся, требует жесткости. Убивай или будешь убит. Это ходячее выражение, но в нем есть правда. Хотя наш отдел арбитража зарабатывает деньги, Маккарти все время давит на меня. Он ведь сказал тебе, что постоянно попрекает меня тем, что я тебя взял. И это лишь один пример давления с его стороны. Иногда он так меня достает, что я выплескиваю свою злость на тех, на кого не следует, — тихо произнес он.

— Я вижу, почему так трудно работать на Маккарти.

Оливер громко выдохнул воздух.

— Когда ты проходишь через тяжелый период в своих отношениях с женой, стресс может побудить тебя совершать поступки, какие не следовало. Например, искать общества других женщин.

— Угу. — Джей уставился на Оливера. Должно быть, Баллок что-то сказал ему про инцидент на складе. — Во всяком случае, я об этом слышал. Надеюсь, у меня так не будет.

— Уверен, что нет.

Информация была сообщена и получена. Джей не должен никому говорить о проблемах в супружеских отношениях.

Оливер улыбнулся.

— Хватит об этом. — Он сунул руку в карман блейзера и вытащил конверт. — Вот возьми.

— Что это? — спросил Джей.

— Деньги, которые, как было сказано, я собирался тебе одолжить. Сто тысяч долларов. Я хочу, чтобы ты купил себе

«БМВ». Я не хочу, чтобы ты ездил в этом побитом металлоломе.

Джей подумал спросить Оливера, откуда ему известно про «таурус», но это было ясно. Он отрицательно покачал головой:

— Я не могу их принять

— Можешь и примешь, — решительно произнес Оливер.

Джей бросил взгляд на чек, где на его имя было выписано сто тысяч долларов.

— Это же взаймы, — произнес Оливер. — Как я сказал, ты вернешь мне их в январе.

Джей сглотнул слюну. Ему не хотелось брать деньги, но цифра на его счету за последние несколько дней катастрофически приблизилась к нулю. Сказывалось то, что, поступив к «Маккарти и Ллойду», он согласился на урезанное жалованье. Не совсем правильно было принимать благодеяние, но большой беды в этом, казалось, не было.

— Спасибо.

— Ты же мне друг. А я люблю выручать друзей. — Оливер вытащил ключи к «остин-хили». — Кстати, почему бы тебе сегодня не вернуться в город на «хили»?

Джей, оторвав взгляд от чека, посмотрел на него.

— Я могу поехать на поезде.

Оливер помотал головой:

— Не-а, поезда вызывают отвращение. Возьми «хили». Поставишь машину в гараж, завтра утром отдашь мне ключи, и Барбара, когда приедет в следующий раз в Нью-Йорк, заберет ее. Она через каждые два-три дня бывает в Нью-Йорке. — Он улыбнулся. — А кроме того, ты таким образом сможешь подвезти в город Салли и побыть с ней наедине.

Джей смущенно осклабился, поняв, насколько было заметно его увлечение.

— Я заметил сегодня, как вас тянет друг к другу, — сказал Оливер. — И если вы не будете проявлять это в конторе, меня ваши отношения не касаются.

— Не беспокойтесь, я...

Оливер поднял вверх руки:

— Я все сказал.

— Оливер, вы относитесь ко мне, как очень порядочный человек. — Голос Джея звучал хрипло. Он никогда не умел вести подобные разговоры. — Я, право же, ценю то, что вы для меня сделали. — Хороший человек, этот Оливер. Хоть он и уступил соблазну, но теперь понял, что Джею надо помочь. И это лишь первый шаг. — Надеюсь, когда-нибудь я смогу отплатить за всю вашу доброту.

— Просто верни заем в тот день, когда получишь премию. И побыстрее найди мне акции компании, которую можно перекупить. — Оливер повернулся было, намереваясь уйти, и остановился. — Еще одно.

— Что именно?

— Завтра утром я позже приду в контору. Окажешь мне две услуги, сразу как придешь?

— Конечно. Говорите.

— Во-первых, заверши сделку с акциями «Саймонс», о которых мы говорили вчера утром. Я знаю, Билл сказал, что это нудная компания в нудной отрасли промышленности, но мне она нравится. — И он вопросительно посмотрел, приподняв бровь.

Инстинкт подсказывал Джею: скажи «нет», но Оливер ведь его босс и только что дал ему сто тысяч долларов из своих денег.

— О'кей.

— Хорошо.

— Что еще?

— Я хочу купить большой пакет акций другой компании.

— Какой же?

Оливер помедлил.

— «Белл кемикал». Подключи Джейми и купи триста тысяч акций на рынке, как только придешь на работу.

Джей тотчас вспомнил, что это название — «Белл кемикал» — стояло на листке бумаги, который он обнаружил в «хили», в отделении для перчаток.

— О'кей, — несколько нерешительно сказал он.

— Хорошо. — Оливер шагнул к нему, похлопал по плечу и направился к двери. — Пошли, — сказал он, открывая дверь.

В коридоре около двери стояли двое седовласых мужчин в строгих серых костюмах; оба держали рюмки с коньяком. Они были очень похожи.

— Здравствуй, — сухо произнес один из них, обращаясь к Оливеру.

Другой просто кивнул с расстроенным видом.

— Привет, Гарольд. — И Оливер обменялся рукопожатием с тем, который обратился к нему. — Гарольд, это Джей Уэст. Он недавно поступил в отдел арбитража «Маккарти и Ллойда». — И, повернувшись к Джею, сказал: — А это Гарольд Келлог, мой тесть, и его брат Уильям.

Мужчины кивнули, но ни один не протянул руки.

Джей тоже кивнул в ответ. Он слышал, что собственность братьев Келлог стоит более миллиарда долларов.

— Ты когда-нибудь расплатишься со мной за владения, Оливер? — с вызывающей усмешкой высоким голосом произнес Гарольд.

— Да, — невозмутимо ответил Оливер. — И это будет самый счастливый день в моей жизни.

— Мои люди, работающие с недвижимостью, говорят мне, что эта собственность стоит нынче около пятидесяти миллионов долларов. А вы живете там семь лет, так что накинем еще тридцать миллионов в качестве процентов. — Гарольд рассмеялся. — Не могу дождаться, когда это произойдет.

— Не сомневаюсь.

— Оливер, а когда вы стали тут членом? — спросил Уильям.

— Он им не является, — сказал Гарольд. — Членом тут Барбара.

— Ах да. Вспомнил. Нам пришлось ведь здорово потрудиться, верно? Члены клуба разрешили им бывать тут лишь после того, как она стала постоянным членом.

Джей видел, что братья уже изрядно приняли.

— Прощайтесь, Оливер. — Джей дотронулся до его плеча. — Пошли.

— Кстати, Оливер, — окликнул его Гарольд.

Оливер медленно повернулся:

— Да?

— Уверен, есть люди, которые ценят твою попытку следовать моде, — язвительно заметил Гарольд, указывая на ярко-красную рубашку Оливера. — Но не надевай таких кричащих костюмов, когда приходишь сюда, хорошо? — Гарольд ткнул в бок брата. — Ты знаешь, что тут говорят, Билли?

— Что? — спросил Уильям и прикончил свой коньяк.

— Говорят...

— Говорят, что можно вытащить парня из Бронкса, но нельзя вытащить из парня Бронкс, — прервал его Оливер дрогнувшим голосом. — Следовало бы мне это знать. Я это слышу всякий раз, как мы встречаемся.

ГЛАВА 8

— Почему Эбби не явилась сегодня в контору? — спросила Барбара, с треском кладя сумочку на девственно чистый, белый стол в кухне; голос ее дрожал. Это были ее первые слова с тех пор, как они уехали из яхт-клуба. — В чем подлинная причина?

— Она заболела, — спокойно ответил Оливер. — Ты же слышала, что сказал Баллок.

— Ничего она не заболела, — отрезала Барбара, поворачиваясь к нему лицом. — Наверное, просто была без сил.

— О чем ты?

— Я знаю, что ты был с ней прошлым вечером. Я не круглая дура. Скорее всего она утром просто не могла идти — так у нее все болело. — Пальцы Барбары сжались в кулаки, когда она представила себе Оливера с Эбби.

— Лапочка, да я...

— Ты что, принимаешь меня за идиотку? — взвизгнула Барбара, теряя над собой контроль. — Неужели ты действительно думаешь, я ничего не понимаю, когда ты приезжаешь домой в одиннадцать и я весь день не могу застать тебя у «Маккарти и Ллойда»?

Оливер стоял, перебирая ключи от «субурбана».

— Я звонила тебе вчера в три часа дня — тебя не было в отделе. — Барбару всю трясло. — Этот мерзавец Картер Баллок, состоявший с тобой в одном студенческом сообществе, сказал, что ты на совещании, но не мог сказать мне, ни где проходит это совещание, ни с кем.

— Я был с несколькими внешними консультантами. Билл поставил меня во главе важного проекта, масштабной затеи.

— Я попыталась позвонить Эбби, но трубку снова снял Баллок, — продолжала Барбара, не обращая внимания на разъяснения Оливера. — Он сказал, что она тоже на совещании, хотя, конечно, не на одном с тобой. Он особенно постарался это подчеркнуть. Но что тут скажешь — он опять не знал, ни где проходит совещание, ни с кем.

«Продолжай все отрицать, — сказал себе Оливер. — Она не имеет никаких доказательств и на самом-то деле не хочет, чтобы ты что-либо признал. Она просто тебя прощупывает».

— Ты до невероятия все раздуваешь.

— В самом деле? — Барбара ударила по столу кулаком. — Пару недель назад я нашла в твоем пиджаке записочку от Эбби.

Оливер побелел. Невзирая на его возражения, Эбби вечно писала ему эти чертовы записочки. Обычно он старательно рвал их и бросал клочки в разные урны в операционном зале. А эта избегла общей участи, так как не успела Эбби положить перед ним сложенный лист бумаги, как к нему подбежал один из трейдеров с неотложным делом. Оливер сунул бумажку в карман и забыл о ней.

— «Я так люблю тебя, — саркастическим тоном читала Барбара написанные рукой Эбби слова. — Не могу дождаться, когда снова тебя заполучу. Всего целиком». — И вцепилась себе в волосы.

— Барбара, я просто не знаю, что и... — Оливер захлебнулся словами, его вызывающий тон исчез.

— Как ты мог со мной так поступить? — выкрикнула Барбара, обливаясь слезами. — Я так старалась хорошо относиться к тебе. Я старалась любить тебя, старалась понимать.

— Я знаю. Я ужасный человек, — хрипло произнес он, протянув к ней руки в знак того, что признает себя виноватым. Защищаться дальше было бесполезно. Пора было выбросить белый флаг и умолять о помиловании — эта стратегия, он знал, сильно влияла на ее душевные струны и никогда еще его не подводила. — Мне нужна помощь. Я думаю, нам следует пойти вместе к консультанту по вопросам семьи и брака. Прошу тебя, — взмолился он.

— Тебе нужно нечто большее, чем консультант по вопросам семьи и брака.

— На что ты намекаешь? — неуверенно спросил он. Обычно при упоминании о консультанте она успокаивалась.

Барбара кинулась к кухонному столу и с такой силой вытащила ящик, что из него выскочило несколько предметов и они с грохотом упали на пол. Из дальнего угла ящика она извлекла листок бумаги, свернутый в треугольник. Держа его в вытянутой руке, она, всхлипывая, произнесла сквозь зубы:

— Может, я и наивная, но я знаю, что тут. Кокаин.

Оливер потянулся за треугольником, сделав на этот раз несколько шагов к жене.

— Что за... — И осекся.

— Я нашла это в том же пиджаке, что и записку, мерзавец. Ты со своей девицей, должно быть, изрядно попировал.

— Я понятия не имею, как это попало туда, — сказал он прерывающимся голосом.

— Лжец!

— Клянусь.

— Ты никогда ни в чем не признаешься.

— Что?

— Это основной принцип твоей жизни, — продолжая рыдать, сказала она. — Не признавать ничего инкриминирующего, потому что тогда в умах людей может зародиться сомнение в твоей вине, даже если все свидетельствует против тебя. Господи, ты, наверное, никогда не признаешь даже того, что ты всего лишь нищий малый из Бронкса, который, когтями цепляясь за любую опору, проложил себе путь к браку, принесшему богатство и общественное положение. — Начало сказываться выпитое за ужином вино, и она с трудом выговаривала слова. — Ты, наверное, даже убедил себя, что начинал жизнь вовсе не в грязной маленькой квартирке на шестом этаже, выходящей на замусоренную автостоянку, и не видел, как отец каждый день напивался дешевым виски. — Она вскрыла бумажный треугольник и высыпала белый порошок на пол. — Я ненавижу тебя, Оливер. — Отшвырнула разорванную бумагу, повернулась, выхватила из ящика разделочный нож и бросила его в мужа.

Он увернулся и, подскочив к Барбаре, схватил ее.

— Отпусти меня! — вскрикнула она.

— Нет.

— Я уезжаю к отцу, — захлебываясь рыданиями, заявила она. — И все ему расскажу.

— Нет, ты так не поступишь, — отрезал Оливер. — Ты не меньше меня ненавидишь его. И знаешь, что если переедешь к нему, он только посмеется и скажет, как все время был прав. И просто не может поверить, что ты действительно его дочь. Он даже думает, что ты, наверное, приемыш. — Отец Барбары никогда такого не говорил, но Оливер сказал ей, что слышал разговор Келлога с приятелем на коктейле, и Барбара поверила ему.

— Нет! — Барбара зажала уши руками. — Я обоих вас ненавижу.

— В общем, никуда ты не поедешь.

Оливер выпустил ее, и она села на пол, прижавшись головой к кухонному столу. Он всегда мог манипулировать ею, как хотел, как мог теперь манипулировать почти всеми. Все эти годы он пытался убедить Барбару, что она ненавидит отца, вставить между ними клин, и сейчас, когда это было крайне ему нужно, хитрость сработала, и Барбара поверила ему. Он одержал победу, а она превратилась в дрожащее существо, полное пустых угроз. Так что можно не беспокоиться. Он всегда побеждает.

— Ты идешь наверх и ложишься в постель. И мы никогда больше не заговорим об этом инциденте.

— Ты просто рехнулся, Оливер, — пробормотала она еле слышно, упершись губами в дерево.

— Заткнись. — Внезапно на него навалилось неодолимое желание обвязать ее шею галстуком и увидеть, как вылезают из орбит глаза и на шее вздуваются вены.

— Я не была в этом уверена до сегодняшнего дня, когда ты поднял Джея Уэста на мачту, — шепотом произнесла она. — Ты обожаешь заставлять людей делать то, чего они не хотят. — Барбара вытерла слезы и шмыгнула носом. Она уже не рыдала. — Господи, да ты, наверное, никогда не получал такого удовольствия от Эбби, как от того, что поднял этого молодого человека на семьдесят футов в воздух. Ты обожаешь властвовать, Оливер. Нет, ты жаждешь власти. И от этой жажды теряешь разум.

— Мы просто развлекались. Я бы никогда не подверг друга опасности.

— Да у тебя нет друзей, — печально тихим голосом произнесла Барбара. — У тебя есть последователи. Этот бедный молодой человек изо всех сил старается быть одним из них. Я это вижу по его глазам. А у тебя есть эта ужасная, нездоровая манера засасывать людей. Джей — прекрасный молодой человек, но я молюсь за него. Он понятия не имеет, кто ты на самом деле. И не представляет себе, как далеко ты можешь зайти. Мне бы следовало оказать ему услугу и все рассказать, — добавила она с издевкой, рассмеявшись, — но он мне не поверит.

— Ты слишком много выпила, Барбара. Я всегда знаю, когда ты дошла до предела, так как ты становишься мелодраматичной. — Он пнул ее туфлей в ногу. — Отправляйся-ка в постель и проспись.

— Я удивлена, что ты нанял Джея, — с трудом ворочая языком, произнесла Барбара. — Он не того поля ягода, да и твой омерзительный дружок Баллок явно не любит его. — Веки ее медленно сомкнулись. Долгий день пребывания на жарком солнце и бесконечные выпивки обессилили ее, и она с трудом держалась на грани сознания. — Мне казалось, вы двое никого не подпустите поиграть в вашей песочнице.

ГЛАВА 9

— Вы любите пляж? — спросил Джей, глубоко вдохнув соленый воздух.

— Обожаю, — ответила Салли. Она шла рядом с Джеем, держа в руке сандалии и чувствуя, как прохладный сухой песок проникает между пальцами ног. — У меня было мало возможностей наслаждаться им девочкой.

— Но мне казалось, что вы выросли в Глостере.

— Так оно и есть, — поспешила сказать она. — Но вода в океане в тех местах холодная даже летом и многие пляжи каменистые. А потом, когда живешь около чего-то, не пользуешься этим в полную меру. Например, большинство нью-йоркцев никогда не ездили к статуе Свободы или на обзорный этаж здания «Эмпайр-Стейт».

— Я вот ездил.

— Господи, вы только посмотрите, как лунный свет играет на воде. — Салли легким касанием дотронулась до его плеча. — Как красиво!

Джей смотрел в сумеречном свете на профиль Салли, наслаждавшейся игрой лунных бликов. Она стала другой. Он чувствовал, что его с каждой минутой все больше тянет к ней. Она предложила прогуляться, после того как, выйдя из яхт-клуба, они распрощались с Оливером и Барбарой, и он сразу согласился, хотя было уже поздно, а на другое утро им обоим надо было рано быть у «Маккарти и Ллойда».

Он тяжело вздохнул. Встречаться с женщиной, с которой работаешь, все равно что накликать беду, и он в конечном счете не позволит себе связаться с Салли — по крайней мере пока она работает у «Маккарти и Ллойда». Он слишком хорошо себя знал. Слишком он стремился сделать карьеру и потому не мог допустить, чтобы личные отношения поставили под угрозу открывавшуюся перед ним возможность.

Но он был одинок. Джей особенно остро это почувствовал, когда в океане держал Салли в объятиях, ожидая возвращения «Властной». И когда они шутили и смеялись, сидя на носу яхты по пути к берегу со стаканом в руке, касаясь друг друга коленями, тогда как Оливер и Барбара находились далеко, в кубрике.

— Я вообще мало что видела в Нью-Йорке, — заметила Салли.

— Ну, у вас и времени-то много не было, — сказал Джей. Взгляды их встретились, и оба тотчас отвели глаза. — Вы еще только поступили к «Маккарти и Ллойду», а до того вы ведь были в Сан-Диего.

— Это верно. — Она подбросила ногой песок. — Знаете, чего мне действительно хотелось бы — посмотреть на город с большой высоты. С высокого здания или откуда-нибудь еще. Но не с «Эмпайр-Стейт» или с башен Международного торгового центра, куда все ходят. А из какого-нибудь неизбитого места.

— Из моего дома открывается великолепный вид на центр города.

— Вот как?

— Да.

Салли игриво рассмеялась:

— Это действительно так или же это часть хитроумного плана завлечь меня в вашу...

— Вы могли бы заехать как-нибудь после работы, — прервал он ее, понимая, о чем она думает. — До заката солнца, в какой-нибудь день, когда мы сможем пораньше удрать с работы. До того, как Оливер и Баллок превращаются в вампиров.

— Я не знала, что время дня как-то влияет на обоих в плане кровососания. — Она рассмеялась. — Насколько я слышала, они заставляют сотрудников гнуть спину двадцать четыре часа в сутки.

— Да, у «Маккарти и Ллойда» всех перемалывают, как в жерновах, — признал Джей. — В этом нет никаких сомнений. Так что приготовьтесь.

— А я и готова. — Она помолчала. — Но я с удовольствием приеду как-нибудь и проверю, какой там вид.

— А как насчет сегодня вечером? — Он прокашлялся, почувствовав, что голос звучит напряженно.

— Отлично.

Они повернули назад, к клубу, и в этот момент она споткнулась и покачнулась в его сторону. Он подхватил ее и помог удержаться на ногах, а сам подумал, получилось ли это случайно.

Через час, положив локти на кирпичный парапет, они уже стояли рядом на крыше его шестидесятиэтажного многоквартирного дома в Верхней части Западной стороны и любовались панорамой Нью-Йорка. Джею пришлось несколько минут уговаривать Салли подойти к низкой стене — их отделяло от улицы внизу более шестисот футов, и парапет казался не слишком прочным, — но теперь Салли уже настолько освоилась, что не боялась подойти к самому краю.

— Столько огней, — заметила она. И просунула руку Джею под локоть. — Какая красота!

А Джей подумал: «Какое безрассудство!» Наутро они придут на работу и будут делать вид, что между ними ничего нет. Однако это ведь Салли захотела подняться на крышу. И это он хотел, чтобы она касалась его. Джей все еще ожидал, что рациональная часть мозга заработает и убедит его, как он глупо себя ведет.

— Ну и тип, этот Оливер, — заметила Салли.

— Действительно. — Данный Оливером чек на сто тысяч долларов лежал в кармашке рубашки Джея, и у него мелькнула мысль, не получила ли такой же в тот вечер и Салли. — Нелегко его раскусить.

— Точно. Я уже видела, что он может быть настоящим... — И умолкла.

— Настоящим — чем?

— Вы плохо обо мне подумаете.

— Да нет, договаривайте, — попросил Джей.

— Он может быть совершенно невыносимым, — сказала она. — Я это вижу, даже пробыв рядом с ним такое короткое время. Я имею в виду то, как он заставил нас прыгнуть за борт на середине пролива Лонг-Айленд. И как настоял, чтобы вы лезли на мачту при такой большой волне. Возмутительно.

Ее ногти нежно вонзились Джею в руку так, что у него по спине побежали мурашки.

— Но он умеет себя вести, — продолжала Салли. — Как раз когда вы начинаете чувствовать настоящую неприязнь к нему, он делает что-то такое, что полностью переворачивает ваши чувства.

— Я знаю, — согласился с ней Джей. — Он обаяшка. — «Эта обаяшка мог приставать к сотруднице на складе», — напомнил себе Джей. — Заметили вы, что произошло сегодня вечером с пожилыми дамами, которые сидели за столиком на веранде?

— Да, — рассмеялась Салли. — Сначала они готовы были его задушить. Это было очевидно. А когда он сел на своего конька, полюбили его. — Она помолчала. — А вы не заметили, какие странные отношения между Оливером и Барбарой?

— То есть?

— Она весь день пыталась привлечь его внимание, а он полностью ее игнорировал.

Джей кивнул.

— Я слышал, как она раза два сказала, что любит его, а он молчал. Хотя наверняка слышал. Они стояли рядом.

— Вот именно. Не похоже, чтобы он был с ней счастлив.

— Не знаю. — Оливер ведь ясно дал понять Джею, что он не должен это обсуждать. Если Оливер захочет рассказать Салли про свои матримониальные проблемы, он это сам сделает.

— Они вместе как-то не смотрятся.

— То есть? — Джей стремительно повернулся и бросил взгляд на Салли.

— Ну, вы же знаете: большинство пар хорошо смотрятся вместе.

— Пожалуй. — Значит, она тоже заметила.

— Я представляла себе жену Оливера другой.

— Какой же?

Салли секунду подумала.

— Более сексуальной. Я хочу сказать, Барбара очень привлекательна, — поспешила добавить она. — Не поймите меня

неверно. Но это матрона, которая считает, что она по-прежнему в расцвете сил. — Салли как-то странно посмотрела
на Джея. — Почему вы смеетесь?

— Потому что я тоже это заметил.

— Правда? — с улыбкой сказала она, обрадовавшись, что
они оказались на одной волне.

— Угу, я думал, что Барбара будет более экзотичной.

— Точно. — Салли сжала его руку выше локтя. — Вы
думаете, между Оливером и Эбби что-то есть?

— То есть?

— Водя меня по фирме, Оливер звонил ей вчера, должно
быть, раз пять. Разговаривая, он прикрывал рукой микрофон, чтобы я не могла слышать, и хихикал, точно подрос-
ток.

— Мне это не известно. — Джею не хотелось участвовать
в таком разговоре. — А почему вы спрашиваете?

— Барбара славная. Мне ее жаль. Ясно, что Оливеру хотелось бы быть с кем угодно, только не с ней.

— А не объясняется ли ваш интерес чем-то другим? —
подтрунил над ней Джей и многозначительно улыбнулся. —
Не хотите ли вы использовать такую возможность?

— Какой вы несносный. — И Салли ущипнула его за
локоть.

— Жизнь полна загадок.

Салли закатила глаза:

— О да, мы с Оливером уже много месяцев тайно встречаемся, потому он меня и нанял. У нас есть местечко в Бруклин-Хейтс. Мы несколько раз в неделю ужинаем вместе в
«Хенриз энд», потом отправляемся в «Погребок блюза» послушать музыку для настроения, а потом мчимся назад в
наше любовное гнездышко и сбрасываем простыни с матраца.

Джей склонил к плечу голову и долго пытливо смотрел
на нее.

— В чем дело? — смущенно спросила она. — Я ведь только
шутила.

— Я знаю, — спокойно произнес он.

— Так в чем же дело?

— «Хенриз энд» и «Погребок блюза» — заведения мало-известные. Откуда вы про них знаете?

— Что вы хотите этим сказать?

— А то, что для женщины, которая не так много времени провела в Нью-Йорке, вы знаете о таких малоизвестных местах, о которых многие уроженцы этого города, думаю, даже не слыхали.

— Я ведь несколько раз приезжала в Нью-Йорк.

— И жили в Бруклине? — не без любопытства спросил он. — Я ничего не имею против этого округа, но большин-ство туристов останавливаются в Манхэттене.

— Я читаю журналы для путешественников. Не думаю, чтобы это было чем-то особенным.

— Вы правы. Ничего особенного в этом нет.

Она посмотрела в окно и указала на южную оконечность Центрального парка.

— Которое из этих зданий отель «Плаза»?

— Его отсюда не видно. Оно в дальнем углу парка, и его заслоняет это здание, — пояснил Джей, указывая на стояв-ший слева от них небоскреб.

— А как насчет Нью-Джерси? — спросила она. — Отсю-да видно Нью-Джерси?

— Почему вы спрашиваете?

— Моя квартира в Хобокене.

— Правда? — спросил он и, взяв ее за руку, повел к западной стороне здания.

— Да, и нечего на меня смотреть с такой жалостью. — Они стали обходить большущий заржавевший компрессор, и она вложила пальцы в его руку. — Это совсем не так пло-хо, как вы думаете...

— Я знаю, — перебил ее Джей. — Некоторые районы Хобокена очень даже милы.

— Так в чем проблема?

— Просто я не отдавал себе отчета, что мне придется везти вас туда, — ответил Джей, — ведь уже за полночь. Пока я довезу вас до дома, перевалит за час.

— Вам вовсе не надо отвозить меня домой.

Джей покачал головой:

— Я не допущу, чтобы вы ночью ехали на поезде, а такси обойдется в семьдесят долларов.

— А кто сказал, что я собираюсь домой?

Он остановился, не дойдя до парапета.

— Ну, я...

— Я взяла с собой смену одежды. Так что завтра смогу одеться для работы. Мои вещи внизу, в сумке, которую мы оставили в «остин-хили». Оливер предупредил меня, что день может получиться долгий, так что я приготовилась к этому.

Джей вдруг почувствовал, как взыграло его мужское естество.

— Я знаю, в вашей квартире всего одна спальня, — продолжала она, — но я полагаю, в гостиной есть диван.

— Конечно. Я лягу на диване, а вы — в спальне. — Теперь он подавил разочарование и проклинал себя за то, что мог даже подумать, будто она с ним переспит.

— Согласна. — Она ласково улыбнулась ему. — Это очень мило с вашей стороны.

— Да уж.

Они постояли, глядя друг на друга, потом Джей выпустил ее руку и побежал к парапету.

— Куда вы? — вскрикнула она и зажала рукой рот. — Стойте!

Но Джей не остановился. Подбежав к парапету, он подпрыгнул, поставил ногу на кирпичную кладку, подтянулся и, встав на низкой стенке, секунду пошатался, чтобы не упасть. Затем повернулся, скрестил руки на груди и с видом победителя кивнул ей.

— Спускайтесь немедленно! — приказала Салли. Она ничего не могла предпринять — лишь смотрела, как он стоит на парапете, вырисовываясь на чернильно-черном небе. — Вы чертовски пугаете меня, Джей.

Он улыбнулся, ловко соскочил на крышу и не спеша спокойно подошел к ней.

— Вы совсем сумасшедший, — серьезно сказала она. — Вы же могли убиться.

— Не-а.

— Никогда не пойму мужчин, — сказала она, закатив глаза.

— Это никак не связано с тем, что я — мужчина. — Он отбросил со лба волосы и быстро провел пальцем по шраму под глазом.

— Тогда с чем это связано?

— Не важно.

Она пристально посмотрела на него:

— Почему вы это так часто делаете?

— Что именно?

— Дотрагиваетесь до шрама под глазом.

— Я это делаю *не* так уж часто.

— Нет, часто. Отчего он у вас?

— В школе играл в футбол. А теперь пошли. — Джей повел ее к двери, ведущей в дом. — А то становится поздно.

Через несколько минут они были в спальне Джея.

— Вот, все перед вами, — сказал он, обводя рукой маленькую комнату. — Места немного, но это мой дом. — Он подошел к шкафу. — Я сейчас возьму кое-что и исчезну.

— Не торопитесь. — Она подошла к компьютеру, стоявшему на столе в одном из углов комнаты. — Вы подключены к Интернету? — Она провела взглядом по столу. На нем, помимо компьютера, стояли две коробки с дискетами.

— Как и все, — ответил он, собирая вещи. — Так, я взял все что нужно. И забираю с собой в гостиную будильник. Утром я вас разбужу.

— О'кей. — Она отошла от компьютера и встала у двери. — Я сегодня чудесно провела время.

— Я тоже.

Они немного помолчали, потом она положила руки ему на плечи, приподнялась на носки и долгим поцелуем прильнула к его щеке.

Джей не мог больше сдерживаться. Он обнял ее и прильнул к ее губам в поцелуе. И тотчас почувствовал отклик — она обвила руками его шею, губы прижались к его губам, голые ноги — к его ногам. Через несколько мгновений он оторвался от нее, но она тотчас снова потянулась к его рту. Наконец их губы разомкнулись.

— Мне это понравилось, — прошептала она.

— Мне тоже.

Она провела обратной стороной пальцев по его щеке и дошла до шрама.

— А теперь расскажите, как вы его получили.

— Я ведь вам уже говорил.

— Вы придумали историю, но не рассказали то, что было на самом деле.

— Как это вы определяете, говорят вам правду или нет?

— Расскажите же, — не отступалась она, пропустив мимо ушей его вопрос.

Он издал глубокий вздох.

— Вам это будет неинтересно.

— Об этом буду судить я.

— О'кей, — сказал он сквозь зубы. — Моя младшая сестренка утонула в Пенсильвании, в заброшенной шахте недалеко от моего дома. Мне в то время было шестнадцать, а ей девять лет. У нее нога попала в старое шахтное оборудование глубоко под землей. Я старался изо всех сил высвободить ее. — Он помолчал и, сглотнув слюну, невольно дотронулся до шрама. — Когда я во второй раз спустился к ней, она вцепилась в меня. Мне стало не хватать кислорода, и я оторвал от себя ее руку. Я не мог поступить иначе. А у нее на пальце было кольцо, и оно поранило меня. Когда же я снова спустился, ее уже не стало.

— Извините, Джей. — Она обвила его руками и поцеловала в щеку. — Мне не следовало так напирать.

— А мне все-таки надо немного поспать, — неожиданно заявил он. — Если вам понадобится телефон, он стоит рядом с кроватью.

— О'кей.

Он высвободился из ее объятий и вышел из комнаты, закрыв за собой дверь. Несколько минут он постоял, удивляясь, что Салли сумела вытянуть из него историю об утонувшей сестре. Он рассказал об этом впервые с того дня, когда случилась беда, а было это десять лет тому назад.

* * *

Она работала при свете монитора компьютера, отыскивая нужный файл и как можно тише нажимая на клавиши. Прошла, казалось, вечность, прежде чем слова и цифры появились на экране. Она пробежала глазами то, что появилось, и начала печатать, работая быстро из страха, как бы он не проснулся.

ГЛАВА 10

Гостиная медленно вошла в фокус при сером свете, проникавшем сквозь ставни в незанавешенное, как обычно у холостяков, окно. Занавески не являлись предметом первой необходимости.

Постепенно мозг Джея полностью включился, и он почувствовал, что его телу тесно. Точно с одной стороны была стена, а с другой — край пропасти. Тут он вспомнил. Он ведь спал на диване. А в спальне была Салли Лэйн.

Он вытянул длинные ноги на изношенную, выцветшую обивку подлокотника. Тщетно пытаясь всю ночь найти удобное положение, он сумел поспать всего пару часов, измучился, а впереди предстоял убийственно тяжелый день, который — при удаче — окончится в одиннадцать часов вечера.

Джей приподнялся было с дивана, застонал и снова на него рухнул — он еще не был готов начать день. В дальнем уголке его сознания гнездилась надежда, что Салли прокрадется в гостиную, разбудит его страстным поцелуем, утащит в спальню и будет снова и снова предаваться с ним любви. Он вытащил подушку из-под головы, накрыл ею лицо и снова застонал. Господи, ведь они же всего два дня как познакомились. Да, вчера вечером они целовались — ну и что? Салли не производила впечатления женщины, которая ложится в постель с мужчиной после одного поцелуя. И ему не хотелось, чтобы она была такой.

Запах ее духов преследовал его всю ночь, — слабый запах, который он впервые уловил на веранде клуба, а потом уже полностью ощутил, когда они целовались в спальне. Он сбросил подушку и, понюхав свои плечи — на них еще чувствовался ее запах, — улыбнулся, вспомнив, какие мягкие у нее губы. Дивный был поцелуй, полный страсти, показавший ему, что она заинтересована в продолжении знакомства.

Джей спустил ноги на пол и встал — он был в одних только голубых трусах. Нет смысла раздумывать о том, какое удовольствие доставил ему вчерашний день, проведенный с Салли. От таких мыслей предстоящий день покажется бесконечным.

Подняв руки высоко над головой, Джей еще раз потянулся и пошлепал к спальне. Дверь в нее была слегка приоткрыта. Возможно, Салли тоже как раз сейчас понадобилась ванная. Он не слышал, как она встала, но, возможно, последний час он так крепко спал, что ничего не слышал. Он окинул взглядом коридор. Дверь в ванную была открыта, и света там не было, да и запаха шампуня или духов не чувствовалось.

— Салли, — тихо позвал он. Молчание. Он осторожно постучал в дверь спальни, потом громче. — Салли!

По-прежнему никакого отклика. Он толкнул дверь в спальню и заглянул в комнату. Постель была застлана, и сумка Салли исчезла.

Он прошел по маленькому коридору мимо кухни в ванную и проверил душ. Сухо — им явно не пользовались, что было странно. Джей сомневался, чтобы Салли пошла на работу, не приняв душа, — значит, она, должно быть, отправилась к себе в Хобокен.

Джей вернулся в спальню и остановился перед ящиком для белья, стоявшим в изножье кровати. Телефонная трубка не лежала на подставке, куда он положил ее для подзарядки. Теперь она была на ночном столике.

Сцепив пальцы на затылке, Джей перевел взгляд на компьютер, стоявший в углу. Что-то было не так — то ли с ним, то ли со столиком, на котором он стоял. Джей несколько раз внимательно оглядел столик и компьютер. Рядом с ним стояли две коробки с дискетами — одна красная, другая серебристая. Они были переставлены. Сейчас серебристая стояла перед красной. А у него впереди всегда была красная.

Он подошел к столику и постоял перед компьютером, потом наклонился и положил ладонь на монитор. Он был теплый.

Виктор Сэвой стоял на опушке леса, рядом с дубовой рощей, и смотрел вверх на крутые холмы, окружавшие его с трех сторон, образуя как бы амфитеатр. У него были густые черные усы, темные очки и синяя бейсбольная шапочка, на которой впереди золотыми буквами вышито: *Эсминец США «Нью-Джерси»*; под рубашкой и брюками было подложено, чтобы выглядеть толстяком. Сэвой находился вроде бы среди своих сподвижников и тем не менее как всегда маскировался. Жизнь научила его: если хочешь в этом деле выжить, — не доверяй никому. Друг в одну секунду может стать врагом, если вдруг обнаружит, кто ты на самом деле.

Завершив сделку с Каримом в Кундусе, Сэвой извилистыми грунтовыми дорогами проехал в побитом «юго» по Гиндукушу в Кабул, перелетел на частном самолете из Кабула в Амстердам, еле успев пересесть на самолет «Юнайтед», летевший в Нью-Йорк, в аэропорт имени Кеннеди; там он сразу пересел на другой частный самолет, отправившийся в полуторачасовой полет в Ричмонд, штат Виргиния. В аэропорту Ричмонда он нанял машину на имя Гарри Ли и поехал на юго-запад, на уединенную ферму, находящуюся в часе езды от города. Желая себя обезопасить, он выбрал кружной путь, чтобы избежать преследования.

Это было изнурительное восемнадцатичасовое путешествие. Но теперь, поспав всего два-три часа в самолете «Юнайтед», он чувствовал себя свежим и полным сил. Он был рад вернуться в Штаты, особенно быть в Виргинии — он чувствовал себя здесь почти как дома. Он родился и вырос в Роаноке, маленьком городке, находящемся в нескольких часах езды на запад от Ричмонда, но уехал оттуда в шестнадцать лет, начав жизнь «нетрадиционного снабженца», как он любил это называть, и больше туда не возвращался. Приятно было и то, что, как только он проследит за выполнением задания, миссия его будет окончена и завершится получением необычайно щедрого чека. Он лишь молился богам, если таковые существуют, чтобы его помощник по другую сторону Атлантики смог доставить оружие в Кундус и без инцидента переправить это оружие в Карачи, а потом погрузить на судно, готовое отплыть в Антверпен. Столь многое могло еще пойти не так.

Сэвой взял пригоршню семечек и запихал их в рот. Выплевывая скорлупки, он стал проверять с помощью мощного бинокля, висевшего у него на шее на кожаном ремешке, позиции, занятые его снайперами на холмах. Потом взглянул на небо. С запада надвигались черные грозовые тучи, вскормленные удушливой жарой и сыростью, от чего задыхалось восточное побережье Соединенных Штатов. Не важно. Через четверть часа, до того как разразится буря, все они уже будут в доме.

Сэвой повернулся и, глядя через плечо в сторону дубовой рощи, кивнул. Через миг оттуда появился сообщник, таща за руку молодую женщину. На ней было короткое изодранное платье, и она, спотыкаясь, шла точно зомби за мужчиной. Проститутку, которую сообщник Сэвоя заманил накануне к себе в машину, пару часов тому назад насильно напичкали успокоительным. Глаза у нее остекленели, и она еле держалась на ногах.

Сообщник подвел женщину к стулу рядом с Сэвоем и положил ее руки на спинку. Женщина, слегка покачиваясь из стороны в сторону, ухватилась за нее, легкий ветерок бросил прядь грязных каштановых волос на ее бледное лицо.

Сэвой выплюнул несколько оставшихся скорлупок и снова поднес к глазам бинокль, проверяя позиции. Ему сказали, что снайперы хорошие, но он хотел сам удостовериться в этом. Он научился не доверять никому.

Он кивнул сообщнику, и они вместе побежали в рощу. Став за большое дерево, Сэвой в третий раз проверил каждую позицию. У всех винтовки были наизготове. Сэвой опустил бинокль на грудь и взглянул на молодую женщину. Она с трудом удерживалась в сидячем положении, пригнувшись к спинке стула, как делает лектор на кафедре.

— Огонь! — тихо произнес Сэвой в микрофон.

Голос его еще не отзвучал, как выстрелы, точно пушечный залп, с потрясающей силой разорвали тишину виргинского дня. Четыре 30-калиберные пули врезались в тощее тело женщины, и она рухнула лицом вниз в высокую траву.

Сэвой выскочил из-за дерева и, подбежав к мертвой женщине, с удовлетворением отметил, что ей снесло затылок. Он перевернул ее и оглядел две аккуратные дырочки на лице — одну на середине лба, а другую — под все еще раскрытым левым глазом. Потом он задрал платье и осмотрел дырочки между грудей.

Осматривая искалеченное тело, Сэвой улыбался. Снайперы были действительно хороши.

Джей уставился на написанную от руки записку. Она была прилеплена к сиденью его кресла у «Маккарти и Ллойда», когда он явился туда чуть позже семи часов утра.

Купите акции тех двух компаний, о которых мы говорили, а также акции той бостонской компании, которую вы расхвалили вчера за ужином Маккарти. Покупайте такое количество, как мы говорили, и сделайте это с самого утра. Не прозевайте, Джей. Я не хочу передавать эту работу Салли. Это меня действительно огорчило бы.

Дружески,
Оливер.

В восемь пятнадцать Джей подал заявки, радуясь приобретению акций «Турбо-Тек», меньше — «Саймонс» и совсем не радуясь по поводу «Белл кемикал». Маккарти согласился, что «Саймонс» не вызывает восторга, так что он не обрадуется покупке. А насчет «Белл кемикал» Джей вообще ничего не знал. У него не было времени выяснить ситуацию с «Белл» и подкрепить цифрами утверждение Оливера, что компания — заманчивый кандидат для приобретения. Джей знал про «Белл кемикал» лишь то, что это название значилось на бумаге,

5*

которую он обнаружил в конверте, что лежал в отделении для перчаток «хили».

Так или иначе, он осуществил сделки, и теперь они были скреплены отпечатками его пальцев. И только *его*, с сожалением осознал он, перечитывая записку. Оливер ведь даже не упомянул названия компаний — «Саймонс» и «Белл». Но что ему, Джею, оставалось делать? Не мог он игнорировать прямое приказание Оливера. Он хотел получить свой миллион. И не хотел давать Оливеру повод уволить его, если Баллок прав и в его контракте есть щели.

Он швырнул записку Оливера на стол, откинулся в кресле, закрыл глаза и издал тяжелый вздох. Он до смерти устал после ночи, проведенной на диване, и к тому же чертовски проголодался. Сейчас было уже два часа дня, а он со вчерашнего ужина ничего не ел. Да и день с самого начала был сумасшедший, а кроме него в отделе большую часть времени не было другого профессионала — один только он мог как-то разобраться во всем этом хаосе. Секретарша сообщила Джею, что Оливер работает над проектом для Маккарти и вместе с Салли уехал куда-то в город на совещание. Баллок весь день то приходил, то уходил — по большей части отсутствовал, а Эбби так и не появилась. Не в силах удержаться от зевоты, Джей прикрыл рот рукой.

— Эй, вы там!

Джей открыл глаза. По другую сторону загородки стояла Салли. Оливера не было видно.

— Привет, — холодно произнес Джей, стараясь не вспоминать, как весело было им в это время накануне. Он был зол на нее за то, что она ушла утром из квартиры без предупреждения.

— Что это вы такой усталый? — тихо спросила она и оглянулась, проверяя, не слышит ли кто. — Господи, кто-нибудь может подумать, что вы провели ночь на шишковатом диване, — игриво произнесла она с широкой улыбкой.

— Кто-нибудь и подумает. — Джей сам услышал в своем голосе раздражение.

Салли обошла загородку и, подойдя к Джею, оперлась о край стола.

— Я вчера дивно провела время, — прошептала она.

— Я тоже. — Он на миг заглянул ей в глаза. Какие же они у нее красивые.

— И я ценю, что вы рассказали мне про свою сестру.

— М-да, ну... — Он отвел взгляд в сторону.

— Прошу меня извинить за то, что утром я скоропалительно выехала из отеля «Джей Уэст», но вы крепко спали, — пояснила она. — Мне не хотелось вас будить. — Оглядевшись вокруг, она быстро погладила его по руке. — Я хотела проститься. Право же, хотела.

— Все о'кей. — Он сверкнул улыбкой, понимая, что если будет дуться, то ничего не выиграет. — Когда же вы ушли? — спросил он, заставляя себя держаться легкого тона.

— Около пяти. Я проснулась и не могла снова заснуть, вот и решила уехать.

— Вам следовало позвать меня в спальню. Возможно, физические упражнения помогли бы вам снова заснуть.

— И какие же упражнения вы имеете в виду? — Глаза ее слегка сощурились, а уголки рта поехали вверх.

— Ничего необычного. Просто поупражняться чуть-чуть, чтобы разогнать кровь.

— Ага.

— Вы ездили к себе, в Хобокен? — спросил Джей.

Она кивнула и ответила не сразу:

— Угу, я... я заметила, что забыла захватить кое-что, вот и поехала домой.

— А как вы туда добирались?

— Я села на метропоезд, идущий к Международному торговому центру, а оттуда — на «Кольцевой». — Она снова окинула взглядом операционный зал и увидела Оливера, увлеченно беседовавшего с Баллоком в проложенном вдоль зала коридоре. — Поезда рано утром шли свободные, и переезд не занял много времени.

— Я думал, что вы вызвали машину из гаража «Маккарти и Ллойда».

— Почему вы так подумали? — спросила Салли, быстро переведя взгляд с Оливера на Джея.

— Я заметил, что вы пользовались телефоном. Он был снят с подставки. А я положил его на подставку для подзарядки.

Она снова ответила не сразу.

— Вы правы: я действительно звонила в гараж. Но диспетчер сказал, что он только через сорок минут может прислать машину к вашему дому. Так что я решила рискнуть и поехать на поезде.

Джей почувствовал, как по спине побежали мурашки — так же было и тогда, когда Оливер накануне, после ужина в яхт-клубе, попросил его купить акции «Белл кемикал».

— Для чего вы пользовались компьютером?

— Что?

Возможно, это была игра воображения, но ему показалось, что она пытается протянуть время.

— Когда я проснулся, мой персональный компьютер был теплый. Меня удивило, что вы им пользовались.

Она рассмеялась без признака веселья.

— Ну, это уже преступление третьей степени тяжести.

— Нет, это...

— Я включила Интернет, чтобы просмотреть заголовки утренних новостей и проверить, что произошло за ночь на финансовых рынках Азии, — прервала она его. — У нас с Оливером было с утра назначено совещание в центре города, и я хотела подготовиться. В газетах не всегда печатают данные о том, как закрылись рынки на Тихом океане.

— Я знаю. — Теперь помедлил Джей. — Просто...

— Шевелитесь, господа! — крикнул Оливер, подойдя к ним сзади вместе с Баллоком. — Пошли. В конференц-зале сейчас начнется совещание. Подчеркиваю: *сейчас*.

Салли фыркнула и закатила глаза, как только Оливер и Баллок пошли дальше.

— Идем, идем. Он в воинственном настроении.

— А в чем проблема? — спросил Джей, поднимаясь с кресла.

Салли передернула плечами.

— Не знаю. Сегодня утром на нашем совещании он был в отличном настроении.

Через несколько минут все четверо сидели в конференц-зале за столом для совещаний. Оливер сидел во главе стола, справа от него — Баллок, а Салли и Джей сидели напротив друг друга.

— Закрой дверь, — приказал, поведя рукой в сторону Джея, Оливер. Волосы его были слегка взлохмачены, под глазами мешки. Он потер налитые кровью глаза и глубоко сердито вздохнул.

Джей встал и медленно прошел к двери. Как бы ему хотелось оказаться сейчас на большой удобной кровати, стоявшей в его квартире в Верхней части Западной стороны.

— Постарайся закрыть ее до чертова Рождества, дружище, — рявкнул Оливер.

Накануне вечером Оливер вел себя как близкий друг. А сейчас снова стал капитаном Блаем.

Оливер несколько раз начинал говорить и останавливался.

— Эбби ушла от нас, — наконец сухо произнес он.

Джей сразу проснулся и поднял глаза. Он заметил, что голос Оливера звучал так же напряженно накануне, когда Оливер подошел к нему в винном магазине.

— Сегодня... сегодня утром мне доставили письмо, — пояснил Оливер и, вытащив из кожаной папки конверт, помахал им в воздухе, словно защитник, показывающий присяжным доказательство. — Принес... курьер.

Джея всегда восхищало умение Оливера держаться и говорить без запинки даже в тяжелых ситуациях. Но сейчас от этого не осталось и следа. Джей внимательно его оглядел. Оливер казался озабоченным, обычная его вкрадчивость исчезла.

— Я хотел сообщить всем об этом как можно быстрее. — Голос Оливера зазвучал мягче. — И хотел сообщить вам всем одновременно.

— Она поступила на другую работу? — спросил Джей.

Оливер молчал. Он пристально смотрел на что-то в стене.

— Оливер! — Баллок подтолкнул Оливера локтем.

— Извините. — Оливер потряс головой. — Какой был вопрос?

— Эбби поступила на другую работу? — снова спросил Джей.

— Не знаю. В письме просто сказано, что она подает в отставку по причинам личного характера. — И посмотрел на Баллока — «чуть ли не ища у него моральной поддержки», подумал Джей.

Оливер выпрямился в кресле.

— Нам всем придется вкалывать как следует, пока мы с Баллоком не найдем ей замену, — сказал он. — Эбби была крайне ценным членом нашей команды. Она снимала с нас немалое бремя, занимаясь деталями и выполняя черновую работу. Право, не знаю, как мы сумеем ее заменить. — Оливер положил конверт обратно в папку, руки у него тряслись. — Вот все, что я хотел сказать, — буркнул он. — Извините, что отнял у вас время. — Он посмотрел на Салли затуманенными глазами: — Простите, но нам с Баллоком надо наедине поговорить с Джеем.

— Конечно. — Салли взяла свой блокнот и быстро вышла из комнаты.

А Джей смотрел на Оливера — на его лице появились возрастные морщины, которых он прежде не видел. Его всегдашний загар, казалось, тоже побледнел, и под глазами отчетливо проступали мешки. Что-то произошло с тех пор, как Джей и Салли расстались с Оливером в клубе. Возможно, это как-то связано с Эбби, а возможно, Оливер сцепился с Барбарой дома. Так или иначе, то, что произошло, глубоко задело его.

— Нам надо поговорить о вашей характеристике за месяц работы, Джей, — заявил Баллок, когда Салли ушла.

— Характеристике за месяц? — Джей посмотрел на Оливера, который сидел, сгорбившись, в кресле. — Никто ничего не говорил мне об этом.

— Это обычная вещь, — сказал Баллок. — Каждый новый сотрудник получает нечто подобное. — Он полез в свою папку и вытащил лист бумаги, быстро его просмотрел, затем передал через стол Джею. — Прочтите, что тут написано, и распишитесь внизу страницы. И не слишком вникайте в детали.

Джей быстро просмотрел бумагу. Ему поставили два балла из возможных пяти. Характеристику писал Баллок. Его фамилия стояла внизу.

— Ничего не понимаю. Это свидетельствует о том, что я не работал в полную силу своего потенциала. Такое впечатление, что я не отрабатываю положенное количество часов. А я с тех пор, как начал работать, почти каждый вечер сидел тут почти до одиннадцати вечера. Иногда даже позже.

— Значит, вам надо работать эффективнее, — поправил его Баллок. — И надо пристрелить несколько сделок.

— Я сегодня утром разместил три заказа, — спокойно возразил Джей.

Оливер открыл глаза и слегка выпрямился в кресле.

— На акции каких компаний? — осведомился Баллок.

— «Турбо-Тек», «Саймонс» и «Белл кемикал».

Оливер сел совсем прямо и щелкнул пальцами.

— Дай-ка мне посмотреть эту характеристику, — сказал он.

Джей подтолкнул к нему бумагу. Оливер быстро проглядел ее и посмотрел на Баллока.

— Двойка? — с сомнением произнес он. — По-моему, это слишком заниженная оценка. Повысь до четверки.

— *Четверки?*

— Ты же слышишь меня. Четверки. — И, обратившись к Джею, спросил: — Тебя устроит четверка?

— Думаю, что да.

— Хорошо. — Оливер подтолкнул бумагу назад, Баллоку. — Исправь немедленно, Картер, — приказал он и вышел из зала.

Через несколько секунд Баллок поднялся со своего места и без звука, кипя от ярости, покинул помещение.

А Джей после ухода Баллока протер глаза и вернулся на свое место в отделе. Когда он туда пришел, Баллока в отделе не было, а Оливер и Салли сидели рядом в дальнем краю за перегородкой и говорили по телефону. Джей сел в свое кресло, вытащил ящик и достал список домашних телефонов сотрудников отдела арбитража, который Баллок дал ему в первый же день. Баллок сказал тогда, что все должны быть досягаемы в любое время, поскольку сделки заключаются с девяти до пяти и невозможность связаться с сотрудником даже в течение небольшого промежутка времени может обойтись отделу в миллионы.

Джей отыскал домашний номер Эбби и, набрав его, стал слушать гудки, одновременно наблюдая за Салли, которая пошла куда-то с бумагой в руке. После пяти гудков у Эбби включился автоответчик. Джей выслушал ее приветствие и повесил трубку, не оставив сообщения. Минуты две он смотрел на стоявший перед ним монитор компьютера — на экране непрерывно мелькали цифры согласно установленной им программе, сообщавшей цены на бирже. Затем он поднялся с кресла, обошел загородку и остановился возле Оливера.

— В чем дело? — резко спросил Оливер, наконец оторвавшись от докладной записки, которую он читал, и подняв глаза.

Джей вынул ключи от «остин-хили» — перед глазами у него стояла сцена на складе, где Оливер насиловал Эбби.

— Вот. — Он бросил на стол ключи, затем вытащил из нагрудного кармашка чек, который Оливер дал ему накануне, и положил рядом с ключами. — Я благодарен вам за щедрость, но, думаю, держите-ка его лучше у себя.

Затем повернулся и направился к автомату, продающему содовую, чувствуя взгляд Оливера, прожигавший ему спину, и недоумевая, зачем Салли солгала ему, сказав, что воспользовалась утром его компьютером, чтобы проверить по Интернету, с какими показателями закрылись азиатские биржи. Дома его компьютер не был подключен к Интернету.

ГЛАВА 11

Маккарти залез через заднюю дверцу в большой черный лимузин и опустился на сиденье рядом с Эндрю Гибсоном, заместителем главы аппарата президента Соединенных Штатов. Маккарти в этот день прилетел из Нью-Йорка в Вашингтон на шаттле компании «Дельта», так как его личный «лирджет» проходил регулярный техосмотр.

Гибсон велел шоферу ехать из Национального аэропорта на северо-запад — по Парковой дороге имени Джорджа Вашингтона к столичной кольцевой.

— Я рад, что вы смогли сегодня — без предупреждения — приехать в Вашингтон, — начал Гибсон. — Президент шлет вам свои наилучшие пожелания. Сказал, что ожидает встречи с вами в Нью-Йорке.

— Да, это будет великое событие, — с гордостью подтвердил Маккарти.

Ему нравился Гибсон. Они были приблизительно одного возраста и придерживались одинаковых политических взглядов. Гибсон был стройный, невысокого роста, все у него было идеально выдержано, начиная с аккуратно подстриженных прямых седых волос и кончая отутюженными темными костюмами и традиционными галстуками.

— Это будут потрясающие два дня, — подчеркнул Гибсон. — И ваша способность скоординировать планы губернатора и мэра оказалась очень полезной. А то между этими двумя людьми такое соперничество, каждый хочет, чтобы его отметили — по политическим соображениям, конечно. Хорошо, что вы вмешались и напомнили им, что хозяин все-таки президент. Это, конечно, их штат и город, но надо было, чтобы немножко свистнул кнут. Благодарю вас. Благодарность исходит и от президента.

— Несомненно.

— Но есть и одна плохая новость, — нерешительно произнес Гибсон.

— Что такое? — спросил Маккарти.

— Боюсь, я не смогу посадить вас за президентский стол во время ужина.

— А-а. — Маккарти повел рукой, словно это сообщение нимало не интересовало его. — Это не важно. Я рад оказать услугу президенту, где могу. К тому же я увижу его на другой день в центре города.

— Да, увидите, — заверил его Гибсон. — Вы будете рядом с ним на возвышении.

— Это будет приятно, но я на такую честь не рассчитываю.

Гибсон похлопал короткими пальцами Маккарти по колену и улыбнулся.

— Потому-то президент и любит вас так, Билл. Потому он всегда заботится о вас. Он знает, что у вас широкий взгляд на вещи. А многие его сторонники этого не имеют, — проворчал Гибсон. — Многие приезжают в Вашингтон с протянутой рукой в ожидании подачки. Вы не такой. Вы играете в команде, и мы это ценим.

— Благодарю. — Маккарти посмотрел из затемненного окна лимузина на мост Ки через Потомак и на Джорджтаун, раскинувшийся на скалистом берегу за рекой.

— Президент хочет, чтобы вы приехали осенью в Кэмп-Дэвид, — объявил Гибсон. — Он намерен провести весьма узкий по составу форум по экономике США, и ему нужно, чтобы вы там были. Он хочет, чтобы люди, работающие в этой области, рассказали ему в спокойной обстановке о перспективах. На этом форуме будет всего человек десять. Исполнительный директор «Дженерал моторс», исполнительный директор Эй-ти-ти, председатель совета директоров Ай-би-эм... Словом, вам ясно.

— Да. — Это открывало доступ к политической власти, какой имели лишь немногие в мире, и Маккарти постарался не выказывать удовлетворения.

— Он не примет отказа, Билл, — предупредил его Гибсон.

— Я там буду, — заверил Гибсона Маккарти. — Я этого в жизни не пропущу.

— Отлично.

Лимузин ехал вниз по длинному спуску в густом лесу на южном берегу Потомака. Маккарти с Гибсоном принялись обсуждать состояние экономики, стремительную консолидацию финансовой индустрии и как, по мнению Маккарти, будут меняться процентные ставки в ближайшие месяцы. Все это для того, чтобы Гибсон смог потом доложить президенту.

Когда машина проехала штаб-квартиру ЦРУ, шофер опустил стеклянную перегородку, отделявшую его от пассажиров.

— Мы выезжаем на столичную кольцевую, мистер Гибсон. Какие будут дальше указания?

— Выезжайте на кольцевую в северном направлении и переезжайте через реку, — сказал Гибсон. — Затем сверните на первом съезде и отвезите нас назад в Национальный аэропорт. Туда, откуда мы выехали.

— Да, сэр. — И шофер снова поднял перегородку.

Гибсон нажал клавишу на деревянной консоли, встроенной в дверцу машины, — зазвучала классическая музыка.

— Теперь мы подошли к главному. Зачем я вызвал вас сегодня в Вашингтон, Билл.

У Маккарти усиленно забилось сердце. Он никогда не умел скрывать свои чувства и сейчас, судорожно глотнув, почувствовал, как пот выступает на ладонях. Он вытер их о брюки.

— Успокойтесь, Билл, — мягко сказал ему Гибсон. Он уже достаточно давно знал Маккарти и легко мог распознать состояние своего спутника.

— Зачем же? — спросил Маккарти. — Почему мне надо было сегодня прилетать сюда?

— Речь пойдет об Оливере Мэйсоне.

— Вот как?

— Да. — Гибсон сделал музыку немного громче. — Когда фейерверк окончится, вам придется расстаться с Оливером. Он не может оставаться у «Маккарти и Ллойда».

— Но я считал...

— У меня было два долгих разговора с моим другом из министерства юстиции. Вы знаете, какой властью обладает эта женщина.

— Да. — Маккарти уважительно склонил голову.

— Она заботится об интересах президента, а следовательно, и о ваших.

— Я понимаю.

Гибсон несколько раз моргнул и сжал зубы. Подобная реакция была его ахиллесовой пятой, определенным показателем того, что он чувствует себя неуютно, поэтому он никогда и не поднимется выше заместителя главы администрации. Высшие посты в Вашингтоне предоставлялись лишь тем, кто никогда не выдавал своих чувств, если не хотел их показывать.

— Она снова все обсудила со своим специальным уполномоченным в Нью-Йорке, — пояснил Гибсон, — и хотя он обещал не преследовать Оливера, он не готов позволить Оливеру по-прежнему возглавлять ваш отдел арбитража. Просто потому, что тогда все будет слишком прозрачно. Слишком явное злоупотребление властью. Оливер даже не может оставаться у «Маккарти и Ллойда» и работать над отдельными проектами, как мы с вами говорили. Собственно, ему придется взять долгий отпуск от работы с ценными бумагами и радоваться тому, что он не сидит в федеральной тюрьме.

— Понятно, — сказал Маккарти. — Могу только сказать, что он хороший друг. Он много для меня сделал и много сделал для президента. Некоторые мои пожертвования взяты из денег, добытых мне Оливером.

— Никогда больше не связывайте с этим президента, — уведомил его Гибсон.

Маккарти поднял на него глаза. Он никогда не слышал от Гибсона такого тона.

— Оливер обещал никогда больше не заниматься сделками на основе инсайдерской информации после того, как все окончится, Эндрю, — стал оправдываться Маккарти. — И я ему верю. А если он хоть раз нарушит свое обещание, я лично помогу вам засадить его в тюрьму.

— Это не то, — сказал Гибсон. — Вы тихо отпустите Оливера, как только агнец будет принесен в жертву. Вы отпустите также и Картера Баллока. Собственно, вы навсегда закроете отдел арбитража. Мы говорили о шестимесячном перерыве, чтобы остудить страсти, а потом снова создать отдел, но это исключено.

Маккарти почувствовал, что задыхается. Приказ Гибсона был чреват невообразимыми осложнениями.

— Но...

— Не противьтесь, Билл, — предупредил Гибсон. — Вы должны считать, при том, как все получается, что вам еще очень повезло. Мы уверены: вы не знали, что творится в вашем отделе арбитража, но вы же знаете, как начинаются расследования сделок на основе инсайдерской информации и разрастаются точно снежный ком, если кому-то вступило в задницу.

Маккарти сник.

— Безусловно, знаю.

Все на Уолл-стрит знали, что скандалы о сделках на основе инсайдерской информации разрастаются быстрее, чем облако от атомного взрыва.

— Это может превратиться в чертову охоту на ведьм, когда люди начнут идти на любые сделки, чтобы уберечь себя, и готовы обвинить любого, на кого им укажут прокуроры, лишь бы спасти свою задницу, независимо от того, обладают они информацией на этих людей или нет. — Гибсон покачал головой. — Может стать по-настоящему худо. Доброе имя невинных людей может быть вывалено в грязи, — зловеще добавил он. — И мы не хотим, чтобы такое случилось с вами. Президент вами дорожит. Как я уже говорил, он всегда будет вас оберегать, но он будет держать это обещание лишь до тех пор, пока вы будете держаться договоренности. Мы же договорились об определенных условиях. И вы должны принять эти условия, в том числе и новые.

— Хорошо. — Маккарти посмотрел в окно. Лимузин снова ехал по Парковой дороге имени Джорджа Вашингтона, направляясь к Национальному аэропорту. Он отчаянно пытался найти выход, но не находил. — Я дам Оливеру солидный пакет в качестве отступного. — Ничего не поделаешь, придется согласиться и принять директиву. Стоит заколебаться, и Гибсон может выйти из игры. — Баллоку тоже.

— Я думаю, это разумно, — сказал Гибсон. — Я рад, что мы утрясли этот вопрос. — Он поднял руку. — Я бы подождал сообщать Оливеру, что он расстается с «Маккарти и Ллойдом». Мне бы не хотелось, чтобы он в этот момент создал нам проблемы.

— О'кей, — покорно согласился Маккарти.

Они снова переехали через мост Ки, и несколько минут спустя лимузин остановился у места высадки пассажиров компании «Дельта». Гибсон попрощался с Маккарти за руку.

— Выше голову, Билл. Все выйдет. Через пару месяцев все вернется в нормальное состояние.

— Я знаю, — пробормотал Маккарти.

— Помните, — крикнул Гибсон, когда шофер уже открыл перед Маккарти дверцу, — никому ни слова про то, что произойдет в Нью-Йорке через пару недель. Надо, сколько возможно, держать это в тайне. Особенно затею в центре. Безопасность и так далее.

— Правильно.

— И еще одно, Билл! — крикнул Гибсон.

— Что?

— Подстригитесь.

Маккарти криво усмехнулся, вспомнив, как он приказал Джею сделать то же самое. И вышел из лимузина, где работал воздушный кондиционер, в удушающую жару. На западе на горизонте маячили черные тучи. Маккарти надеялся, что гроза не задержит его вылета в Нью-Йорк.

ГЛАВА 12

Оливер лежал на диване — на том же диване, на котором два-три дня назад они с Эбби разделили грамм кокаина. На лбу его была махровая салфетка, смоченная холодной водой, верхняя пуговка полосатой рубашки была расстегнута, он спустил узел галстука чуть ли не до середины груди, а его мокасины с кисточками валялись на полу. Оливер перевернулся на бок, и салфетка свалилась на пол. Он потянулся, чтобы ее поднять, и застонал.

— Что не так, Оливер?

Кевин О'Ши сидел в кресле-качалке в нескольких футах от дивана и потягивал ледяной чай. Волна жары придавила Нью-Йорк, и, несмотря на наличие кондиционера, в комнате можно было задохнуться.

— Ничего, — мрачно ответил Оливер.

— Да ладно, — не отступался О'Ши. — Скажите, что вас допекает. — Несмотря на то, как вел себя Оливер Мэйсон, он нравился О'Ши.

О'Ши был темно-рыжий, с зелеными глазами и белой кожей. Он был выше шести футов, с широкой грудью, не столь мускулистой теперь, когда ему перевалило за сорок и у него не было времени тренироваться. Да и живот начал выпирать благодаря его пристрастию к макдоналдским чизбургерам — таким путем он снимал стресс от своих новых обязанностей. Он ухватил кожу на талии большим и указательным пальцами, проверяя, помогла ли строжайшая диета, установленная для него последние несколько дней женой. Лицо его помрачнело. Пояс крепче обычного прилегал к талии, а мясистый валик над ним казался еще шире.

— Перестаньте себя обманывать, Кевин, — послышался с дивана голос Оливера, он перевернулся на спину и снова положил на голову мокрую салфетку. — Это проигранная битва для такого, как вы, мужика. Живот никуда не денется. Только станет больше по мере того, как будете стареть. Но по крайней мере этого друга вы никогда не потеряете, чего ни вы, ни я не можем сказать о большинстве наших знакомых, — с горечью заметил он.

— Спасибо, Оливер, — сказал О'Ши, прихлебывая ледяной чай. И мысленно сделал заметку никогда больше на людях не трогать живот. Люди замечают, что ты делаешь, хотя ты полагаешь, что это не так. — Ценю ваши подбадривающие слова.

— Я рад. — И Оливер издал долгий вздох.

— Так в чем все же дело? — спросил О'Ши. — Вы сегодня что-то хандрите, не похожи, как обычно, на бодрячка.

Оливер состроил гримасу:

— Обычная домашняя неурядица.

— Снова проблемы с женой?

— Пожалуй. Кстати, мне хочется кое-что выяснить. — Голос Оливера зазвучал иначе, как только он переключился на другое.

— Что именно?

— Не слышу ли я ирландский акцент?

— Угу, малый, — произнес О'Ши с преувеличенно белфастским акцентом. — Мой отец из второго поколения нашей семьи в этой стране. Когда я был маленький, его с трудом можно было понять, если ты не привык к его выговору, — пояснил О'Ши уже нормальным голосом, в котором все же слабо слышалось влияние отца. — На самом деле вы ведь акцент не слышите, верно?

— Иногда, — не подумав, произнес Оливер.

О'Ши допил ледяной чай и поставил стакан на столик возле кресла.

— Хватит трепаться, Оливер. Ознакомьте меня с развитием событий.

Оливер швырнул салфетку в направлении ванной и вытер влажный лоб.

— Джей Уэст сегодня утром произвел покупку акций. Он купил крупные пакеты акций «Саймонс» и «Белл кемикал», а также некой компании под названием «Турбо-Тек».

— Что это за компания? — подозрительно спросил О'Ши. — Звучит незнакомо. Она ведь не из тех, акции которых вам рекомендовали, верно?

— Нет. — Оливер отрицательно покачал головой. — Джей сам предложил «Турбо-Тек». У него там работает приятель по колледжу.

— Очевидно, это о'кей, — сказал О'Ши, мысленно несколько раз повторив про себя название компании. Он боялся на этом этапе что-либо записывать. — Я проверю. Если выяснится, что Джей совершил нечто противозаконное, все станет даже легче. — Он помолчал. — Мы получили то, что требуется?

— Угу. — Оливер сел на диване, сунул под него руку и вытащил конверт. — Вот. — И бросил его О'Ши. — Дискета внутри.

О'Ши поймал конверт, заглянул внутрь и положил его в карман пиджака.

— А как насчет другого? Как это продвигается?

— Отлично.

— Хорошо. — О'Ши расслабился. Все вставало на свои места.

— Значит, силки расставлены, — объявил Оливер. — Овца подведена к алтарю, и нам остается лишь дождаться, когда будет объявлено о перекупке. Правильно?

— Правильно, — подтвердил О'Ши. — А когда, вы думаете, это произойдет?

— Вопрос на миллион долларов, верно?

— Ваши контакты были когда-либо не правы? — спросил О'Ши. — Подсказывали ли они вам что-то, из чего потом ничего не получалось?

— Конечно, — признался Оливер. Он подумал о Тони Вогеле и трех других сотрудниках известных на Уолл-стрит брокерских фирм. Последние пять лет они противозаконно снабжали его информацией о предстоящих перекупках в обмен на особое соглашение. — Сделки все время проваливаются. И вы должны это знать, мистер заместитель генерального прокурора США.

О'Ши закатил глаза:

— Великолепно. Значит, все полетит, если одна из этих сделок не будет объявлена. Я имею в виду «Белл кемикал» или «Саймонс». Это отбросит нас назад. И тут Джей Уэст может кое-что заподозрить. Он не станет заключать больше сделок, хоть вы ему и прикажете.

— Не дергайтесь, — постарался успокоить его Оливер. Тони, да и остальные редко ошибались. За последние пять лет лишь горстка подсказок не оправдалась. — Все будет хорошо. — Оливер положил ноги на кофейный столик. — Почему вы стали работать юристом на правительство, Кевин? Что, черт возьми, на вас нашло?

О'Ши подавил улыбку. Ему, как законнику, следовало бы презирать Оливера. Этот человек не лучше обычного уличного вора. Собственно, хуже, так как он обманул стольких людей, лишив их кучи денег. Но Оливер привлекал своими взглядами на жизнь и умел понравиться, хотя вы и знали, что думает он только о себе и ни о ком другом.

— Мой отец был полисменом и шестеро его братьев были либо полисменами, либо строительными рабочими, — поведал О'Ши. — Те, что были строительными рабочими, вечно жаловались на боли в спине. Мне это не казалось хорошим способом зарабатывать деньги. Меня всегда привлекала система правосудия, но у меня не было желания быть подстреленным, как мой отец. А кроме того, полисмены и строительные рабочие мало зарабатывают. Вот я и пошел в юридическую школу.

— Но именно этого-то я и не понимаю, — сказал Оливер. — Я могу понять, что человеку хочется стать юристом, хотя юристы по-прежнему в основном трудятся по часам, — заметил он. — Я не понимаю, почему вы захотели работать юристом в государственном учреждении. Вы трудились до последнего пота, чтобы получить такой же диплом, как и ребята, работающие в крупных корпорациях — в «Дэвис Полк» или «Скэдден Арпс», а получаете в сравнении с ними собачье дерьмо.

— Моя семья с детства внушила мне, как важно сделать правильный выбор, а не ставить все в зависимость от денег. Мои родители подчеркивали разницу. Они говорили, что неплохо зарабатывать деньги, если ты при этом делаешь что-то полезное для общества. — Последние два-три года О'Ши все больше и больше раздумывал над вопросом, который задал Оливер. После долгой и изнурительной работы адвокатом О'Ши наконец поднялся по служебной лестнице до высокого поста заместителя генерального прокурора США в Манхэттене. Он был уважаемым сотрудником министерства юстиции и получал девяносто две тысячи долларов в год. Но, имея четырех детей, по-прежнему не чувствовал, что многого достиг. — Мне кажется, я получаю хорошую подзарядку, останавливая людей вроде вас от разграбления американского народа, чтобы не думать о финансовых жертвах, — с вызовом произнес он.

— И этой подзарядки достаточно, чтобы не завидовать некоторым вашим фордэмским сокурсникам, которые, наверно, зарабатывают миллионы долларов в год?

«И живут в больших домах в Рае и Гринвиче», — подумал О'Ши.

— Я сожалею лишь о том, что не смогу засадить вас за эту операцию, — улыбнувшись, сказал О'Ши. — Вы по-прежнему будете вольны заниматься спекуляциями. Но я буду следить за вами.

— Уверен, что будете, — сухо произнес Оливер. — Но могу вас заверить, что, завершив эту операцию, я никогда

больше не стану заниматься сделками на основе инсайдерской информации. Я уже извлек для себя урок.

О'Ши не без издевки рассмеялся:

— Ничего подобного. Вы же совсем как обычный улич-
ный торговец наркотиками. Вы к этому пристрастились. За
одни сутки вы не избавитесь от пристрастия к сделкам на
основе инсайдерской информации. Я такое уже видел. Через год вы создадите новую банду. — О'Ши наставил палец
на Оливера. — И когда это произойдет, я буду там. — Глаза
его сузились. — Тогда вы сами сядете в тюрьму, а не подста-
вите кого-то вместо себя. Может быть, в тот момент вы сда-
дите нам Маккарти.

— Мне не за что его сдавать, — поспешил сказать Оливер. — Билл ничего не знал о том, что я организовал, до
того, как ваши люди связались с ним. Он чист.

— Угу. — О'Ши не поверил этому ни на секунду. Билл
Маккарти был ветераном Уолл-стрит. Он, несомненно, знал,
что Оливер не мог то и дело приносить фирме огромные
прибыли, не имея инсайдерской информации. Просто невозможно столько раз ставить на пони-верняка, как это делал последние пять лет Оливер, без того, чтобы кто-то в
конюшне не подсказывал тебе, на кого ставить. Но не такое
он, О'Ши, занимает положение, чтобы раскачивать лодку.
Решение о ситуации у «Маккарти и Ллойда» принимается
много выше его, по всей вероятности, в лимузине на кольцевой дороге или в каком-нибудь уединенном месте в не-
драх Капитолия. А он просто солдат, выполняющий прика-
зы генерала. — Вы уверены, что Картер Баллок ничего не
знает о том, что готовится?

— Безусловно, — решительно заявил Оливер. — Баллок
в полном неведении относительно того, что происходит.
Поверьте.

— А Уэст?

Оливер стиснул зубы. Джей принял накануне звонок Тони
Вогела по мобильнику, и Оливер не сомневался, что он видел конверт в отделении для перчаток «хили», где стояло
название «Белл кемикал». Но Джей все-таки совершил утром сделки.

— Ничего, — тихо произнес Оливер. — Джей ничего не знает. Он слишком старается выполнить то, что я ему говорю. Думает только о премии в миллион долларов и ни о чем больше. Он человек последовательный. — В мозгу Оливера вспыхнуло воспоминание о жуткой ссоре с Барбарой накануне.

— Не показалось ли мне, что вы о чем-то сожалеете? — спросил О'Ши. — Не чувствуете ли себя немного виноватым в том, что делаете? — Важно было, чтобы в последнюю минуту человек не передумал.

— Черт побери, нет! — отрезал Оливер.

— Вы уверены?

— Да. — Оливер поднялся с дивана и прошлепал к окну номера, выходившему на Центральный парк.

О'Ши встал.

— Хорошо, Оливер. Похоже, все под контролем. Мне пора. — Он повернулся и направился к двери. — Если что-то произойдет, позвоните мне по номеру, который я дал вам на прошлой неделе. Ни в коем случае не в центр города. Ясно?

— Ага, ага. — Оливер, не отрываясь, смотрел в окно.

— О'кей, приятных сновидений, кукленыш, — бросил О'Ши, открывая дверь в коридор. Через секунду он исчез.

— Чтоб тебя черти съели, задница, — буркнул Оливер. — Господи, с каким удовольствием я бы его прикончил.

Оливер долго стоял у окна, наблюдая за туристами, рассаживавшимися в запряженные лошадьми коляски, которые стояли вдоль дальнего конца 59-й улицы пятью этажами ниже его, и раздумывая над замечанием Кевина О'Ши, что он не сможет удержаться и, когда все успокоится, снова возьмется за сделки, исходя из инсайдерской информации. После того как Джей Уэст будет свален и отправится на двадцать лет в Ливенуорт, Оливер не сможет-де противостоять притягательной силе легких денег. Сила и влияние Маккарти испарятся, поскольку правительство едва ли вторично пойдет на подобное соглашение. Деловые связи существуют до определенного предела. Даже с такими влиятельными людьми, как Маккарти.

Оливер еще с минуту смотрел на коляски, затем повернулся и медленно пошел к дивану. Сунув руку в кармашек рубашки, он достал листок бумаги, сложенный треугольником. Пальцы его задрожали, когда он, расправив листок, положил его на кофейный столик. Он стоял, уставясь на белый порошок и чувствуя, как пересыхает во рту. Глупо этим заниматься, но потом ему становится так хорошо. Возникает ощущение власти и неуязвимости, чего он так жаждал, но лишился после той встречи с Маккарти и О'Ши мартовским днем в уединении квартиры Маккарти на Парк-авеню, когда его мир в секунду разлетелся на куски.

Оливер провел рукой под диваном и извлек маленькую картину в рамке, которую он снял со стены в спальне своего номера люкс. Он высыпал порошок на стекло и опасной бритвой, которую достал из кармашка рубашки, стал дробить кристаллы кокаина и разделять порошок на две порции. В марте, когда в квартире Маккарти О'Ши рассказал, что происходит, Оливер не сомневался, что ему сейчас заломят руки назад, наденут наручники и увезут в тюрьму. Бюро генерального прокурора США установило по крайней мере три случая, когда — по убеждению властей — Оливер или кто-то в отделе арбитража действовал на основе инсайдерской информации. Из уважения к Маккарти и его связям с Белым домом бюро связалось сначала с Маккарти; он обратился к своим могущественным друзьям в Вашингтоне, и те тихонько выторговали ему очень заманчивую сделку. По политическим соображениям отделу арбитража компании «Маккарти и Ллойд» придется предложить жертвенного агнца, на которого все будет свалено, а затем компания подпишет соглашение, обязующее ее не заниматься оценкой и арбитражем в течение полугода. Это успокоит министерство юстиции и не затронет главных действующих лиц. В течение этих шести месяцев Оливер будет работать над отдельными проектами для Маккарти, а когда период затишья для отдела арбитража пройдет, он сможет снова взяться за дело, но уже действовать по закону. Никаких сделок на основе инсайдерской информации.

Оливер прекратил было дробить кокаин. Он был уверен, что сможет воздержаться от использования инсайдерской информации. Он, конечно, дал себе слово, что никогда больше не пойдет и в северную часть Центрального парка на встречу со своим поставщиком наркотиков. И все-таки пошел. Возможно, прав О'Ши. Возможно, он не в состоянии быть праведником. Оливер тяжело вздохнул. К черту О'Ши. О'Ши не знает, что значит делать настоящие деньги. Он не представляет себе, под каким находишься гнетом, поставляя такие деньги. Последние пятнадцать лет О'Ши жил скучной обеспеченной жизнью, он никогда по-настоящему не рисковал, укрытый в коконе федерального правительства, довольствуясь паршивым городским домом в паршивом Куинсе. О'Ши понятия не имеет, что значит есть лишь то, что сам убил, понятия не имеет, каково держаться на равных с кем-то вроде Гарольда Келлога.

Оливер взял соломинку, лежавшую на стакане, пригнулся и приготовился вдохнуть наркотик.

В дверь неожиданно громко застучали — он уронил соломинку, встал и поднял вверх руки, точно приготовясь к аресту.

Дверь с треском отворилась, и в прихожую вошел Баллок.

А Оливер был уверен, что Кевин О'Ши округил его, уверен, что О'Ши на самом деле не интересовали сделки на основе инсайдерской информации, — он просто хотел арестовать Оливера по обвинению в хранении наркотиков. Каким-то образом О'Ши узнал о его пристрастии к кокаину и известил об этом ФБР или нью-йоркскую полицию или кого-то там, кто занимается наркотиками. Паранойя и чувство незащищенности достигли у Оливера такого уровня, что он даже верил в причастность ко всему этому Эбби и в то, что стук в дверь связан с ее исчезновением, так как она превратилась в свидетельницу. Он уставился на Баллока с облегчением, поняв, что избежал еще одной пули.

— Чем это ты занимаешься? — Баллок кивнул на кокаин.

— Ничем, — отрезал Оливер, успев взять себя в руки. — Закрой дверь. Проверь, чтоб она была заперта.

Баллок выполнил его просьбу и, медленно пройдя через комнату, остановился за креслом-качалкой, откуда всего несколько минут назад поднялся О'Ши.

— Значит, вот чем ты занимаешься, когда исчезаешь во второй половине дня.

— Заткнись. — Оливер опустился на диван и вдохнул целую порцию кокаина. — Давай, втяни немного, — предложил он, откинув голову, чтобы порошок не вылетел из носа. И протянул Баллоку соломинку.

— Нет.

— Откуда ты узнал, что я тут? — не без подозрения спросил Оливер, кладя соломинку рядом со второй порцией. Он никому не говорил, куда едет.

— Я проследил за тобой.

— Зачем?

— Хотел знать, куда ты поехал.

— Почему?

— Просто из любопытства.

— И твое любопытство удовлетворено? — Оливер снова откинул голову на спинку дивана.

— Нет. Кто этот малый, который только что вышел отсюда? — спросил Баллок.

— Кевин О'Ши. — Не было оснований скрывать от Баллока личность О'Ши. Баллок в этом деле увяз так же глубоко, как и Оливер — по самые глаза. Он все знал про расследование и достигнутое соглашение. Между ними не было тайн. О'Ши был круглым дураком, думая, что это не так. — Заместитель генерального прокурора США в Южном районе Нью-Йорка. — Кокаин начинал оказывать свое желанное действие. Оливер чувствовал, как наливается силой его тело. — Это тот, кто посадит Джея Уэста за решетку и даст нам возможность спокойно заниматься делами.

Оливер улыбнулся. Он ощущал, как его распирает стремительно несущийся по телу поток. Жизнь снова была хороша. Если бы еще Эбби ждала его в спальне, лежа об-

наженной под одеялом. Тогда жизнь была бы просто иде-
альна. Он так тосковал по Эбби. И его это пугало. Ни по
кому в жизни он не тосковал.

— Так это был О'Ши. — Баллок подошел к креслу и
сел. — Ты сказал ему, что Джей спустил гашетку на сделки?

— Да. — Из носа знакомо закапало. Оливер сделал несколько быстрых глотательных движений, проталкивая вниз
насыщенную наркотиком слюну. — По-моему, он очень обрадовался.

— Еще бы нет.

— Ты положил отчет о месячной работе Джея в папку
персонала? — осведомился Оливер: теперь, когда кокаин
начал действовать, он заговорил быстрее. — Тот, где стоит
двойка?

Баллок улыбнулся:

— Безусловно. И я приложил к нему записку о том, что
Джей отказался его подписать, сославшись на пункт об увольнении в нашем контракте. Это тоже должно порадовать
О'Ши. — Баллок язвительно хихикнул. — Я ведь сказал Джею,
что ты уволишь либо его, либо Салли. Что в контракте есть
такой пункт. Отлично все складывается.

Оливер покачал головой:

— Бедный малый. У него и в мыслях нет, что с ним
будет. Кевин О'Ши так легко уничтожит его.

— Надеюсь.

Некоторое время они молчали. Наконец Оливер взглянул на Баллока.

— Что, по-твоему, случилось с Эбби?

— Не знаю, Оливер, но меня это до смерти пугает. Если
ты рассказал мне все так, как есть, она знает про наших
партнеров. Про Тони и остальных. Если она пойдет к кому-
то, кто не в курсе того, о чем мы договорились в центре, у
нас могут возникнуть настоящие проблемы.

Оливер издал громкий вздох от огорчения, что не может
с ней связаться.

— Картер, я должен найти Эбби.

ГЛАВА 13

— Привет! — громко произнесла Салли, шедшая вслед за метрдотелем. Она сжала Джею локоть, поцеловала в щеку и затем села на отодвинутый им стул. — Извини, что опоздала, — слегка задыхаясь, произнесла она.

— Пусть это тебя не волнует. — Не в силах оторвать от нее глаз, Джей сел на стул, стоявший рядом с ней за маленьким столиком у окна. Короткое, с глубоким вырезом черное платье облегало ее стройную фигуру, оставляя для обозрения длинные загорелые ноги и точеные плечи. Уши ее украшали скромные бриллиантовые серьги, сверкавшие при свете люстры. Оторвав от Салли взгляд, Джей заметил, что несколько мужчин в ресторане внимательно рассматривают ее. — Выглядишь великолепно.

— Спасибо. Стыдно признаться, но я была готова уже в пять. — Она вздохнула. — И все равно опоздала. — Протянув руку поверх тарелок, серебра и рюмок, Салли сжала его пальцы. — Мне всю неделю недоставало тебя.

Джей заглянул ей в глаза. Работы в отделе было по горло, и у них не было возможности даже поговорить. Но в пятницу в пять часов он ответил на звонок одного из телефонов и, к своему удивлению, услышал голос Салли. Она звонила из конференц-зала и предлагала встретиться в субботу вечером. Поужинать в «Приречном кафе». В восемь часов. Вдвоем. Джей взглянул на Баллока, сидевшего в нескольких футах от него и просматривавшего какой-то документ, и принял приглашение, сказав просто «конечно», чтобы Баллок ничего не заподозрил. После звонка Салли не вернулась в отдел, а когда она вовремя не появилась и в ресторане, Джей решил, что его надули. А теперь она сидела с ним рядом и выглядела даже лучше, если такое возможно, чем в яхт-клубе. И он понял, как жаждал такой встречи.

— Я рад, что ты вчера позвонила, — признался он.

— Это был довольно смелый поступок, верно? Я сама себе удивилась.

Официант принес бутылку шардоннэ, налил вина в бокалы и, ни слова не сказав, исчез, чувствуя, что эта пара сегодня спешить не будет.

— За нас, — сказала Салли, взяв бокал.

— За нас, — вторил ей Джей и чокнулся. С ней было так легко. Он старался не забыть о том, что ему нужно задать ей несколько важных вопросов. Но это будет трудновато. Ему не хотелось портить создавшееся настроение.

— Как красиво! — Она кивком указала на окно, за которым вырисовывались громады Нижнего Манхэттена за Ист-Ривер. Несмотря на субботний вечер, в окнах конторских зданий ярко горели огни. — Правда?

— Да.

С минуту они сидели молча, затем заговорила Салли.

— Что-нибудь слышно о... — Помолчала. — Как звали ту молодую женщину, что на этой неделе прислала по почте Оливеру просьбу об отставке?

— Эбби, — ответил Джей. — Эбби Купер.

— Правильно. Я мимоходом познакомилась с ней во вторник. Она показалась мне очень славной.

— Такая она и есть, — подтвердил он. — Но нет, по-моему, никто о ней ничего не слышал.

— Тебе не кажется это странным? — спросила Салли, сделав большой глоток вина.

Джей наблюдал, как быстро исчезает вино. Казалось, она нервничала.

— Кажется. — На секунду у него мелькнула мысль рассказать Салли о том, что он видел на складе, но потом решил не делать этого. — Эбби не из тех, кто посылает по почте просьбу об отставке. Она человек очень ответственный, такие людей не подводят.

— Ты хорошо ее знал? — спросила Салли, допивая вино из бокала.

Джей вынул бутылку из ведерка со льдом и наполнил ее бокал.

— Я ведь служу у «Маккарти и Ллойда» всего месяц, но мы за это время довольно близко сошлись. В дружеском плане, — добавил он.

— Ты не пытался связаться с ней?

— Я оставил на ее автоответчике несколько посланий, но она мне не отзвонила.

— Я не хочу бить в набат, но, может, стоит связаться с кем-то из родственников? В отделе персонала должно быть чье-то имя, кому в случае необходимости можно позвонить.

— Это неплохая мысль. — Джей не стал говорить Салли, что в четверг днем, прежде чем из отдела персонала пришли разбирать стол Эбби, он уже нашел номер телефона ее родителей в Бруклине. Ему не хотелось, чтобы Салли знала, как это его беспокоит. — А ты скрытничала, позвонив из конференц-зала, чтобы назначить это свидание, — сказал он, меняя тему разговора.

Она секунду поиграла серьгами.

— Мне не хотелось, чтобы Баллок неверно это истолковал. Он во все сует свой нос — особенно, когда дело тебя касается, — сказала она. — Когда ты говоришь по телефону, он вслушивается в каждое слово. Делает вид, будто не слушает, но я-то вижу. Это должно тебе очень докучать.

— Так оно и есть.

— Меня не волнует Оливер, — сказала Салли. — Ему было бы безразлично, узнай он, что мы с тобой сегодня куда-то пошли. Собственно, он, наверное, был бы даже рад за нас. А вот Баллок — другое дело.

— Почему ты так сказала про Оливера? — спросил Джей. — Про то, что Оливер порадовался бы за нас.

Она еще глотнула вина и пожала плечами.

— Когда мы с ним на прошлой неделе возвращались со встречи в центре города, он сказал мне, что они с Барбарой заметили... — И умолкла.

— Что?

— Я стесняюсь.

— Да ну же.

— Он сказал, что мы с тобой на яхте явно получали удовольствие от общения друг с другом. И во время ужина тоже. — Она посмотрела ему в глаза. — Он сказал, что проблемы не будет, если мы станем встречаться, но не будем показывать это на работе.

— Он так тебе сказал? — И Джей расплылся в улыбке.

— Тебе, — ткнула она пальцем в Джея, — тоже?

Джей кивнул:

— После ужина в яхт-клубе.

Салли рассмеялась:

— Таков уж он, наш Оливер. Иногда ужасный зануда, а потом может стать просто замечательным.

— Точно. — Джей залюбовался сверкавшими в ее ушах бриллиантами. — Что ты имела в виду, говоря, что Баллок может неверно это истолковать? А как было бы *верно*?

Она поставила локти на стол и уперлась подбородком в кисти рук.

— Могу я сказать что-то очень смелое?

— Нет.

— Я не знаю, как было бы верно, но знаю, что хотела бы это испытать. — Она помолчала, по-прежнему глядя ему в глаза. — Меня давно ни к кому так не тянуло, — сказала она. — И не волнуйся: я не спешу во что-то ввязаться и не прошу тебя что-либо начинать, и я прекрасно сознаю, что мы должны быть осторожны, так как работаем вместе. Но мне хотелось бы встречаться с тобой вне конторы.

— Прекрасно сказано. Я не мог бы выразить это лучше.

Секунду они смотрели друг другу в глаза, потом одновременно отвели взгляд, понимая, что все вдруг осложнилось.

— Расскажи мне побольше о себе, — нарушил наконец молчание Джей.

— А что ты хочешь узнать? — Салли смотрела в окно, на очертания города за рекой, поглощенного теперь темнотой.

— Ты сказала, что родилась в Глостере.

— Да, я выросла на южном побережье Кейп-Энн. Жить там было очень приятно. Мне повезло. Мои родители — не стану отрицать — были людьми состоятельными. После школы я поступила в Йель. Мне, безусловно, не помешало то, что мой отец учился там и регулярно спонсировал некоторые учебные программы. Помог он мне и поступить в Гарвардскую школу бизнеса.

— И это он помог тебе получить работу после Гарварда в той финансовой компании в Сан-Франциско? — спросил Джей.

Она отрицательно покачала головой:

— Нет, этого я добилась сама.

— А как ты узнала про то, что есть место у «Маккарти и Ллойда»?

— Была замечена ловцом мозгов. — Она сделала большой глоток вина, и на ее лице появилось печальное выражение. — Я б хотела, чтоб мои родители знали о том, как я получила эту работу. Они бы гордились мной.

— Не сомневаюсь, — согласился Джей. И печально покачал головой. — Это ужасно — то, что произошло с твоими мамой и папой. Ты говорила, они погибли в авиакатастрофе, так?

— Да.

— Два года назад?

— М-м. — Она допила вино и поставила пустой бокал на льняную скатерть. — Бармен, еще.

Джей налил им обоим по бокалу и жестом показал официанту, что нужна еще бутылка.

— У вас есть еще вопросы ко мне, Перри Мэйсон?

Джею показалось, что в ее голосе прозвучало легкое раздражение.

— Слишком допытываюсь? — спросил он. — Становлюсь похожим на Баллока?

— Нет, просто становишься настырным. — Она взяла бокал и принялась слегка покачивать его из стороны в сторону.

— У тебя есть кто-то?

— Что? — спросила она, удивленная его прямым вопросом.

— Кто-нибудь остался в Сан-Франциско? — не отступался Джей.

— А вот это уже вопрос Баллока.

— Я его не снимаю.

Салли ответила не сразу.

— Такой человек был, — медленно произнесла она. — Теперь его больше нет.

Вернулся официант со второй бутылкой вина, и они замолчали.

— Теперь мой черед, — сказала Салли, когда официант отошел.

— О'кей.

— А у тебя как обстоит дело? Есть кто-то в Нью-Йорке, о ком мне следует знать? Кто-то, кому совсем не понравится, если она узнает, что мы с тобой провели вместе сегодняшний вечер?

Джей отрицательно покачал головой.

— Я встречался с двумя-тремя женщинами, но ни с одной ничего серьезного не было. Слишком я был занят работой. — Он подождал следующего вопроса, но она молчала. — На твои вопросы легко было ответить.

— О, я еще не кончила.

— Отлично. Спрашивай, что хочешь.

— О'кей, почему ты упорно ведешь себя с такой бесшабашной удалью?

Он удивленно посмотрел на нее, не будучи уверен, куда она клонит:

— Не понимаю.

— В среду ты выпрыгнул из боцманской люльки с высоты семидесяти футов. А вечером на крыше твоего дома пошел по краю стены. — Она испытующе смотрела ему в глаза. — Должна же быть какая-то причина, чтобы так поступать.

— Ты рехнулась. Наверно, как-то раз слишком долго пробыла на солнце, когда посещала своих родителей в Южной Каролине. Ты ведь сказала, что именно туда они переехали из Глостера?

Салли медленно поставила бокал и вперила взгляд в пламя свечи.

— Почему ты этим занимаешься? — Голос ее слегка дрожал.

— То есть чем? — с невинным видом спросил он.

— Почему ты пытаешь меня по поводу моего прошлого?

— Что?

— Точно перепроверяешь или пытаешься меня подловить.

— О чем ты?

— Ты упомянул, что я жила в *Сан-Франциско* до того, как поступить к «Маккарти и Ллойду». А я сказала тебе в среду, что работала в компании, чья штаб-квартира находится в Лос-Анджелесе, я же работала в их филиале в *Сан-Диего*.

— Салли, я...

— Потом, говоря об авиакатастрофе, в которой погибли мои родители, ты сказал, что это произошло два года назад. А я говорила раньше, что это случилось *один* год назад. Сейчас ты пытаешься подловить меня, заставив признать, что мои родители переехали из Глостера в Южную Каролину. А я отчетливо помню, как сказала, что они переехали во Флориду. — Она покачала головой. — Я знаю: у тебя хорошая память. Я видела тому подтверждение несколько дней назад, когда мы были на яхте. Даже Баллок что-то по этому поводу сказал. Я готова была поверить, что первые два раза ты оговорился, но Южная Каролина — это уж слишком. Это же глупо. Почему ты подвергаешь меня такому испытанию?

— Извини, Салли. — Не было причины отрицать. Она абсолютно права, и он будет глупо выглядеть, если станет упорно это отрицать. — У меня нет оправданий.

— Но зачем ты этим занимаешься?

— Сам не знаю, — запинаясь, произнес он. Не мог он ей сказать, как его обеспокоили события прошлой недели. Совпадение дважды встретившегося названия «Белл кемикал»; то, как нажимал на него Оливер, чтобы он совершил сделки с акциями «Саймонс» и «Белл кемикал»; ее знание Нью-Йорка, хотя Салли утверждала, что никогда не жила долго в этом городе; отсутствие телефонной трубки в гнезде; теплый компьютер и заявление Салли, что она пользовалась Интернетом, тогда как компьютер к нему не подключен. — Возможно, я так странно себя веду, потому что впервые за долгое время меня кто-то заинтересовал. Понятно?

— Нет, не понятно, — отрезала она, глядя на него в упор и пытаясь добраться до истины.

* * *

Грузовое судно неуклонно продвигалось по теплым водам Индийского океана, двигаясь ночью на юго-запад, в направлении южной оконечности Африки и мыса Доброй Надежды. Оттуда капитан повернет судно на север и начнет долгий путь вдоль западного побережья Африки к пункту своего назначения — Антверпену.

Со своего мостика он вглядывался в горизонт в поисках огней, которые предупредили бы его о возникновении неблагоприятной ситуации — появлении властей для поисков на его корабле спрятанных внизу автоматов, гранатометов, ракет «земля — воздух» и мортир. Капитан был ветераном рейсов по доставке оружия и знал, что подобная ситуация едва ли возникнет в этих водах. Уж скорее тут могут появиться пираты, которые заберутся на его судно в поисках сокровищ. Но к этому он был готов. Если только пираты не одолеют количеством, они будут мертвы через десять минут после того, как появятся на судне, трупы их бросят акулам на съедение, а их корабль пойдет ко дну без риска уплаты возмещения. Те власти, которые могли бы посадить его в тюрьму и конфисковать имеющееся у него оружие, не обратят внимания на то, что он прикончил десять или пятнадцать современных Черных Бород.

Когда на будущей неделе корабль подойдет ближе к Европе, он начнет волноваться из-за возможности встречи с военными моряками и береговой охраной. Много лет назад — в то время он был лишь матросом и плыл на «Клаудии» — их судно задержали у берегов Ирландии, когда оно заканчивало путешествие из Ливии с грузом оружия для «временного» крыла Ирландской республиканской армии.

Огни Нижнего Манхэттена неясно поблескивали вдали, когда Джей и Салли не спеша шли по променаду Бруклин-Хейтс, дороге в полмили длиной, выложенной кирпичом вдоль Ист-Ривер в шикарном районе с улицами, обсаженными деревьями, и с кирпичными особняками по миллиону долларов каждый.

Салли с конца ужина держала руки скрещенными на груди.

— Послушай, мне, право, жаль, что так получилось, — начал Джей, озирая окрестности при мягком свете фонарей. На променаде было совсем мало народу. — В самом деле.

— Не важно, — холодно произнесла она.

Он потянулся к ней, взял ее под локоть и повел к чугунному парапету, ограждавшему променад. Далеко внизу черные воды Ист-Ривер бесшумно текли к Нью-Йоркской гавани.

— Я хочу кое-что тебе сказать.

По пути из ресторана она распустила волосы, и порыв ветра швырнул несколько светлых прядей на ее лицо. Она отбросила их с глаз.

— Что именно?

Он увидел, что ее это совсем не заинтересовало. И надеялся: то, что он скажет, изменит ее настроение.

— Насчет твоего саркастического замечания, что я веду себя с бесшабашной удалью. Выпрыгнул из люльки боцмана, залез на стену.

Салли подняла глаза от парапета.

— Ну и?

— Ты очень проницательна.

— О-о?

Джей кивнул:

— Я иногда делаю глупости.

— Чтобы произвести впечатление?

— Не думаю, — протянул он.

Она чуть-чуть придвинулась к нему.

— Тогда зачем?

Он ответил не сразу.

— Моя маленькая сестренка была отличной спортсменкой.

— Та, что утонула?

— Да, — ровным тоном произнес он. — В тот день мы были с ней одни в карьере. Родители запретили ей туда ходить, даже со мной, но она великолепно плавала, почти так же хорошо, как я, хоть и была намного меня моложе. Дело в том, что она могла до бесконечности задерживать дыхание, могла нырять с самой высокой планки, могла...

— Я тебе верю, — мягко произнесла Салли и вложила пальцы в его руку.

Джей прочистил горло.

— Было ужасно жарко. Один из тех июльских дней, когда покрываешься потом, даже сидя в кресле. У нас дома не было кондиционера. Такое было впечатление, что находишься в печке, и Фэби все приставала ко мне...

— Фэби?

— Да.

— Какое красивое имя.

— А она была красивая девочка. — Джей посмотрел вдаль, за реку. — Словом, она все приставала, чтобы я поплыл с ней в карьер, а я твердил ей, что нельзя. Но под конец сдался. Такое она имела на меня влияние. Могла заставить меня сделать что угодно. Я был так уверен в ней.

— Но она не смогла выплыть.

— Да. — И добавил хриплым голосом: — Вода была прозрачная, как джин, и я увидел, что Фэби находится на глубине пятнадцати футов и с ней что-то неладно. Я постарался помочь ей, но когда вытащил Фэби на поверхность... ее уже не стало.

— Мне очень жаль, Джей. — Салли крепко сжала его руку. — Ты до сих пор чувствуешь себя виноватым, да?

— Да.

— Но ты не должен себя так чувствовать. Это же не твоя вина.

— Я отвечал за нее.

— Не в такой мере, чтобы покончить с жизнью, вспрыгнув на парапет, находящийся в шестистах футах над улицей.

Он покачал головой:

— Это совсем другое. Я не потому это делаю.

— А почему же?

— Будь я похрабрее, я мог бы ее спасти.

— То есть?

Он замялся.

— Я был робким мальчиком. Чтобы добраться до нее, мне надо было проплыть сквозь старое оборудование. И я боялся застрять. — Он выпрямился. — Боялся.

— Я понимаю почему.

— Да нет, дело в том, что я боялся многих вещей. Я был совсем не храбрый. Как-то раз ушел от драки в присутствии всей школы. Это было постыдно. — Он опять глубоко вздохнул. — Я тянул время — не сразу бросился к Фэби. — И сквозь стиснутые зубы проговорил: — Эти две-три секунды, возможно, стоили ей жизни.

Салли протянула руку и дотронулась до его шрама.

— И теперь ты считаешь нужным доказывать людям, что ничего не боишься.

— Плевать мне на других людей. Речь идет обо мне самом. Я должен доказать это себе.

Они долго стояли молча, слушая звуки большого города.

— Я рада, что ты счел возможным поделиться со мной, — наконец произнесла Салли.

— Я никому об этом не рассказывал.

— Но ты так и не сказал мне, почему во время ужина пытался поймать меня на лжи, — тихо проговорила Салли.

Джей постучал по парапету и остановился, вспомнив, что именно так делал Оливер, когда нервничал.

— Помнишь, когда мы выезжали от Оливера в его «остин-хили»? Я попросил тебя заглянуть в отделение для перчаток и проверить, лежит ли там регистрационное удостоверение.

— Да. Я подумала, что это глупо, поскольку знала, что ты уже ездил в этой машине. Я видела, как ты подъезжал к дому.

Джей кивнул:

— Да, я ездил в винную лавку за бутылкой джина по просьбе Барбары. Когда я остановился перед лавкой, я услышал, что в отделении для перчаток звонит мобильник. Я взял трубку, подумав, что это звонит Оливер или Барбара, но звонили не они.

— А кто?

— Человек по имени Тони, который принял меня за Оливера и брякнул, что нельзя использовать какую-то информацию. Поняв, что я не Оливер, он тотчас повесил трубку. — Джей смотрел на зеленые и желтые огни буксира, продвигавшегося вверх по реке. — Когда я клал назад трубку, я увидел там конверт и вскрыл его.

— И что было в нем?

— Листок бумаги, на котором было написано: «Белл кемикал». «Белл» — одна из компаний, чьи акции Оливер велел мне купить на прошлой неделе.

— А ты спросил Оливера про телефонный звонок или про конверт?

— Мы говорили о телефонном звонке, но не о конверте. Ты бы видела Оливера, когда я передал ему, что тот человек сказал не использовать информацию. Вид у него был, как у оленя, попавшего в свет фар. Он заявил, что это звонок по поводу кооперативной квартиры, которую он пытается купить в Манхэттене, но я убежден, что это мура. — Джей с шумом выдохнул воздух.

— Не понимаю, почему ты просто не спросил его про конверт, если это так тебя беспокоит.

Джей прищурился, потом улыбнулся — легкая усмешка, едва заметная в полусвете, мелькнула на его губах.

— Будем откровенны друг с другом, Салли. Оливер гарантировал мне выплату миллиона долларов в январе. Такую же сумму гарантировал он и тебе. — Джей помолчал, ожидая от нее подтверждения. — Баллок сказал мне, что «Маккарти и Ллойд» может увильнуть от выполнения контракта, который они дали каждому из нас подписать. Он утверждает, что в контракте есть надежные оговорки. Возможно, ты показывала адвокату свой контракт, а меня предупредили, чтобы я этого не делал, и я по глупости послушался.

Салли покачала головой:

— Нет, я тоже не показывала своего контракта адвокату. Меня предупредили об этом, как и тебя.

— Так вот, по словам Баллока, Оливер собирается заплатить в январе только одному из нас.

Она вытаращила глаза:

— Что?

— Да. Во всяком случае, так сказал Баллок. Мне этот малый не слишком нравится, но Оливер, похоже, слушает его. — Джей отвел взгляд в сторону. — Тебе, наверное, будет неприятно это услышать, но если Баллок сказал правду, я хочу, чтобы премия досталась мне.

— Не думай, что я сойду с дистанции и дам тебе ее получить, — предупредила его Салли. — Я буду стараться не меньше твоего получить ее.

— Я не хочу испортить отношения с Оливером, — сказал Джей, решив игнорировать ее вызов, — а учитывая, какой он человек, поставить под вопрос или не выполнить его прямое указание было бы равносильно бунту.

— Да, — согласилась с ним Салли.

— Я тянул сколько мог, но когда дошло до дела, я вынужден был нажать на курок и купить акции «Белл».

— А теперь ты об этом жалеешь.

— Очень. — Он поджал губы. — Я только хочу, чтобы прошло две-три недели без объявления о перекупке «Белл» или «Саймонс», и тогда постараюсь убедить Оливера избавиться от этих акций.

Она снова повернулась к парапету.

— Не думаю, что тебе стоит волноваться, но могу понять, почему все, вместе взятое, может тебя беспокоить. — И твердым голосом продолжала: — Но я по-прежнему не понимаю, почему ты пытался подловить меня на лжи. Единственное объяснение, которое приходит мне в голову: ты думаешь, что существует какой-то сговор и я в нем участвую, — с горечью произнесла она. — Что я действую заодно с Оливером, чтобы прищучить тебя. Иначе зачем тебе донимать меня расспросами про телефон, который не лежал в гнезде, или про то, что компьютер был теплый?

Он взял ее за подбородок и повернул к себе ее лицо.

— Если бы я верил, что существует сговор, — что, не могу не признать, в твоем изложении прозвучало глуповато, — и верил бы, что ты в этом участвуешь, я выложил бы все, что сказал?

— Не знаю, — отрезала она, снова обозлившись и шагнув в сторону от него. — Мне казалось, что знаю, а теперь не уверена.

— Это несправедливо. Я просто осторожничаю.

— А не следует осторожничать с тем, к кому хорошо относишься.

— Я знаю.

— Тогда почему...

Не дав Салли закончить, Джей своими сильными руками сгреб ее в охапку и, крепко прижав к себе, прильнул к ее губам.

Секунду она сопротивлялась, боролась с ним, потом руки ее медленно поползли вокруг его шеи, и она слилась с ним в долгом поцелуе.

ГЛАВА 14

В понедельник вечером, в пять минут девятого, Джей позвонил в дверь скромного двухэтажного кирпичного дома в районе Бруклина, населенном рабочими. Заходящее солнце отбрасывало длинные тени на аккуратно подстриженную лужайку, занимавшую небольшое пространство между домом и узкой, заставленной автомобилями улицей за его спиной. В доме раздался трезвон, и через несколько минут Джей услышал приближающиеся к двери шаги. Он отступил на цементное крыльцо со ступеньками, и дверь отворилась. Перед Джеем стоял седой низкорослый мужчина с налитыми кровью глазами.

— Мистер Купер?

— Да, — тихо произнес мужчина.

В доме было темно, лишь на столике в передней слабо горела свеча.

— Меня зовут Джей Уэст.

На лице мужчины не отразилось ничего.

— Ах да, Эбби упоминала несколько раз это имя. Вы работаете с ней у «Маккарти и Ллойда».

— Совершенно верно.

Мужчина посмотрел через плечо в темноту, потом вышел на крыльцо и закрыл дверь.

— Боб Купер, — сказал он, робко протягивая руку.

Джей обменялся с ним рукопожатием.

— Рад с вами познакомиться.

— Я тоже.

— Послушайте, я понимаю, что это может показаться несколько странным, — произнес Джей. — Я имею в виду то, что я явился в ваш дом без предупреждения.

Мужчина передернул плечами, но не сказал ничего.

— Мне не хотелось вам звонить, — продолжал Джей, — так как я решил, что могу вас встревожить, а я не думаю, что для этого есть основания.

— О чем вы?

— Уже несколько дней Эбби не является на работу, — пояснил Джей. — Я не раз пытался застать ее дома, но ее никогда нет на месте или же она не отвечает. Я оставил ей несколько сообщений, но она не отзвонила. Вот мне и захотелось узнать, имеете ли вы от нее какие-либо вести.

Купер опустил глаза.

— Она не отзвонит вам, — еле слышно произнес он.

— Это почему?

Он тяжело сглотнул.

— Она умерла, — сказал он, сдерживая слезы.

Перед Джеем снова промелькнула картина того, как Оливер приставал к Эбби.

— Что случилось? — с трудом выдавил он.

Купер вытер слезы.

— Не знаю. Нам с женой сообщили только сегодня днем. Полиция нашла тело Эбби на свалке в Бронксе. Ее задушили.

— Господи, нет! — Джей положил руку на узкое плечо Купера. Он чувствовал, как тот дрожит.

— Да. — Купер посмотрел на Джея, потом отвел взгляд в сторону. — Извините, что не могу пригласить вас, но там моя жена со своей сестрой. Они очень расстроены. Не думаю, чтобы они могли сейчас кого-либо принять.

— Я понимаю.

Эбби не явилась на работу в среду, в тот день, когда Джей и Салли были с Оливером и Барбарой на яхте. А накануне Джей видел Оливера и Эбби на складе. Стоя с Купером на крыльце, Джей мысленно прокрутил все, что слышал и видел, когда был рядом со складом, как не раз делал за прошедшие несколько дней. Там было что-то, что следовало вспомнить, что-то существенное. Такое же чувство возникло у него, когда он смотрел на свой компьютер в то утро, когда Салли, не разбудив его, ушла из квартиры. Чувство, будто он что-то упускает.

И тут Джей вспомнил. Когда он в первый раз посмотрел в щель между дверью и стеной, он услышал, как Оливер говорил Эбби про встречу с ним после работы в отеле «Плаза». Оливер мог видеть Эбби перед тем, как ее убили. Собственно, он мог быть последним, кто видел ее.

Баллок сидел в конференц-зале, откинувшись на спинку кресла и положив ноги на длинный деревянный стол. Оливер сидел, нахохлившись, напротив него, бесцельно теребя галстук.

— Что ты хотел рассказать мне, Оливер? — нетерпеливо спросил его Баллок. У него болело горло и была небольшая температура, а надо было еще просмотреть гору бумаг, прежде чем он сможет поехать домой.

Оливер забросил конец галстука за плечо.

— Час назад мне звонил Кевин О'Ши.

Баллок поднял глаза от заусеницы, которую теребил. В голосе Оливера звучала паника.

— И?

Оливер несколько раз быстро тяжело вздохнул, словно пытаясь обрести спокойствие.

А Баллок снял ноги со стола, и они с глухим стуком опустились на ковер.

— Да ну же, Оливер. Скажи мне.

— О'Ши позвонил и сказал, что сегодня днем два нью-йоркских полицейских нашли... — Оливер проглотил следующие слова и заново произнес: — Они нашли труп Эбби на бронксовской свалке. При ней были личные вещи, включая сумочку, так что установить ее личность не составило труда. — Оливер почувствовал, как у него задрожала нижняя губа. — Она была задушена.

Баллок положил обе руки на стол — боль в горле и температура были забыты.

— Ты шутишь, — пробормотал он.

Оливер крепко сжал веки.

— Ты думаешь, я стал бы так шутить?

— Нет, — медленно произнес Баллок. — Извини, Оливер. Я знаю, что она была тебе небезразлична.

Оливер кивнул.

— Она была мне дорога, действительно дорога. — Впервые за многие годы он почувствовал, что сейчас заплачет. — По-моему, я до настоящего момента не знал, насколько дорога.

— А как О'Ши узнал про то, что найден труп Эбби? — нетвердым голосом спросил Баллок. То, что Оливер был так расстроен, выбило его из колеи.

— Откуда, черт подери, мне знать? — рявкнул Оливер. — Все эти стражи порядка делятся друг с другом. — Мысли путались у него в голове. — Может, он это увидел на своем компьютере или узнал как-то иначе.

— А что сказал О'Ши тебе? — не отступался Баллок. — Как он в точности выразился?

— Разговор был очень короткий. Он сказал только, что нашли ее тело. — Оливер взглянул на Баллока. Он расслышал в голосе Баллока странные нотки. — А в чем проблема?

— Мне кажется, неспроста он так быстро позвонил тебе. Откуда он знал, что Эбби Купер, обнаруженная на свалке, та самая Эбби, которая работала тут?

— Он знает про всех, кто работает в нашей группе, Картер. Он проверил всех нас. Увидев ее домашний адрес, он сложил два и два. — Оливер постучал по столу. — По-моему, он просто уведомил меня. Он же ведет обследование нашей группы, если уж говорить начистоту, и, по всей вероятности, хотел, чтобы я знал, что происходит, и не растерялся, когда официально об этом услышу. Вокруг ведь творится такое... — Оливер сильнее постучал по столу. — По всей вероятности, он заволновался, как бы я, растерявшись, не совершил промашки. Помни: мы одной веревочкой связаны. Он — главное лицо в расследовании. И если в этой истории крышка с котла сорвется и средства массовой информации узнают, что у нас тут на самом деле творится, лететь ему. Я знаю, он в этой истории всего лишь винтик, но уж поверь: шишки не возьмут на себя вину за такое. — То, что он высказался, казалось, помогло. Внезапно Оливер почувствовал себя немного лучше.

— Возможно, — сказал Баллок, не вполне, однако, убежденный. — И все-таки я считаю странным то, что он сразу тебе позвонил.

Оливер поставил локти на стол и потер лоб. Все тело его словно онемело.

— О Господи!

— В чем дело? — Баллок заметил, что у Оливера задрожали руки.

— Картер, у меня проблема.

— Какая?

Оливер почувствовал, что теряет почву под ногами.

— Я был с Эбби во вторник вечером, — прошептал он.

— С... Эбби?

— Да, в «Плазе».

— Был с ней, то есть спал с ней? — Баллок уже знал, что у Оливера с Эбби роман.

— Да.

— Господи, Оливер! — Баллок закатил глаза и изо всей силы ударил по столу.

— Я знаю. — Оливер вцепился себе в волосы. — Я идиот, но что теперь-то делать?

— Ты предохранялся?

Оливер отрицательно покачал головой:

— Нет.

В комнате воцарилась тишина — лишь над их головами гудели флюоресцентные трубки.

— Будет сделано вскрытие, — наконец упреждающе произнес Баллок. — И в ней найдут твое семя.

— Да. — Оливер кивнул, широко раскрытыми глазами глядя на Баллока.

— Но искать тебя будут лишь в том случае, если про тебя известно. Кто-нибудь, кроме меня, знает о твоем романе с Эбби?

— Барбара подозревала.

— Вот это... — И умолк.

Оливер поднял на него глаза.

— Что?

Баллок молчал.

— Картер, что? — Но он уже знал, что думает Баллок. Он увидел ужас на его лице. — Нет, Картер.

— Когда ты в последний раз видел Эбби? — тихо спросил Баллок.

— Во вторник, в восемь-девять вечера. Что-то около этого. Мы кончили в постели, и я почти сразу ушел. А она сказала, что еще какое-то время там побудет.

— Кто-нибудь видел, как ты уходил?

— Нет, не думаю.

— Ты считаешь, ее письмо об отставке подлинное? — спросил Баллок. — То, что ты показал нам на прошлой неделе?

— Черт возьми, да, я считаю, что оно подлинное. — У Оливера закрутило в животе. И затошнило. — А почему я должен сомневаться?

— Оно подписано Эбби?

— Да... нет... я не уверен. — Он не мог вспомнить. Память растворялась в тумане. Баллок же друг. Какого черта, почему он задает все эти вопросы и так смотрит на него?

— Давай сюда письмо, — приказал Баллок. — Посмотрим-ка.

Оливер покачал головой:

— Не могу.

— Что значит — «не могу»?

— Оно исчезло. — Голос у него дрожал. — Я запер его в ящик. А теперь его там нет.

Баллок прищурился:

— Неужели ты рассчитываешь, что я поверю этому, Оливер?

— А почему ты этому не поверишь? — повысив голос, произнес тот. — Это же правда. — Ноги у него подкосились, и он рухнул в кресло. Баллок ничему не верил. — Картер, я не убивал ее, — прошептал он. — Ты должен мне поверить.

Баллок медленно поднялся.

— По-моему, у тебя проблема, Оливер.

Несколько секунд он постоял, глядя на Оливера, потом вышел из конференц-зала.

Оливер уронил голову на стол и какое-то время сидел так, крепко сомкнув веки. Потом, схватившись за живот, помчался в мужскую уборную.

ГЛАВА 15

Время приближалось к полуночи, и темный операционный зал у «Маккарти и Ллойда» был пуст; только в дальнем конце, где шла торговля облигациями и трейдеры весь день кричали и взвизгивали по телефонам, продавая и покупая на многие миллионы долларов пакеты бумаг, которые они никогда не видели, рабочий чистил ковер. Джей прошел по коридору, проложенному параллельно залу, затем стал пробираться через неприбранный зал к отделу арбитража. Несмотря на отсутствие людей, помещение было ярко освещено. Перед стульями, отставленными от длинных столов, стояли кружки с недопитым кофе; большинство компьютеров не были выключены, и на экранах остались графики, деловые записки и отчеты. Подходя к своему месту, Джей подумал: такое впечатление, будто все вышли по учебной пожарной тревоге. Или тут упала нейтронная бомба.

Он бросил пиджак на перегородку и плюхнулся в кресло, измученный и выжатый как лимон. Последние два-три часа он провел с отцом Эбби — они медленно бродили по темному Бруклину, беседуя о чем угодно, кроме Эбби. Джей узнал, что у Боба Купера недавно умер лучший друг, и только тут Джею стало ясно, почему старик попросил его побыть еще немного, когда они стояли на крыльце. Ему необходимо было, потеряв единственного ребенка, поговорить хоть с кем-то — не важно с кем. И в тот момент, на крыльце, Джей был единственным на свете человеком, с которым он мог пообщаться.

Джей откинулся на спинку кресла и закрыл глаза. Он согласился побыть еще у старика. Бедняга был явно не в себе, и хотя они познакомились всего десять минут назад, Джей не мог оставить человека в таком состоянии. Пройдясь с Купером, он вошел с ним в дом и познакомился с матерью Эбби. Она была маленькая, хорошенькая, похожая на Эбби. Ее сестра только что уехала, и теперь пришло время Куперу и его жене горевать вместе. А Джею — ехать к себе.

Сейчас, сидя один в операционном зале, Джей понял, что он сам полностью еще не пережил смерть Эбби. Слишком он был занят, утешая ее отца, и не мог осмыслить, что ее не стало. Он узнал Эбби всего месяц назад, но мгновенно почувствовал к ней дружеское расположение. Она принадлежала к числу тех людей, которых узнаешь без большой затраты энергии. Она была открытая, энергичная, отзывчивая, хотела помочь ему освоиться в новой среде и поддержать, как может.

Джей посмотрел через стол Баллока на место Эбби. Теперь ее нет. Она исчезла так быстро. Как и Фэби. Он помрачнел и покачал головой. Как хотелось бы, чтобы власти обнаружили, что ошиблись, и Эбби явилась бы как ни в чем не бывало. Он снова посмотрел на ее кресло, затем потер глаза. Наверное, это то, что психоаналитики называют отрицанием. Наверное, нужно время, чтобы полностью осознать ее смерть. Но ведь смерть Фэби он так и не осознал.

Он придвинулся к столу, и пальцы его забегали по клавиатуре. Компьютер несколько раз щелкнул, потом на экране появились изображения. Джей заехал, чтобы провести исследование ситуации в «Белл кемикал» и «Саймонс». Его беспокоило то, что он владеет большими пакетами акций каждой из этих компаний, и хотя решение приобрести акции было уже принято, может наступить момент, когда ему придется с помощью цифр обосновывать свои покупки. Джей знал, что не может рассчитывать на поддержку Оливера, если не появится предложений о перекупке и цены на акции упадут. Тогда ему придется одному выдержать гнев Маккарти.

Это исследование он мог начать и утром, но ему еще не хотелось ехать домой. В своей квартире ему будет даже более одиноко, чем в этом пустом зале, и у него возникло такое чувство, что если он ляжет в постель, то будет смотреть в потолок и думать об Эбби... и о Фэби.

Он пытался позвонить из Бруклина Салли по номеру, который она дала ему в субботу вечером, но ответа не было. Возможно, она задержалась на работе и сейчас еще только едет домой.

Джей отстукал на клавиатуре несколько требований и направился к автомату, торгующему содовой, ожидая, пока компьютер доберется до Интернета и той службы, которая предоставит ему данные по компаниям «Белл» и «Саймонс». Возвращаясь на место, он увидел, что кто-то стоит в отделе арбитража. Джей остановился и, глотнув содовой, стал наблюдать за низкорослым брюнетом, просматривавшим какой-то документ. Через несколько минут мужчина сунул документ в конверт и положил его на стол перед креслом Баллока. Затем опустился на колени, достал из-под столешницы ключ, воткнул его в замок тумбочки с ящиками Баллока и открыл средний ящик.

— Привет, Поли!

Пол Лопес быстро поднялся с колен и посмотрел вокруг.

— А-а, привет, Джей! — Это прозвучало как пронзительный писк.

Пол работал в ночной смене, сотрудники сидели двумя этажами выше и следили за тем, чтобы сотни миллионов долларов, проходивших ежедневно через «Маккарти и Ллойда», достигали своего назначения. Эти люди начинали работу в десять часов вечера и часто уходили домой утром, когда первые трейдеры появлялись в зале. Они не могли уйти, пока не будут отправлены или получены все денежные переводы за совершенные днем сделки и решены все проблемы с другими финансовыми учреждениями относительно непоступивших переводов.

— Что вы тут делаете так поздно? — спросил Пол, взглянув на свои часы. — Батюшки, Оливер, видно, держит вас под арестом. Ведь уже полночь.

Джей почти каждый вечер видел Пола около десяти часов вечера. Пол тогда совершал свой обход, собирая последние уведомления о регистрации биржевых операций — такие бумаги трейдеры заполняли на каждую покупку или продажу ценных бумаг, какую они совершали в течение дня. Джей с Полом уже довольно хорошо знали друг друга, и Пол часто останавливался на несколько минут, чтобы поговорить о командах «Янки» или «Меты».

— Угу, Оливер настоящий надсмотрщик над рабами, — безо всякого яда произнес Джей.

— Это я слышал.

— А вот что *ты* тут делаешь, Поли? — спросил Джей. — Разве кто-нибудь совершает сделки ночью? — К одиннадцати часам, когда обычно уходил с работы Джей, в зале оставалось еще два-три человека, а то он и вовсе был один.

— Не-а. Я просто кое-что оставил Картеру Баллоку. Мне нужна его подпись.

— Вот как?

— Угу, он ведь ответственное лицо в компании, которой владеет «Маккарти и Ллойд».

— В самом деле? — Никто никогда не упоминал, что у Баллока есть вторая работа.

— Это туристическое агентство.

— Здесь, в Нью-Йорке?

— Нет, в Бостоне.

— А зачем «М. и Л.» нужно туристическое агентство в Бостоне?

Пол пожал плечами:

— Понятия не имею. Я ничего не знаю об этой компании — лишь то, что мы время от времени посылаем туда деньги. Хотя как-то это странно.

— Что именно?

— Мы никогда не получаем денег от них — по крайней мере я об этом не знаю.

— А как с этим связан Баллок? — спросил Джей, стараясь не показывать своей заинтересованности.

Пол кивнул на конверт, лежавший на столе Баллока.

— Картер дает разрешение на перевод денег от «М. и Л.» туристическому агентству. Поэтому мне нужна его подпись. По-моему, он числится распорядителем финансов на служебном уведомлении — дискете о переводе денег, которую мы посылаем получателю. Картер довольно часто ездит туда, наверно, проверять бухгалтерию.

— В Бостон?

Так вот куда исчезает Баллок. Джей ни разу не получил удовлетворительного объяснения шести отсутствий Баллока за последние две-три недели. Секретарши понятия не имели, где он, а Оливер говорил лишь, что Баллок поехал «в некоторые компании». Обычно, если вы куда-то уезжаете, то с вами можно связаться в любое время в случае возникновения непредвиденных осложнений со сделкой, над которой вы работаете. А с Баллоком во время его отсутствий связаться было нельзя.

— Значит, он проверяет бухгалтерию, — повторил Джей.

— Я так думаю. Разве не этим занимается распорядитель финансов?

Джей усмехнулся:

— Угу, Поли, именно этим распорядитель финансов и занимается.

— Ну, мне надо двигать дальше, — сказал Пол. Он взял конверт, положил его Баллоку в средний ящик и щелкнул замком. — А то если я так буду работать, раньше девяти утра мне отсюда не уйти, — буркнул он, нагибаясь и кладя ключ на полочку под столешницей.

— Какой аккуратист, а!

Пол закатил глаза:

— Приказ Картера. Если хотите знать мое мнение, он настоящий параноик. Никто же не сможет использовать эту бумагу, даже если завладеет ею, — снова буркнул он, распрямляясь. — До встречи. — И хмыкнул: — Наверное, завтра вечером — я ведь знаю, как вы корпите на работе.

— Да. Эй, Поли!

Пол остановился и повернулся.

— Да?

— Сколько времени ты работаешь у «Маккарти и Ллойда»?

Пол секунду подумал.

— Около трех лет. Я перешел из «Кемикал» после слияния ее с «Чейз».

— А после того, как ты проработал тут месяц, тебе дали бумагу с оценкой работы?

— Вы имеете в виду характеристику? Оценку того, как я выполняю работу?

— Да.

— Нет, черт возьми. Никакой официальной оценки я не видел с тех пор, как тут работаю. За этим тут не очень следят. Спросите любого из трейдеров. — Он обвел рукой пустые стулья. — А почему вас это заинтересовало?

— Просто из любопытства.

— Не волнуйтесь: вам дадут знать, если не справляетесь. — Он помахал рукой. — До скорого.

— Угу, до свидания.

Джей проводил Пола взглядом, пока тот не исчез в лифте, затем оглядел зал. Он был один в этом огромном помещении. Он снова посмотрел в сторону лифта, затем быстро прошел к столу Баллока, отодвинул кресло и провел рукой под столешницей. Сначала он почувствовал лишь волокна от тряпок и пыль, но через минуту нащупал ключ. Джей вытащил его и вставил в замок. Быстро повернул влево, и замок, щелкнув, открылся. Снова окинув взглядом операционный зал, он вытянул ящик, взял конверт, вытащил авизо и пробежал его глазами.

Компания, которой переводили деньги, называлась «ЕЗ Трэйвел», и перевод был на пять миллионов долларов. Цифры поплыли перед глазами Джея. Зачем, черт подери, туристическому агентству нужны пять миллионов долларов? Ведь туристическое агентство — это всего пара людей, которые сидят перед компьютерами и бронируют билеты на самолеты и места в отелях. А Поли сказал, что «Маккарти и Ллойд» регулярно переводит деньги «ЕЗ Трэйвел». Если это один из регулярных переводов, сколько же денег уже ушло на этот бостонский адрес?

Джей запомнил номер почтового отделения, затем вложил авизо обратно в конверт и вернул его в ящик. Он уже собрался закрыть ящик, как что-то мелькнуло перед его глазами. В глубине ящика лежал другой конверт, показавшийся Джею смутно знакомым. В его верхнем левом углу была наклеена виньетка из цветочков, а в ней — домашний адрес Эбби. Джей видел, как две-три недели тому как-то днем Эбби привесила к пачке банкнот ярлычок с такой же виньеткой.

Сердце Джея билось как сумасшедшее. Если вернется Поли или кто-либо другой и увидит, что он роется в ящиках Баллока, тот скорее всего об этом узнает. И тогда придется ох как поплатиться.

Он вытащил конверт из ящика и стал внимательно его изучать. Письмо было адресовано Оливеру Мэйсону в компанию «Маккарти и Ллойд», но марки на конверте не было. Конверт был сверху разорван, и Джей дрожащими пальцами вытащил лежавшую в нем бумагу. Это было письмо Эбби об отставке. То самое, которое Оливер показал им на прошлой неделе в конференц-зале. Фамилия Эбби и занимаемая должность под ней были напечатаны, но подписи не было.

Джей водворил письмо в конверт и положил его на место в ящик. Встал, повернулся и застыл. Всего в нескольких шагах от него стоял Баллок.

— Какого черта, что вы тут делаете?

— Клал на место ваш калькулятор, — ответил Джей хриплым голосом. — Я... я взял его, потому что оставил свой дома, а я знаю, что вы держите калькулятор в среднем ящике. Я сто раз видел, как вы доставали его оттуда. — Он указал на ящик. — Я занимался исследованием, и мне нужно было проверить некоторые цифры, — запинаясь, пояснил он.

— Вы занимались исследованием ночью? И вы хотите, чтобы я вам поверил?

— Одним из ваших замечаний в моей характеристике было то, что я немногого добился. Помните?

— А как, черт побери, вы проникли в ящик? Я же его запер.

— Нет, не заперли. Видите ключ. — И Джей указал на ключ, торчавший в замке. — Вы, очевидно, думали, что заперли. Ну я и решил, что вы не станете возражать, если я воспользуюсь вашим калькулятором.

— Вы читали письмо, — прошипел Баллок, приближаясь к Джею и сжимая правый кулак. — Я видел.

Джей поднял руки и начал отступать, пока не уперся в стол.

— Клянусь, я воспользовался вашим калькулятором. — И опустил глаза. — Правда, я посмотрел одну из квитанций вашего жалованья. — Он видел рядом с коробкой скрепок голубую квитанцию. Такие получали все сотрудники «М. и Л.» от компании, выплачивавшей жалованье. — Мне не следовало это делать. Извините.

Баллок стоял подбоченясь всего в нескольких дюймах от него, лицо его было перекошено от ярости. Внезапно он схватил Джея за грудки и резко толкнул.

— Убирайтесь к черту отсюда!

— Полегче, Картер.

— Я сказал: убирайтесь!

— Хорошо.

Джей быстро прошел на свое место, положил несколько вещей в портфель и направился к лифтам.

Как только Джей ушел, Баллок вытащил из ящика конверт и осмотрел его. Если Джей туда заглядывал, он теперь знает про «ЕЗ Трэйвел». И когда будет объявлено о покупке компаний и Джей поймет, в какое отчаянное он попал положение, он вспомнит этот вечер.

Баллок, прищурясь, снова посмотрел в направлении лифта. Надо, чтобы объявление о перекупке «Белл кемикал» или «Саймонс» произошло быстро. Хотя бы одной из этих компаний. Тогда О'Ши сможет произвести арест, а как только Джей Уэст очутится в тюрьме, его жизнь быстро подойдет к концу. Джея обнаружат в петле из простыни, свисающей с потолка его камеры, и все будет в порядке. Власти сочтут его смерть самоубийством, и ниточка будет обрезана.

Баллок сунул конверт в портфель, затем достал из ящика письмо Эбби об отставке и тоже положил в портфель. Заперев ящик и закрыв портфель, он быстро направился к лифтам. Он снова почувствует себя в полной безопасности, только когда Джей будет мертв.

А по другую сторону перегородки залезшая под стол Салли начала массировать икру. Она сидела подложив под себя ноги, и они стали затекать. Боль ужасная, но она не могла сдвинуться с места, пока не уйдет Баллок. Она была уверена, что Баллок не оставит в столе ничего существенного, особенно теперь, после того как он застал Джея роющимся в его ящиках, но надо проверить. Салли нисколько не продвинулась в своих поисках, и ее начальство начало беспокоиться.

ГЛАВА 16

Небеса разверзлись, обрушив на Уолл-стрит под грохот грома и треск молний утренний ливень и град величиной с камфорные шарики. Последние сто ярдов, отделявшие Джея от входа на фирму, он пробежал, держа над головой «Уолл-стрит джорнэл» и ныряя между зонтами. Он влетел в дверь «Маккарти и Ллойда», чуть не сбив с ног Пола Лопеса, отправлявшегося домой после своей смены кладбищенского служителя.

— Извини, Поли. — Джей бросил в корзину для мусора мокрую газету. — Похоже, у тебя была тяжелая ночь, — сказал он, заметив, какое сумрачное лицо у Пола.

— Да нет, — сухо произнес Пол, — вот только последние четверть часа все испортили.

— А что случилось?

— Я как раз собирался уходить, когда меня вызвал Картер Баллок. Я буквально уже поднялся со стула, чтобы идти домой.

— Ну и?

— Так вот. Похоже, он работал в конференц-зале, когда мы с вами встретились вчера ночью в операционном зале. А когда он вернулся к своему столу, то обнаружил, что кто-то роется в его ящике, куда я положил авизо на перевод денег. — И Лопес ткнул пальцем в Джея. — Этим кто-то были вы.

— Мне был нужен его калькулятор, Поли, — спокойно пояснил Джей. — Я так ему и сказал.

— Мне плевать, какого черта вам там было нужно или что вы ему сказали. А у меня большие неприятности из-за того, что вы рылись в его столе. Я знаю, что запер ящик, прежде чем уйти, а вы ему сказали, что ящик был отперт.

— Извини. — Лицо Джея вдруг просветлело. — А что, если я добуду тебе места в ложу на игру «Янки»? Тебе не станет легче?

Пол передернул плечами:

— Может, и станет.

— Хорошо, я это устрою.

Джей ринулся мимо Пола к лифтам и вскочил в кабину, как раз когда дверцы закрывались. Как только лифт остановился на этаже операционного зала, он быстро прошел к отделу арбитража. Было всего половина восьмого, но все уже сидели на местах.

— Добрый день, — не без сарказма произнес Баллок, когда Джей поставил свой портфель.

— Здравствуйте.

Салли улыбнулась Джею из-за перегородки, а Оливер никак не реагировал на его появление. Шеф отдела арбитража сидел, нахохлившись, в своем кресле и, прикрыв рот крепко сцепленными руками, смотрел из-под бровей на экран компьютера.

— Доброе утро, Оливер! — крикнул Джей.

Оливер по-прежнему не откликнулся.

— Вы с боссом последние дни что-то очень снюхались, — сухо заметил Баллок. — Это наверняка поможет вам, когда настанет время получать премию.

Джей только хотел что-то сказать, как заметил Теда Митчелла, неторопливо направлявшегося по операционному залу к отделу арбитража. Митчелл работал маклером для клиентов, заинтересованных в крупных сделках.

— Привет всем, — любезно произнес Митчелл, останавливаясь между Оливером и Салли. — Оливер, я подумал, вам будет интересно узнать пару слушков, которые появились в нашем отделе сегодня утром.

— Каких? — спросил Баллок, когда стало ясно, что Оливер не намерен откликаться.

— На Уолл-стрит говорят, что некая группа на Западном побережье, приобретающая с помощью кредита компании, вот-вот объявит высокую сумму за «Белл кемикал», — ответил Митчелл. — Они предложат цену намного выше стоимости акций к вчерашнему закрытию торгов. Во всяком случае, такой прошел слух.

В ушах Джея слова «Белл кемикал» зазвенели жужжанием обозленных пчел, и фигура Митчелла расплылась перед глазами.

— А другой слух связан с компанией на Среднем Западе, — продолжал Митчелл. — По-моему, она называется «Саймонс». Я никогда прежде не слыхал о ней.

Джей почувствовал, что у него пересохло во рту. Он медленно встал и взглянул через перегородку на Оливера, но тот по-прежнему тупо смотрел на экран компьютера.

— Давайте проверим, — предложил Баллок и отстучал на клавиатуре команду сообщить данные о компании «Белл кемикал». — Точно: тут сказано, что в девять тридцать, при открытии Нью-Йоркской биржи, было объявлено, что продажа акций «Белл» приостановлена до сообщения, которое поступит от компании, — прочел Баллок. — Существует большой дисбаланс в заказах на ее акции. — Баллок со счастливым видом захлопнул крышку компьютера. — Объясняется дисбаланс, по всей вероятности, предстоящим объявлением о перекупке компании.

— А у вас, ребята, много акций «Белл»? — спросил Митчелл.

— Еще бы нет! — громко произнес Баллок. — И акций «Саймонс» тоже. Мы владеем крупным пакетом акций этих компаний благодаря этому малому, — сказал он, указывая на Джея. А у того голова шла кругом, как у маленького мальчика в рождественское утро, только что получившего в подарок пони, которого он клянчил целый год. — У нашего нового сотрудника Джея Уэста, похоже, чутье Мидаса*.

Митчелл улыбнулся Джею:

— Это просто невероятно — выбрать именно две такие перекупки. Поздравляю. Билл Маккарти будет счастлив.

— Спасибо, — пробормотал Джей, не отрывая взгляда от Оливера, продолжавшего сидеть неподвижно.

Митчелл толкнул кресло, в котором сидел Оливер.

— Это должно быть неплохим взлетом, Олли. Вы уже какое-то время не имели таких крупных удач. С весны, верно?

Джей метнул взгляд на Митчелла. Он впервые слышал о спаде в работе отдела арбитража.

— Правильно, — согласился Баллок. — По-моему, Джей как раз тот человек, какой нам был нужен. — Он хлопнул Джея по спине. — Таким путем идти, дружище. Мы с Оливером не слишком вас поддерживали, когда вы по собственной инициативе приобрели эти акции, но вы, безусловно, доказали, что мы были не правы.

Митчелл улыбнулся Джею.

— Пусть я буду первым, кто пожмет вам руку, — сказал он, перегибаясь через загородку.

Но Джей не слушал его. Он наблюдал за Оливером, а тот встал с кресла и медленно пошел к лифтам.

Баллок кивнул Салли, и она, сорвавшись с места, помчалась за Оливером.

— Что, черт побери, со всеми вами тут происходит? — спросил Митчелл, отдернув руку и в раздражении уставясь

---

* Мидас — царь Фригии в 738—696 гг. до н.э., был, согласно легенде, наделен способностью превращать в золото все, до чего дотронется.

на Джея. Потом взглянул на Баллока, буркнул что-то непотребное и ушел.

— Какой же вы мерзавец, Баллок, — шепотом произнес Джей. — Какого черта, почему вы сказали Митчеллу, что я по собственной инициативе купил акции? Вы же знаете, что это неправда.

— Я хотел повысить ваш рейтинг, в чем вы очень нуждаетесь, — пояснил Баллок. — Если Маккарти услышит, что приобретение акций было вашей идеей, это тем лучше для вас.

— Да вам плевать, какая у меня репутация! — взорвался Джей. — И вы, и Оливер...

— Эй! — Это вернулась Салли. Лицо ее было мертвенно-бледно. — Оливер сел в лифт и поехал на самый верхний этаж. — Она произнесла это жестко, шепотом. — Он не откликается. Что-то неладно.

Баллок вскочил с кресла и побежал к лифтам, Джей и Салли — за ним.

— Что могло с ним случиться? — задала Салли вопрос, когда дверцы лифта закрылись и кабина поехала вверх. Никого, кроме нее, Баллока и Джея, в кабине не было. — Он был точно зомби.

— У него сложности дома, — сказал Баллок, глядя на светящиеся цифры этажей над дверцами и ударяя кулаком по деревянной обшивке кабины. — А кроме того, по-моему, он принимает какое-то лекарство. С ним будет все в порядке. Его, наверное, тут даже и нет.

А Джей внимательно изучал лицо Баллока. Впервые с тех пор, как Джей узнал его, он не вполне владел собой.

Дверцы лифта открылись на пятьдесят седьмом этаже, где находилась приемная юридической фирмы. Название компании значилось большими черными буквами на стене из красного дерева за спиной секретарши, ведающей приемом посетителей; она недоуменно уставилась на троицу, вывалившуюся из кабины лифта и направившуюся к надписи, указывавшей на лестницу.

Добравшись до верха лестницы, они открыли металлическую дверь и вышли на крышу. На ней завывал ветер, и

Джей, приложив козырьком руку к глазам, чтобы защитить их от хлещущего дождя, оглядел крышу в поисках Оливера.

— Вон он! — воскликнула Салли.

Джей проследил глазами за рукой Салли и увидел Оливера — тот сидел на стене, построенной по периметру здания. Инстинктивно Джей кинулся к нему.

Оливер сидел лицом к ним, спиной к головокружительной пропасти. Он раскачивался из стороны в сторону, скрестив ноги, не касаясь ими крыши.

— Всем привет! — громко произнес он; на его залитом дождем лице играла странная улыбка. Когда они приблизились, улыбка исчезла, а глаза быстро заметались. — Не подходите ближе!

— Держитесь подальше от него, Баллок! — крикнул Джей. Дело в том, что Баллок, не обращая внимания на просьбу Оливера, шел прямо к нему. — Господи, да он же спрыгнет!

— Я знаю, что делаю, — злобно произнес Баллок, на минуту остановился, потом снова пошел — только на этот раз медленнее.

Видя, что Баллок приближается, Оливер встал, широко расставив ноги и раскинув руки; он был весь мокрый и дрожал, ветер трепал его костюм.

— Картер, стойте! — взмолилась Салли и зажала рукой рот.

— Если он посмотрит вниз, может потерять равновесие! — воскликнул Джей. — Возможно, он даже не понимает, где находится.

— Все он понимает, — прошипел Баллок, шагнув еще ближе — теперь его отделяло от Оливера всего два-три фута.

Джей шел сразу за Баллоком.

— Ни шагу больше! — крикнул Оливер. — Пожалуйста, Картер. Оставь меня в покое. Не вынуждай меня.

— Я хочу спасти тебя, Оливер, — процедил Баллок сквозь стиснутые зубы. — Ты же знаешь, я стараюсь, чтоб было как лучше.

— Не вынуждай меня! Пожалуйста! — Оливер поднял широко распахнутые руки, откинулся назад и уставился в небо.

— Баллок, он же сейчас спрыгнет! — воскликнул Джей. — Не подходите!

Но Баллок кинулся вперед и обхватил ноги Оливера. Потеряв равновесие, Оливер вскинул руки и начал заваливаться назад.

Баллок выпустил из рук ноги Оливера, а Джей вцепился Оливеру в плечи и удержал его от падения навзничь. С секунду они удерживали равновесие — верхняя половина тела Оливера перекинулась через край стены, и он висел в пустоте над Уолл-стрит, Джей прижал нижнюю половину его тела к стене, а Баллок, стоя на коленях, держал за ноги.

Внезапно Джей почувствовал, как что-то тяжелое придавило ему ноги и возникла такая боль, что он выпустил Оливера — в пальцах остались лишь лохмы его разорвавшейся мокрой рубашки. Но Джей тотчас снова вцепился в Оливера и, дернув его, стал тянуть назад, пока тот не упал на него и они не свалились на крышу. С минуту они смотрели друг другу в глаза.

— Не могу я больше, — прошептал Оливер.

Джей не успел ничего на это сказать, как Баллок поднял Оливера на ноги и, обхватив его за плечи, повел к двери.

— Ты в порядке? — Салли присела возле Джея, приподнявшегося на локте.

— Ага, — прохрипел он, чувствуя, как пульсирует боль в правом колене.

— Ты спас жизнь Оливеру. — Глаза у нее были расширены, и она тяжело дышала. Дождь и ветер трепали ее волосы. — Господи, я думала, вы оба слетите вниз. Вы же могли расшибиться насмерть. — Она обняла его и крепко прижала к себе.

— Я действовал под влиянием рефлекса и, наверное, глупо, — сказал Джей. — Я об этом даже не думал. Если б подумал, то вряд ли повел себя так. — Он посмотрел ей в лицо и увидел на нем ужас. — Все уже позади, Салли. Я в порядке.

Она кивнула:

— Я знаю.

— Так в чем же тогда дело?

Она смотрела куда-то вдаль, приоткрыв рот. Значит, было что-то другое.

— Скажи же!

Она перевела на него взгляд и провела пальцами по мокрым волосам.

— Ты ничего не почувствовал ногами, когда держал Оливера?

Джей, восстановив в памяти те секунды, неожиданно вновь ощутил боль в колене.

— Да, кажется, что-то почувствовал, но не уверен, что это было. Должно быть, слишком сильно прижался к стене.

— Это был Баллок, — шепотом произнесла она.

— Что?

— Он пытался встать на ноги — я думала, чтобы помочь, — а потом упал или, может быть, поскользнулся. Крыша была мокрая, вот только... — Салли отвела взгляд.

— Что только?

Она помедлила, не уверенная, что стоит продолжать.

— Похоже, он специально упал тебе на ноги. Точно хотел...

Тут голос ей изменил или слова поглотил раскат грома. Когда гром отгремел, они медленно поднялись и пошли к двери в дом. Джей так никогда и не узнал, что произошло — то ли Салли не договорила, то ли слова ее заглушил гром, да это было и не важно. Он понял, что она пыталась сказать.

Молодая женщина расправила покрывало под подушками, проведя рукой по образовавшейся было складке. Покончив с постелью, она снова оглядела комнату, кивнула и направилась к двери. Номер был готов принять следующего постояльца. Она вздохнула, закрывая дверь. Завтра она вот так же будет прибирать эту комнату.

— Здравствуйте.

Горничная слегка вскрикнула, испугавшись высокого незнакомца, стоявшего перед ней в коридоре. Вид у него был неприбранный, точно он утром попал под лививший в городе дождь. Она схватилась за грудь — сердце отчаянно стучало.

— Извините, если я вас напугал, — сказал Джей.

— Все о'кей, — нервничая, произнесла она и положила два использованных полотенца на стоявший рядом столик на колесиках. — Просто вы появились так неожиданно. Только и всего.

Джей окинул взглядом коридор. Они были одни.

— Мне необходимо задать вам пару вопросов. Обещаю: это будет недолго.

— Послушайте, мне надо обслужить столько номеров...

Джей вынул из кармашка рубашки двадцатидолларовый банкнот и протянул ей. Женщина отрицательно покачала головой:

— Я не такая, мистер. И если руководство «Плазы» услышит, что я на такое пошла, меня уволят. А мне нужна эта работа.

— О чем вы? — С секунду Джей ничего не понимал, потом вдруг до него дошло. — О Господи, нет. Я не предлагаю вам пойти со мной в номер. Я просто хочу задать вам два-три вопроса.

— Теперь уже *два-три* вопроса. — Она потянулась за двадцаткой, но Джей отвел руку, прежде чем она успела схватить банкнот. — А раньше речь шла о паре.

— Вы не получите денег, пока я не получу ответов.

— О'кей, только поторапливайтесь, — сказала она, явно раздраженная поставленным условием. — Мой босс может в любую минуту появиться.

— Одна из горничных сказала, что вы работали на этом этаже во вторник, неделю назад, — быстро произнес Джей, указывая на номер за своей спиной. Одна из секретарш отдела арбитража сказала Джею в ответ на его вопрос, что «Маккарти и Ллойд» уже многие годы арендует этот номер. — Это так?

— Я пришла на работу в четыре и ушла в полночь. Ну и что?

Джей достал из кармана пиджака две фотографии. Первая была фотография Эбби, которую дал ему накануне вечером отец Эбби по окончании их прогулки.

— Вы узнаете эту женщину?

Горничная бросила быстрый взгляд на фотографию.

— Да, я видела, как она заходила в этот номер пару раз за последние два-три месяца.

Джей показал ей вторую фотографию.

— Теперь посмотрите на эту, — сказал он. На этой фотографии Оливер сидел между Салли и Джеем на яхте. — Вы кого-нибудь тут узнаете?

Молоденькая горничная взяла у Джея фотографию и окинула ее взглядом.

— Угу, вас. — И протянула ему снимок.

— Посмотрите как следует, — приказал он.

Она снова посмотрела на снимок.

— Его. — И указала на Оливера. — Он был с этой женщиной, что на той фотографии. — И снова ткнула пальцем в дверь номера. — Я чуть не столкнулась с ним во вторник вечером около девяти часов, когда выходила из лифта внизу, в холле, а он садился. — Она протянула было фотографию обратно Джею и задержала ее. — Он был вот с этой.

Джей посмотрел на снимок. Горничная указывала на Салли.

ГЛАВА 17

— Эй, дружище! — крикнул Оливер с другого конца операционного зала.

Джей взглянул на свои часы. Было только еще половина седьмого утра. Какого черта, что тут Оливер делает? Обычно он появляется не раньше семи.

— Поразительное утро! — воскликнул Оливер, кладя портфель на свой стол. — Все еще жарко, как в аду. Я считал, что холодный фронт, который пришел к нам вчера утром и принес с собой все эти ливни, немного охладит атмосферу. Но этого не произошло. — Он произнес это бодро, уверенным тоном, словно накануне утром ничего не происходило. — Собственно, по-моему, такого жаркого утра, как сегодня, за все лето не было. — Он несколько раз быстро дернул носом. — А ведь мы еще до августа не дожили. — И бросил пиджак на загородку. — Все равно чертовски хорошо быть живым, Джей.

Джей смотрел на Оливера со своего места по другую сторону перегородки. Он, видно, полностью и всецело вычеркнул из памяти то, что произошло на крыше. В его мозгу, должно быть, захлопнулась стальная крышка самосохранения, и он убедил себя, подумал Джей, что смертельная опасность привиделась ему в страшном сне. Только так можно было объяснить его поведение. Меньше чем двадцать четыре часа назад человек буквально стоял на краю пропасти, глядя оттуда в долину верной смерти. А сейчас держится так, будто его ничто не тревожит. Будто ничего не произошло.

— Пойду выпью чашечку кофе, — объявил Оливер. — Не хотите?

— Нет.

— О'кей, дружище! — Оливер повернулся было спиной к своему столу и остановился. — Для человека, о котором говорит весь операционный зал, после того как он за один день подобрал акции двух перекупаемых компаний, вы, безусловно, не слишком веселы. — Он перегнулся через перегородку и, понизив голос, хотя вокруг никого не было, добавил: — Кстати, если хотите поблагодарить меня за информацию по «Белл кемикал» и «Саймонс», не утруждайте себя — просто подкиньте деньжат. Я всегда говорю, Джей, что деньги — это король. — Он откинул голову и неприятно хохотнул. — Кстати, я не видел названия «Турбо-Тек» в списке вчерашних приобретений.

— Куда вы клоните, Оливер?

— Никуда, — высокомерно ответил он, чувствуя, как кокаин пропитывает пазухи носа. В своем лимузине по дороге в Манхэттен он втянул в себя несколько больших порций. — Увидимся через минуту. — Он повернулся и пошел к автомату, продававшему кофе.

Джей смотрел, как Оливер идет по залу, то и дело останавливаясь, чтобы похлопать по спине «ранних пташек» и обменяться несколькими фразами. «Сложная сволочь, — подумал Джей, — в сложной ситуации». Вот только ему хотелось бы побольше узнать об этой ситуации. Возможно, срыв, случившийся у Оливера накануне, объяснялся проблемами с женой или же тем, что происходило в отделе, а что именно — он не знал. А может быть, все эти силы, о существовании которых Джей понятия не имел, слились воедино и вызвали тот эмоциональный взрыв, который Джей наблюдал у Оливера. Что бы это ни было, Оливер висел на очень тоненькой ниточке.

Джей принялся распечатывать данные, необходимые ему для поездки, — собственно, только для этого он и явился сюда сегодня утром, прежде чем отправиться в аэропорт Ла-Гуардиа. Получив распечатку, он положил информацию в портфель, сунул портфель в сумку и застегнул молнию. Затем поднялся и взял сумку.

— Куда это вы? — По операционному залу к своему месту шел Баллок.

— В Нэшуа, штат Нью-Гэмпшир, — ответил Джей, ругнувшись про себя. Баллок был последним, кого ему хотелось бы видеть.

— А что там, в Нью-Гэмпшире? — И Баллок опустил глаза на сумку Джея.

— «Турбо-Тек».

— Почему это вам нужно ехать в Нью-Гэмпшир? Почему не поговорить с кем-то из компании по телефону?

— Завтра утром я встречаюсь с моим приятелем по колледжу, который работает в этой компании. Я полагаю, что эта встреча может дать мне весьма полезное представление о делах компании. И он хочет встретиться со мной лично.

— А Оливер знает, что вы уезжаете?

— Нет. — Джей шагнул в направлении лифтов. — Я считал, что волен делать все, что полагаю необходимым для исследования фактической стороны дела.

— А я думаю, лучше будет сначала поговорить с Оливером. — И Баллок загородил Джею дорогу.

— Зачем?

Баллок улыбнулся:

— Он же начальник. Мне важно знать, что он думает. Джей покачал головой:

— Да вам плевать на то, что думает Оливер. Вы вообще ни во что не ставите Оливера — и точка.

— Что вы хотите этим сказать? — Баллок бросил свой портфель и шагнул к Джею.

— Именно то, что вы думаете, — спокойно ответил Джей, не отступая перед наступавшим на него Баллоком.

— Ну-ка проясните, — потребовал Баллок.

— Скажем так. Если бы Оливер вчера выскользнул из моих рук и был бы размазан по Уолл-стрит, что-то говорит мне, что вы не стали бы его оплакивать.

— Вы лучше подумайте о том, что вы сказали. — Лицо Баллока вдруг стало ярко-малиновым. — Оливер — один из моих ближайших друзей. И я вовсе не хочу, чтобы с ним что-то случилось.

Джей бросил сумку на пол.

— Тогда зачем вы упали мне на ноги, когда я держал его?

— Ах ты болван... — И захлебнулся словами. Вспылив, он не выдержал и замахнулся на Джея.

Джей блокировал удар Баллока и ответил быстрым ударом левой в живот. От удара Баллок согнулся вдвое и начал ловить ртом воздух. Джей снова ударил его — на этот раз правой в подбородок и рассек ему нижнюю губу. Баллок упал на пол, одной рукой держась за живот, а другую прижав к окровавленной губе.

— Приятного вам дня, — прошипел Джей и окинул взглядом зал.

Несколько трейдеров стояли и смотрели на Баллока, стонавшего на полу. Краешком глаза Джей увидел Оливера, выходившего из помещения, где пили кофе. Джей схватил свою сумку и направился к лифтам.

Когда дверцы лифта закрылись, Джей оглядел свои руки. Одна из них была в крови, но он мог ею шевелить. Она не была сломана. Он слизал кровь и от облегчения, что стычка позади, рассмеялся нервным смехом. Он уже более месяца, с тех пор как поступил к «Маккарти и Ллойду», чувствовал, какие невероятно напряженные отношения возникли между ним и Баллоком, — казалось, Баллок с той минуты, как они встретились, жаждал такой драки. Но Баллок получил больше, чем ожидал, подумал Джей. Он, наверное, все еще корчится на полу в операционном зале или стоит, согнувшись, над умывальником и пытается остановить кровь.

Джей понимал, что заплатит за эту схватку и он. Когда он вернется из Новой Англии, у него уже не будет кресла в отделе арбитража. В этом он не сомневался. Хотя Баллок первым нанес ему удар, Оливер встанет на сторону своего приятеля. Если бы только Оливер знал, что пытался сделать Баллок накануне на крыше... Джей покачал головой — он уже не был уверен, что все было именно так. Может быть, Баллок ничего такого и не намеревался совершать. Может, он просто поскользнулся. Но Салли видела, как вел себя Баллок, и утверждала, что это было намеренно.

Правда, к кому она проявит в этом деле лояльность? Ведь она была с Оливером в номере «Плазы» сразу после того, как он расстался с Эбби. И Эбби уже нет.

«Ну и черт с ними со всеми, — подумал Джей. — К черту Оливера, Баллока, «Маккарти и Ллойда», Салли и миллион долларов премии. К черту все!» Сейчас он уедет, как собирался, а когда вернется, разберется, как сможет, с ситуацией. И если у «Маккарти и Ллойда» не будет больше для него работы, что ж. Достаточно он просидел в этом чертовом месте.

Дверцы лифта раскрылись — перед ним стояла Салли.

— Куда это ты? — спросила она, взглянув на его сумку.

— В поездку по делу, — отрезал он, проходя мимо нее против течения, так как в здание уже хлынул поток служащих.

— Я звонила тебе несколько раз вчера вечером. — Она заспешила рядом с ним, увертываясь от встречных. — Почему ты мне не отзвонил? Я волновалась.

— Извини. Меня не было дома.

Это была неправда. Он весь вечер сидел дома — оплачивая счета и работая на компьютере. Тогда-то он и понял, что у него пропала одна из дискет — та, на которой были все его личные расходы, счета и суммы снятых в банке денег за предшествующий год. Он не заметил бы пропажи, если бы мог избавиться от неотступного чувства, что Салли рылась в коробках с его дискетами. Поэтому он внимательно их перебрал. Он не мог доказать, что именно она взяла отсутствовавшую дискету, но последние три месяца в его квартиру никто больше не заходил.

Салли трижды звонила ему после того, как он обнаружил пропажу, и Джей тщательно вслушивался в ее интонации. С каждым посланием ее голос становился все более настойчивым.

— Скажи же, куда ты едешь, — не отступалась она, ухватив его за локоть.

— В Нэшуа, Нью-Гэмпшир. В «Турбо-Тек». Это та компания, что я подбросил Биллу Маккарти в яхт-клубе. — Джей приостановился у выхода из здания. — До свидания. — И вышел.

Салли ринулась было за ним и остановилась. Это ничего не даст. Он все равно ничего существенного ей не скажет, а все, что нужно, она уже знает. Она увидела, как он остановил такси, швырнул в салон сумку и сел в машину. Как только такси исчезло, она извлекла из сумки мобильник и стала быстро набирать номер.

Виктор Сэвой сидел в парке на скамейке под вязами и, с явным удовольствием жуя сандвич из ржаного хлеба с пастрами, наблюдал за проходившими мимо обитателями Нижнего Манхэттена, направлявшимися на обед. Он любил пастрами, но ел его, только когда бывал в Нью-Йорке, где на Уильямс-стрит был гастрономический магазин Рэя, в котором продавали сандвичи, буквально таявшие во рту. Пастрами, купленное в любом другом месте, всегда вызывало у него разочарование. Сэвой проглотил последний кусок сандвича, скомкал бумажку, в которую он был завернут, и посмотрел налево.

Муниципалитет находился в пятидесяти ярдах от него. Это было трехэтажное здание из гладкого белого камня с портиком, откуда одиннадцать ступеней спускались на небольшую открытую площадку, где мэр иногда встречал приезжих знаменитостей или вручал ключи от города. К этой площадке вела подъездная аллея, похожая на леденец на палочке, — на ней всегда полно было синих «машин города», подвозивших или увозивших городских чиновников.

Сэвой поднялся со скамьи и пошел. Муниципалитет находился в полумиле от Уолл-стрит, напротив него был скверик, по которому двигался сейчас Сэвой. С запада мимо муниципалитета пролегал Бродвей, и еще одна улица проходила слева направо, пока не пересекалась с Бродвеем, создавая перед зданием муниципалитета треугольник, внутри которого был скверик. По сторонам треугольника высились небоскребы в окружении газонов и деревьев, образуя подобие амфитеатра с муниципалитетом на сцене.

Сэвой остановился на краю подъездной аллеи, заметив, что несколько полицейских в форме снуют по ней, то и дело ненароком поглядывая на него. Дождавшись, когда ни один из них не смотрел в его сторону, он быстро шагнул из тени вязов на дорогу и, миновав два цементных барьера, пошел по ней. Дойдя до площадки перед ступенями, ведущими к портику, он остановился и повернулся. Справа от него в небо вздымался шестидесятиэтажный небоскреб компании «Вулворт», а остальную часть сквера окружали на расстоянии нескольких сотен ярдов менее высокие здания.

Сэвой запрокинул голову и оглядел небоскреб «Вулворта». Из кабинета на верхних этажах этого здания в неоготическом стиле наверняка открывается идеальный обзор незатененной деревьями площадки, на которой он сейчас стоит. Обзор из большинства других зданий, стоящих по периметру, будет частично перекрыт. Беда со всеми этими зданиями в том, что Секретная служба, ФБР и британская разведка расставят повсюду своих снайперов и дозорных. И стрелка на здании «Вулворта» быстро обнаружат сотрудники, которые будут все время обозревать этот район в мощные бинокли. Значит, надо придумать что-то еще.

Сэвой свернул налево, прямо на юг, и вдруг сообразил, как выйти из положения. Почти в полумиле оттуда, где он стоял, виден был крошечный кусочек здания Чейз-Манхэттенплаза № 1. Темная облицовка здания вылезала из-за дома, стоявшего ближе, по периметру сквера. Видна была лишь малюсенькая часть огромной штаб-квартиры одного из крупнейших банков мира, но этого будет достаточно. Человек, сидящий там в одном из кабинетов, получит иметь беспрепятственный обзор помоста, который в решающий день будет установлен как раз там, где стоял сейчас Сэвой. По странной случайности между зданием банка и этим местом верхушки деревьев в сквере расступались наподобие Красного моря. Снайпер будет смотреть по этому единственному туннелю вниз, на площадку. Выстрел предстоит делать издалека, с расстояния, наверное, в восемьсот ярдов, но Сэвой лично был свидетелем профессионализма своих наемных стрелков. Для них не будет проблемой попасть в цель.

Один из полицейских быстро подошел к Сэвою:

— Эй, что вы тут делаете?

— Любуюсь видом.

У Сэвоя была изменена внешность, и он мог не волноваться: полисмен забудет этот день и его. Он может вспомнить, что разговаривал с каким-то мужчиной, но не вспомнит его лица. Такое лицо не запоминается.

— Так вот, публике здесь не разрешено болтаться. Проходите, — приказал полисмен.

— Да, сэр, — вежливо произнес Сэвой.

Препираться не было надобности. Если вывести из себя полисмена, он обнаружит в карманах Сэвоя несколько разных паспортов и авиабилетов на соответствующие имена. «ЕЗ Трэйвел» могла отправить его в любую часть света под любым именем, какое он даст компании.

Полчаса спустя Сэвой сумел пробиться на пятьдесят четвертый этаж здания Чейз-Манхэттен. Он хотел убедиться, что оттуда так же хорошо виден муниципалитет, как от муниципалитета видно здание. По логике все должно быть так же хорошо обозримо в одном направлении, как и в другом. Однако так бывало не всегда.

На пятьдесят четвертом этаже было пусто, так как юридическая фирма, арендовавшая этот этаж у банка, недавно переехала в другое место. Стоя на северо-востоке высоко над Нижним Манхэттеном в пустом угловом кабинете, Сэвой смотрел вниз, на площадку перед муниципалитетом. Он отчетливо видел чиновников, садившихся в машины и вылезавших из них, и черный «эксплорер», припаркованный на подъездной аллее. Отлично. Как только он доберется до надежного телефона, он позвонит в Виргинию и скажет тамошним людям, чтобы они перебирались с фермы в Нью-Йорк.

Сэвой поблагодарил охранника, любезно разрешившего ему за пятьдесят долларов подняться на пустующий этаж, и направился к лифтам. Ему предстояло лететь в Антверпен, чтобы встретить грузовое судно, которое плыло сейчас вдоль западного побережья Африки.

ГЛАВА 18

Джей стоял на крыльце большого дома в викторианском стиле, смотревшего на Атлантический океан. Часа два-три назад он приземлился в бостонском аэропорту Логэн, расставшись с Салли у выхода из «Маккарти и Ллойда» и схватив такси, которое доставило его в аэропорт Ла-Гуардиа. Приземлившись в Логэне, Джей арендовал машину и, поехав на северо-восток от Бостона, через полтора часа прибыл на оконечность Кейп-Энн в крошечный рыболовецкий поселок Глостер.

Джей посмотрел через плечо на арендованную машину. Он сказал всем в отделе арбитража, что едет к своему приятелю из «Турбо-Тек», но он не собирался ехать в Нью-Гэмпшир. Он был намерен провести предстоящие два дня в поисках ответов на вопросы о том, что происходит. Прищурясь, он оглядел пышные сады по обе стороны от подъездной аллеи. С момента приземления в Логэне он боролся с будоражащим чувством, что за ним следят.

Утром, прежде чем уехать, Джей по Интернету просмотрел у «Маккарти и Ллойда» несколько статей из старых номеров «Бостон глоб». Он распечатал некрологи на Джо и Пэтси Лэйн, а также сообщения о катастрофе самолета и об их похоронах. В статье о похоронах говорилось, что некто по имени Франклин Керр выступил в церкви на службе по отцу Салли с волнующим надгробным словом. А жена Керра Эдит выступила с аналогичным словом на похоронах матери Салли. В статье говорилось, что Лэйны и Керры всю жизнь дружили и были соседями. Джей посмотрел на дверь. С этого места, наверное, и следует начать поиски ответов.

Он постучал в дверь Керров левой рукой — костяшки правой все еще ныли от соприкосновения с подбородком Баллока. Через несколько минут он услышал шаги, и дверь отворилась.

— Чем могу быть полезна? — Перед ним стояла пожилая женщина в блузке без рукавов, зеленых брюках и шляпе с широкими полями от солнца. Сбоку со шляпы на ее седые волосы свисала желтая лента.

Джей заметил, что у нее все время трясется голова и руки в старческих пятнах — явное следствие болезни Паркинсона.

— Миссис Керр?

— Да, я — Эдит Керр.

— Меня зовут Джей Уэст. Я учился вместе с Салли Лэйн в Гарвардской школе бизнеса. — Он надеялся, что Эдит не слишком хорошо знакома с Гарвардом, потому что он никогда там не бывал и не сможет ответить на самые элементарные вопросы о расположении университета.

Улыбнувшись, Эдит открыла шире дверь и протянула руку.

— Как поживаете?

— Отлично, благодарю. — Джей взял ее руку, стараясь подавить боль, возникшую, когда она сжала его пальцы.

— Вы теперь живете в Глостере? — спросила Эдит. — Но ваше лицо мне незнакомо. Правда, я эти дни не часто бываю в городе.

— Нет. Я проездом в Бостоне по делам, — пояснил Джей. — Я никогда не бывал в Кейп-Энн и часто слышал от Салли, как здесь красиво. Вот я и решил заглянуть.

— И что скажете?

— Салли была права. Здесь прелестно.

Это и в самом деле было так. На берегу живописные скалы перемежались песчаными пляжами. А на скалах и на неровных, покрытых лесом холмах стояли роскошные старые дома. Поселок был застроен маленькими, исхлестанными непогодой дощатыми домиками и церквушками, окружавшими обращенную к югу гавань, полную рыболовецких катеров с черными сетями, свисающими с высоких гиков.

— Так чем я могу быть вам полезна? — спросила Эдит.

Джей указал налево, где в нескольких сотнях ярдов от них стоял дом Лэйнов.

— Салли дала мне свой адрес здесь, в Глостере. Я останавливался у дома, но там никого нет. Вообще похоже, что там никто и не живет. — Джей застенчиво улыбнулся. — Я понимаю, это, что называется, был выстрел вслепую, так как скорее всего Салли тут больше не живет, но я надеялся ее увидеть. После Гарварда я потерял с ней контакт, а мы были вроде... словом, она очень мне нравилась. Вот я и подумал, что раз уж я здесь, заеду-ка хотя бы поздороваться с ее родителями, если не застану ее саму. Когда мы с Салли учились, я несколько раз ужинал с ними. Очень славные люди.

Эдит положила руку на плечо Джея:

— Почему бы вам не зайти ко мне?

— Спасибо. — Джей прошел вслед за Эдит из передней в кабинет и сел напротив нее в большое кресло. — Вы давно живете в Глостере? — спросил он.

— Всю жизнь. Я здесь и выросла. Мы с моим мужем Фрэнком были соседями Джо и Пэтси и близкими друзьями почти сорок лет. — Она положила руки на колени и опустила глаза. — Фрэнка не стало несколько месяцев назад. Я теперь совсем одна.

— Мне жаль это слышать.

— Занимает меня сад.

Джей помолчал.

— Вы, очевидно, хорошо знаете Салли.

— Даже очень хорошо. Я наблюдала, как она росла. Мы с Фрэнком были ее крестными. — Эдит встала, подошла к камину и взяла с полочки фотографию в серебряной рамке. С минуту она смотрела на снимок, затем подошла к Джею и протянула ему фотографию. — Вот она, Салли.

Джей посмотрел на снимок. Салли стояла между двумя пожилыми людьми.

— Это она с Джо и Пэтси. — Со стороны Джея это была лишь догадка, что на снимке ее родители.

— Да, — тихим голосом подтвердила Эдит.

Джей внимательнее вгляделся в снимок. Неожиданно изображение поплыло перед его глазами.

— Я бы очень хотел увидеть их снова. — Кровь стремительно забилась у него в жилах, и он очень старался, чтобы голос не дрожал. — Ну, понимаете, просто поприветствовать!

— Конечно, — тихо сказала она.

— Что-то не так? — спросил он.

Лицо у Эдит помрачнело. И она повела рукой в сторону коридора.

— Почему бы нам не пройтись?

— Хорошо, — медленно произнес он и протянул ей снимок, который она снова поставила на камин.

Эдит направилась в коридор, и Джей последовал за ней. Но у выхода из кабинета он приостановился и снова посмотрел на снимок. Он был почти уверен, что молодая блондинка на снимке не была Салли Лэйн. Очень похожа, но это не Салли. Не та женщина, которая работала в компании «Маккарти и Ллойд».

Минут через двадцать Джей и Эдит стояли на песчаном пляже и любовались большим каменным домом, высившимся над ними. Дом был построен на скалистом откосе в конце мыса, вдававшегося в Атлантический океан, он не был столь грандиозным, как особняк Оливера и Барбары, но производил большое впечатление, особенно если учесть, какой великолепный открывался оттуда вид.

Огромные волны непрерывно накатывали на берег и с грохотом разбивались у основания утеса под домом. Даже на расстоянии ста футов Джей чувствовал холодные брызги. На жарком солнце эти брызги даже освежали.

Он посмотрел направо, на выстроившиеся по краю пляжа старые дубы. Он был почти уверен, что всю дорогу от аэропорта Логэн за ним следовала синяя машина. Она съехала с шоссе как раз перед Глостером, но Джей был уверен, что именно эта машина несколько раз проезжала перед рестораном, где он обедал. Он прищурился и заслонился рукой от ярких лучей солнца. В лесочке никого не было — во всяком случае, он никого не видел. Он перевел взгляд назад, на дом на горе.

— Красиво, верно? — заметила Эдит.

— Да, — согласился Джей. — Семейство Лэйн занимается рыболовством, верно?

— Занималось, — подтвердила Эдит. — Прапрадед Джо начал этот бизнес. А Джо два года назад продал компанию за хорошие деньги.

Они оба замолчали, глядя на дом.

— Вы что-то хотели мне сказать, Эдит?

— То есть?

— Я не мог не заметить какой-то странной интонации в вашем голосе, которая появляется всякий раз, как вы упоминаете имя Лэйнов. — Он кивком указал на дом. — Я думал, что вы, наверно, собирались провести меня к ним в дом, когда мы вышли из вашего, но теперь я сомневаюсь: едва ли мы переберемся через этот забор. — Вокруг основания скалы шел забор из металлических звеньев в десять футов высотой.

Эдит сжала руки.

— Мне следовало бы сказать вам прежде, но все равно трудно это произнести.

— Что именно?

— После того как Джо продал свое дело, они с Пэтси перебрались во Флориду.

— Ясно. Я, видно...

— А два-три месяца спустя погибли в авиакатастрофе.

— О нет, — шепотом вырвалось у Джея.

— Да.

— Господи, Салли была с...

— Нет, — перебила его Эдит. — Она в порядке, по-моему, она работает в какой-то компании на Западном побережье.

— Слава Богу. — Наступила долгая пауза, потом Джей наконец нарушил молчание: — А у Джо Лэйна была красная спортивная машина?

— Спортивная машина? — нерешительно повторила она.

— Да, английская спортивная машина марки «остин-хили». — Джей знал, что вопрос звучит странно, но он хотел получить подтверждение своим подозрениям.

Эдит прижала руку ко рту, стараясь вспомнить.

— По-моему, нет. А почему вы спрашиваете?

— Меня всегда интересовали английские спортивные машины, и Салли как-то сказала мне, что у ее отца была «хили», когда Салли была маленькая, — продолжал Джей, стараясь говорить как можно убедительнее. — Но она сказала, что соленый воздух основательно ее испортил и Джо вынужден был продать машину. И я подумал, если машина все еще тут, в городе, я хотел бы ее купить.

— Соль и погода отрицательно влияют тут на все, — согласилась Эдит. — Но я не помню, чтобы у Джо была английская спортивная машина. Он, конечно, мог такую купить. Денег у него было достаточно. Но его никогда не интересовали машины. Во всяком случае, те, что он покупал, были сделаны в нашей стране. Он любил покупать все американское.

Джей пожал плечами.

— Должно быть, я что-то перепутал. Наверное, кто-то другой имел такую машину. — Он сунул пальцы в кармашек рубашки и дотронулся до снимка, который Барбара сделала «Полароидом» на яхте. — Салли, безусловно, красивая девушка, верно?

— Прелестная. Всегда была такой, даже в детстве. Вы знаете, как девушки иногда меняются в юности? С Салли такого не произошло. Она всегда была прелестной.

Джей вытащил снимок, сделанный «Полароидом».

— Я по-прежнему храню этот ее снимок.

— Разрешите взглянуть. — Эдит подошла ближе, так что ее плечо касалось Джея. Она внимательно изучила снимок, затем отступила, и на лице ее было удивление.

— Что-то не так? — спросил Джей, видя, как она прищурилась, точно старалась хорошенько запомнить его лицо. Он почувствовал, что она уже не уверена, хочется ли ей продолжать беседу с ним.

Эдит указала дрожащей рукой на снимок.

— Это не Салли, — резко произнесла она.

— Вы уверены? — спросил он еле слышно из-за грохота прибоя.

Пожилая женщина снова вгляделась в фотографию и кивнула:

— Да. О, женщина на вашем снимке очень похожа на Салли, чуть ли не ее копия, но это не она.

— Почему вы в этом так уверены?

— По одной причине: на подбородке у Салли был шрамик. Заметный. Во всяком случае, достаточно заметный, чтобы вы увидели его на снимке. Это был ее единственный недостаток. Она упала на подъездной дороге, когда ей было тринадцать лет, и расшибла подбородок. Была рваная рана. Мы с Фрэнком отвезли ее в больницу, потому что Джо и Пэтси уехали за покупками. Это было в июле, примерно в такое же время года, как сейчас. — Она снова указала на снимок. — А у женщины на вашей фотографии нет шрама.

Джей вернулся памятью к субботнему вечеру на променаде в Бруклин-Хейтс. Тогда, глядя на Салли, он провел рукой по ее подбородку, но не помнил, чтобы там был шрам.

— Может, она сделала себе пластическую операцию.

Эдит отрицательно покачала головой:

— Нет. Салли до смерти боялась докторов. Я предложила ей как-то в рождественский вечер — а Джо и Пэтси каждый год устраивали праздник — сделать пластическую операцию. Салли и слышать об этом не хотела. — Эдит рассмеялась. — По-моему, она даже немного обозлилась, что я об этом упомянула. Так она боялась докторов. И воды, — добавила Эдит.

Джей метнул взгляд на Эдит.

— Салли боялась воды? — Та Салли, которую он знал, прыгнула с яхты Оливера в воду посреди залива Лонг-Айленд.

— До смерти боялась, — произнесла пожилая женщина. — Она близко не подходила к воде. Даже на лодках никогда не каталась. Это выглядит нелепо, если учесть, где она выросла и чем занималась ее семья.

Джей положил фотографию обратно в кармашек и уставился на океан. Последнюю неделю он пытался выяснить название финансовой компании на Западном побережье, куда поступила Салли после Гарварда. Он пытался это выяснить в отделе персонала «Маккарти и Ллойда», но наткнулся на каменную стену. Как ни странно, ни Оливер, ни Баллок не назвали ему компанию, не помог ему и Гарвард. Когда он впервые позвонил в Школу бизнеса, чиновник из отдела распределения обещал ему найти название компании, подтвердив его предположение, что это должно у них значиться. Однако на другой день этот чиновник позвонил ему и сказал, что название компании у них не значится, как и адрес Салли. Джей заказал ежегодник и решил попытаться найти соучеников Салли и выяснить, не знает ли кто-нибудь из них названия компании, но, наверное, теперь в этом уже не было необходимости. Он получил ответ на свой вопрос. Женщина, которую он знал, была подставой.

— Скажите-ка еще раз, чем, вы говорили, занимаетесь? — спросила Эдит.

— Я этого не говорил. — Джей отвел взгляд от воды и посмотрел прямо в глаза Эдит. — Дело в том, что я работаю с женщиной, которую вы видели на фотографии. Она утверждает, что она — Салли Лэйн, а я полагаю, что она ею не является.

— Зачем же она выдает себя за Салли Лэйн?

Джей увидел по глазам пожилой дамы, что она могла бы многое сказать, но не уверена, что следует это делать.

— Я не знаю, но я намерен это выяснить.

Несколько мгновений они молчали, потом Эдит попрощалась с Джеем:

— Приятно было познакомиться с вами.

— Спасибо.

— Надеюсь, вы найдете ответы на ваши вопросы, — бросила она через плечо.

— Я тоже, — пробормотал Джей. С тех пор как он поступил к «Маккарти и Ллойду», его не покидало какое-то дурное предчувствие. Сигнал тревоги прозвучал накануне, когда Тед Митчелл пробрался к ним через весь операционный зал и сообщил о перекупке «Белл кемикал». Сейчас эта весть звенела у него в ушах.

— Странно, — громко произнесла Эдит, перекрыв шум волн. Она остановилась футах в двадцати от Джея.

— Что именно? — спросил Джей, быстро подойдя к ней. — Прошу вас, — взмолился он, чувствуя ее нерешительность. — Если вы можете сказать что-то, что вы считаете важным, я, право, хотел бы, чтобы вы это сделали.

— У нас в городке скажут, что я просто старая сплетница, но Джо Лэйн всегда был какой-то странный. Мне неприятно говорить недоброжелательно о человеке, который был лучшим другом моего супруга, но это правда.

— Что значит — странный?

— Время от времени среди ночи какие-то люди подъезжали к дому Лэйнов. — Она указала на скалу. — Не часто, возможно, раза два в год. Они приезжали после полуночи и уезжали до зари. Иногда Джо подходил к телефону посреди ужина, который они с Пэтси устраивали. Он выходил из комнаты и отсутствовал целый час, пока мы сидели за столом.

— То, что он уходил с ужина, можно было бы назвать невежливым, но не странным, — заметил Джей. — Что же до посещений среди ночи, так он же был бизнесмен. Такого рода визиты тоже трудно назвать странными. — Он нарочно подначивал Эдит, чтобы она копнула глубже.

Она выпрямилась во весь рост.

— Мой муж знал человека в доках, который утверждал, что рыболовецкие суда Джо Лэйна не всегда использовались для рыбной ловли. По большей части использовались, но не всегда. — Она с победоносным видом кивнула, словно доказала свою правоту.

— Для чего же еще они использовались?

— Он не знал или не хотел говорить, но...

— Ну, я не думаю...

— Но... — Прервав Джея, она заговорила громче. — ...он говорил, что люди на других шлюпках время от времени видели, как корабли Лэйна *уходили* из вод, где ловят рыбу и омаров. Он говорил, что среди команды на кораблях Джо были чужаки — люди не из Глостера. Люди с нежными руками и без грязи под ногтями, одеты они были как матросы на рыболовецком судне, но явно никогда в жизни не занимались физической работой. Он говорил также, что среди ночи на эти корабли грузили какие-то предметы, никак не похожие на рыболовные снасти. И корабли иногда неделями не возвращались в порт. Обычно корабли выходят в море на день или, бывает, дня на два — на три, но никогда на целую неделю.

— А чем, *вы* думаете, они занимались? — спокойно спросил Джей.

— Не знаю, — ответила она. — Но знаю, что всякий раз, как я упоминала в разговоре с Пэтси про ночных визитеров или передавала ей слухи из доков, она замолкала. Правда, однажды она чуть не открылась мне. У меня было такое чувство, что она собиралась сказать что-то важное, а потом отступила. — Эдит помолчала. — После этого раза я уже никогда не спрашивала ее про дела Джо.

Джей стал смотреть на океан. А когда оторвался от его созерцания, Эдит уже шла к лесу. Он пошел было за ней, чтобы выудить побольше, и остановился. Она сказала ему все, что ему хотелось узнать.

Через несколько минут Джей сел за руль арендованной машины. Он был теперь уверен, что Салли Лэйн, которую он знал, никогда не жила в доме на утесе. Но теперь появились новые вопросы. Например, что имела в виду Эбби, когда сказала Оливеру, что знает насчет его приятелей. Кто те люди, которые, как она утверждала, позаботятся о ней в обмен на предоставленную ею информацию? Кто задушил ее и почему?

Джей бросил взгляд в зеркальце заднего вида и застыл. Мимо дома Эдит медленно ехала синяя машина — точно такая, какая следовала за ним из Бостона в Глостер и проезжала мимо ресторана, где он обедал, сидя у окна. Несколько минут он смотрел в зеркальце, чувствуя, как кровь грохочет в ушах. То, что рассказала Эдит о деятельности на рыболовецких судах Джо Лэйна и о ночных посетителях, обострило его подозрения. Никаких доказательств не было, но свидетельства людей накапливались, побуждая Джея ставить под вопрос все и вся. Он включил мотор, затем скорость и поехал по подъездной дороге. Надо проверить эти свидетельства.

Он вывел арендованную машину на широкую двухполосную дорогу, проложенную по берегу океана, повернул налево и поехал, оставляя позади Глостер. Синей машины не было видно. Джей набрал скорость и тут увидел ее на подъездной дороге. Мчась дальше, он посмотрел в зеркальце заднего вида. Синяя машина ехала за ним.

У подножия крутого холма дорога резко сворачивала вправо. Джей увидел другую, более узкую дорогу, уходившую в густой лес, и, нажав на тормоза и вывернув руль, свернул направо. Его арендованная машина резко затормозила, затем заскользила вбок. Он на секунду снял ногу с тормоза, машина моментально выровнялась, и он помчался по узкой извилистой дороге, так что веточки и мелкие камни летели из-под колес, а он то и дело поглядывал в зеркальце заднего вида.

Дорога шла через маленький крутой мостик над извилистым ручьем, затем снова спускалась вниз. Арендованная Джеем машина взмыла в воздух — все четыре колеса потеряли контакт с дорогой — и устремилась к повороту на девяносто градусов у основания невысокого холма. Джей чисто рефлекторно вдавил педаль тормоза в пол, но машина, выйдя из-под контроля, полетела прямо на большущий дуб. За какую-нибудь сотню футов от дерева машина опустилась на дорожное покрытие и подскочила на нем. Джей резко крутанул руль влево и нажал на тормоза, загипнотизированный огромным стволом дерева. Он был так близко от дуба, что видел ссадины на коре — там, где другие водители налетели на него.

В последнюю секунду передок машины вывернул влево. Заднее правое крыло ударилось о большое дерево, так что бампер частично отделился от машины и вылетела фара. Джей накренил машину влево, и она запрыгала, удаляясь от дерева. Наконец она остановилась носом в том направлении, откуда он приехал. Джей нажал на газ, развернул машину вправо, за другое большое дерево, остановил ее и стал ждать.

Через несколько секунд другая машина с ревом пронеслась по мостику. Сначала Джею не видно было ее из-за дерева, за которым он спрятался. Но ждать ему пришлось недолго. Перед его глазами, скользя, как и он, промчалась синяя машина. Но водитель не сумел совладать с управлением. Машина проскочила мимо Джея и с треском врезалась в массивный ствол дерева.

Джей включил мотор и помчался назад, вверх по холму, с которого съехал; задний бампер машины, едва держась, волочился за ним по дороге. В верхней точке мостика Джей приостановился, но, увидев, как из синей машины медленно вылезает водитель, поехал дальше. Он позвонит в полицию и сообщит о случившемся, когда доберется до уличного телефона-автомата подальше от Глостера.

ГЛАВА 19

Сидя за кухонным столом у окна маленького дома с тремя спальнями, Билл Маккарти провел рукой по волосам. Над этим районом, где жил средний класс, спускались сумерки.

— Нужно к чертовой матери подстричь волосы, — объявил он.

— Конечно. — Кевин О'Ши сидел напротив него за столом и пил чай со льдом без сахара. — А то вы начинаете походить на хиппи, точно бродяга из шестидесятых.

— Вот это будет денек, — проворчал Маккарти.

О'Ши усмехнулся:

— Все, что вам скоро потребуется, — это пара расклешенных джинсов и выцветшая майка.

Верхняя пуговка на рубашке О'Ши была расстегнута, галстук приспущен, а темно-рыжие густые завитки волос взлохмачены. Во второй половине дня влажность достигла девяноста процентов, а температура подскочила почти до ста градусов. В маленьком доме, которым они пользовались для встреч, не было кондиционера.

— Что вы скажете о том, как выглядит Билл, Оливер?

Оливер сидел съежившись рядом с О'Ши.

— Вы меня слышали? — И О'Ши локтем толкнул в бок Оливера.

Оливер пробормотал что-то нечленораздельное, но так и не посмотрел на Билла. Он заметно помрачнел с утра. Мэйсон снова, как и накануне, замкнулся в себе. Эбби была мертва, и у него было зловещее предчувствие, что план, на который он рассчитывал, чтобы выбраться из ситуации со сделками на основе инсайдерской информации, давал трещины. Кто-то разрушал его броню. И исчезла его подпорка — запас кокаина кончился.

— Почему мы должны таскаться сюда? — буркнул Маккарти, заранее раздраженный необходимостью совершать долгую поездку обратно в город. — Господи, этот дохлый городишко, наверное, милях в пятидесяти от Уолл-стрит.

— В шестидесяти, — уточнил О'Ши. — И городишко вовсе не дохлый. Это очень милый городок. Мои родственники живут тут. — «Маккарти превращается в настоящего нудоту», — подумал О'Ши. — Мы встречаемся тут из соображений безопасности. — Они приехали сюда, в этот маленький городок под названием Милтон на берегу Гудзона, в штате Нью-Йорк, в разных машинах с профессиональными шоферами, тщательно следившими за тем, чтобы никто не ехал за ними. Федеральные правовые органы держали целую сеть домов в тихих уголках страны для подобных встреч. — Мы слишком далеко зашли, чтобы все взорвать

из-за того, что кто-то случайно услышал то, чего не должен
был слышать.

— Какого черта, кто мог нас слышать? — спросил Маккарти. — И к чему эти игры с ездой туда-сюда, это петля-
ние, которым мы занимаемся по дороге? Господи, я думал, что вылечу из машины на одном из этих поворотов,
которые в подражание цэрэушникам делал мой шофер.

— Ну так подавайте на меня в суд, — огрызнулся О'Ши. —
Я считал все это необходимым, а как я говорю, так и делают. В этом автобусе водителем являюсь я. — Он взял со
стола яблоко и откусил большой кусок. О'Ши проголодался. Последние несколько дней он ел только зеленый салат.
Но похоже, диета не оказывала никакого влияния на его
талию.

— Хорошо, но можем мы покончить с нашими делами? — спросил Маккарти. — Я хотел бы вернуться в город. В пятницу у меня самолет в Новый Орлеан, а я еще
не уложил вещи.

— Вот как? — Радар О'Ши тотчас включился. — В Новый Орлеан?

— Да, нужно же мне какое-нибудь отдохновение на при-
роде — вот я и еду в свой домик на реке.

О'Ши кивнул. Он-то первоначально считал, что Маккарти следует находиться в Нью-Йорке, учитывая то, что
должно произойти. Но сейчас он передумал и решил, что,
пожалуй, будет лучше, если Маккарти окажется вдали от того,
что произойдет, чтобы люди, занимающиеся связью с общественностью, могли сами со всем справиться, а Маккарти
не попал бы в незнакомые для него воды. У Маккарти было
очень мало опыта общения с репортерами, так что, пожалуй, ему лучше отсутствовать — по крайней мере вначале.
Но в какой-то момент он должен будет держать ответ. И
О'Ши усмехнулся. На долю Маккарти выпадет лишь одно:
вынести несколько нелицеприятных вопросов от пары ре-
портеров. О'Ши знал, что Маккарти презирал прессу, но
ответы в течение двух-трех часов на вопросы корреспонден-
тов не такая уж большая цена за неплохую сделку, которую
предложило ему правительство. Ведь по всем правилам имен-

но он должен был полететь. Возможно, в конце концов так и произойдет.

— Оставьте номер телефона, Билл, — приказал О'Ши.

— Нет, не оставлю, — сказал Маккарти. — Если я вам понадоблюсь, можете позвонить моему помощнику в компании. Я не хочу, чтобы меня тревожили, пока я буду в Луизиане. Хочу от всего отрешиться. Полностью отдохнуть. Я возьму с собой мобильный телефон, но Кэрин Уокер — единственная, кому будет известен этот номер.

— О'кей, — медленно произнес О'Ши, закатывая глаза. Если Маккарти хочет упрямиться, пусть упрямится, черт с ним.

— А теперь расскажите мне, зачем мы тут собрались, — потребовал Маккарти с заметно усилившимся южным акцентом.

О'Ши глубоко вобрал в себя воздух.

— На будущей неделе я арестую Джея Уэста по обвинению в использовании инсайдерской информации при сделках, — пояснил он. В комнате воцарилась гробовая тишина — только жужжал стоявший на холодильнике маленький вентилятор. — При всех.

— Если вам повезет. — Оливер впервые с приезда открыл рот.

— Как это понимать? — спросил О'Ши, извлекая зернышко, застрявшее между верхними передними зубами.

— Сегодня утром Джей уехал.

— Я знаю, — сказал О'Ши. — Он отправился в Нью-Гэмпшир ознакомиться с какой-то компанией.

— «Турбо-Тек», — уточнил Оливер. — Но как вы узнали?

— У меня есть свои источники, — небрежно бросил О'Ши. — Он проведет там ночь и вернется завтра или в пятницу. А мы не двинем на него до будущей недели. Так что все в порядке.

Оливер отрицательно покачал головой:

— Джей не доехал до Нью-Гэмпшира. Он сказал Салли, что собирается встретиться с человеком по имени Джек Трэйнер, который работает в отделе маркетинга «Турбо-Тек», но, по словам Трэйнера, Джей там не появлялся. Я поручил моей секретарше позвонить этому человеку. Он понятия не имел, о чем она говорила. Джей даже не условливался с ним о встрече.

О'Ши выпятил нижнюю губу, делая вид, что глубоко задумался. Он не мог сказать Оливеру, что знает: Джей отправился в Глостер, так как это известие могло выбить Мэйлора из седла — тот ведь знал, каким именем прикрывается Салли. О'Ши раньше уже видел в людях признаки распада, и у Оливера они были налицо.

— Если Джей не вернется в пятницу утром, мы организуем поиск. Вы же знаете: я могу его найти. У меня есть для этого необходимые ресурсы.

— Но мы же хотели арестовать Джея в «Маккарти и Ллойде», чтобы было больше шума, — с тревогой произнес Маккарти, словно над задуманным им парадом начали сгущаться дождевые тучи. — Мне казалось, вы говорили, что кто-то из вашей конторы оповестит заранее средства массовой информации насчет ареста, с тем чтобы камеры находились у входных дверей в ожидании, когда вы выведете его в наручниках. Затем наши люди по связи с общественностью расскажут, как мы сотрудничали с вашей конторой, а ваши люди скажут, что Джей действовал в одиночку. И тогда «Маккарти и Ллойд» будет чистенькой. Такой ведь был план.

— Таким он и остается. — О'Ши посмотрел на Оливера, который снова погрузился в молчание и сидел сгорбившись в кресле. Казалось, будто он жалеет о том, что подставил Джея, хотя он таким образом спасал себя. А может быть, Оливер не хочет, чтобы его спасли, подумал О'Ши. И повернулся снова к Маккарти. — Но если нам придется арестовывать Джея в другом месте, мы это сделаем. Мы не можем допустить, чтобы он сбежал.

Маккарти откинулся на спинку кресла, так что оно встало на две ноги, и принялся покачиваться, упершись ногой в ножку стола.

— Я думал также, что мы подождем с арестом Джея, пока не будет объявлена перекупка «Белл кемикал» и «Саймонс». По крайней мере подождем пару недель. — Маккарти закатал рукава рубашки. — Господи, ведь перекупка была объявлена всего вчера. Не слишком ли быстро хватать Джея на следующей неделе? Не заподозрят ли люди чего?

— Нет, — поспешил ответить О'Ши. — Мы заявим, что получили подсказку от неназванного источника из «Маккарти и Ллойда». Это вполне сгодится. Такое случается все время. Когда мы арестуем на будущей неделе Джея в «М. и Л.», в его квартире уже будет произведен обыск, и мы найдем компьютерную дискету с порочащими его доказательствами приобретения акций «Белл кемикал» и «Саймонс». Доказательствами, свидетельствующими о том, что он спланировал сделки на основе инсайдерской информации. — О'Ши похлопал себя по кармашку рубашки, подтверждая наличие в нем дискеты. — Дискета, которую мы обнаружим, будет точно такой же, какую мы добыли в квартире Джея и на которой содержатся записи его личных финансовых поступлений и расходов за прошлый год. Эта дискета будет служить доказательством того, что он напрямую связан со сделками на основе инсайдерской информации. Конечно, нам придется вставить на дискету весь материал по «Белл кемикал» и «Саймонс», но адвокат Джея не будет этого знать наверняка, как не будут знать и присяжные. — О'Ши хохотнул. — Кстати, прошлый год был у Джея довольно тяжелым, и у него не было поступлений, о которых можно было бы говорить. — О'Ши подтолкнул Оливера в бок. — Но я полагаю, вы это уже знали. Вы знали, что запах миллиона долларов заставит его сделать что угодно.

Оливер молчал, никак не отреагировав на локоть О'Ши.

— Эта дискета лежит у вас в кармашке? — недоверчиво спросил Маккарти.

— У меня несколько копий, — заверил его О'Ши, понимая беспокойство Маккарти.

— Но на оригинале должны быть отпечатки Джея.

— Поэтому она лежит у меня в конверте, а конверт — в пластиковом мешочке, — сказал О'Ши. — Это чтоб вы не волновались.

Маккарти немного успокоился. Именно это его и тревожило. Им пришлось изрядно потрудиться, чтобы добыть это чертово доказательство вины Джея, которое напрямую свя-

зало его с «Белл» и «Саймонс», когда О'Ши вставил туда
необходимые доказательства.

— Все равно мне кажется рановато хватать Джея.

— Нет, — решительно заявил О'Ши. Действовать надо
прямо сейчас. Он не хотел, чтобы Джей еще что-то раскопал. Этот малый — хитрая бестия, рано или поздно он может понять, что происходит. Он совсем не такой, как Оливер и Маккарти, которые слишком погружены в свое собственное эго, чтобы видеть картину в целом. — У нас полно
доказательств, чтобы в деле не было ни одного слабого места. Сотрудники моей конторы, которые понятия не имеют,
что происходит на самом деле, отправятся с обыском. Их
будут сопровождать нью-йоркские полицейские. Дискета
будет подложена в квартиру Джея через несколько минут
после того, как он на будущей неделе отправится утром на
работу в «Маккарти и Ллойд», и за несколько минут до появления властей. Ко времени ареста Джея в нашем распоря-
жении будут записи его разговоров с «Белл» и «Саймонс» с
его домашнего телефона. — О'Ши улыбнулся. — Так что он
наш.

— Отлично. — Маккарти тоже заулыбался.

— Угу, великолепно! — воскликнул Оливер. — Малый
проведет двадцать лет в тюрьме. Его, по всей вероятности, несколько раз изнасилуют в камере, если мы отправим
его в по-настоящему приятное местечко. Правда, какие
мы ловкие, великолепные, самые выдающиеся мерзавцы
на свете! — И Оливер изо всей силы ударил ладонью по
столу, чуть не пролив ледяной чай О'Ши.

— А, черт! — О'Ши схватил свой стакан, не дав ему упасть.

— Какого черта, что с вами происходит, Оливер? — рявкнул Маккарти.

— Ничего, ни черта, — отрезал Оливер.

Маккарти глубоко вобрал в себя воздух и исподтишка
кинул взгляд на О'Ши, потом на Оливера. Похоже, время
для того, чтобы бросить бомбу, было не самое подходящее,
но у него не было выбора. Утром ему позвонил из Вашингтона Эндрю Гибсон, чтобы удостовериться, что Маккарти
выполнил его указание. Маккарти снова посмотрел на О'Ши.

Начальство О'Ши наверняка сказало ему насчет поставленных условий.

— Оливер, мы кое-что должны обсудить.

О'Ши сделал глоток чая со льдом.

— Вы хотите, чтобы я вышел, Билл?

— Ага, оставьте нас на секунду.

Оливер с любопытством поднял глаза и проследил за О'Ши, когда тот выходил в гостиную.

Маккарти вытащил носовой платок и вытер лоб. Он сильно потел. Он откладывал выполнение этой миссии сколько мог, но сейчас подошло время.

— В чем дело? — слабым голосом спросил Оливер. Он заметил, что Маккарти не по себе. — Говорите же.

Маккарти откашлялся и пальцем стал чертить круги по пластиковой крышке стола.

— Оливер, когда все кончится, — я хочу сказать: когда Джей будет арестован, — вам придется подать в отставку из «Маккарти и Ллойда». Или я уволю вас.

— Что?

— Так должно быть.

— Не понимаю. — Оливер почувствовал, что комната заходила ходуном. Вся его репутация — те лохмы, которые от нее остались, — была всецело связана с причастностью к фирме «Маккарти и Ллойд». Он был богом компании и без поклонения сотрудников был ничто. Он станет еще одним наемником на Уолл-стрит, зарабатывающим на жизнь, торгуя бумагами, — при условии, что ему удастся зацепиться за другую компанию, что, как он понимал, вовсе не обязательно. Другие компании будут знать, почему «Маккарти и Ллойд» отпустила его, и близко к нему не подойдут. — Пожалуйста, не надо со мной так поступать, Билл, — взмолился он.

— Не я поступаю так с вами, Оливер. И вы это знаете. — Маккарти снова вытер лоб. — Приказ пришел сверху, из сфер много выше О'Ши. — Маккарти кивнул в сторону гостиной. — Люди, которые устроили вам такой выход из положения, просто не могут допустить, чтобы вы оставались у «Маккарти и Ллойда». Это было бы слишком. Они уже некоторое время расследовали вашу деятельность и только благодаря мне согласились на такие условия. А иначе вам грозила бы большая беда.

— Но я считал, что буду работать для вас над отдельными проектами, а через полгода снова открою отдел арбитража, — возразил Оливер. Глаза его стали совсем безумными.

— Так это и предполагалось, но не получается. Власти предержащие считают ваши преступления слишком большими. Слишком много было случаев, когда вы действовали, исходя из инсайдерской информации. — Маккарти тягостно вздохнул и сделал вид будто шокирован. — Я просто не мог поверить, когда О'Ши показал мне размах вашей деятельности. Я хочу сказать, за последние пять лет было по крайней мере пятьдесят сделок на основе инсайдерской информации. Случаи, когда ваш отдел покупал акции или приобретал опционы всего за несколько дней до объявления о перекупке той или иной компании. Так что ясно, почему это происходило, и дела эти, Оливер, дурно пахнут. — Маккарти печально покачал головой. — Это ужасно.

Оливер смотрел на Маккарти, и в нем, как нарыв, разрасталась ненависть. Потрясало его то, что Маккарти пытается изображать из себя этакого невинного стороннего человека. А Маккарти ведь все время знал, что происходило в отделе арбитража, и у Оливера были тому доказательства. Но если он представит эти доказательства властям, глава «Маккарти и Ллойда» прибегнет к стратегии выжженной земли, и он потеряет своего покровителя. Маккарти отрежет его от фирмы, как ненужный балласт в бурю, и убедит власти больше его не защищать. И ему придется сражаться одному против Маккарти и его влиятельных друзей в Вашингтоне, которым вовсе не хотелось, чтобы поступления от Маккарти на политические нужды прекратились и сгорели из-за такой ерунды, как заключение сделок на основе инсайдерской информации, что, как было известно Оливеру, многие в Вашингтоне считали преступлением, не требующим жертв. Черт подери, да все они, наверное, в то или иное время были к этому причастны. А он проиграет битву с Маккарти и сядет в тюрьму, тогда как Маккарти останется на свободе. А тюрьмы он, Оливер, не вынесет. Да он скорее спрыгнет с крыши, но не проведет ночи за решеткой.

Тем не менее Оливер не мог удержаться и не нанести последнего удара. По натуре он был борцом и человеком, который не умел контролировать свои порывы.

— Билл, вы же все время знали, что происходило в отделе арбитража, — сухо произнес он. — Мы договорились об этом, когда пять лет назад я перешел от «Моргана» в «Маккарти и Ллойд». Вы сказали мне, что хотите, чтобы я создал группу. Вы дали мне инструкции, как это сделать. Вы сказали, что вам надо быстро набрать денег, что на вас давят партнеры.

Краска залила гладкие щеки Маккарти.

— Да поможет мне Бог уничтожить вас, Оливер. Если вы считаете, что дело обстоит худо сейчас, вы еще увидите, каково оно будет.

— Билл, у нас ведь была договоренность! — выкрикнул Оливер, не обращая внимания на предупреждение Маккарти. — Вы же говорили, что будете меня защищать.

— Этим я и занимаюсь, — прошипел Маккарти, с опаской бросив взгляд в сторону гостиной. О'Ши нигде не было видно, но здесь наверняка стояли подслушивающие устройства. Если Эндрю Гибсон услышит такое, придется черт знает как расплачиваться. Гибсон может рекомендовать президенту умыть руки и найти другого крупного донора — такое всегда возможно. — Я собираюсь дать вам на прощание очень неплохое выходное пособие, Оливер. Вы будете обеспечены.

— А я х...хочу остаться у «Маккарти и Ллойда», Билл. Я... я прошу вас, — заикаясь произнес Оливер.

— Это невозможно.

— Билл...

— Тогда пойдете в тюрьму, — произнес Маккарти сквозь сжатые зубы. — И сгниете там, вы меня понимаете? Я сам за этим прослежу. А со мной ничего не будет.

Оливер знал, что все, сказанное Маккарти, правда, и это взбесило его. Но он ничего не мог поделать. Он вынужден был подчиниться и терпеть, как теленок, связанный для родео. Он смотрел на Маккарти — в мозгу его все бурлило. А все-таки, может, есть другой выход. И он вспомнил о разговоре, который был у него в номере отеля «Плаза» с Тони Вогелом.

— Какое финансовое возмещение вы имеете в виду? — спокойно спросил он, изо всех сил стараясь держать под контролем свои эмоции. — Назовите мне цифру.

— Пять миллионов долларов.

— Это же нелепо! — И Оливер, снова озверев, изо всей силы ударил по столу. — Да я получил премию в пять миллионов за один прошлый год. А вы теперь хотите купить меня за эту сумму. Я хочу больше пяти миллионов.

— Мне плевать, что вы хотите, — рявкнул Маккарти. — Речь идет не о том, что *вы* хотите. Вы получите пять миллионов и все. Вспомните: у вас есть и другое с нами соглашение.

— По которому я еще какое-то время не смогу ничего получить, — сказал Оливер.

— Надеюсь, — буркнул Маккарти и перекрестился.

— Моих партнеров это не обрадует, — предупредил Оливер, заметив жест Маккарти. И снова подумал о Тони Вогеле.

— Ё-моё. Да они увязли в этом с головой. Им, как и вам, придется подождать своих акций, — с вызовом произнес Маккарти. — А если они окажут на меня нажим, то пойдут в тюрьму. Так им это и передайте, Оливер. Но не забудьте сказать, что я буду навещать их каждое воскресенье, когда они будут за решеткой. Потому что я такой славный малый. — И самодовольная улыбка тронула уголки его рта. — Я не желаю слышать ваши жалобы на бедность. Не пытайтесь сказать мне, что пяти миллионов долларов недостаточно, чтобы вести тот образ жизни, к которому вы привыкли. У вас полно денег. — Он помолчал. — Или следует сказать, что у Барбары и ее отца полно денег. Уж они позаботятся о вас.

Оливер кипел. Ему хотелось схватить биту и раскроить широкое лицо Маккарти, превратить его в кровавую пульпу.

Впервые в жизни он готов был убить. Он опустил руки под стол и крепко сжал кулаки, так что пальцы вот-вот сломаются. Через какое-то время он их разжал и, с трудом владея собой, откинулся на спинку кресла.

— Хорошо, — ровным тоном произнес он, несмотря на бушевавшую в нем бурю.

— Отлично. — Маккарти поднялся. Все прошло не так уж и плохо. — Будущая неделя будет вашей последней, Оливер. «Маккарти и Ллойд» объявит, что вы с Баллоком увольняетесь, через несколько часов после того, как Джея выведут в наручниках из здания.

— Как будет, так и будет.

Маккарти секунду поколебался, глядя вниз на Оливера. Этот человек заработал для него миллионы, сотни миллионов, но сострадания он не чувствовал. Оливер был просто пешкой, и настала пора принести в жертву пешку для защиты короля. Маккарти повернулся и прошел в гостиную. О'Ши сидел на диване и читал «Дейли ньюс».

— Я готов ехать, — объявил Маккарти.

О'Ши отбросил газету и поднялся.

— Как реагировал Оливер?

Утром он узнал от своего вашингтонского связного, что Оливеру не разрешат остаться у «Маккарти и Ллойда» после ареста Джея. О'Ши организовал этот звонок из Вашингтона, чтобы изменить планы и ускорить задержание Джея. Молодой человек подбирался слишком близко к тому, чего ему не следовало знать.

Маккарти усмехнулся:

— Как видите, я все еще жив.

«Потому что, к сожалению, хорошее происходит с плохими людьми», — подумал О'Ши.

— Ваша машина ждет у подъезда.

Маккарти повернулся к выходу.

— Билл! — окликнул его О'Ши.

— Да?

— Непременно вернитесь в Нью-Йорк к концу будущей недели. Крайний срок — в четверг. Вам придется выступить перед прессой.

— Угу, хорошо. — И Маккарти вышел из дома к ожидавшей его машине.

О'Ши проследил за ним в окно, затем прошел на кухню. Оливер сидел, упершись подбородком в стол.

— Выше голову, Оливер. Все устроится.

Оливер медленно поднялся и потер глаза.

— Да нет, не устроится, — тихо ответил он. — Меня выгнали.

О'Ши подошел к креслу рядом с Оливером и сел.

— Я знаю.

— Конечно, вы знаете, — с несчастным видом произнес тот. — Один только я в неведении. Этакая марионетка на ниточке.

— Могло быть и хуже.

— Ну-ка скажите как.

— Вас могли посадить в тюрьму.

Оливер почувствовал, что у него перехватило дыхание. Он пытался подавить желание сдаться. Перед его мысленным взором то и дело вспыхивало лицо Эбби. Как ни глупо, но он все время думал о том, что им следовало быть вместе. Он уткнулся лицом в руки. Господи, как ему нужен белый порошок!

О'Ши увидел, как остекленели глаза Оливера, и отвел от него взгляд. Хотя он презирал Маккарти за то, что тот бесчувственно относится к людям и думает только о себе, он одновременно проникся симпатией к Оливеру. Он не считал Оливера святым — отнюдь. Оливер был эгоистом, как и Маккарти, и, как и Маккарти, совершил за последние два-три года ряд вызывающих омерзение поступков. Но под яркой внешностью и развязным поведением скрывался уязвимый человек, угодивший в скверный переплет. Этот человек отчаянно хотел быть хорошим, но у него не было сил бороться с дурными влияниями и соблазнами, постоянно подстерегавшими его.

И Оливер испытывал сожаление. Сожаление о том, что подставил Джея Уэста, и сожаление о том, что случилось с Эбби. О'Ши научился распознавать это чувство за годы своего пребывания в конторе генерального прокурора США и сейчас видел следы его на лице Оливера. А вот Маккарти никакого сожаления не испытывал.

О'Ши уставился в кухонное окно. Детективы, расследовавшие смерть Эбби Купер, хотели побеседовать с Оливером, но из-за того, что происходило у «Маккарти и Ллойда», разговор с ним отложили. Следователь обнаружил в трупе Эбби семя, и детективы, как и О'Ши, были уверены, что это семя Оливера. О'Ши знал об их романе уже давно, задолго до того, как детективы отыскали в отеле «Плаза» горничную, которая видела, как Оливер и Эбби несколько раз входили в номер, в том числе и вечером на прошлой неделе — в тот последний вечер, когда Эбби Купер видели живой. По всей вероятности, в тот вечер Эбби настаивала на том, чтобы Оливер расстался с женой: детективы нашли и прочитали несколько ее писем, выброшенных Оливером. Он отказался выполнить требование Эбби, и она в припадке ярости пригрозила позвонить его жене и все ей рассказать. А потом вдруг исчезла, пока полиция не нашла ее задушенной на свалке в Бронксе.

У Оливера были мотив и возможность ее убить, и он теперь — главный подозреваемый. Детективы уверены, что он — преступник, хотя в лабораториях не было доказательств того, что семя, найденное в Эбби, принадлежит Оливеру, так как его не могли допросить и получить образец его семени. И детективам не терпелось взяться за него.

— А что будет с моими партнерами? — спросил Оливер — в глазах его читалось отчаяние. — С теми четырьмя людьми, которые сообщали мне о предстоящих перекупках последние пять лет.

— Я вызову поочередно каждого на Федеральную площадь в Нижнем Манхэттене и призову каждого молиться Богу.

— Что это значит?

— Я посажу их у себя в кабинете, не забыв положить на стол наручники, и скажу все, что знаю, о темной стороне их жизни. В течение доброго получаса я подробно опишу им, какое обвинение в совершении сделок на основе инсайдерской информации я могу им предъявить. Затем возьму наручники, несколько секунд поиграю с ними и продолжу. Изложу подробно все, что мне известно об их личной жизни. Расскажу им о женщинах, с которыми они обманывали своих жен, о налогах, которые не платили, и так далее. Словом, обычные вещи. И когда я буду уверен, что вижу страх перед Богом и дьяволом в их глазах, скажу, что это самый счастливый день в их жизни. По причинам, о которых им нет нужды знать, правительство не станет их преследовать, если они будут держать рот на замке. — О'Ши улыбнулся. — После этого люди обычно падают на пол в моем кабинете и восхваляют Господа, к какой бы вере они ни принадлежали. — Он увидел, каким озадаченным стало у Оливера лицо. — Что не так?

Оливер потряс головой:

— Мне непонятно, почему правительство идет на такую сделку. В эту группу входят очень известные брокерские дома. Это был бы такой подарок для вашего офиса. Неужели Маккарти действительно дал столько денег, что стал неприкасаемым?

— Да. И обещал дать много больше.

— Значит, все сводится к деньгам.

— Как всегда. И вы это знаете. — О'Ши взглянул на свои часы. — Послушайте, мне надо возвращаться в город.

— Кевин!

О'Ши поднял на него взгляд. Он услышал в голосе Оливера безнадежность.

— Вы ничего больше не знаете про то, как идет расследование убийства Эбби Купер? — Голос у Оливера сорвался.

О'Ши ответил не сразу. Да, собственно, ему и нечего было сказать.

— Нет.

Оливер кивнул и поднялся.

— О'кей, мне тоже пора.

О'Ши проводил Оливера до входной двери, шепнул ему что-то поощрительное и проследил, как он исчез в сгущавшихся сумерках.

ГЛАВА 20

— Вы позвонили в корпорацию «Турбо-Тек». Чем могу быть полезен?

— Пожалуйста, Джека Трэйнера. — Джей, говоря по телефону-автомату с телефонисткой «Турбо-Тека», оглядел парковку у бензозаправки. Мобильный телефон был при нем, но он не хотел им пользоваться. Он знал, что если позвонить по мобильному, телефонная компания сможет проследить звонок.

— Одну минуту.

— Спасибо.

После дикой гонки, которую он проделал накануне по глостерскому лесу, Джей стал бесконечно более осторожным — чуть не до паранойи. Прошедшую ночь он провел в «Бостон Хайатт» под вымышленным именем. И сейчас звонил по карточке, которую купил за наличные.

— Алло.

Джей узнал голос Трэйнера.

— Джек, это Джей Уэст.

— Где вас черти носят? — поинтересовался Трэйнер.

— Я в Лос-Анджелесе, — солгал Джей на случай, если линия «Турбо-Тека» прослушивается. — Скажите, вам не звонили вчера или сегодня, разыскивая меня?

Он услышал раздражение в голосе Джека Трэйнера и был почти уверен в ответе.

— Еще бы нет. Два раза вчера и десять раз сегодня, — со злостью ответил Трэйнер. — Меня просто берут за горло, требуя, чтобы я сказал, где вы. Мне говорили, что вы должны были встретиться со мной вчера или сегодня. Какого черта, что происходит, Джей?

Прежде чем уехать из Нью-Йорка, Джей подумывал о том, чтобы предупредить Трэйнера о возможных звонках, но ему показалось лучше оставить Джека в неведении.

— Джек, я планировал приехать и встретиться с вами на будущей неделе, но по ошибке написал в своем поминальнике, что должен быть в Нью-Гэмпшире на этой неделе. Я перепутал в своем расписании Лос-Анджелес и Нью-Гэмпшир, и секретарши, видевшие записи, вполне понятно, все напутали, — пояснил он. — Извините, пожалуйста. Это моя ошибка.

— Люди, которые звонили сюда, просто какие-то психи, — в сердцах сказал Трэйнер. — Они орали на меня. Точно найти вас было для них вопросом жизни и смерти.

— Я занят в паре краткосрочных сделок. Это связано с большими деньгами. Вы же знаете, что такое Уолл-стрит.

— Угу-угу, — произнес Трэйнер, на которого это не произвело никакого впечатления. — Так вы собираетесь навестить меня на будущей неделе? Мы ведь говорили о такой возможности некоторое время назад, когда вы впервые заинтересовались инвестированием в «Турбо-Тек».

— Потому я и звоню.

— Отлично. Жду встречи. А то давно не виделись.

Джей назначил встречу с Трэйнером, но сомневался, что поедет в Нью-Гэмпшир на будущей неделе. Собственно, он ведь позвонил для того, чтобы узнать, проверяют ли его. Значит, вчера Трэйнеру звонили всего дважды, а сегодня *десять* раз. Следовательно, после того как он сумел уйти от синей машины в Глостере, интерес к тому, где он находится, существенно возрос. Так что, может быть, он вовсе не такой уж параноик.

Он повернулся и пошел по улицам Южного Бостона, который местные жители называют просто Югом. Эта часть города принадлежала рабочему классу и была населена разными народностями, которые жили в строго разграниченных районах, похожих на квадратики лоскутного одеяла. Только эти квадратики были не все одинакового размера. Сейчас Джей находился в самом сердце Малой Ирландии, занимавшей один из самых крупных квадратов.

Утром Джей отыскал «ЕЗ Трэйвел». Компания находилась в большом торговом центре «Брэйнтри», к югу от города, и Джей в течение нескольких часов наблюдал за тем, что там происходит. В конторе за металлическими столами сидели четверо сотрудников, которые обслуживали приходивших посетителей, но главным образом болтали друг с другом или играли на компьютере. Ничего необычного там не происходило, а он не мог тратить время попусту.

Огорченный тем, что не продвинулся в своих изысканиях, Джей вернулся к своей арендованной машине без бампера — он оторвал покореженную полосу металла, отъехав на несколько миль от места столкновения, — и отправился в Южный Бостон. Он должен был еще кое-что проверить. По всей вероятности, это мало что даст, но он не мог оставить это без внимания.

Почта находилась всего в двух кварталах от бензозаправки, откуда Джей звонил Трэйнеру, и он быстро нашел здание. Это был старый кирпичный дом, у которого с проржавевшего шеста свисал потрепанный флаг Соединенных Штатов. Шест стоял посреди маленького пыльного дворика, пересеченного растрескавшимися дорожками. На площадке слева, за высоким забором из металлических звеньев, по верху которого была проложена колючая проволока, он увидел десяток белых фургонов, развозящих почту. Джей взглянул на свои часы. Было без двадцати пять. Кто-то еще наверняка зайдет с работы, чтобы получить почту.

Джей вошел в дверь и направился по потертому серому кафелю к большому блоку ящиков, среди которых он быстро нашел ящик с номером, соответствовавшим адресу на переводе, который Пол Лопес принес в понедельник вечером в операционный зал. Джей нагнулся и заглянул в стеклышко старинного ящика. Внутри лежала почта. Он подошел к прилавку и сделал вид, будто пишет адрес на большом ярлыке.

За несколько минут до пяти Джей взглянул на входные двери. Почтовый служащий стоял возле них, громко разговаривая с женщиной в цветастом платье и то беря в руку, то выпуская ключ, болтавшийся на цепочке, которая была пристегнута к ремню его серых форменных брюк. По всей вероятности, это ключ от входных дверей, понял Джей. Дверей, которые вот-вот запрут на ночь. Он покачал головой. Господи, он же провел целый день в Бостоне! Конечно, он скорее всего уже лишился работы, избив Баллока в операционном зале, так что не имеет значения, сколько времени он провел в Бостоне. Да, пожалуй, он и не хочет возвращаться к «Маккарти и Ллойду», зная, что кто-то, вне всякого сомнения, следит за его передвижениями и что Салли Лэйн не та, за кого себя выдает.

В этот момент входные двери распахнулись. С секунду Джей смотрел на приземистого блондина с пронзительными голубыми глазами и светлой кожей, у которого в левом ухе сверкал бриллиант, затем быстро опустил взгляд на ярлык, на котором он бесцельно что-то рисовал, чтобы провести время. Краешком глаза он наблюдал за тем, как этот мужчина прошел к почтовым ящикам, а когда он сбавил шаг, Джей быстро обвел взглядом помещение. Мужчина остановился как раз напротив тех ящиков, среди которых был тот, что соответствовал номеру на авизо. Джей не мог со своего места точно определить, какой ящик открыл мужчина, но это не имело значения. Ни в одном из ящиков вокруг того, который интересовал Джея, не было почты. Джей это проверил, прежде чем отойти к прилавку.

Джей прошел по залу к входным дверям и, стараясь не привлекать к себе внимания, как ни в чем не бывало вышел на улицу. Покинув поле зрения находившихся в здании людей, он быстро обежал почту по растрескавшейся дорожке и завернул за угол. Тут он, остановившись, выглянул, чтобы посмотреть на входные двери, и перевел дух. Он ничего не обнаружил в «ЕЗ Трэйвел», но, быть может, получит теперь ответ на очень простой вопрос: какого черта авизо на перевод денег от «Маккарти и Ллойда» фирме «ЕЗ Трэйвел» было отправлено на почтовый ящик в Южном Бостоне, рабочем районе, находящемся на другой стороне города от туристического агентства?

Приземистый блондин с бриллиантовой серьгой вышел из почты с несколькими конвертами и направился прямо к углу здания, за которым скрывался Джей. Джей повернулся и побежал дальше по тротуару, затем нырнул в проход между фургоном «шевроле» и зеленым «фордом». Он присел возле переднего левого колеса фургона. Через несколько минут он узнал красные с черным кроссовки мужчины, шедшего мимо фургона. Джей выждал секунд десять и медленно поднялся.

Мужчина отошел уже на сорок ярдов и быстро удалялся, несмотря на то что, как заметил Джей на почте, прихрамывал.

— У вас проблема, приятель?

Джей подскочил, испугавшись оклика пожилого мужчины, который сидел за рулем «шевроле» и курил сигарету. Джей не потрудился посмотреть, есть ли кто-нибудь в фургоне.

— Нет, извините.

Он повернулся и последовал за блондином, держась на расстоянии пятидесяти ярдов и надеясь, что тот не вскочит неожиданно в машину и не умчится прочь.

Но на этот счет можно было не беспокоиться. Через пять кварталов блондин нырнул в бар, находившийся на углу тихого перекрестка. Джей остановился, не дойдя до конца квартала, и оглядел темно-зеленую дверь, над которой висела вывеска «Местечко Мэгги». Мужчина легко может вспомнить, что видел его на почте, но Джей понимал, что должен зайти в бар.

В баре было темно, и первые несколько секунд, войдя с яркого солнечного света, Джей почти ничего не видел. Он подошел к стойке бара и сел на деревянный табурет — в помещении пахло застоявшимся пивом, под ногами шуршали опилки, а из глубины доносились звуки ирландской музыки.

— Что будете пить? — спросил тучный бармен с сильным ирландским акцентом.

— Тот лагер, какой вы порекомендуете.

— Угу. — Бармен отошел, взял охлажденную кружку и стал наполнять ее из крана.

А Джей смотрел на опилки, покрывавшие пол под его табуретом. Глаза его постепенно привыкали к плохому свету. Через несколько табуретов от него двое мужчин громко обсуждали футбольный матч и, казалось, были на грани спора.

Бармен вернулся к Джею и поставил перед ним кружку пива.

— Я думаю, это вам понравится.

— Спасибо.

— С вас три доллара.

— Конечно. — Джей вытащил пятерку из кармашка рубашки и протянул бородачу. — Пожалуйста. Сдачи не надо.

— Угу. — Бармен кивнул, опустил пятерку в ящик старой кассы, достал две бумажки по доллару, бросил их в пластмассовый кувшин и громко позвонил в золотой колокольчик.

Джей вздрогнул. Он вполне обошелся бы без фанфар. И тут он заметил красные с черным кроссовки на полу рядом с его табуретом. Джей взял кружку и сделал глоток.

— Здравствуй, Патрик, — громко произнес бармен, широко расставив руки на липкой поцарапанной деревянной стойке бара.

— Привет, Фрэнки. — У приземистого блондина был сиплый голос, точно в горле у него что-то застряло. — Налей мне то, что он пьет, — приказал он Фрэнки, указывая на кружку Джея. Он тоже говорил с ирландским акцентом.

— О'кей.

Ухо Джея уловило, что разговор в нескольких табуретах от него становился более разгоряченным.

— Никогда прежде не видел вас тут, — заметил Патрик, поворачиваясь к Джею.

Наступил момент истины, подумал Джей. Он посмотрел в глаза Патрика, старательно выискивая признаки узнавания.

— Приехал навестить друга. Я не здешний.

Патрик взял свое пиво и сделал большой глоток.

— А откуда вы?

— Из Филадельфии.

— Из города братской любви.

— Так его называют.

Джей заметил, что мужчина в конце предложения повысил голос, словно задавал вопрос, тогда как на самом деле это была констатация. Значит, Патрик из Северной Ирландии. Дядя Джея, воевавший во время Второй мировой войны вместе с несколькими ирландцами-иммигрантами, однажды говорил ему, что люди с севера Ирландии к концу фразы неизменно повышают голос, будь это вопрос или нет.

— Вы кажетесь мне знакомым, — заметил Патрик.

— Сомневаюсь, — спокойно ответил Джей.

— А к кому вы приехали? — спросил Патрик, в упор глядя на Джея. Его сиплый голос стал ледяным.

Джей почувствовал, как в висках запульсировала кровь.

— К старому приятелю по колледжу.

— И кто же это?

— Джимми Линч. Мы вместе ходили в Бостонский колледж.

— Я такого не знаю. — Патрик снова глотнул пива. — Я знаю кучу Линчей, и среди них есть Джимми, но ни один не ходил в Бостонский колледж.

— Вы же не можете знать всех.

— Знаю, — уверенно произнес Патрик.

Джей передернул плечами:

— В таком случае я не знаю, что вам сказать.

— Скажите, что вы тут делаете, мистер, — потребовал Патрик.

— Я же сказал вам: жду приятеля.

Несколько секунд они смотрели друг на друга. Тут входная дверь открылась, впустив в бар яркий свет. Затем быстро закрылась, и какой-то мужчина, пройдя мимо Патрика, дотронулся до его плеча и жестом указал на лестницу в глубине бара. Патрик не отрываясь смотрел на Джея, затем повернулся и направился к лестнице. Подойдя к нижней ступеньке, он приостановился, снова обернулся, посмотрел на Джея и наконец стал подниматься.

Джей еще минут десять посидел на табурете, потягивая пиво, затем направился в маленькую уборную. Выйдя оттуда, он подошел к телефону-автомату на стене и сделал вид, будто набирает номер. Повесив трубку, он вернулся к бару и жестом подозвал Фрэнки.

— Окажете мне услугу? — спросил Джей.

— Может, и окажу.

Двое мужчин, находившиеся на расстоянии нескольких табуретов от них, поднялись с мест и теперь кричали друг на друга. Джей взглянул на них и закатил глаза, показывая

Фрэнки, что уходит из-за этого шума, а не из-за расспросов Патрика, так как Джей понимал, что Фрэнки все слышал.

— Когда мой приятель Джимми Линч появится тут, он спросит обо мне. Скажите ему, что я вернулся в мотель, хорошо?

Фрэнки посмотрел на Джея.

— Хорошо, — не сразу ответил он.

— Он может позвонить мне туда. У него есть мой номер.

— О'кей.

— Спасибо.

Джей повернулся и направился к двери. Выйдя на улицу, он прислонился к кирпичной стене у зеленой двери и громко выдохнул воздух. Патрик явно почувствовал, что с Джеем не все в порядке. И Джей почувствовал то же самое в отношении Патрика.

ГЛАВА 21

Оливер медленно шел по Центральному парку, обходя катающихся на роликах и бегунов, старавшихся воспользоваться послеполуденным солнцем. Шагая, он раздумывал о том, как же все произошло. Как он оказался вовлеченным в этот непристойный бизнес.

Пять лет назад, в холодный дождливый апрельский вечер, он встретился с Биллом Маккарти в дымном баре в Гринвич-Виллидже, куда не ступает нога никого с Уолл-стрит, и они составили план, как стать феноменально богатыми. Схема эта была сопряжена с риском, но награда их ждала огромная.

У Оливера, работавшего в еще не оперившейся группе, которая занималась оценкой уставного капитала в фирме «Дж.П. Морган», возникли проблемы. Руководство фирмы не слишком приветствовало несколько приобретений крупных пакетов акций, которые он недавно совершил. Директора придирались к нему, требуя ответа, получил ли он на то соответствующее одобрение и, следовательно, имел ли право совершать сделки. Важнее было то, что среди сотрудников пошли разговоры, будто Оливер, прежде чем приобрести акции фармацевтической компании, получил о ней необнародованную для публики информацию, а затем через месяц, когда компания объявила, что Управление по пищевым продуктам и лекарствам одобрило новый дорогостоящий медикамент, быстро продал акции с большой прибылью.

Руководство «Моргана» забеспокоилось, так как они понимали, что безупречная репутация фирмы может подвергнуться атаке со стороны прессы и конкурентов, если разразится крупный скандал, связанный со сделками на основе инсайдерской информации. Старинный коммерческий банк в этот момент перестраивался, чтобы стать инвестиционным, и директора меньше всего хотели оказаться вовлеченными в скандал, о котором будут кричать передовые полосы всех газет мира. В тот вечер Оливер прежде всего обсудил план с Маккарти, а он только что покинул совещание со своим начальством в банке «Морган» по поводу вышеупомянутых сделок и чувствовал, что стало горячо. Он готов был уйти из банка, и его готовы были отпустить. В ту пору Оливер был до того зол на своего тестя, что мог пойти на что угодно, лишь бы иметь побольше собственных денег.

А Билл Маккарти только что потерял своего давнего партнера по бизнесу и лучшего друга Грэма Ллойда, погибшего при катастрофе на яхте. Теперь у него были новые партнеры. Маккарти приобрел принадлежавшие Ллойду пятьдесят процентов акций фирмы «Маккарти и Ллойд», которые он купил у вдовы Ллойда на основе соглашения, заключенного между двумя партнерами в 1989 году, когда они основали фирму. Но финансировала эту сделку какая-то сомнительная европейская группа, так как у Маккарти не было денег, чтобы заплатить за акции Ллойда. Пакет акций стоил недорого — «М. и Л.» находилась на грани банкротства, — но у Маккарти не было почти ничего на личных банковских счетах, так что ему пришлось взять партнеров.

Новые партнеры хотели, чтобы Маккарти быстро сделал им деньги, и их не слишком интересовало, каким образом.

За год до встречи с Оливером «Маккарти и Ллойд» — по личному приказанию Маккарти — вложила деньги в одну флоридскую компанию современной техники, что оказалось гибельным. Ухудшающееся состояние финансов флоридской компании и неумение ее руководства набрать новый капитал почти обесценили вложения «Маккарти и Ллойда», что, в свою очередь, могло подорвать и без того скромный капитал «Маккарти и Ллойда». Но в конечном счете фирма все-таки выжила — с помощью новых партнеров. Маккарти не слишком радовался столь внезапному и, казалось, позитивному повороту в делах, но его новые партнеры, первоначально заявлявшие, что они будут пассивными инвесторами, мгновенно стали агрессивными, требуя от него больше того, что он мог когда-либо вообразить.

Через несколько дней после встречи в Гринвич-Вилледже Оливер и Маккарти договорились об условиях, на каких Оливер поступает на работу в «М. и Л.». Оливер возглавит новый отдел арбитража и будет получать жалованье в миллион долларов ежегодно, значительные премии и часть доли Билла Маккарти в «Маккарти и Ллойде» — дело в том, что европейцы не желали отдавать ни кусочка из своих пятидесяти процентов. За такую большую компенсацию Оливер должен был составить маленькую незаметную группу из уолл-стритовцев, имеющих доступ к закрытой информации о компаниях, подлежащих перекупке, а отдел арбитража «Маккарти и Ллойда» будет осуществлять сделки и зарабатывать значительные суммы на этой информации.

Эта схема была связана с явным риском, так как правовые органы могли обнаружить группу. Оливер понимал, что правовым организациям будет легче всего доказать существование группы, занимающейся сделками на основе инсайдерской информации, установив личные связи внутри группы и обнаружив денежные потоки между отдельными лицами. Поэтому он старательно инструктировал членов группы звонить только по телефонам-автоматам, устраивая встречи, которые должны быть сведены к минимуму. Доверенные лица будут получать компенсацию за предоставленные Оливеру сведения в виде акций «Маккарти и

Ллойда», которые после смерти Билла Маккарти будут переданы в офшорную компанию, образованную доверенными лицами. После того как доверенные лица или их наследники получат акции, весь пакет будет через четыре года перекуплен «Маккарти и Ллойдом» по цене, установленной путем умножения зафиксированной в бухгалтерии стоимости акций «Маккарти и Ллойда». Таким образом Оливер и другие доверенные лица станут теневыми владельцами «Маккарти и Ллойда».

За полгода Оливер подобрал четырех человек в качестве доверенных лиц. Вместо того чтобы связаться с инвестиционными банкирами, которые тайно осуществляли сделки и узнавали о них раньше остального рынка, Оливер набрал четырех рядовых сотрудников, работавших в отделах контроля брокерских домов и инвестиционных банков на Уолл-стрит. Инвестиционные банкиры зарабатывали большие деньги и, как правило, были выходцами из богатых семей. Оливер рассудил, что они куда менее заинтересованы в сделках на основе инсайдерской информации и в том, чтобы нарушать закон. А рядовые чиновники зарабатывали куда меньше, и у них было куда больше побуждений заняться таким делом.

Оливер знал, что в отделах контроля имеются строго засекреченные списки компаний, с которыми сотрудники инвестиционного банка не могут совершать сделки для своей фирмы или для себя. Существовал принцип, согласно которому инвестиционные банкиры, устраивающие перекупку, сообщают своим сотрудникам о предполагаемой сделке — задолго до того, как это становится известно публике, — о том, какие компании участвуют в перекупке, чтобы сотрудники, особенно трейдеры, не работали с акциями субъекта или объекта. Комиссия по обмену ценных бумаг и другие органы федерального значения, как и власти в штатах, смотрят сквозь пальцы на брокерские дома, которые совершают сделки с акциями компаний, подлежащих перекупке, за недели до объявления об операции. Брокерские дома — явно благодаря инсайдерской информации — легко могут предвидеть резкие скачки вверх или вниз в ценах акций, чего остальной рынок предвидеть не может. Даже намек на такую информацию может обернуться бедой для компании.

Отделы контроля пытаются навести порядок в своей фирме, с тем чтобы никто не производил сделок с акциями таких компаний, и для этого составляют «серый список» — перечень акций, которые фирма не может покупать или продавать, пока они находятся в списке. Профессионалы компании имеют доступ к «серому списку» и могут его использовать для тайного приобретения акций и получения особо высоких прибылей, но тут есть одна маленькая деталь: некоторые акции, числящиеся в «сером списке», попадают туда в качестве «приманки» — они не имеют никакого отношения к перекупкам и, следовательно, не могут принести за сутки больших прибылей. Эта уловка помогает людям сохранить честность, а компании — установить, кто нарушает секретность «серого списка». Только два-три человека в отделе контроля доподлинно знают, до каких акций нельзя дотрагиваться, а какие являются «приманкой». Это делает подобных людей бесценными и приманкой для таких, как Оливер Мэйсон.

Четверка, подобранная Оливером, — а это были Тони Вогел, Дэвид Торчелли, Кенни Серрано и Питер Боггс, — состояла из чиновников средней руки, работавших в отделах контроля основных инвестиционных компаний на Уолл-стрит. У всех были большие семьи — по крайней мере четверо детей у каждого — и, следовательно, большие расходы. Оливер старательно подобрал их, как и Джея Уэста, удостоверясь, что каждый нуждается в деньгах и у него нет наследства, на которое он мог бы рассчитывать. Эта группа нигде не была зарегистрирована, и единственным свидетельством ее существования было изменение в завещании Билла Маккарти, сделанное его личным адвокатом и заключавшееся в том, что все его состояние наследует офшорная группа доверенных лиц. Однако эти доверенные лица не участвовали в руководстве «Маккарти и Ллойдом». Каждый член группы получил копию нового завещания Маккарти, а также документ, подписанный всей шестеркой, согласно которому Маккарти обязывался не менять условий завещания без письменного одобрения каждого доверенного лица. Этот пункт позволял Маккарти заранее откупиться от них, если это покажется всем целесообразным.

Первый год деятельности созданной Оливером группы принес «Маккарти и Ллойду» пятьдесят миллионов долларов. После этого прибыль лишь возрастала. При сильной экономике уже начавший процветать на Уолл-стрит рынок перекупки расцвел еще больше. К концу девяностых годов ежегодная стоимость перекупок в Соединенных Штатах выросла почти до триллиона долларов — вполне достаточно, чтобы небольшой арбитражный отдел в инвестиционном банке мог делать неслыханную прибыль на верных сделках.

Для Оливера это стало все равно как стрелять по рыбе в бочонке — только еще легче. В общем, подстреливал он так хорошо, что начал намеренно выбирать несколько неудачных операций — акции, по которым у него не было инсайдерской информации и он не надеялся, что они быстро вырастут в цене. Он делал это для того, чтобы сбить со следа всякого, кто мог приглядываться к происходящему. Он был осторожен: покупал задолго до возможной перекупки компании и распределял покупку по широкому кругу брокеров. И ни разу не было ни намека на беду.

Единственным негативным моментом для доверенных лиц — за исключением Оливера, который получал ежегодно свой миллион долларов жалованья и большие премиальные, — было то, что они не видели денег за ценную информацию, которую предоставляли отделу арбитража. На бумаге, однако, они были миллионерами. Стоимость акций «Маккарти и Ллойда» за последние пять лет взлетела до небес. Снова встав на ноги с пятьюдесятью миллионами, которые Оливер заработал для компании в отделе арбитража за первый год его существования, Билл Маккарти укрепил состав каждого отдела компании, и теперь «Маккарти и Ллойд» могла конкурировать с корпоративными финансовыми компаниями по продажам и сделкам и зарабатывала большие деньги. Но дойной коровой продолжал оставаться Оливер, и его репутация в компании стала настолько легендарной, что некоторые люди просто называли его «Богом».

Хотя стоимость теневых приобретений «Маккарти и Ллойда» невероятно выросла, они не приносили немедленной прибыли. Это ничего не откладывало участникам операций в карманы, и они не могли воспользоваться своими приобретениями в качестве обеспечения, так как, по сути, не владели акциями, пока не умрет Маккарти. Они все считали, что поступают так ради своих детей, создают большой для них задел. Но у четверых мужчин возрастала потребность в наличных. Надо было покупать более просторные дома и более новые машины; их дети приближались к тому возрасту, когда надо поступать в колледж, и скоро придется оплачивать большие счета за учебу. Доверенные лица пошли на огромный риск и теперь решили, что настало время увидеть плоды своего труда. К черту будущее и задел для него. Они хотели получить свой кусок пирога сейчас.

Оливер ловко разряжал недовольство, выдавая ежегодно пятизначные денежные займы, которые каждый получал в чемодане, набитом купюрами небольшой стоимости. Оливер выдавал эти займы из своего кармана, старательно снимая деньги постепенно, с нескольких разных счетов — так, чтобы ничего нельзя было проследить. И члены его группы никогда не клали на счет деньги, полученные от Оливера. Они держали их дома, буквально под матрасом. При этом они постоянно рисковали — ведь деньги могли сгореть или их могли украсть, но выбора не было. Если положить деньги в банк, о них может узнать Налоговое управление во время аудита. Денежные подачки временно утихомиривали членов группы, а прибыли продолжали поступать к «Маккарти и Ллойду».

Оливер считал, что отдел арбитража будет всегда преуспевать, даже когда сидел в марте в гостиной Билла Маккарти в его квартире на Парк-авеню, недоумевая, зачем он так срочно потребовался. Даже когда высокий темно-рыжий мужчина с зелеными глазами во внешне недорогом шерстяном костюме вошел следом за Маккарти в комнату, Оливер не утратил своего нахальства и самоуверенности. Он считал, что рай будет существовать вечно, — до того момента, когда Маккарти произнес:

— Кевин О'Ши, заместитель генерального прокурора США по Южному району Нью-Йорка.

При этих словах мир Оливера зашатался, так как он прекрасно понимал, почему тут находится О'Ши. Значит, сделки на основе инсайдерской информации обнаружены в «Маккарти и Ллойде».

В течение нескольких лихорадочных секунд Оливер думал, не промчаться ли мимо этих двоих и, выбежав из квартиры, кинуться наутек. Он не увидел наручников, пристегнутых к поясу О'Ши, но был уверен, что его поведут вниз в кандалах и посадят в полицейскую машину, где он будет сидеть на руках и смотреть сквозь металлическую сетку на спины двух полицейских, которые повезут его в центр города для регистрации.

Но разум вернулся к нему, и он понял, что бежать невозможно. По всей вероятности, его схватят еще прежде, чем он выбежит из здания, и даже если ему удастся убежать, рано или поздно его найдут. Он не знал, как опередить закон, и не обладал мужеством, чтобы стать преследуемым. Кроме того, он подумал, стоя раскрыв рот перед чиновником министерства правосудия, что надо послушать, с чем приехал О'Ши, раз на него сразу не надели наручников. И оказался прав.

О'Ши сказал, что он обнаружил несколько подозрительных сделок, когда отдел арбитража «Маккарти и Ллойда» купил акции непосредственно перед объявлением о перекупке компании, и он уверен, что сможет доказать наличие сделки на основе инсайдерской информации. Однако сверху спустили указание, что никто не хочет видеть Билла Маккарти попавшим в скверную ситуацию. У Маккарти есть связи на самом высоком уровне, и его покровители хотят, чтобы он сам и его пожертвования остались чистыми, поэтому О'Ши готов предложить Оливеру сделку. Отдел арбитража должен выставить жертвенную овцу, которая примет на себя все наказание за сделки на основе инсайдерской информации, и не заниматься арбитражем в течение полугода. Если после этого будут обнаружены сделки на основе инсайдерской информации, все, включая Маккарти, сядут за решетку. Жертвенная овца должна быть младшим сотрудником; его выставят в качестве трейдера, который действовал, превышая рамки своих полномочий, и его или ее арест и осуждение утихомирят тех, кто в бюро генерального прокурора занимался расследованием.

Единственная сложность состояла в том, что Оливеру следовало определить овцу и заловить ее. Это была небольшая цена за свободу, а также, как он тогда думал, за возможность остаться у «Маккарти и Ллойда», поэтому он охотно согласился. И в следующие несколько месяцев Оливер заловил в капкан Джея Уэста.

Со времени этой встречи в марте на квартире на Парк-авеню два обстоятельства не давали покоя Оливеру. Ему было ясно, что О'Ши не имеет ни малейшего представления о том, насколько Маккарти замешан во всем, — не имеет понятия, что Маккарти и нанял-то в свое время Оливера для того, чтобы он занимался сделками на основе инсайдерской информации. О'Ши никогда даже не спрашивал, какую роль играл во всем этом Маккарти. Оливер вынужден был сообщить О'Ши имена своих информаторов — тех четырех доверенных лиц, — но ни разу не намекнул, что Маккарти стоял у истоков всей затеи.

После мартовской встречи Маккарти довел до сведения Оливера, что он никогда не должен упоминать о его, Маккарти, причастности и что если Оливер это сделает, то пойдет в тюрьму. То, что Оливер не упоминал имени Маккарти в своих последующих разговорах с О'Ши, не было с его стороны капитуляцией безголового человека. Все объяснялось просто: оставаться на свободе или идти в тюрьму. Выбор был прост, вот только Оливера стало раздражать, когда через несколько недель после первой встречи с О'Ши Маккарти стал вдруг вести себя так, будто действительно не знал, что происходит. Он словно убедил себя в том, что абсолютно невинен. А является жертвой Оливера Мэйсона.

Превращение Маккарти из соконспиратора в невинного стороннего человека вызывало досаду у Оливера, но не имело особого значения, — правда, это влияло на его психику. Нечто другое куда больше волновало Оливера. На мартовской встрече и на всех последующих О'Ши ни разу не обнародовал, как он обнаружил то, что отдел арбитража производит сделки на основе инсайдерской информации. Оливер несколько раз спрашивал о том, как он это узнал, но О'Ши не признался. Более того: О'Ши никогда не приводил с собой на встречи с Оливером никого из своей конторы и не уточнял, кто эти «остальные», работавшие над расследованием. Отсутствие ясности настолько беспокоило Оливера, что он проверил, действительно ли Кевин О'Ши является помощником генерального прокурора США по Манхэттену. Оказалось, что он действительно им является, но туман, окружавший все происходившее, сначала раздражал Оливера, а потом стал все больше и больше пугать.

И сейчас, шагая мимо детского зоопарка в восточной части Центрального парка, он не мог избавиться от тягостного чувства, более мрачного, чем обычно. Страх владел им с утра, словно он только что проснулся от кошмара. Он заметил Тони Вогела и Дэвида Торчелли, стоявших на условленном месте, и направился к ним, думая: не слишком ли поздно для него удариться в бега.

— Привет, Дэвид. — Заставив себя подавить волнение, Оливер крепко пожал руку Дэвида Торчелли. Помимо навалившегося на него общего недомогания, его весь день будоражила мысль, что О'Ши накануне ничего не сказал про расследование убийства Эбби. Но Оливеру не хотелось показывать Торчелли или Вогелу признаки слабости. Они понятия не имели о том, что происходит, и ничего разъяснять им не следовало. — Как вы сегодня? — спросил он.

— Не слишком хорошо, Оливер.

Торчелли опустился на деревянную скамью лицом к катку Уоллмена. Каток находился в юго-восточной части Центрального парка, рядом с отелем «Плаза». Зимой на нем будет полно конькобежцев, а сейчас он был открыт для арендовавших его любителей. Первоначально мужчины условились встретиться в номере «Плазы», который снимала «Маккарти и Ллойд», но в последнюю минуту Торчелли решил, что лучше будет поговорить на нейтральной территории. Последние сутки он стал чрезвычайно осторожен.

А Тони Вогел остался стоять возле Оливера. Торчелли указал ему на скамью рядом с собой, и Вогел быстро и покорно, совсем как военный адъютант, поспешил сесть.

За пять лет существования группы, занимавшейся поставкой инсайдерской информации, Оливер был все время ее неофициальным лидером. Теперь же он заметил, что распределение ролей как будто внезапно изменилось.

— Что произошло, Дэвид? — Оливер в точности знал, что произошло, но решил в любом случае вести игру, стремясь по возможности отсрочить конфронтацию.

— Я рассказал Дэвиду о вашей реакции на нашей встрече тут на прошлой неделе. — И Вогел, объясняя ситуацию новому лидеру, указал через плечо на отель «Плаза», возвышавшийся за его спиной.

— Тони рассказал мне, что вы не пожелали даже выслушать нас. Что вы не считаете нужным выяснить, чего мы хотим. — Торчелли был крупным мужчиной шести с половиной футов росту, с бочкообразной грудью и ярко выраженным бруклинским акцентом. — Я был очень разочарован, мягко говоря.

— Я понимаю, — спокойно согласился Оливер, глядя на молодую женщину, проходившую мимо и, казалось, чересчур заинтересовавшуюся их разговором. Он подождал, пока она не отойдет на такое расстояние, чтобы их не слышать. — Мне следовало более внимательно выслушать то, что говорил Тони.

Торчелли и Вогел, не ожидая услышать такое, одновременно подняли на него глаза.

— Мы все время работали, следуя принципам свободной демократии, — сказал Оливер. — Наверное, нам следует пересмотреть это.

— П-правильно, — заикаясь, произнес Торчелли, не очень понимая, почему Оливер внезапно изменил свое мнение и с каких позиций он сейчас выступает. — Занимаясь по долгу службы контролем, я за эти годы приобрел немало друзей в правительстве города. Я все время слышу от них, что у «Маккарти и Ллойда» что-то происходит. Что-то очень серьезное и очень паршивое.

— Например? — неуверенно спросил Оливер. Не мог он больше получать дурные вести и надеяться удержать их в себе.

— То-то и странно, — ответил Торчелли, исподтишка посмотрев вокруг. — Они не знают, в чем дело. В самых высоких кругах идет какое-то расследование, но никто ничего не говорит. И никто ничего не знает. Мои контактеры подозревают, что идет расследование сделок на основе инсайдерской информации, но они не знают наверняка.

Оливер взглянул на Вогела — лицо у него было каменное.

— Что, вы думаете, мы должны делать, Дэвид? — И тут Оливеру захотелось больше не быть ответственным за все. Захотелось вдруг передать вожжи Торчелли.

А Торчелли закинул руки за голову и постарался создать впечатление, что берет на себя руководство. Он чувствовал, что Оливер уступает ему власть.

— Для начала необходимо прекратить все сделки. Не используйте подсказки по «Белл кемикал» или «Саймонс».

Оливер и Вогел быстро обменялись взглядом. Они не обсуждали того, что Джей Уэст случайно прослушал в автомобиле звонок Вогела по телефону. И Вогел явно не рассказал об этом Торчелли.

— О'кей. Я не стану это использовать. — Оливер заметил, как Вогел с чувством облегчения опустил плечи.

«Торчелли взорвался бы, если бы знал, что Джей Уэст лазал в отделение для перчаток «остин-хили» и, по всей вероятности, обнаружил там конверт с написанным на бумаге названием фирмы «Белл кемикал», — подумал Оливер. Но Джей купил ведь акции «Белл» и «Саймонс», хотя, наверное, кое-что и заподозрил. О'Ши, понял Оливер, был прав в своем анализе накануне вечером в Милтоне. Джей Уэст готов был пойти на что угодно, чтобы получить свой миллион долларов. Оливер с трудом проглотил слюну и уставился на тротуар. А на самом деле за все свои труды Джей получит двадцать лет пребывания в номере отеля со стальной решеткой.

— Отлично, — восторженно произнес Торчелли, радуясь неожиданному согласию Оливера. — Я думаю, нам следует вообще прекратить операции.

— Я тоже не вижу альтернативы, — покорно согласился Оливер.

Торчелли пригнулся и жестом дал понять Оливеру, чтобы тот приблизился.

— Я считаю, что пора оборвать жизнь Уильяма Маккарти. Пора получить то, что нам принадлежит. Я доверяю ему не больше, чем на расстоянии вытянутой руки, а это немного.

Оливер, чувствуя, как кровь просто грохочет в ушах, смотрел на Торчелли и удивлялся, как это, черт возьми, жизнь так быстро вырвалась из-под контроля.

А Торчелли прищурился и чуть усмехнулся, лишь приподняв уголки рта.

— Я уже разговаривал кое с кем, кто готов нам помочь.

Оливер еле заметно кивнул. Он всегда считал, что ни у кого из участников группы не хватит духу на убийство. Торчелли доказал сейчас, что он был не прав.

Оливер сидел в глубине веранды своего коннектикутского особняка. Он сидел в темноте в удобном мягком кресле, глядя на тщательно подстриженный розовый сад в свете луны и потягивая пятую за вечер порцию джина с тоником. До встречи с Торчелли и Вогелом в Центральном парке он провел день в отделе арбитража, получая поздравления от половины трейдеров по мере того, как цена на акции «Белл кемикал» и «Саймонс» взлетала вверх. Некий европейский конгломерат стал вторым претендентом на «Белл», и цена на акции «Белл» за последние сутки удвоилась. А акции «Саймонс» стали на 50 процентов выше той цены, по которой неделю назад их приобрел Джей, и на рынках ходили слухи, что второй претендент готов предложить еще более высокую цену, а это вызовет космический взлет цены на акции.

Трейдеры из других отделов, совсем как паломники, пришедшие воздать должное Папе, непрерывной чередой шли к креслу Оливера, чтобы поцеловать кольцо. Он проглотил остатки джина с тоником, где главным образом был джин, и налил себе еще из кувшина, стоявшего на столике рядом с его креслом. Он принимал их восторги, сознавая, что очень скоро на него будут смотреть не как на Бога, а как на падшего ангела... или дьявола. На будущей неделе, вскоре после того как Джея арестуют и увезут, Оливера выгонят с работы. Его не обвинят ни в чем противозаконном, а просто в отсутствии контроля. Никто никогда не узнает, что большая часть денег, заработанная им в отделе арбитража за прошедшие пять лет, была заработана противозаконно. Но это не имело значения. Главным для него было то, что он уйдет и будет обречен болтаться по дому в халате, смотреть по телевизору ток-шоу и мыльные оперы, тогда как остальной мир будет идти мимо, и Гарольд Келлог будет смеяться над ним. Он будет обречен проводить жизнь в винном и наркотическом тумане, всецело завися от Барбары, потому что ни одна компания на Уолл-стрит после случившегося не возьмет его. И в такую жизнь, полную тихого отчаяния, он будет изгнан неким вашингтонским чиновником, которого он никогда не видел, человеком без имени и без лица, мерзавцем, который позволит Биллу Маккарти разгуливать на свободе, потому что президент хочет по-прежнему получать от него роскошные пожертвования. Пожертвования из тех денег, которые Оливер заработал для Маккарти в отделе арбитража. Он еще глотнул джина.

— Оливер! — На пороге стояла Барбара — освещенная сзади, она была лишь силуэтом. — Почему ты столько пьешь? — нерешительно спросила она, сделав несколько шагов по веранде.

— Не твое, черт побери, дело, — угрюмо ответил он.

По ее щеке покатилась слезинка, и она подавила рыдания.

— Почему ты меня так ненавидишь?

Оливер вздрогнул и сделал большой глоток алкоголя. Она была права. Он действительно ее ненавидел, хотя и не был уверен почему. Он много раз задавал себе этот вопрос и не получал удовлетворительного ответа. Возможно, потому, что она ныла по поводу и без повода, или потому, что вечно пыталась заставить его уделять ей больше внимания. Или потому, что была так похожа на своего отца. Или потому, что напоминала ему то время в его жизни, когда все казалось проще, когда все цели были досягаемы. Так или иначе, ненависть разрасталась в нем.

— Иди спать, — пробормотал он.

— Ты что, сегодня опять будешь спать в гостевой комнате на втором этаже? — Барбара уже не пыталась остановить рыдания.

— Иди спать! — рявкнул Оливер.

— Ты так огорчаешься из-за того, что Эбби умерла? — Она не хотела задавать этот вопрос, но не сумела сдержаться. Возможность, что смерть Эбби как-то связана с Оливером, пришла ей в голову, как только она услышала об этом.

Оливер поднял на нее глаза.

— Как ты узнала? — спросил он нетвердым голосом. Он знал, что в газетах еще не было сообщений об убийстве Эбби.

— Отец сказал. У него ведь есть знающие люди.

Опять Гарольд Келлог выступал в роли Бога.

— Вон отсюда!

— И узнал он не потому, что ему известно про тебя и эту девицу. Я никогда ему не говорила...

— Я сказал: вон отсюда! — проревел Оливер.

— Я же хочу помочь тебе, — со слезами произнесла Барбара. — Что бы у тебя там с ней ни было.

— Оставь меня в покое! — выкрикнул он и швырнул в нее стаканом.

Осколки стакана разлетелись по полу позади Барбары, но она не отступала.

— Прошу тебя. — Теперь она уже рыдала в голос.

— Я больше не буду повторять! — Оливер поднялся с кресла и шагнул к ней.

Этого оказалось достаточно. Барбара повернулась и бросилась в дом.

А Оливер, сотрясаемый внутренней дрожью, опустился в кресло. Несколько минут он смотрел в темноту, затем пошарил под креслом, достал револьвер тридцать восьмого калибра и приставил дуло к голове. В револьвере из шести патронов был всего один. Оливер положил палец на спусковой крючок, крепко зажмурился и нажал.

А Барбара взбежала по лестнице в свою спальню, встала на колени перед гардеробом и, открыв нижний ящик, принялась шарить среди свитеров, пока не нашла конверта. Она вытащила его и долго смотрела, как он дрожит в ее руке. Завтра же она передаст его. Теперь терять уже нечего.

ГЛАВА 22

Джей изловчился поднести руки к глазам, что было нелегко сделать в таком холодном тесном месте. «Может, это и есть ад», — подумал он, сумев наконец нажать на кнопку на часах и при призрачном голубоватом свете жидкого кристалла увидеть время. Было почти четыре часа ночи. Громкая музыка и голоса постепенно умолкли около часа назад. И насколько он мог судить, в баре было пусто. Однако он все еще не решался вылезти из вентиляционной трубы и спуститься в мужской туалет «Местечка Мэгги». Когда Джей днем зашел в туалет, он заметил эту трубу. И тогда ему пришло в голову забраться в нее.

В одиннадцать вечера, когда в баре было полно местных жителей, пришедших отдохнуть в четверг вечером, он вошел туда как можно незаметнее, низко опустив на глаза бейсбольное кепи. Он направился прямо в маленький туалет, вошел туда, удостоверившись, что там никого нет, закрыл деревянную дверь, но не запер на маленькую задвижку, залез на ближайший к трубе писсуар и, подтянувшись, забрался в узкое отверстие.

Он с трудом там уместился и волновался, как бы кто-нибудь не заметил торчавший оттуда ботинок. Через семь футов металлическая труба поворачивала на девяносто градусов вправо, и Джей был не в состоянии двинуться дальше. Он подтянул ноги насколько мог, но невозможно было сказать, видно его или нет. По счастью, никто его не обнаружил, хотя в туалет, с тех пор как он туда залез, заходили много раз. Он считал, сколько раз скрипела дверь, когда ее открывали, — надо же было чем-то занять свой мозг.

Джей сделал глубокий выдох, чтобы уменьшить объем груди, затем пополз назад, пока сначала ступни, а потом и все ноги не вылезли из вентиляционной трубы. Одним из ботинков он нащупал верх писсуара, затем высвободил торс и голову и соскочил на пол. По телу его пробежала дрожь, он потянулся и сделал глубокий вдох. Так приятно не чувствовать тока воздуха, дувшего из кондиционера в лицо, и быть в состоянии сделать нормальный вдох. Залезая в трубу, Джей не знал, страдает ли он клаустрофобией. И хотя он несколько раз был близок к панике, испытание оказалось для него не столь тяжелым, как он опасался.

Он подошел к двери, прижал к ней руку и замер. Она громко заскрипит. Он столько раз в течение вечера слышал этот скрип. Но не мог же он сидеть в туалете всю ночь. Если в баре еще кто-то остался, он прикинется пьяным и скажет, что отключился, затем поспешит уйти.

Он мог не беспокоиться. В баре не было никого. Табуреты и стулья лежали перевернутые на стойке и на столах, и единственным освещением был прожектор над баром да длинная тонкая флюоресцентная трубка, висевшая над игорным столом в одном из углов. Пол был покрыт опилками в пятнах от пива, но все уже ушли. Он быстро пересек зал, направляясь к ступеням, по которым днем взбирался Патрик.

Наверху Джей обнаружил, как и ожидал, запертую дверь. Он несколько раз покрутил ручку, затем распрямил скрепку, вставил один ее конец в скважину и начал вращать. Но дверь была прочно заперта. Он достал из кармана пиджака маленький ломик и молоток, которые купил в местной скобяной лавке в квартале от почты, просунул острый конец ломика под дверь, дважды ударил по другому концу молотком, и дверь распахнулась. Несколько секунд он стоял как статуя, прислушиваясь, не раздадутся ли какие-нибудь звуки, кроме его прерывистого дыхания и грохота сердца. Это было безумие. Теперь его могут обвинить во взломе. Но он должен понять, какая связь между этим никому не известным баром в Южном Бостоне и «Маккарти и Ллойдом».

Джей включил маленький фонарик, висевший у него на цепи вокруг шеи, просунул голову в паршивенький кабинетик и стал осматриваться. У дальней стены, между двух окон, стоял большой деревянный стол. Джей шагнул в комнату и услышал всхрап, затем тяжелый вздох. Он мгновенно погасил фонарь, пятясь, вышел из кабинета на ступеньки и прислушался — тяжелое дыхание перешло в громкий храп.

Уверившись, что человек, находящийся в кабинетике, спит или лежит в бессознательном состоянии, Джей снова вошел туда, включил фонарик и обвел лучом комнату. Со стола, находившегося напротив него, он перевел луч света влево и высветил длинный диван из коричневой кожи, явно видавший лучшие дни, и человека на нем, который когда-то тоже был в лучшем состоянии. Это был Фрэнки, бармен. Он лежал на спине, сбросив одну туфлю, все еще в своем грязном зеленом фартуке, — лежал, скрестив руки на груди и повернув набок голову, в крайне неудобной позе. На полу рядом с диваном стояла наполовину пустая бутылка без пробки.

Джей приглушил свет фонарика и прислушался к храпу Фрэнки, желая удостовериться в том, что этот человек действительно спит. Храп его казался чересчур громким и слишком уж идеальным.

Внезапно Фрэнки перестал храпеть, вздохнул, причмокнул губами и языком, хрюкнул и снова захрапел — басовито, размеренно, из глубины горла. Джей снова включил на полную мощность фонарь, направил его на Фрэнки и увидел, что из уголка его рта вытекает струйка блестящей слюны на несколько старых рубашек, из которых он сделал себе подушку. Фрэнки явно можно было снять со счета. Каким-то образом он сумел забраться по ступеням, запереть дверь кабинета и доползти до дивана, но он явно ни с кем не сможет общаться по крайней мере еще часа два.

Джей проверил бутылку, стоявшую на полу возле Фрэнки. В ней еще осталось немного первоклассного ирландского виски.

— Не следует брать, Фрэнки, из хороших припасов бара, — пробормотал Джей. — А то кто-то может залезть в твой кабинетик, так что ты и знать не будешь.

Джей выпрямился и по истертому восточному ковру направился к письменному столу. Но все время прислушивался, как там Фрэнки. Если храп прекратится или даже немного изменится, он выскочит из комнаты.

Этот стол напомнил Джею стол Маккарти. Он был завален старыми газетами, использованными стаканчиками из-под кофе, блокнотами и разными бумагами. Джей взял со стола тонкий желтый листок. На нем были набросаны цифры. Он метнул луч фонарика на Фрэнки — тот по-прежнему спал как младенец, — потом снова нацелил его на бумагу. Это был счет за доставку вина. Джей положил счет на место и стал просматривать другие бумаги. Еще счета. Он нагнулся и открыл верхний правый ящик — там оказались только карандаши, перья, скрепки и коробка с сувенирами, связанными с Днем святого Патрика.

Джей встал на колени и попытался открыть нижний ящик, но он был накрепко заперт. Он подвел под него ломик и потянул. Замок не выдержал — раздался треск. При этом звуке Фрэнки издал несколько всхрапов и громко простонал. Джей тотчас выключил свет и быстро сделал несколько шагов к двери. Но даже треск раскрывшегося ящика не смог вывести Фрэнки из его алкогольного сна. Джей снова включил фонарик и вернулся к письменному столу.

В противоположность беспорядку, царившему в кабинете, в этом ящике все было тщательно разложено: коробка сигар, блокнот с мраморной крышкой и папка с тремя скрепами. Джей вытащил папку и раскрыл. В ней было два раздела. В первом лежало девять авизо на суммы, перечисленные от «Маккарти и Ллойда» агентству «ЕЗ Трэйвел», включая и тот, который Поли положил вечером в понедельник в ящик Баллока в операционном зале. Все они были наклеены на белые листы бумаги, закольцованные в папке. Джей быстро подсчитал общую сумму авизо — приблизительно на сто миллионов долларов.

Он перешел ко второму разделу папки. Здесь он обнаружил названия нескольких иностранных банков, находящихся в Антигуа, Швейцарии, Лихтенштейне, Саудовской Аравии, Англии и Ирландии. За названием каждого банка следовал длинный перечень номеров — иногда по нескольку штук на банк.

Джей осторожно вынул несколько страниц и положил их в карман, затем положил папку на стол, взял блокнот с мраморной крышкой и раскрыл его. Наверху первой страницы было написано: «Проект Холл». Джей пролистал блокнот, но разгадать, что там было написано, не смог. Записи были сделаны на непонятном языке или так закодированы, что он не мог разобрать. Затем в конце блокнота он обнаружил нечто вроде дорожной карты, нарисованной от руки. Маленький квадратик наверху в правом углу страницы был обозначен «Аэропорт Ричмонда», а в другом месте значилось: «Ферма». Он выдрал эту страницу из блокнота и тоже положил в карман. По телу его курсировал адреналин. Все внимание было теперь нацелено на одно, и он ни на что другое уже не отвлекался, в том числе и на то, храпит ли пьяный мужчина.

Джей взял сигаретницу из кедра и открыл. Внутри было несколько фотографий мужчин в камуфляжной форме, включая Патрика, — они стояли, обхватив друг друга за плечи, с дымящимися сигарами, торчавшими изо рта. Джей просмотрел снимки и уже собирался положить их назад, когда дошел до последнего. На этом снимке четверо мужчин стояли на коленях на переднем плане, а за ними во весь рост стояли еще четверо. Над мужчинами высились деревья, в стороне виднелись палатки. Каждый был в камуфляже, и у каждого было ружье. Вглядевшись в снимок при свете фонарика, Джей громко охнул. В заднем ряду рядом с Патриком стоял, размахивая ружьем, Картер Баллок. Джей прищурился. Под изображением мужчин были нацарапаны слова: «Донеголские волонтеры».

— Какого черта, что происходит?

Джей резко повернулся и направил свет фонарика прямо на Фрэнки — тот сразу закрылся руками от яркого света.

— Патрик? — пробормотал Фрэнки. Он попытался было встать, но со стоном снова упал на диван. — Что ты тут делаешь? Почему тревожишь меня среди ночи? — пробурчал он с сильным ирландским акцентом. — О Господи, по-моему, меня сейчас вырвет. Какого черта, зачем ты дал мне столько выпить этой чертовой огненной воды?

Джей понимал, что от бармена нетрудно скрыться, пока тот не узнал его. Правда, это казалось маловероятным, учитывая то, в каком состоянии находился Фрэнки, но мужчины на снимках держали очень грозное оружие, и с ними Джей никак не хотел сталкиваться.

— Патрик! О Господи! — Фрэнки неожиданно свесил голову с дивана и изверг бродивший в его желудке яд.

В комнате тотчас распространился жуткий запах. Джей затаил дыхание, сунул снимок, где были Баллок, Патрик и другие мужчины, в карман, а остальные положил обратно в сигаретницу. Раскладывая все на место в ящике, он услышал грохот внизу. Входная дверь в бар распахнулась. Джей услышал, как застонал Фрэнки, падая обратно на диван, затем внизу послышались громкие голоса и шаги людей, быстро шедших по залу. Должно быть, они увидели с улицы луч фонарика.

Джей кинулся к одному из окон, распахнул ставню, поднял нижнюю часть окна и замер. Его побегу препятствовала решетка из металлических прутьев на петлях, плотно закрытая и запертая на замок.

— А, черт! — пробормотал он.

Впервые Джей почувствовал, что его жизни действительно грозит опасность. Он сомневался, чтобы те, кто находился внизу, оставили его живым до прибытия полиции. Судя по снимкам в сигаретнице, они скорее всего произведут самосуд.

Он направил свет фонарика на пол рядом со столом, подскочил к тому месту, где раньше стоял на коленях, схватил оставленный там молоток, вернулся к окну и, точно сумасшедший маньяк-убийца, набрасывающийся на свою жертву, принялся бить по замку. Замок начал сдавать, но Джей уже слышал на лестнице шаги поднимающихся людей. Через несколько секунд они навалятся на него. В последний раз изо всей силы ударив по замку, Джей сломал его, и замок упал на пол. Он распахнул решетку и тут почувствовал, как чьи-то руки обхватили его туловище, и в нос ему ударил запах блевотины. Фрэнки даже в пьяном тумане сумел понять, что происходит неладное, и сейчас старался удержать Джея до появления остальных.

Джей ударил локтем в мягкий живот Фрэнки, и бармен полетел назад, прямо под ноги только что поднявшимся мужчинам. Джей взобрался на подоконник, — а в это время кто-то включил в комнате верхний свет, — и прыгнул к телефонному столбу, стоявшему на тротуаре двумя этажами ниже. Столб был в пяти футах от окна, и Джей, ударившись об него с размаху, крепко обхватил столб руками, словно жертва кораблекрушения, хватающая все, что на плаву. Вонь блевотины сменил острый запах креозота.

В открытом окне появились головы двух мужчин — они крикнули через плечо своим товарищам, чтобы те вернулись на улицу. Перед глазами Джея мелькнули массивные силуэты мужчин в окне — он выпустил из рук телефонный столб и полетел вниз, задержавшись в своем падении только перед самым тротуаром. Что-то острое расцарапало ему ладони и руки, но он не обращал внимания на боль. Он снова выпустил из рук опору и упал на асфальт. Мгновенно вскочив на ноги, он почувствовал, что левый локоть у него омертвел, и увидел, как из входных дверей «Местечка Мэгги», всего в двадцати футах от него, на улицу высыпали люди. Он повернулся и бросился во тьму, слыша прерывистое дыхание кинувшейся за ним своры, — так бежит преследуемый зверь, зная, что стоит сделать неверный шаг или упасть, — и конец. О том, чтобы добежать до арендованной машины, не могло быть и речи: Джей оставил ее в двух кварталах отсюда. Даже если бы ему удалось уйти от своих преследователей, машина стояла слишком близко. А ему нужно было, чтобы как можно большее расстояние отделяло его от «Местечка Мэгги», и сделать это необходимо побыстрее.

Он нырнул между двух машин, перебежал через улицу и помчался по темному проулку, а свора гналась за ним.

В сумеречном свете раннего утра О'Ши сидел в любимом кресле в своей маленькой гостиной со стаканом пива в руке перед мерцающим экраном телевизора. Взгляд его то и дело устремлялся на часы. Было почти пять утра. Он взглянул на телефон, стоявший на столике возле кресла. Ему обещали позвонить, как только установят контакт с Джеем Уэстом после того, как потеряли его в среду днем в лесах под Глостером. В тот момент люди были уверены, что скоро обнаружат его. Но прошло уже два дня, а они так и не сумели его выследить.

Джей оказался серьезным соперником, а не наивной жертвенной овцой, как надеялся О'Ши. Люди, преследовавшие Джея, клялись, что они ехали на достаточно большом расстоянии от его машины из Бостона в Глостер, однако Джей опознал их и сбежал, — сбежал от опытных преследователей... и убийц. Он расстался с ними, когда они врезались в дерево, а потом с досадной добропорядочностью позвонил местным властям и сообщил об аварии.

Лицо О'Ши застыло, превратившись в стальную маску. Поездка Джея в Глостер объяснялась только одним, только по одной причине он шнырял по местам, где раньше жила Салли Лэйн. О'Ши надеялся, что Джей не слишком много узнал.

Заместитель генерального прокурора покачал головой, допил свое пиво, встал и направился наверх. Если Джея скоро не обнаружат, вся конструкция рассыплется.

Джей залез под настил и, затаив дыхание, выглянул из своего убежища. Настил был пристроен к задней стене скромного дома и находился на расстоянии всего двух-трех футов от земли. Джей был предельно измучен своим пятнадцатиминутным бегством от погони по Южному Бостону. Он чувствовал, что преследователи настигают его и нырнул в проулок, перебрался через деревянный забор в маленький дворик и залез под настил. Несколько минут спустя вся свора — по крайней мере десять человек — промчалась мимо и свернула в соседний двор.

Он пополз по глинистой земле. Прошло минут пять с тех пор, как его преследователи промчались мимо. Они скоро поймут, что потеряли свою дичь, и вернутся. И Джей хотел уйти отсюда, пока этого не произошло.

Он почти дополз до края настила и замер. Несмотря на темноту, он заметил всего в двух-трех футах перед собой пару ног, стоявших возле веранды, — ног, обутых в черные с красным кроссовки. Их освещал прожектор на карнизе крыши двухэтажного дома. Джей замер, а мужчина пригнулся и заглянул под настил. Это был Патрик. Сверкнул бриллиант в его ухе, и Джей узнал очертания его лица. Затаив дыхание, Джей ждал, что слепящий луч фонаря выдаст его. Сейчас это произойдет, подумал Джей. Патрик достанет из кармана фонарь, нацелит на него, и тогда все будет кончено.

Но света не появилось. Патрик наконец приподнялся и медленно пошел в том направлении, в каком исчезла свора.

Джей видел, как в конце настила исчезли кроссовки, сосчитал до пятидесяти и вылез на лужайку. Надо бы подождать подольше, но не было времени. Что-то подсказывало ему, что свора скоро вернется.

Он вскочил на ноги и побежал в направлении, противоположном тому, куда направились преследователи. Но на него тотчас обрушился Патрик, с криком перескочивший через ограду, окружавшую настил. Джей с Патриком одновременно рухнули на землю и покатились по траве, а когда остановились, Джей был внизу. Они отчаянно боролись, пока Патрик не приподнялся и не ударил изо всей силы правой рукой Джея в лицо. Белые и зеленые огни вспыхнули в глазах Джея, но он сумел отбросить маленького мужчину и, покачиваясь, встать на колени.

Патрик выхватил длинный охотничий нож из висевших на поясе ножен и подскочил к Джею. Но прежде чем он добрался до Джея, тот выхватил из кармана пиджака молоток, с помощью которого проник в кабинет, и, швырнув его, попал стальным концом в губы и нос своего противника. Патрик вскрикнул и рухнул на землю, зажав рот, из которого на траву хлестала кровь, а вместе с ней и зубы.

Через несколько секунд Джей уже перебрался через забор и исчез.

ГЛАВА 23

Джей поднял глаза вверх к жаркому виргинскому солнцу, затем встал на колени, взял из травы кусочек кости и стал ее рассматривать. Она была чуть больше четвертака и выпачкана в крови. К ней прилипло что-то похожее на грязную прядь волос. Джей огляделся. Вокруг валялись осколки костей, и на земле было много засохшей крови. Внезапно боль пронзила ему палец, и он выронил кость. Он сумел извлечь большую часть осколков из своих рук и плеч с помощью щипчиков, которые дал ему стюарт в утреннем полете из Бостона в Ричмонд, но порезы по-прежнему болели. К счастью, левый локоть, которым он ударился при падении об асфальт, снова обрел гибкость.

Джей помрачнел. Свора ведь почти настигла его в проулке, а Патрик чуть не убил во дворе. Но он выжил. Сбежав от Патрика, он поймал такси, направлявшееся в город на утреннюю смену, и попросил шофера подвезти его в аэропорт Логэн. Малый пару раз с любопытством поглядывал на него, но без жалоб или вопросов довез Джея до аэропорта.

Джей снова посмотрел на жаркое солнце, бившее в него сквозь высокие облака, потом на холмы, окружавшие это место, которое, по его мнению, было своеобразным тиром, судя по деревьям на краю поля, испещренным сотнями следов от пуль. Он снова перевел взгляд на осколки костей. Нет, это не тир. Это место, где убивают людей.

С помощью карты, которую он забрал в «Местечке Мэгги», ему нетрудно было найти дорогу из аэропорта Ричмонда, вьющуюся по холмистой виргинской местности, и через густой лес добраться от города до расположенной на западе «Фермы». Установив, что он достиг своего объекта, Джей не поехал сразу по подъездной дороге в машине, которую арендовал в компании «Эвис», поскольку машину без бампера, арендованную ранее, он оставил в Южном Бостоне. Джей понимал, что люди, преследовавшие его в ирландском квартале, должно быть, уже обнаружили, что он взял карту, и могут поджидать его тут. Поэтому он проехал мимо входа и, выехав на грунтовую дорогу, остановился в нескольких сотнях ярдов на лужайке. Он добрался сквозь чащу кустарников и деревьев до подъездной дороги и пошел параллельно ей, не выходя из леса, чтобы никто, идущий вверх или вниз по изрытой глубокими колеями дороге, не мог его увидеть. За двадцать минут хода он не услышал ни одной машины, да и вокруг старого дощатого дома в конце подъездной аллеи в милю длиной тоже не было машин. Он целый час выжидал, наблюдая за домом из-за деревьев, но дом казался вымершим. Наконец, прокравшись по густой траве, он вошел в дом, оказавшийся чем-то вроде сарая с несколькими раскладными кроватями, грязной кухней и ванной, и стал его осматривать. Он не обнаружил ничего интересного, кроме сотен пустых коробок из-под снарядов большого калибра.

А сейчас, глядя на холмы, окружавшие стрельбище, Джей невольно подумал: интересно, опускался ли здесь на колено Картер Баллок и целился ли из мощного ружья? Фотография в сигаретнице подтверждала, что Баллок связан с людьми из «Местечка Мэгги». Ему, по всей вероятности, теперь уже доложили, что кто-то проник в кабинет, поскольку именно он отвечал за пересылку денег от «Маккарти и Ллойда» агентству «ЕЗ Трэйвел», которое явно служило прикрытием для каких-то очень темных дел, связанных с «Донеголскими волонтерами».

Джей взглянул на свои исцарапанные ладони. Никто из преследователей толком не рассмотрел его, пока они гнались за ним. В этом он был уверен. Когда он прыгнул из окна кабинета на телефонный столб, они видели его со спины, а на улицах и в проулке было слишком темно, чтобы кто-то мог его опознать. Не опасался он и того, что Фрэнки узнал его, когда они боролись, потому что тот был слишком пьян. И едва ли следовало думать, что Баллок автоматически свяжет его со случившимся и поймет, что именно Джей проник в кабинет. Правда, Баллок, по всей вероятности, уже знает теперь, что поездка в «Турбо-Тек» была выдумкой, но ему и в голову не придет, что было подлинной целью Джея, если, конечно, он не связан с теми, кто сидел в синей машине, налетевшей на дерево неподалеку от Глостера. Или с Патриком, подумал Джей, вспомнив парня из «Местечка Мэгги».

— Руки вверх!

Джей тотчас выбросил в воздух руки, подумав, что ему никогда еще никто не отдавал такого приказания.

— Повернись кругом, — приказал молодой мужской голос с сильным южным акцентом. — Никаких внезапных движений.

Джей медленно повернулся. Футах в двадцати от него стоял молодой блондинчик не старше одиннадцати лет, как предположил Джей. На мальчике были убогая майка, грязные джинсы и пара зеленых резиновых охотничьих сапог. Он прижимал приклад двуствольного дробовика к правой щеке, направив другой его конец в грудь Джея.

— А в чем проблема? — спокойно спросил Джей.

Ружье было почти такое же большое, как мальчик. А мальчишка, решив, что незнакомец не представляет немедленной опасности, опустил приклад к бедру, но продолжал целиться в Джея.

— Я думал, вы все ушли.

— О ком ты?

— Да о людях, которые на прошлый месяц арендовали дом у моего дедушки, — ответил мальчик.

— Я не из них.

Джей медленно опустил руки. Мальчик не стал возражать.

— А откуда я знаю, что это так?

— Да если бы я был одним из них, стал бы я разгуливать тут без ружья? — Джей попытался воздействовать на него логикой. Он полагал, что мальчик видел тех людей, и скорее всего, они не расставались с оружием. — И разве ты меня раньше когда-нибудь здесь видел?

Слова Джея, казалось, удовлетворили мальчика, и он ниже опустил дуло ружья.

— Нет. — Он покачал головой. — Я тебя не видел.

— А как тебя звать? — спросил Джей.

— Бен.

— Значит, Бен, а я Джей.

— Если ты не из них, тогда что ты тут делаешь? — подозрительно спросил Бен.

— Пытаюсь их выследить, — ответил Джей. — Это плохие люди.

— Откуда ты знаешь?

— Я почти уверен, что это они убили моего друга.

— Правда? — Бен вытаращил глаза.

— Да.

Бен опустил взгляд на дуло своего дробовика.

— Они собираются и еще кое-кого убить.

Джей посмотрел Бену в глаза.

— Откуда тебе это известно?

— Да я их слышал. На прошлой неделе я как-то ночью проверял капканы на оленей и подошел к домику, который они арендовали. Я был от них совсем близко, но они меня не видели. Я слышал все, что они говорили, каждое слово. — Бен выпятил подбородок, точно, подойдя к домику, ослушался приказаний, но гордился этим. — Они там жарили гамбургеры и бифштексы на гриле, и так хорошо пахло. Я слышал, как они говорили о стрельбе на поражение и о траекториях и как разорвется от выстрелов на куски тело человека, которого они собираются убить. Я слышал, как они смеялись и говорили, какое получат удовольствие, когда увидят, как брызнет кровь, и какой произойдет перелом.

— И чье же тело разорвется от выстрелов на куски?

Бен передернул плечами.

— Не знаю. Этого они не говорили.

— А ты рассказал дедушке то, что слышал?

Бен отрицательно покачал головой.

— Мой дедушка говорил, чтоб я не ходил туда. А потом он все равно мне не поверил бы. — Мальчик повернулся и махнул рукой в направлении холма, который был едва виден в послеполуденной дымке сквозь просвет в деревьях. — Я живу с ним вон там, милях в пяти отсюда. Вся земля вокруг принадлежит ему. Принадлежит уже давно нашей семье. Еще до Гражданской войны.

— Но ты ему ничего не сказал, — повторил Джей.

— Он бы меня высек, — деловито пояснил Бен, уперев дуло ружья в землю. — Он говорил, что люди платят ему за то, что пользуются этим местом, и раз платят, то имеют право делать там, что хотят.

— Дают деньги? — Джей видел, что мальчику хотелось поговорить.

— Угу, кучу денег. Я видел конверт на письменном столе дедушки. В нем полно было двадцаток.

На секунду Джей подумал было, не попросить ли Бена отвести его к дедушке. Но сообразил, что раз люди расплатились наличными, их не выследить. Так что разговор с дедушкой мальчика был бы потерей времени. Эти люди не оставили следов. Он взглянул на Бена. Дети склонны к преувеличениям — он сам в юности рассказывал всякое-разное, — но то, что сказал Бен, выглядело достоверным из-за деталей, а также подтверждалось тем, что обнаружил Джей в Бостоне.

— А больше ты ничего не слышал? — спросил Джей.

Бен с минуту подумал, начал было качать головой, потом кивнул.

— Я еще кое-что слышал, — сказал он и улыбнулся, гордясь тем, что вспомнил.

— Что же?

— Они говорили, что ждут не дождутся, когда снова начнется война.

* * *

О'Ши закончил разговор по надежному телефону. В то утро Джей Уэст в 6.50 сел на самолет компании «Континентл» в аэропорту Логэн и вылетел в Ричмонд, штат Виргиния, где арендовал у компании «Эвис» машину «грэнд ЭМ» и зарезервировал себе место на самолет, вылетающий в тот же вечер в 5.45 из Ричмонда в Нью-Йорк, в аэропорт Ла-Гуардиа. Хорошо, что Джей снова пользовался своей кредитной карточкой, так что его стало легче выслеживать. А плохо то, что к тому времени, когда им стало известно про кредитную карточку, Джей приземлился в Ричмонде и бесследно исчез в штате Виргиния.

О'Ши потянулся к телефону и стал было набирать номер, потом остановился и с силой хлопнул трубкой по рычагу. Еще слишком рано звонить и узнавать, есть ли новости.

Джей давал указания шоферу такси, который привез его из аэропорта Ньюарк в Манхэттен, на левую сторону Амстердам-авеню; сейчас они находились в одном квартале от служебного входа в дом, где была его квартира. Самолет вылетел из вашингтонского аэропорта Нэйшенл с часовым опозданием, и сейчас было уже почти десять часов. Джей поспал немного во время короткого перелета, но по-прежнему был измотан и думал лишь о том, чтобы залезть в кровать и поспать.

Когда такси остановилось, Джей с трудом вылез из него, протянул через открытое окно шоферу две двадцатки и направился к задней двери дома, старательно осматриваясь, — хоть ему и трудно было держать глаза открытыми, — нет ли кого подозрительного. Он жалел только, что не смог рассмотреть лиц тех, кто следил за ним и пытался сесть на самолет, вылетавший из Ричмонда в Ла-Гуардиа без него. Он зарезервировал себе место на нем, чтобы сбить с пути своих преследователей и, как он надеялся, спокойно проспать ночь.

Джей проскользнул сквозь служебный вход, воспользовавшись ключом, который один из охранников дал ему год назад в обмен на неплохой подарок на Рождество, и направился к лифтам. Когда дверцы лифта открылись на его этаже, он медленно вышел в коридор, остановился перед своей дверью, вытащил ключ и начал вставлять его в замок.

— Джей!

— Господи Иисусе! — Он шарахнулся от двери, точно замок выпустил в него электрический заряд, затем повернулся направо и увидел, как из двери, ведущей на лестницу, появилась Барбара Мэйсон. — Что вы тут делаете? — спросил он с отчаянно заколотившимся сердцем.

— Я хочу кое-что передать вам, — спокойно ответила она.

— Что же это?

Он перевел дух. В последние дни он старался приучить себя ничему не удивляться, но голос Барбары, послышавшийся из темноты, страшно напугал его.

Барбара открыла сумку из крокодиловой кожи и достала конверт.

— Возьмите. — Она помедлила и протянула ему конверт. — По-моему, это важно. — Она попыталась пройти мимо него, но он схватил ее за руку.

— Что там? — спросил он.

— Отпустите меня.

Она попыталась высвободиться, но Джей крепко держал ее.

— Нет, дать мне что-то и уйти — так не годится. Извольте объяснить.

Барбара секунду смотрела Джею в глаза, потом опустила взгляд.

— Что случилось? — спросил он.

По щеке ее покатилась слеза — слишком много боли пришлось ей пережить в последние два-три года.

— Оливер сбился с пути, — прошептала она, изо всех сил стараясь совладать с волнением. — По-моему, он наделал кучу прескверных вещей. — Она постучала ногтем по конверту. — По-моему, он покупал акции, пользуясь инсайдерской информацией. В этом конверте имена людей, которые, как я понимаю, являются соучастниками Оливера, и названия акций, которые, по-моему, он покупал для «Мак-карти и Ллойда», используя информацию, полученную от этих людей. — И зарыдала.

Джей мягко дотронулся до плеча Барбары:

— Барбара, я...

— Все в порядке, — сказала она, прижимая бумажную салфетку к глазам и прокашлявшись. — Я в порядке. — Она на секунду закрыла глаза, потом открыла их и посмотрела на него. — Оливер думает, что я ничего не знаю. Он считает меня просто наивной женщиной, которая ничего не понимает в делах и даже ради спасения собственной жизни не способна включить компьютер. — Лицо ее приняло высокомерное выражение. — Но я совсем не наивная и знаю, как пользоваться компьютером. — Помолчала. — Месяца два назад я обнаружила в кармашке его рубашки компьютерную дискету вместе с... — Она несколько раз глотнула и схватилась за стену.

Джей снова дотронулся до ее плеча:

— А вы не хотите зайти ко мне и выпить воды?

— Нет. — Она покачала головой. — В общем, я нашла в кармашке его рубашки дискету вместе с любовной записко́й... — И хриплым голосом добавила: — ...от Эбби Купер.

Оливер так и застыл. Значит, Барбара все это время знала насчет Оливера и Эбби. Он видел, как ей это горько. Возможно, сейчас перед ним стоит убийца Эбби. Возможно, «Донеголские волонтеры» не имеют к смерти Эбби никакого отношения, как он думал.

— Эбби считала, что сможет увести от меня Оливера, — продолжала Барбара с печальной улыбкой. — Но она не понимала, что наш союз замешен на таком, с чем ей не поспорить, с чем никто не в состоянии поспорить, если речь идет об Оливере Мэйсоне. Это деньги. Оливер никогда не променяет деньги на любовь. Он на это не способен. — Улыбка исчезла, и подбородок Барбары поехал вниз. — Я понятия не имела, что было на дискете. Думала, возможно, там опять любовные письма или что-то в этом роде, в общем, не знаю. И не знаю, почему мне захотелось смотреть на ее детские излияния. Меня бы стошнило. Тем не менее я принесла дискету домой, вставила в компьютер и распечатала то, что было на ней. Все это тут. — И она указала на конверт в руке Джея.

— Зачем Оливеру записывать что-то на дискету, если он покупал акции, пользуясь инсайдерской информацией?

Джей не очень доверял тому, что Барбара давала ему. Эбби мертва, но, возможно, Барбара по-прежнему жаждет мести, а Оливер — единственный, на ком она может отыграться. Это вполне логично, и обвинения, исходящие от человека, с которым Оливер работает, а не от обманутой жены, покажутся более достоверными.

— Мне кажется, он должен был изо всех сил стараться *не делать* записей.

— А почему у Ричарда Никсона было все записано на пленках? — внезапно вскипела Барбара. — У каждого человека есть роковой недостаток. Вам следовало бы это знать, или, возможно, вы все еще слишком молоды, чтобы понимать это. Возможно, вам нужно прожить еще несколько лет, чтобы созреть.

— Почему вы даете это мне?

Игнорируя ее укор, Джей поднял вверх конверт. Барбара, запрокинув голову, смотрела в потолок, и Джей видел, как глаза ее наполняются слезами.

— Потому что вы кажетесь мне честным человеком, — сказала она. — Я разбираюсь немного в бизнесе, но недостаточно. А вы сумеете лучше меня использовать эту информацию. — Барбара покачала головой, и слезы потекли по ее лицу. — Я не в состоянии сдать его властям, — печально призналась она. — Я не могу зайти так далеко. Непонятно почему, но я все еще люблю его и просто не могу его сдать. — На лице ее внезапно появилась решимость. — Но я обязана позаботиться о себе и о своем ребенке. Оливер перестал собой владеть. Он дошел до предела, Джей, и стал опасен. Я не хочу ему зла, но я не знаю другого выхода. — И с этими словами она направилась к лифту.

Джей помчался за ней, стал упрашивать зайти к нему и поговорить еще, но она отказалась. Когда дверцы лифта наконец раскрылись, она вошла в кабину, стала спиной к стене и не смотрела на Джея, пока не закрылись дверцы.

А Джей стоял и смотрел на захлопнувшиеся дверцы, потом прошел по коридору в свою квартиру и дальше — прямо в спальню. Взглянув на свой автоответчик, он даже застонал. На дисплее значилось четырнадцать звонков. Он подошел к ночному столику, нажал кнопку на машине и растянулся на кровати.

Перечень звонивших был предсказуем. Несколько звонков от Салли, которая хотела знать, где он. При последнем звонке она предлагала ему в субботу вечером поужинать вместе, если он будет в городе. Пять раз звонил Оливер, который тоже хотел знать, где Джей. Он сказал, что ему известно о ссоре, произошедшей между Джеем и Баллоком в среду утром в операционном зале перед уходом Джея. Оливер долго говорил о том, что в операционных залах ввиду стресса люди часто теряют над собой контроль и бывают вспышки и что Джей может не беспокоиться насчет своего места у «Маккарти и Ллойда». Он дал понять Джею, что знает: ссору начал Баллок, и попросил Джея позвонить ему. Трое звонивших не оставили сообщений, повесив трубку, а один звонок был от матери Джея, которая спрашивала, скоро ли он вернется домой.

Автоответчик продолжал работать, а Джей, перевернувшись на бок, вытащил из конверта, который вручила ему Барбара, три листа бумаги. На первом листе значились неизвестные ему имена четырех человек и названия брокерских компаний, в которых они, по всей вероятности, работали. Вот имена компаний были ему известны. Это были крупнейшие брокерские дома на Уолл-стрит.

На следующих двух страницах был список компаний и рядом с каждой стояла фамилия одного из четырех людей из первого списка. Проглядывая первую страницу с названиями компаний, Джей понял, чьи акции покупали Оливер и Баллок, — Эбби как-то показала Джею список всех акций, купленных Оливером и Баллоком с тех пор, как Оливер начал работать в отделе арбитража. Когда глаза Джея дошли до конца второй страницы, у него перехватило дыхание. Там стояли названия двух компаний — «Саймонс» и «Белл кемикал» и рядом с каждой значилось имя — Тони Вогел.

Джей понял, что Барбара Мэйсон не могла сама составить такой список. Значит, она сказала правду, что нашла дискету и сняла с нее копию. Но кое-что по-прежнему не давало Джею покоя. Зачем Оливеру создавать такую компьютерную дискету — дискету, которая могла попасть не в те руки, как и получилось?

Джей снова положил три листа бумаги в конверт и замер, глядя на автоответчик, из которого звучало последнее сообщение. Мужской голос был незнаком Джею, но с трудом скрываемая ярость, недружелюбный контекст и звуки транспортного потока в глубине обратили на себя его внимание. Мужчина назвался главой финансового отдела «Белл кемикал», и комната поплыла перед глазами Джея. Дослушав сообщение до конца, Джей подскочил к автоответчику, перемотал пленку и снова проиграл сообщение.

Сначала была статика, потом зазвучал дрожащий от ярости мужской голос.

«Послушайте, мистер Уэст, я понятия не имею, кто вы такой, но лучше перезвоните мне. Я уже трижды звонил вам, и вас не было дома, поэтому сейчас я решил оставить сообщение. Говорит Фрэнк Уоткинс, зав. финансовым отделом «Белл кемикал», и я хочу, чтобы вы как можно быстрее позвонили мне *домой*. — Уоткинс быстро назвал номер своего телефона. — Никогда больше не звоните мне в «Белл»! — крикнул он, поскольку мимо телефона, которым он пользовался, проезжал грузовик. — Я еще вот что вам скажу, мистер Уэст: я плохо переношу угрозы. То, что, как вам кажется, у вас есть о моем прошлом, вовсе не значит, что я стану давать вам какую-либо информацию. — Последовала долгая пауза, и голос Уоткинса уже более примирительным тоном произнес: — Пожалуйста, позвоните».

Джей смотрел на автоответчик — тот щелкнул. Он никогда в жизни не знал человека по имени Фрэнк Уоткинс, а тем более не звонил ему и не угрожал. Но Уоткинс явно считал, что слышал угрозы от Джея. Джей медленно поднялся с кровати и прошел в угол комнаты, где стоял его компьютер. Он стал тщательно просматривать две коробки с дискетами, стоявшие рядом с принтером, — как делал уже несколько раз с тех пор, когда Салли спала тут. Он надеялся, что просто пропустил дискету, на которой были записаны его личные финансовые операции за прошлый год, что сейчас он ее найдет. Но ее не было.

Он поставил коробку на место и бросил взгляд на автоответчик. Дело было совсем худо.

Едва раздался первый звонок, как О'Ши уже схватил трубку:

— Алло!

— Обнаружен.

— Где?

— В своей квартире. Он вошел через заднюю дверь, предназначенную для обслуги. Но главное, мы его обнаружили.

— Отлично. — О'Ши издал глубокий вздох облегчения. — Делайте что хотите, но не теряйте его из виду.

— Такого не будет.

«Ну конечно, — подумал О'Ши. — Такого не должно было случиться и в Бостоне».

— Держите меня в курсе его перемещений в течение уикэнда. Я не хочу, чтобы в понедельник сорвалось.

— Понял.

— Поговорим позже.

— Еще одно.

— Да?

— Барбара Мэйсон вошла в дом Уэста незадолго до того, как он туда приехал. Вышла она минут через десять после того, как он вошел.

О'Ши почувствовал, как у него ускоренно забилось сердце. Утра понедельника было просто не дождаться.

Виктор Сэвой следил за тем, как рабочие поспешно выгружали длинные деревянные ящики из грузовиков и складывали их в помещении, находившемся на уединенной боковой улице Антверпена. Час назад, глубокой ночью, они разгрузили корабль в бельгийском порту.

Когда последний ящик был уложен, Сэвой расплатился с рабочими. Через две-три секунды их и след простыл. Другие люди придут через несколько ночей и погрузят орудия на малые суда, которые отправят груз в последнее плавание — в недалекий путь через Северное море, вокруг северной оконечности Шотландии, а оттуда — в Ирландию. Сэвой улыбался, закрывая на замок дверь под грохот отъезжающих грузовиков. Путь, намеченный для контрабанды, сработал идеально, и инфраструктура была на месте. Как только он закончит свою работу в Соединенных Штатах, он займется оптовыми перевозками малого вооружения и составит себе неплохое состояние.

Сэвой взглянул на часы и заспешил прочь. Оставалось немногим больше часа до вылета в Нью-Йорк.

ГЛАВА 24

— В чем проблема, Джей? — Вивиан Мин носком кеда отпихнула от письменного стола кресло, в котором сидела. Она была в шортах и майке. Вивиан собиралась пробежать от конторы в Центре Рокфеллера до своей квартиры в верхней части Восточной стороны, после того как просмотрит кое-какие бумаги, что было легче сделать в уик-энд, когда телефоны молчат. — Зачем тебе потребовалось так срочно встретиться со мной в субботу?

Вивиан была партнером в фирме «Бейкер и Уотс», небольшой, но весьма престижной юридической конторе в центре Манхэттена, специализирующейся на законе о сделках и ценных бумагах.

Джей ответил не сразу. Вивиан была молода, привлекательна, трудолюбива и искрометна — вечно с шуточками. Они подружились во время его работы в Нэйшнл Сити Бэнк, когда она давала ему юридические советы по многим сделкам.

— У меня есть друг, — неуверенно начал он.

Вивиан закатила свои темные глаза, отбросила на плечо длинные, черные как вороново крыло волосы и понимающе улыбнулась.

— О'кей, расскажи мне про своего друга, — сказала она.

— Он попал в тяжелый переплет, — сказал Джей, все еще стараясь придумать, как бы получше все изложить ей.

— В самом деле? — Она принялась крутить карандаш — верный признак того, что она быстро теряет интерес. Долготерпение не относилось к ее достоинствам.

— Этот мой друг считает, что его подставили и что ему придется расплачиваться по обвинению в сделках в своем инвестиционном банке, основанных на инсайдерской информации, — пояснил Джей.

Карандаш перестал крутиться.

— Почему он так считает? — Из голоса Вивиан исчезло безразличие. Джей опустил глаза.

— Начальник моего приятеля заставил его купить пару пакетов акций, которые всего через несколько дней после приобретения моим приятелем были объявлены для перекупки.

— Я не специалист по сделкам, основанным на инсайдерской информации, — напомнила ему Вивиан. — И ты это знаешь.

— Но ты пропускаешь через себя немало дел, связанных с ценными бумагами, — отметил он. — Возможно, ты не являешься специалистом по этим вопросам, но ты немало об этом знаешь.

— Больше, чем мне хотелось бы, — пробормотала она, вытаскивая из ящика в столе пачку «Мальборо лайтс» и поднося к одной из сигарет зажигалку. — Только потому что твой приятель...

— Ладно, — прервал ее Джей, качнув головой. — Нет смысла играть в шарады. Приятель — это я.

— Мне очень жаль это слышать. — Вивиан сделала затяжку. — А твой начальник дал тебе письменное указание купить акции этих двух компаний?

— Угу, — сказал Джей, ругая себя за такую глупую ошибку. Он предпочитал считать себя по крайней мере достаточно умным, но этот маленький маневр поколебал его уверенность в себе. — Он написал мне длинную записку собственной рукой.

— Какое положение он занимает у «Маккарти и Ллойда»? — спросила она.

— Старший исполнительный директор.

— А ты?

— Заместитель директора.

— Значит, он явно стоит над тобой.

— Да.

— Ты сохранил его записку?

— Да.

Лицо Вивиан просветлело.

— Тогда в чем проблема? Ты просто выполнял его приказ, и у тебя есть записка, доказывающая это. — Она улыбнулась. — Пойдем выпьем пива и отпразднуем это событие.

Джей отрицательно покачал головой:

— В записке мой начальник не упоминает названия компаний, акции которых просит меня приобрести. Он их называет «акциями, о которых мы говорили вчера вечером».

— О-о... — Вивиан почесала нос. Она всегда это делала, когда нужно было хорошенько что-то обдумать. — А никто не мог услышать, как вы говорили об этих акциях?

Джей секунду подумал.

— Не-а. Мы всегда говорили о них наедине.

Оливер соблюдал на этот счет крайнюю осторожность, и сейчас Джей ругнулся про себя. Ему следовало это предвидеть. Ведь ситуация была такая, словно грузовой поезд мчался к перекрестку, не обращая внимания на мигающие красные огни.

Вивиан откинулась в кресле и перевела дух.

— И ты ничего не заподозрил, когда увидел, что в записке он не назвал компании?

— Немного.

— Тогда какого черта ты покупал эти акции?

— Мне не хотелось вызывать у него раздражение. Я и так тянул с покупкой несколько дней.

— Значит, ты влез в такую ситуацию, потому что не хотел вызывать у него раздражение? — недоверчиво спросила она.

— Все не так просто, как выглядит.

— То есть?

Джей издал вздох отчаяния.

— Поступив на работу к «Маккарти и Ллойду», я подписал контракт, по которому должен получить в январе гарантированную премию.

— На значительную сумму?

Джей промолчал.

— Не трать зря мое время, — добродушно предупредила его Вивиан. — В конце-то концов я ведь задаром консультирую тебя. Так сколько тебе гарантировано?

— Миллион долларов, — ответил Джей.

Вивиан присвистнула.

— Мне бы следовало быть инвестиционным банкиром, а не юристом. Знаешь, ты сразу показался мне привлекательным, — уязвила она его.

— Да перестань, — буркнул Джей.

— О'кей, о'кей. — Она устремила взгляд в потолок, обдумывая ситуацию, в какую попал Джей. — Значит, миллион гарантирован, так?

— Да.

— Гарантирован без всяких условий?

— Да... по крайней мере мне так кажется, — нерешительно ответил он. Джей так и не просмотрел, как следовало бы, контракт с «Маккарти и Ллойдом». — А почему ты спрашиваешь?

— Если премия гарантирована без оговорок, это поможет тебе, так как указывает на то, что у тебя не было оснований заниматься сомнительными сделками. Да я уверена, что ты этим и не занимался. — Она посмотрела в свое окно на четвертом этаже, выходящее на каток Центра Рокфеллера, который летом превращается в ресторан. — Почему бы тебе не принести мне контракт в понедельник, чтобы я просмотрела его? Это будет стоить тебе хорошего обеда, но, учитывая, сколько я беру за час, это очень выгодная сделка.

Джей взял с пола большой конверт, который он прислонил к ножке кресла, когда садился.

— Изволь.

Он встал и положил конверт ей на стол.

— Ох нет, — со стоном вырвалось у нее. — Я хочу отсюда уйти.

— Прошу тебя, Вив.

— Ну ладно. — Она взяла конверт. — Но ты покупаешь мне ужин.

— Конечно, — согласился он. — Хотя это может произойти в тюремном кафетерии, — пробормотал он.

Минут десять Вивиан старательно просматривала документ, затем положила его обратно в конверт и покачала головой.

— Это не пойдет.

— То есть?

— По двум моментам, — сказала она. — Во-первых, в контракте сказано, что ты можешь получить *свыше* миллиона долларов, если будешь хорошо работать, значит, у тебя, безусловно, был стимул стараться и, следовательно, выбирать акции в выигрышном положении. — Вивиан докурила сигарету и затушила ее в хрустальной пепельнице на своем столе. — Во-вторых — и это более важно, — в контракте есть пункт, согласно которому «Маккарти и Ллойд» могут через месяц после твоего поступления дать отзыв о твоей работе, а затем еще через три месяца. Если ты получишь неблагоприятный отзыв, твой начальник может уволить тебя. Этот пункт изложен в виде дополнения к стереотипу и напечатан на задней стороне одной из страниц контракта, что я нахожу весьма странным. Но он там есть. — И она указала на конверт. — Без этого дополнения премия гарантирована, что хорошо, — сказала Вивиан. — Но при наличии этого пункта, хоть он и добавлен, твоя премия не гарантирована, а это худо. Соответственно в глазах судей у тебя был стимул стараться. И был стимул выбирать акции в выигрышном положении. — Она поджала губы. — А суд может счесть миллион долларов очень серьезным стимулом. Достаточным для того, чтобы... — И умолкла.

— Так каков твой вывод? — поспешил спросить Джей, чувствуя, что она не все сказала ему.

— А тот, что у тебя может быть небольшая проблема.

— Я ценю твою манеру говорить со мной, как няня, Вив. Или как доктор, сообщающий пациенту, что у него, возможно, рак, когда сам-то доктор уже видел результаты анализов и знает, что пациенту осталось жить всего два-три месяца. Но мне не нужно подслащать плохие вести.

— Сколько времени ты работаешь у «Маккарти и Ллойда»? — спросила она.

— Почти полтора месяца.

— Ты получил отзыв о твоей работе за месяц?

— Да.

— И?

— Поначалу я получил очень плохой отзыв, но потом он был изменен на благоприятный. И не без оснований, — добавил Джей. — Я работал вовсю с тех пор, как туда поступил.

— А ты получил копию нового отзыва с измененной оценкой?

Джей секунду подумал. Баллок так ведь и не дал ему экземпляр нового отзыва.

— Нет, — тихо признал он.

Вивиан испустила огорченный вздох.

— Как я уже говорила, у тебя может быть проблема. — Она постучала по письменному столу длинными ногтями. — Произошло ли что-нибудь такое, что настораживает тебя применительно к тому, о чем мы говорили? — Тон ее стал более официальным.

— Да.

— Что?

Джей поднял на нее взгляд.

— На нас распространяется конфиденциальность беседы адвоката с клиентом?

Вивиан кивнула.

— О'кей. Кто-то под моим именем позвонил главе финансового отдела одной из компаний, чьи акции я купил, и пригрозил рассказать о его прошлом, если он не предоставит инсайдерской информации о своей компании.

— Откуда тебе известно, что кто-то действительно звонил ему под твоим именем? — спросила Вивиан.

— Потому что глава финансового отдела оставил сообщение на моем домашнем автоответчике, в котором заявил, что его не заставят выдать инсайдерскую информацию и что лучше мне не пугать его больше, иначе он примет соответствующие меры. Правда, в конце сообщения его уверенность в том, что он так поступит, звучала менее убежденно, чем вначале.

— Странно, что он оставил тебе такое сообщение, — заметила Вивиан. — Он ведь понятия не имел, кто мог услышать то, что он сказал автоответчику.

— По голосу чувствовалось, что он в изрядной панике, точно в его прошлом было что-то, чего он не хочет оглашать. И он сказал, что уже трижды пытался до меня дозвониться.

— Насколько хорошо ты знаешь этого человека?

— Совсем не знаю, — повысил голос Джей. — В том-то и дело. Я никогда в жизни с ним не разговаривал. Он для меня все равно что дырка в стене.

Вивиан вытащила вторую сигарету и, не закуривая, сунула ее в рот.

— Так ты думаешь, кто-то звонил тому человеку с твоего домашнего телефона, сказав, что это ты?

— Да.

— Как же кто-то мог воспользоваться твоим домашним телефоном без того, чтобы ты об этом знал?

— Кто-то проник в мою квартиру, когда меня там не было. — Джей не хотел говорить Вивиан, что он прекрасно знает, кто звонил. Вивиан захочет немедленно заняться Салли, а он не был к этому готов. — Это было несложно. Черт возьми, меня ведь никогда нет дома. Я все время на работе.

Вивиан бросила взгляд на конверт.

— Значит, тебя беспокоит то, что теперь существует запись звонков, которыми якобы обменивались ты и зав. финансовым отделом компании?

— Совершенно верно. Разве власти не ищут подобные доказательства для обвинения в сделках, основанных на инсайдерской информации?

— Безусловно, — подтвердила Вивиан.

— Прекрасно! — вырвалось у Джея.

Вивиан закурила вторую сигарету.

— А что-то еще вызывает у тебя подозрение?

— Угу, — быстро ответил Джей. — Из моей квартиры исчезла компьютерная дискета.

— И что на ней было?

— Мои личные финансовые расчеты за прошлый год. Там был записан каждый чек, который я выдал, и все наличные, какие брал со счета.

— Это то, что тебе известно, — как бы про себя произнесла Вивиан. — А ведь кто-то мог записать на эту дискету твои планы приобрести определенные акции и привязать тебя к тому, что происходит.

— Это верно, — согласился Джей. Именно эта мысль пришла ему в голову, когда он летел из Вашингтона и дремал в своем кресле.

— И на этой дискете есть твои отпечатки.

— Да.

Она надолго затянулась сигаретой.

— Ух ты!

— Что значит это «ух ты»? — явно нервничая, спросил Джей.

— А то, что когда ты начал мне все это рассказывать, я думала, что у тебя, возможно, просто паранойя. Теперь я в этом не так уж уверена.

— Не могу и сказать тебе, как это меня радует.

Вивиан снова посмотрела в окно.

— Ну зачем кому-то тебя подставлять?

— Сомневаюсь, чтобы я мог сказать в точности, сколько раз за прошедшие сутки я задавал себе этот вопрос. — Он покачал головой. — Не знаю. Если, конечно... — И умолк.

— Если — что?

— Это всего лишь догадка.

— Ну давай, выкладывай.

— По-моему, в отделе арбитража «Маккарти и Ллойда» последние пять лет велись сделки на основе инсайдерской информации. Возможно, из меня делают жертвенную овцу, чтобы другие не пострадали.

— А что дает тебе основание думать, что существует система сделок, основанных на инсайдерской информации?

— Я получил кое от кого информацию на этот счет.

— От человека, достойного доверия?

— Да.

Минуты две-три они молчали.

— Как ведется расследование сделок, основанных на инсайдерской информации? — спросил наконец Джей. — Кто его проводит?

— Комиссия по обмену ценных бумаг и Бюро генерального прокурора Соединенных Штатов по Южному округу Нью-Йорка, — ответила Вивиан. — К расследованию подключаются и другие люди. На каждой бирже есть группа наблюдателей, которые выслеживают необычные сделки с акциями компаний или опционами, но правовой отдел Комиссии по обмену ценных бумаг и Бюро генерального прокурора являются главными игроками. Комиссия ведет гражданские дела, и в результате виновная сторона платит большие штрафы, а Бюро генерального прокурора занимается уголовными делами, когда хочет засадить людей. Так что дело бывает либо гражданское, либо уголовное.

— А кто решает, к какой категории следует отнести то или иное дело?

Вивиан услышала обеспокоенность в голосе Джея.

— Комиссия по обмену ценных бумаг и Бюро генерального прокурора работают в тесном контакте и обмениваются всей информацией. Громкие дела обычно классифицируются как уголовные. Например, когда люди систематически занимаются сделками на основе инсайдерской информации и выкачивают из инвесторов кучу денег. — Она помолчала. — Но никогда не знаешь, как все обернется.

— Ну, я ни в чем не виноват, — решительно заявил Джей, — так что это не имеет значения.

— Я уверена, что не виноват, — деликатно согласилась Вивиан. Она всегда знала, что он абсолютно честен. «Это человек с душой нараспашку», — любила она говорить про некоторых людей. — Но иногда это не имеет значения.

— Как это?

— Дела о сделках на основе инсайдерской информации рассматриваются в судах по обычным правилам. Человек виновен, пока не доказано, что он не виновен. Если власти надевают на тебя наручники, ты попал в мир беды. Это значит, что они установили наличие сделок и у них есть такие вещи, как перечень телефонных звонков и дискета, о которой ты говорил. Тогда очень трудно защититься, да и стоить это будет очень дорого. Самая хитрая штука в такой беде — попытаться договориться с правительством о сроках тюремного заключения или суммах выплаты, потому что, даже будучи невиновными, люди просто не в состоянии оплачивать длительную защиту. А коль скоро власти стали тебя преследовать по подобному обвинению, они обрушат на тебя все, чем располагают, и будут держать в суде столько времени, сколько захотят.

— Но я же купил акции для моей компании, а не для личного пользования, — заметил Джей. — Мне кажется, сам этот факт удерживает расследование в рамках гражданского права.

— Это не имеет значения, — сказала Вивиан. — Тебя подталкивала к этому существенная премия за хорошую работу.

Джей почувствовал, как на него нахлынула паника.

— Послушай, ты, наверно, многое навоображал, — попыталась успокоить его Вивиан, чувствуя его страх. — Наверно, нет никакой нужды тревожиться.

Но Джей-то знал, что есть.

— Что я могу предпринять, чтобы помочь тебе?

Вивиан докурила вторую сигарету и загасила ее в пепельнице.

— Выглядит все это худо, но в большинстве случаев федералы хотят прищучить начальников. По карьерным соображениям, как ты понимаешь. Они хотят преследовать главных псов. Не обижайся, Джей, но в большинстве случаев они скорее сбросили бы старшего исполнительного директора, занимавшегося сделками на основе инсайдерской информации свыше пяти лет, чем заместителя директора, купившего два пакета акций. Если у тебя есть информация, могущая служить обвинением против кого-то, кто стоит выше тебя, или ты можешь ее добыть, я советовала бы тебе это сделать, потому что подобные дела превращаются в процессы над Салемскими ведьмами. Люди начинают указывать пальцами на того, кем заинтересовались федералы, в расчете на этом выиграть. И если у тебя есть неоспоримое доказательство, ты сможешь торговаться с более сильной позиции.

Джей опустил взгляд на большой конверт.

— А у вас, у «Бейкер и Уотс», есть специалист по делам, связанным со сделками на основе инсайдерской информации?

— Да. Билл Трэверс. Он очень хороший специалист.

На секунду Джей вспомнил про бар в Южном Бостоне и фотографию «Донеголских волонтеров».

— Я буду тебе благодарен, если ты в понедельник с самого утра поговоришь с мистером Трэверсом.

ГЛАВА 25

Хотя из гавани дул бриз, воздух в городе был душный и неприятный. За статуей Свободы и нефтяными резервуарами северного Нью-Джерси в ночном небе вспыхивали молнии — с запада шли грозы. Джей, перебросив через плечо плащ, оперся о парапет пароходика, шедшего на Стейтен-Айленд, и смотрел вниз, на неспокойные черные воды.

— Что случилось, Джей? — Салли погладила его по затылку и слегка притулилась к нему. — Ты сегодня такой далекий.

Салли упросила его повторить вечер, который они провели вместе в прошлую субботу: поужинать в «Приречном кафе» и прогуляться по променаду. Но Джей отказался. Ему необходимо было держаться в тени, чтобы ребята в синей машине не могли его найти. С этой целью в пятницу вечером, после посещения Барбары, он перебрался в гостиницу без удобств в Бруклине, заплатив довольно внушительную сумму наличными, чтобы не пользоваться кредитной картой. Он решил пробыть там до утра понедельника, когда сможет встретиться с коллегой Вивиан Биллом Трэверсом в компании «Бейкер и Уотс». Там они разработают наилучшую стратегию его защиты.

Он встретился с Салли в Замке Клинтона, форте, построенном в колониальном стиле на южной оконечности Манхэттена, и они поговорили несколько минут. Но он нервничал, не желая оставаться слишком долго на одном месте, поэтому они прошли на пароходную станцию и отправились на Стейтен-Айленд. Он понимал, что, по всей вероятности, ему все это кажется, и тем не менее мог бы поклясться, что видел, как кто-то следовал за ним, когда он вышел в Бруклине со станции метро для встречи с Салли.

Очутившись с ней, он почувствовал себя в каком-то нереальном мире. Оба понимали, что нужно многое друг другу сказать, и ни один не говорил ничего существенного. Джей окинул взглядом палубу за спиной Салли, но не увидел ничего подозрительного. Он оглядел всех немногих пассажиров, которые сели на кораблик, но ни один из них, казалось, не интересовался им. Тем не менее, если потребуется, Джей готов был прыгнуть в воду.

— Скажи же что-нибудь, — приставала к нему Салли.

— Ничего не случилось, — коротко ответил он и передвинул руку на парапете, чтобы Салли не могла до нее дотянуться. Ему так хотелось расслабиться и стать самим собой, но он не уставал твердить себе, что женщина, стоявшая рядом, окружена какой-то тайной, что она вовсе не Салли Лэйн. — Я отлично себя чувствую.

— Я знаю, что это неправда. Ты сегодня сам не свой. — Она отодвинулась от него и повернулась спиной. — Не могу поверить, что ты не хочешь сказать мне, где ты провел последние несколько дней. Я знаю, что тебя не было в Нью-

Гэмпшире. Я звонила в «Турбо-Тек», ты и там не появлялся. Я до смерти волновалась. Так что же это за секрет?

— Почему ты так стараешься узнать, где я был?

Салли вздохнула.

— Опять двадцать пять. Почему ты относишься ко мне с таким подозрением? — спросила она. — Что я сделала, чтобы ты ставил под вопрос мои побуждения?

«Начать с телефонного звонка из моей квартиры заведующему финансовым отделом «Белл кемикал», — подумал Джей. — Затем можем перейти к отсутствующей компьютерной дискете. А в завершение ты могла бы сказать мне свое настоящее имя».

Салли повернулась к нему лицом и взяла его за руку. Она несколько минут гладила его пальцы, потом посмотрела на него.

— Ты действительно дорог мне, Джей, — тихо произнесла она. — Ты должен мне поверить.

Он смотрел ей в глаза и не откликался. Как она была хороша в сумеречном свете. Взгляд его медленно передвинулся на ее подбородок. Даже при таком свете видно было, что на нем нет шрама.

— Кто же ты? — спросил он.

Телефон зазвонил пронзительно, как сирена «скорой помощи». Оливер приоткрыл один глаз, застонал и потянулся к аппарату сквозь темноту.

— Алло.

— Оливер?

— Да. — Он включил лампу и протер глаза.

— Это О'Ши.

Голова у Оливера невыносимо болела.

— Который час?

— Три часа. Извините, если разбудил вашу жену.

Оливер состроил гримасу. Они с Барбарой уже многие месяцы не спали в одной комнате.

— Барбара спит крепко. — Последние два-три месяца он часто спрашивал себя, не поставил ли О'Ши прослушки в особняке, но во время своих параноидальных и обычно пьяных поисков так и не обнаружил ни проволочек, ни микрофонов. — Всегда этим отличалась.

— Хорошо.

О'Ши мрачно улыбнулся. Оливер понятия не имел о том, что стены дома напичканы тонюсенькими, как иголки, микрофонами и что О'Ши все известно о том, как спят супруги.

Оливер приподнялся на локте, чувствуя во рту вкус тоника и лайма.

— Почему вы звоните мне так поздно?

Несмотря на то что Оливер явно еще не протрезвел, О'Ши услышал в его голосе удрученность.

— Я хотел быть уверенным, что застану вас. Насколько мне известно, завтра вы уплывете на своей яхте, и я не смогу до вас добраться.

— Я никуда не намерен уезжать...

— В понедельник утром мы делаем рывок, — прервал его О'Ши. — Я хотел, чтобы вы узнали об этом как можно раньше.

— О'кей, — медленно произнес Оливер.

— Но мы совершим это не у «Маккарти и Ллойда».

— Вот как?

— Да, произошло изменение в планах.

— Почему?

— Это все, что я могу вам сообщить. — О'Ши помолчал. — Если Джей объявится, немедленно дайте мне знать.

— Дам, — покорно сказал Оливер.

— До свидания, Оливер.

Телефон щелкнул в ухо Оливеру. Кладя трубку, Оливер подумал об Эбби и о том, что предстоящая неделя будет для него последней у «Маккарти и Ллойда». Он бросил взгляд на револьвер, лежавший на ночном столике. У него хватило мужества только один раз вечером нажать на спусковой крючок.

Стоя на пороге своего маленького дощатого коттеджа, Маккарти потянулся, высоко подняв руки над головой. И медленно пошел сквозь лес по короткой дорожке к пристани, держа кружку дымящегося кофе. На востоке солнце только начало освещать небо. Оно еще не вышло из-за горизонта, но уже окрасило низкие облака в красивые тона красного, оранжевого и желтого цветов.

Маккарти глубоко вдохнул утренний воздух Луизианы. Он любил Байю-Лафурш. Его семья уже многие годы имела тут собственность, и он ездил сюда, как только мог выбраться из Нью-Йорка. Было воскресное утро, но оно вполне могло быть и утром среди недели. Дни недели ничем не разнились тут.

Ему все нравилось здесь, в этом рукаве в дельте реки, начиная с неприглаженной красоты — и запах соленой воды, и хищники, похожие на доисторических животных, и звук воды, ударяющейся о борта его «Бостонского уэйлера», пришвартованного к пристани. Но больше всего он наслаждался чувством полной изоляции — на десять миль вокруг здесь не было других домов. Во всяком случае, ни одного, в котором жили бы люди. Дом Невилла Легола лежал в руинах в двух милях отсюда на соседнем рукаве реки — он постепенно подгнивал и разваливался от природных явлений, постоянно разрушавших дома на берегах пролива. Невилл однажды ночью пять лет назад покончил с собой, всадив себе пулю в мозг.

Маккарти покачал головой. Будучи человеком уравновешенным, он приветствовал полнейшую изоляцию. Она позволяла человеку принимать главные решения в жизни или прочищать мозги перед сражением. Но в больших дозах изоляция могла привести к ужасным последствиям, как это и случилось с Невиллом.

«Бедняга Невилл, — подумал Маккарти. — Простой мужик, зарабатывавший себе на хлеб, живя за счет реки». Они знали друг друга тридцать лет, время от времени навещали один другого. Маккарти внезапно прищурился. Странно, что самоубийство Невилла почти совпало с поездкой Баллока в эти края, чтобы отдать на съедение крокодилам труп Грэма Ллойда. Маккарти все время думал, были ли эти два события простым совпадением во времени, но Баллок поклялся, что не имеет никакого отношения к смерти жителя Луизианы.

Маккарти оглядел спокойную воду перед пристанью и наконец обнаружил то, что искал, — пару жутких глаз в нескольких дюймах от поверхности, смотревших на него с другой стороны рукава реки. Рассветало, а градусник, висевший в углу коттеджа, показывал, что температура уже перешла за восемьдесят градусов. Маккарти с радостью поплавал бы — в его доме не было водопровода и купание было бы как раз тем, что нужно. Однако он знал, что в реке полно аллигаторов, и ему вовсе не хотелось оказаться рядом с крупным хищником, жаждущим позавтракать человечиной.

— Доброе утро, мистер Маккарти.

Маккарти узнал голос и медленно повернулся, отнюдь не удивившись. Перед ним стоял улыбающийся Виктор Сэвой.

— Когда вы приехали, Виктор?

— Около часа назад. — Сэвой указал на реку. — Мой катер остался за поворотом. Я не хотел вас будить.

— А-а, вы очень любезны, — не без сарказма произнес Маккарти. — Вам нелегко было найти это место?

Сэвой отрицательно покачал головой:

— Нет, ваши указания были очень точны.

— Прекрасно.

— Когда премьер-министр прибывает в Нью-Йорк?

Маккарти сплюнул.

— Завтра в девять утра. — Это ему сообщили его вашингтонские контакты.

— И у вас есть план рассадки на церемонии в муниципалитете в среду?

— Да, — сказал он, провожая взглядом белую цаплю, величественно летевшую над головой.

Завтрашний день будет последним, который Маккарти проведет в Байю-Лафурш, — некоторое время ему не удастся сюда приезжать, и он уже сейчас огорчался по этому поводу. Во вторник днем он отправится в Новый Орлеан, затем полетит в Нью-Йорк для встречи с прессой, чтобы ответить на вопросы по поводу обвинения Джея Уэста в сделках на основе инсайдерской информации, а также чтобы присутствовать в качестве одного из хозяев на ужине в честь британского премьер-министра и на следующее утро быть в муниципалитете на церемонии в его честь. Церемонии, которая окончится хаотической стрельбой, в результате чего премьер-министр станет трупом, а через несколько часов возобновится страшное кровопролитие в Северной Ирландии, где «Донеголские волонтеры» — группа, отделившаяся от «временных» в Ирландской республиканской армии, — заявят о своей ответственности за убийство.

ГЛАВА 26

Что-то было не так, но он не мог сказать, что именно. Ничего подозрительного он не заметил, пока был с Салли в субботу вечером или весь день в воскресенье, но сейчас, проходя по холлу паршивой гостиницы в Бруклине, почему-то почувствовал беду. Возможно, это чувство возникло, потому что Вивиан разговаривала с ним по телефону мрачным тоном, требуя, чтобы он явился в контору «Бейкер и Уотс» ровно в одиннадцать. Обычно она не разговаривала с ним так категорично.

Выйдя на дневной свет, Джей посмотрел вверх. Перемена ветра, происшедшая накануне, не принесла прохлады. Наоборот: казалось, стало еще жарче и влажнее. Да и тучи на горизонте выглядели грозно даже в столь ранний час.

— Джей Уэст!

Джей быстро обернулся на голос. Футах в двадцати от него стоял рыжий мужчина в темно-сером костюме. Мужчина держал в руке черную кожаную книжечку, к которой был прикреплен большой золотой значок. За спиной этого человека стояли несколько мужчин в костюмах, а также трое нью-йоркских полицейских, один из которых держал наручники.

— Мистер Уэст, меня зовут Кевин О'Ши, — громко произнес мужчина, закрывая книжечку и делая шаг к Джею. — Я работаю в Бюро генерального прокурора США и прибыл арестовать вас по двум обвинениям в сделках на основе инсайдерской информации. Названия «Белл кемикал» и «Саймонс» должны вам кое-что объяснить.

У Джея отвалилась челюсть, когда он услышал обвинение.

— Мистер Уэст, вы имеете право...

Адреналин побежал по жилам Джея, и голос О'Ши превратился в его ушах в неразборчивое бормотание. Офицер с наручниками шагнул мимо О'Ши, и тут рефлексы Джея сработали. Он прижал к себе портфель — внутри находились бумаги и фотография, которую он забрал в «Местечке Мэгги» в Южном Бостоне, — и помчался в противоположном направлении.

— Стойте! Вы арестованы!

Джей не обратил на это внимания. Он мчался по тротуару, едва не опрокинув пожилую женщину с тележкой, полной покупок.

Полицейский кинулся за ним.

Джей выскочил на проезжую часть, увернулся от двух машин, которые заскользили вбок, чтобы не наехать на него, и нырнул в метро, перескакивая через три ступеньки. Он слышал, как полицейский приказывал ему остановиться. Джей выскочил на платформу, как раз когда двойные двери поезда, стоявшего на станции, закрывались. Он перепрыгнул через турникет и, просунув пальцы между дверьми, изо всех сил пытался их раздвинуть, смутно видя ужас на лицах пассажиров по другую сторону стекла. Но его усилия оказались тщетны. Поезд пошел. Джей слышал, как полицейские с грохотом бегут вниз по лестнице.

Он помчался назад, к концу поезда, отодвинул защитную решетку между двумя вагонами и вскочил на узкую платформу над сцеплением. Он научился этому трюку в те дни, когда опаздывал на работу, а вагоны были переполнены и невозможно было в них войти. Управление городского транспорта предупреждало пассажиров об опасности пользоваться подобным методом — одно неверное движение, и вы оказывались между вагонами трупом. Зато это было результативно.

Поезд быстро набрал скорость, и Джей с удовлетворением заметил, как один из полицейских в ярости ударил по боку движущегося вагона, не в силах последовать за уходившим со станции поездом.

Джей не видел, как один из полицейских достал свой переговорник и вызвал помощь на следующую станцию. Не подумал он и о том, что полицейские могли позвонить на следующую станцию и задержать поезд там.

Но даже если такое и случилось бы, полицейские на следующей станции оказались бы с пустыми руками. Проехав несколько сот ярдов по туннелю, Джей дернул за стоп-кран — маленькую веревочку, висевшую в конце каждого вагона, — и как только поезд с визгом остановился, соскочил с него и пошел назад. Полицейские, гнавшиеся за ним на первой станции, уже ушли оттуда.

В девять часов три минуты самолет британского премьер-министра приземлился на аэродроме Джона Кеннеди. Как только самолет остановился и к нему подкатили трап, премьер-министра приветствовал госсекретарь США в окружении множества представителей международной прессы. Премьер-министр прочитал заранее подготовленное заявление, в котором говорилось о том, как высоко он ценит вклад Америки в поддержание мира в Северной Ирландии, затем ответил на два-три вопроса и сфотографировался с госсекретарем. После этого руководителей двух государств провели к ожидавшему их лимузину, и они помчались сначала по Окружной Парковой дороге, а затем в Манхэттен с эскортом из двенадцати черных машин, набитых сотрудниками британской разведки и Секретной службы, а кроме того, пятидесяти нью-йоркских полицейских на мотоциклах. Этот поезд произвел сумятицу на улицах города, нарушив утреннее движение, тем не менее премьер-министр без происшествий достиг консульства Великобритании.

Джей бежал по лесу, уклоняясь от сосновых веток. Он оставил свой побитый «форд-таурус» на дороге, так как не хотел никого предупреждать о своем появлении. Впереди он увидел просвет между деревьями и, достигнув края леса, остановился. Имение лежало перед ним в пятидесяти ярдах, за идеально подстриженными лужайками и садами.

Он поставил на землю портфель, уперся руками в колени и несколько минут постоял, согнувшись, вбирая легкими столь необходимый им свежий воздух. Он бежал уже три часа, поддерживаемый адреналином и ведомый рефлексом. Только теперь Джей начал осознавать, что он натворил. Виноват он в сделках на основе инсайдерской информации или нет, но он воспротивился аресту, укрылся в метро и растворился в толпе на улицах Нью-Йорка. Он сделал глубокий выдох, взял портфель, снова оглядел особняк и выскочил из-за деревьев.

Перебежав через лужайку, он в несколько секунд достиг боковой стороны большого дома и остановился недалеко от двери в кухню, в которую он входил в тот день, когда они плавали на яхте. Держась каменной стены дома, он обошел его сзади. Недалеко от края леса в розовом саду работал мужчина в синей робе, но Джей сумел незаметно для него попасть на ведущую в подвал лестницу. Дверь в конце лестницы была незаперта, и он быстро проник в большую мастерскую, где полно было всякого инструмента и обрезков дерева. Джей прошел через нее, несколько раз свернув не туда, но наконец все-таки вышел к лестнице. Он быстро поднялся по ней и остановился у двери, прислушиваясь. Ничего не услышав, он открыл дверь и проник в главный холл особняка. Затем сразу нырнул в парадную столовую. В двадцати пяти футах от него горничная пылесосила ковер, лежавший во всю длину большого коридора.

Несколько минут Джей стоял в столовой, прислушиваясь к гудению пылесоса. Затем звук прекратился, и он услышал шаги, направлявшиеся по коридору к столовой. Он прижался к стене и широко раскрытыми от страха глазами проследил за горничной, а та прошла мимо, направляясь в кухню. Как только она исчезла за дверью, он вышел из столовой и стал пробираться по коридору. Коридор несколько раз сворачивал влево и вправо, и Джей по ходу проверял каждую комнату. В конце коридора был открытый вход в кабинет Оливера, за которым была небольшая веранда, выходившая на лужайку.

Вивиан сравнила преследование за сделки на основе инсайдерской информации с судами над Салемскими ведьмами в семнадцатом веке и посоветовала ему собрать как можно больше доказательств, подтверждающих участие ответственных лиц в преступной группе. Это будет его козырем в переговорах с федералами и позволит обвинить других, чья шея дороже для обвинителей. Джей был уверен, что, появись такая возможность, он сможет найти в личных бумагах Оливера нечто такое, что полностью его оправдает. И такая возможность представилась. Переменной величиной было время.

Он подошел к высокому черному шкафчику для картотеки, стоявшему рядом с бюро Оливера, и вытащил верхний ящик. Оливер хранил компьютерные записи о своих информаторах и предоставляемых ими сделках, поэтому имелись все основания полагать, что у него где-то хранятся документы с подтверждающими данными. Джей проглядел файлы в верхнем ящике, но не обнаружил ничего, кроме старых квитанций об уплате налогов. Должен же он найти что-то для подкрепления того, что Барбара дала ему в пятницу вечером возле его квартиры. Ее показания, безусловно, помогут ему, но ему нужно что-то большее, чем возможность ее выступления, так как нет никаких оснований быть уверенным, что она появится на суде. Она ведь призналась, что отдает конверт Джею, так как не в состоянии способствовать тому, чтобы засадить Оливера в тюрьму, да и никто не может заставить жену дать показания против мужа. Словом, список людей, поставлявших информацию, и перечень сделок ничего не даст Джею без показаний Барбары. Собственно, это может даже укрепить обвинение, состряпанное прокурором против него. Прокурор станет утверждать, что Джей не мог знать о доверенных лицах и сделках, не будучи тесно связан с группой. А если Барбара станет отрицать, что дала ему списки, можно считать, что он уже сидит в тюрьме.

Джей услышал голоса в коридоре. И поспешно обежал глазами кабинет. Голоса — один из них, бесспорно, принадлежал Оливеру — зазвучали громче, и теперь Джей уже услышал шаги. Он задвинул ящик в шкафчик, нагнулся и сунул свой портфель под стол Оливера, затем выпрямился и стал отчаянно искать, где бы спрятаться.

— Сюда, пожалуйста. — Оливер шагнул в сторону от двери в кабинет, чтобы остальные могли пройти впереди него. Дэвид Торчелли и Тони Вогел вошли в большую комнату. — Присаживайтесь, — сказал Оливер.

Торчелли и Вогел сели рядом на большой диван. Оливер сел напротив них в чиппендейловское кресло.

— Никто не хочет чего-нибудь выпить?

Вогел хотел что-то сказать, как Торчелли перебил его.

— Нет, — сухо сказал он.

— Хорошо. — Оливер почтительно кивнул. — Так зачем вы приехали? — Он произнес это еле слышно, избегая гневного взгляда Торчелли.

— Я не мог до тебя дозвониться, — бросил Торчелли. — Вчера пытался весь день. Каждые полчаса ходил к телефону-автомату, но телефон звонил и звонил без ответа. Моя жена решила, что я рехнулся.

— Извини, извини. — Оливер поднял вверх руки. У него не было сил ни с кем общаться после звонка О'Ши, поэтому он не подходил к телефону. — Так что вы хотите?

— Ты знаешь, чего я хочу, Оливер, — решительно заявил Торчелли. — Мне нужно знать, как добраться до дома Билла Маккарти на луизианской реке.

У Оливера пересохло во рту. Стены со всех сторон смыкались вокруг него, и оставалось очень мало места для маневра. Он считал, что способен на убийство. Но без помощи кокаина он не был на это способен.

— Мы ведь договорились, как будем действовать, — напомнил Торчелли Оливеру. — С Маккарти несчастный случай должен произойти сейчас, и река — идеальное для этого место.

— Да, конечно, — пробормотал Оливер, пытаясь придумать, как бы выбраться из этой ситуации. Он мог бы соврать Торчелли о местонахождении коттеджа Маккарти, но это довольно быстро обернется против него. И увернуться некуда. У него не было выбора.

— Оливер, ты рассказывал мне, как Маккарти возил тебя к себе, в свой коттедж на реке, два года назад — охотиться на аллигаторов, — напомнил Торчелли.

— Да, — тихо признался Оливер.

Маккарти действительно приглашал его в свой коттедж на реке в награду за многие миллионы, которые заработал ему отдел арбитража, считая, что Оливеру понравится там не меньше, чем ему. Оливер нехотя согласился поехать, так как приглашение исходило от босса и Маккарти держал в руках тесемочки от мешка с премиями. Оливеру совсем не понравилось в этом неуютном коттедже и он вздохнул свободно, лишь когда лимузин привез его в собственный дом в Гринвиче после того, как он прилетел из Нового Орлеана.

— Расскажи мне, как добраться до того места, — не отставал Торчелли. — Мне надо как можно быстрее дать указание.

Оливер еще немного помедлил, затем рассказал, насколько помнил, как добраться до коттеджа от крошечного городка Лафитта, где ловят устриц, в пятидесяти милях от Нового Орлеана.

— Я, конечно, в точности не помню дороги, — произнес Оливер еле слышно.

— Это не страшно, — сказал Торчелли, проглядывая сделанную им запись на страничке своего еженедельника. — Мне нужно было лишь общее местоположение. Эти рукава реки чертовски плоские. Наш контактер может арендовать самолет или вертолет, чтобы определить местоположение коттеджа, затем отправиться туда на лодке и сделать то, что требуется. — Торчелли поднял глаза от странички. — А вот теперь, Оливер, я бы выпил. Апельсинового сока, пожалуйста.

— Хорошо, — сказал Оливер, чувствуя, как им овладевает отчаяние.

— А я выпью кока-колы, — явно нервничая, произнес Тони. Он вовсе не был убежден, что убийства являются единственно возможным решением проблемы, но их лидером теперь был Торчелли, и не ему, Тони, выступать на этом этапе с возражениями.

Как только Оливер отошел, Торчелли поднялся с дивана и позвонил по телефону, стоявшему на письменном столе хозяина. Дав человеку, находившемуся на другом конце провода, координаты коттеджа Маккарти на реке, Торчелли вернулся к дивану, сел и с победоносным видом улыбнулся Вогелу.

— Пошли, Малыш, — сказала Барбара, протягивая руку на заднее сиденье «субурбана», где лежал мешок с покупками, и удивляясь, что нет отклика от мальчика.

Она закрыла спиной дверцу «субурбана» и стала медленно обходить машину, стараясь не задеть «остин-хили». Она знала, что если поцарапает эту чертову машину, Оливер устроит скан-

дал. И покачала головой. Надо будет расширить площадку для
стоянки у двери на кухню. Тут больше всего останавливается
машин, а места слишком мало для «субурбана», «хили» и «мер-
седеса». Как-нибудь она непременно ударит по этой чертовой
спортивной машине. Она просто знала, что так будет.

Повернувшись, она чуть не столкнулась с незнакомым
мужчиной. Он был в синем комбинезоне, на котором был
вышит герб компании по благоустройству участков, но это
была не та компания, которую нанимала Барбара для ухода
за своими садами. Она тотчас поняла, что попала в беду.
Бросив пакет, она попыталась бежать, но мужчина схватил
ее и, уложив на землю, заткнул ей рот платком, затем завел
руки за спину и веревкой крепко прикрутил их к щиколоткам. Он сумел с ней справиться за какие-то секунды.

Мальчик лежал с другой стороны машины, тоже связанный, и молча плакал в тряпку, которой был заткнут его маленький ротик.

Оливер вернулся с напитками, и Торчелли с Вогелом
встали.

— Благодарю, Оливер, — вежливо сказал Торчелли.

А Вогел лишь кивнул, беря стакан; он то и дело поглядывал на дверь в кабинет, в которую только что вошел Оливер.

— Что не так, Тони? — спросил Оливер. Лед в стакане
Тони отчаянно позвякивал.

— Ничего. — Он опустил глаза на свои ноги, не в состоянии встретиться взглядом с Оливером.

Оливер сделал глубокий вдох и тут краешком глаза увидел мужчину в синем комбинезоне, стоявшего с револьве-
ром в руках в дверях кабинета.

— Какого черта...

— Извини, Оливер. — Торчелли отхлебнул апельсинового
сока, затем спокойно поставил стакан на старинный кофейный столик. — В последние две-три недели я взял ситуацию в
свои руки. Вынужден был. Другого выхода я не видел.

— Я... я не понимаю, — заикаясь, произнес Оливер.

Торчелли посмотрел на мужчину в комбинезоне.

— Все под контролем? — спросил он.

Мужчина кивнул.

— Женщина и мальчишка в спальне наверху, — угрюмо произнес он. — И горничная тоже. А больше тут никого нет.

— Хорошо.

Отчаяние внезапно породило ярость.

— Ах ты чертов мерзавец! — И Оливер кинулся на Торчелли, но мужчина в комбинезоне шагнул в комнату и нацелил револьвер на грудь Оливера. Оливер остановился как вкопанный и словно загипнотизированный уставился на дуло револьвера.

— Все кончено, Оливер, — сказал Торчелли. — Ты стал обузой. Стал морально неустойчив. И я, и остальные доверенные лица опасаемся, что ты не выдержишь давления и выдашь нас. А я не собираюсь идти из-за тебя в тюрьму, — решительно сказал он. — Все будет выглядеть как ограбление. Из особняка исчезнут некоторые вещи, которые потом появятся в Бруклине и Бронксе. Полиция решит, что воры спланировали преступление на тот момент, когда никого не будет дома, но горничная застала их, а потом и вся семья неожиданно вернулась домой. К сожалению, ни ты, ни твоя семья не спасетесь. — Торчелли скривил губы. — Другого выхода, Оливер, просто нет. Хотя, насколько я тебя знаю, заботит тебя только собственная смерть. Свяжи его. — И Торчелли жестом приказал сделать это мужчине в синем комбинезоне.

— Дэвид, прошу тебя, — взмолился Оливер. — Я никому не скажу ни слова. Ты же это знаешь.

— Нет, — прошипел Торчелли.

Мужчина в комбинезоне вытащил из кармана моток веревки и, заставив Оливера опуститься на колени, резко завел ему руки за спину. При этом мужчина на секунду положил револьвер на ковер.

В эту секунду Джей отбросил проволочную дверь и выскочил в кабинет. Он уже полчаса стоял на веранде возле задвижной двери, прижавшись к каменной стене, еле-еле скрытый от глаз тех, кто находился в комнате. Джей навалился на мужчину в комбинезоне, который никак этого не ожидал, и отбросил его от Оливера и револьвера. А сам потянулся к оружию.

С секунду мужчина смотрел на Джея, затем улыбнулся, поднялся на ноги и бросился на него, уверенный, что Джей не выстрелит.

Он был не прав. Джей прицелился в левое бедро мужчины и, спокойно нажав на курок, попал ему в ногу, раздробив кость. Мужчина, схватившись за раненую ногу и дико крича от боли, рухнул на пол. Грохот выстрела заставил Вогела броситься на диван.

Несколько секунд никто не двигался — единственным звуком были лишь стоны мужчины, лежавшего на полу. Из раны его хлестала кровь.

А Джей, не отрывая взгляда от Торчелли, тем временем развязал путы на Оливере.

— Скрутите этого парня, — сказал Джей, кивком указав на лежавшего на полу мужчину и бросая веревку Оливеру.

Оливер быстро повиновался.

— А теперь принесите еще веревок, — сказал Джей. — Найдете их в подвале, где вы держите дрова. — Когда он входил в особняк, то заметил несколько мотков веревок, висевших на вбитых в стену гвоздях. — И проверьте, как обстоит дело наверху с вашей семьей и горничной.

Оливер в панике бросился из комнаты.

— Эй, малый, думай о том, что ты делаешь! — крикнул Торчелли. Он уже не был так спокоен.

А Вогел сидел на диване и плакал, закрыв лицо руками.

— Чего ты хочешь? — спросил Торчелли. — Денег? Сколько? Мы тебе выделим. Клянусь.

Джей громко расхохотался. Он просто не мог удержаться — так патетически прозвучало предложение Торчелли.

— Не выйдет, дружище.

Через несколько минут вернулся Оливер с двумя большими связками веревки. Сначала он связал Торчелли, потом Вогела. Когда оба были обезврежены, Оливер повернулся к Джею.

— Спасибо, — сказал он. — Семья в порядке. Немножко перепуганы, но, в общем, в порядке. — Он отвел от Джея глаза. — Просто не знаю, как я смогу с тобой расплатиться.

— А я знаю, — холодно произнес Джей. — Мужчина по имени Кевин О'Ши из Бюро генерального прокурора явился сегодня утром, чтобы арестовать меня за сделки на основе инсайдерской информации. — Джей приподнял бровь. — По-моему, он упоминал про «Белл кемикал» и «Саймонс».

Лицо Оливера перекосила гримаса.

— Вот как?

— Как вы могли меня так подставить, Оливер?

Оливер покачал головой.

— Я столько раз задавал себе этот вопрос. И всякий раз не находил ответа. — Он закрыл лицо руками. — Извини меня, Джей. Хотел бы я помочь тебе.

— А вы и можете. Дайте мне все данные о вашей группе. — Джей указал на диван. — О Торчелли и Вогеле, а также о двух других.

Оливер поднял на него глаза.

— Откуда тебе это известно? — подавленно спросил он.

Джей отрицательно покачал головой:

— Это не имеет значения.

— О'кей, — покорно произнес Оливер. Он секунду помедлил, затем подошел к своей картотеке и достал тонкий конвертик. С секунду смотрел на него, затем шагнул к Джею и вручил ему конверт. — Вот, возьми. Он мне больше не нужен. Тут все, что тебе может понадобиться, включая копию завещания Билла Маккарти.

— Господи Иисусе! — воскликнул Торчелли. — Из-за того, что ты отдаешь это ему, Оливер, нам теперь крышка. У нас не будет никакого шанса в суде.

— Завещание Маккарти? — не веря собственным ушам, переспросил Джей, не обращая внимания на Торчелли.

— В нем сказано, как будет поделена между нами прибыль, — пояснил Оливер. — Когда Маккарти умрет, мы пятеро получаем акции «Маккарти и Ллойда», которые компания потом выкупит у нас. Это нас побуждало продуктивно работать. Собственно, количество акций, которые должен получить каждый, зависит от того, сколько подсказок он мне давал и какую прибыль принесли эти подсказки. Таким образом, созданное нами партнерство основано на пропорциональном распределении акций.

— Значит, вы должны были вести учет каждой подсказке, а также фиксировать, кто ее дал, чтобы потом определить, сколько акций дать каждому, — задумчиво произнес Джей. Так вот почему Оливер записал на компьютерной дискете фамилии доверенных лиц и названия компаний.

— Да, — подтвердил Оливер. — Это закон капитализма в наилучшем варианте. Раз мы вступили в такое партнерство, раз каждый давал подсказку, значит, ни один из нас не сможет выдать других, потому что тот, кто выдаст, тоже окажется в тюрьме. И никаких следов денежных переводов. Это была великолепная схема, — мечтательно произнес он.

— Да заткнись ты, черт тебя подери! — рявкнул Торчелли.

— Невероятно, — тихо произнес Джей.

— Да, это так.

— Но Маккарти шел на большой риск, — заметил Джей. — Я имею в виду то, что он включил в свое завещание доверенных лиц.

— В чем же?

— В том, что у вас с самого начала был повод желать его смерти.

— Не обязательно. Благодаря Биллу немало дел прошло через «Маккарти и Ллойд». Он человек с чертовски большими связями. Учти, в нашей компании ведь были и теневые акции. Мы не только брали свою долю из отдела арбитража. В ту пору, когда мы пошли на эту сделку, «М. и Л.» немногого стоила. А мы хотели, чтобы компания разрослась. И без Маккарти этого могло не получиться. — Оливер помолчал. — А ты когда-нибудь думал всерьез убить кого-нибудь, Джей?

— Нет.

— Ну а я думал. Убить не так легко, как это показывают по телевизору или в кино. Ведь противоестественно отбирать у человека жизнь. А кроме того, всегда остается след, как бы ты ни осторожничал. Особенно, если ты для этого нанял кого-то. А смерть человека с такими связями, как Билл Маккарти, тотчас мобилизовала бы множество правовиков, которые вполне могли бы напасть на след.

— Не в том случае, если бы его смерть выглядела как несчастный случай.

— М-м-м.

— Что? — Джей видел, что Оливер что-то скрывает.

Оливер посмотрел на Торчелли, потом снова на Джея.

— Билл — человек совсем не глупый. Он велел одному юристу, которого он очень хорошо знает, заняться независимым расследованием его смерти, что бы ни говорилось в

отчете полиции. Билл постарался довести это до моего сведения, с тем чтобы никто не пытался наделать глупостей.
Он, конечно, не сказал мне, кто этот адвокат.

А Джей подумал, что Барбара, по всей вероятности, уже
успела позвонить в полицию. Она женщина практичная и
наверняка слышала выстрел, хотя и находилась на верхнем
этаже большого дома. Но он должен был задать еще несколько
вопросов Оливеру.

— А что за деньги «Маккарти и Ллойд» переводила в
«ЕЗ Трэйвел» в Бостоне?

Оливер поднял на него недоумевающий взгляд:

— О чем вы?

— О туристическом агентстве в Бостоне, которое принадлежит «М. и Л.». То самое, где Баллок является распорядителем финансов. Почему «М. и Л.» переводит туда столько
денег?

— Я понятия не имею, о чем вы, черт возьми, говорите.

Джей взглянул на Торчелли и Вогела. На лицах обоих
было написано удивление. И тут неожиданная мысль пришла ему в голову.

— Вы уверены, что Маккарти находится в Луизиане?

— Да, но не ездите туда, — сказал Оливер, предположив,
что это будет очередным шагом Джея.

— Еще один вопрос, Оливер, — быстро произнес Джей,
не обращая внимания на предупреждение. — Почему вы
подставили меня, чтобы я ответил за все?

Оливер опустил взгляд на персидский ковер.

— Потому что либо вы, либо я, дружище, — прошептал
он, — и это все, что мне известно.

Джей покачал головой и повернулся было, намереваясь
уйти, но остановился.

— Ой, кстати, Оливер, я сегодня утром слышал в «Ново-
стях», что одна японская компания предложила перекупить
за наличные «Турбо-Тек». Предложение в три раза превы-
шает цену, которая была объявлена в пятницу.

А через пять минут Джей уже мчался в «субурбане» по
длинной подъездной дороге мимо белых изгородей. Рядом с
Джеем на сиденье лежал портфель, набитый материалами,
которые доказывали его невиновность и давали возможность

составить обвинение против доверенных лиц. Он оставил Оливера стеречь Торчелли, Вогела и раненого мужчину в синем комбинезоне, что, наверное, не очень умно, но у него не было выбора. Полиция скоро приедет, а ему надо еще, не откладывая, заехать в одно место.

«Субурбан» взлетел на возвышение, и Джей увидел прямо перед собой серебристую машину. Он нажал на тормоза и остановился меньше чем в сотне футов от нее, она тоже с визгом остановилась.

С сиденья для пассажира еще прежде, чем остановилась машина, выскочила Салли и побежала к «субурбану».

— Джей! — закричала она. — Это я!

Футах в десяти от «субурбана» она остановилась и застыла — на нее был направлен револьвер в руке Джея.

— Что с тобой?

— Не подходите, — предупредил он ее.

— Джей, дай я объясню, — взмолилась она. — Я не та, за кого ты меня принимаешь.

— Я знаю, — ледяным тоном ответил он.

— Выслушай меня, — горячо просила Салли. — Нам нужна твоя помощь. Ты — доверенное лицо и даже не знаешь об этом.

— Я знаю все, что мне нужно знать.

— Я здесь, чтобы помочь тебе.

— Вы меня подставили. Хороша помощь.

— Джей, я...

Он не стал больше ждать. Включив скорость, он свернул на недавно подстриженную траву между дорогой и забором, едва не задев при этом Салли.

«Субурбан» помчался к серебристой машине; в эту минуту ее дверца со стороны водителя открылась и из нее выскочил Кевин О'Ши с пистолетом в руке. Последние несколько футов до седана показались Джею вечностью. Он смотрел на О'Ши, а тот целился в него. И Джею казалось, что «субурбан» вдруг остановился, хотя рычаг скорости был включен на полную мощность. Все разворачивалось словно в замедленном темпе.

О'Ши, так и не выстрелив, прыгнул на крышу машины, а «субурбан» пролетел мимо, отодрав у седана дверцу с такой легкостью, точно она была на бумажных петлях. Джей помчался дальше в вихре веток, камней и пыли.

— Черт бы его подрал! — крикнул О'Ши, спрыгивая с крыши машины. Он стал было садиться в нее и не смог. Оба сиденья были усыпаны осколками стекла. Да седан и не смог бы нагнать «субурбан», так как шина на левом заднем колесе лопнула под давлением сорванной дверцы. О'Ши взглянул на Салли — она стояла на коленях в траве. — Пошли в дом вызывать подкрепление.

Оливер смотрел на пейзаж Коннектикута с крыши особняка. Сам не зная почему, он в эти дни полюбил высоту. Единственное, что портило отсюда вид, это труба на доме тестя, которую, если присмотреться, можно было заметить среди верхушек деревьев.

— Оливер, что вы тут делаете?

Салли вылезла на крышу в двадцати футах от него и зашаталась на плоской поверхности. Вслед за ней на крыше показался О'Ши. Истерически рыдавшая Барбара направила их сюда.

— Слезайте! — взмолилась Салли.

Оливер долго смотрел на них, точно не был уверен, кто это. Затем поднес револьвер к голове и прижал дуло к виску. Эбби не стало, карьере пришел конец, репутация его уничтожена, а Малыш уедет с Барбарой. Для него больше ничего не оставалось в жизни.

На протяжении последних пяти дней он раз в день приставлял дуло этого револьвера к голове и нажимал на курок, и все пять раз раздавался лишь щелчок. Только в одной из шести камер револьвера лежала пуля, и первые пять оказались пустыми. Теперь ясно, подумал он, нажимая на курок, почему до сих пор не произошло выстрела. А затем все погрузилось во тьму.

Салли вскрикнула и отвернулась, прижав руку ко рту, при виде того, как обмякшее тело Оливера полетело с крыши. Оно упало на землю, и эхо разнесло среди деревьев звук выстрела.

ГЛАВА 27

Маленький городок Лафитт, занимавшийся ловлей креветок, нетрудно было найти. Он находился как раз над названием «Рай спортсмена» на карте, которую Джей купил в аэропорту Нового Орлеана. Пятидесятимильная прямая дорога на юг от Нового Орлеана вывела Джея сквозь заросшее густым кустарником болото на уединенную извилистую дорогу, по которой он выехал прямо к Пристани Генри в Лафитте, где под одной крышей соседствовали магазин, бассейн с минеральной водой и лодочная станция. После нескольких кружек ледяного пива — за счет Джея — седовласые рыбаки, сидевшие у стойки бара, охотно указали ему местонахождение маленького коттеджа, который, как они утверждали, находится глубоко в Байю-Лафурш, на другой стороне залива. Мужчины были единодушны в отношении общего направления, а потом разошлись во мнениях относительно названия рукава реки и курса, которому надо следовать. Когда разногласия дошли до непримиримости, Джей тихо расплатился и выскользнул из заведения. Насколько он понимал, указания, данные ему рыбаками, были очень близки к тем, какие Оливер давал утром двум мужчинам, сидевшим на диване в его кабинете.

Бар на Пристани Генри он покинул в половине одиннадцатого вечера, слишком поздно, чтобы включать мотор на арендованном катере на воздушных подушках и ехать на запад через залив в поисках Билла Маккарти: он мог натолкнуться на неосвещенные места, где бьют родники, которые в несколько секунд могут отправить лодку на дно. Поэтому он снял за двадцать девять долларов комнату в мотеле на расстоянии двух шагов от пристани и постарался поставить на своих часах будильник на четыре утра. Он был физически и морально измучен, проехав от поместья Оливера в Коннектикуте до Филадельфии, чтобы избежать столкновения с властями, которые могли поджидать его в трех аэропортах Нью-Йорка, а потом прилетев в Новый Орлеан и проехав на машине до Лафитта. Прежде чем погрузиться в сон на мотельной кровати, он увидел изумленное лицо Салли, когда, не обратив внимания на ее мольбу и не выслушав ее объяснений, проехал мимо в «субурбане».

* * *

Промчавшись через залив в серых предрассветных сумерках со скоростью сорок миль в час и покрутившись по лабиринту речных рукавов, Джей почувствовал, что близок к цели. Он проехал по нескольким рукавам, ответвлявшимся от главного, но все они через милю-другую неожиданно оканчивались тупиком. А вот этот, казалось, обещал лучшую перспективу. Он был немного шире и глубже, и на поверхности воды плавали разодранные лилии, указывая на то, что тут недавно проезжали. Джей окинул взглядом увешанные мхом ветки, затем черный глинистый берег и увидел, как в воду скользнул, испугавшись лодки, маленький аллигатор.

Джей медленно завернул за выступ и увидел коттедж. На веранде в зеленом садовом кресле сидел Билл Маккарти, куря сигару. Заметив приближавшегося Джея, Маккарти продолжал сидеть и курить. Джей подвел катер к причалу, выскочил на берег и набросил крепительные утки с носа и кормы катера на крепления на причале.

— Здравствуйте, Билл, — спокойно произнес он.

— Здравствуйте, мистер Уэст.

Южный акцент, обычно звучавший в речи Маккарти, сейчас проявился заметнее, словно на него влияло то, что он находился на реке.

— Славное утро.

— Безусловно. — Маккарти обвел взглядом окрестности и ткнул дымящейся сигарой в Джея. — А вы изобретательный молодой человек.

— Благодарю, — сказал Джей, оглядывая местность вокруг коттеджа и проверяя, не прячется ли кто в густых зарослях, окружавших домик с трех сторон.

Маккарти перегнулся и плюнул в темную воду, которая медленно текла в направлении залива.

— Насколько я понимаю, вы прибыли в этот мой уголок мира, чтобы задать кое-какие вопросы. Но также — и это гораздо важнее, — чтобы предупредить меня, что мне следует ждать убийцу, который послан прикончить меня, — сказал он, вытирая губы тыльной стороной ладони.

Джей заморгал от удивления:

— Откуда вам это известно?

— Я всегда считал, что доверенные лица под сильным давлением скукожатся. Этот риск всегда существовал. Но награда стоила риска. Они принесли мне немало денег.

— Ну, в таком случае я полагаю, что могу вас не предупреждать.

— Нет, в этом нет необходимости. Я услышал шум мотора катера убийцы вчера вечером минут за десять до его появления, как слышал и ваш. — Маккарти рассмеялся и указал на воду перед коттеджем. — Он теперь где-то там, скорее всего от него осталась лишь пара кусков. Аллигаторы любят человечину, только едят ее после того, как мясо побудет какое-то время в воде и размякнет. Они раздирают труп на несколько кусков, прячут их под скалами или бревнами, а потом возвращаются и пожирают.

Джей окинул взглядом рукав реки и подумал, что катер убийцы должен быть где-то тут. А вот «Бостонский уэйлер», пришвартованный к пристани, наверное, принадлежит Маккарти.

— Хотя я сказал Оливеру про заместителя генерального прокурора, он все равно послал ко мне убийцу, — как бы мысля вслух, произнес Маккарти, попыхивая сигарой. — Но я знал, что когда-нибудь он так поступит. — И окрепшим голосом добавил: — Это было всегда ключевым моментом. Я знал, что он так поступит.

— Это сделал не Оливер.

— Нет? — Маккарти, казалось, удивился.

— Нет. Другой член группы.

Маккарти прищурился:

— Значит, Торчелли. Лишь у него из всех членов группы хватит духа выкинуть такую штуку.

Джей передернул плечами.

— Я знаю только их имена.

— Торчелли — это крупный мужчина. Приблизительно шести с половиной футов росту. — И Маккарти показал рукой.

— Похоже, что это он.

Маккарти самодовольно ухмыльнулся:

— Мне никогда не нравился Торчелли.

— Вы все время знали о существовании этой группы, да? — спросил Джей.

— Конечно. Ведь мое имя стоит на доске у входа. Так что я знаю все, что происходит в здании. — Маккарти посмотрел на часы. — Кстати, вам, должно быть, нелегко было увернуться от Кевина О'Ши и его дружков из нью-йоркской полиции. Если не ошибаюсь, он намеревался арестовать вас вчера.

— Он и пытался это сделать.

Маккарти снова рассмеялся, на этот раз раскатистее.

— Как я говорил, вы очень изобретательный молодой человек. — И сбросил целый дюйм пепла в воду. Вода зашипела, когда пепел упал. — А как вы все-таки узнали, что они собираются послать сюда убийцу?

Джей быстро пересказал ему вкратце события предшествующего дня.

— Я знал, что рано или поздно они навалятся на меня, — повторил Маккарти. — Я хочу сказать, это логично. Такой они должны были составить план. Они хотели заставить меня навеки замолчать и получить денежки. — Он посмотрел на Джея. — Я полагаю, вам известно про завещание и все прочее.

Джей кивнул. Несколько минут царило молчание, затем он спросил:

— Почему меня подставили?

— Это вопрос на шестьдесят четыре тысячи долларов, верно? — Маккарти получал удовольствие от этого разговора, в котором каждый старался доподлинно выяснить, что знал другой. — Объясняется это очень просто, но это простое объяснение уводит нас в совсем другой мир, гораздо более сложный. — И слегка изменившимся голосом спросил: — Вы знаете про этот мир?

— Имею представление.

— Тьфу ты черт. — Маккарти покачал головой: признание Джея произвело на него впечатление, и он впервые почувствовал себя слегка неуверенно. — У меня было плохое предчувствие в тот день, когда Оливер привел вас в мою контору. Он сказал, что у вас острый ум. Мне следовало поверить предчувствию и не нанимать вас. — Он посмотрел на солнце, появившееся над горизонтом. — Это вы проникли в «Местечко Мэгги» в Южном Бостоне пару дней назад? — спросил он.

— Да.

Маккарти крякнул.

— Так вот: простым ответом на ваш вопрос будет признание, что на вас взвалили сделки на основе инсайдерской информации по соображениям большой политики. Как вам известно, у меня хорошие связи в Вашингтоне, и я давал немалые деньги моей политической партии — порядка десяти миллионов долларов в год в последние несколько лет. Министерство правосудия обнаружило еще в марте группу Оливера, занимавшуюся сделками на основе инсайдерской информации, но я воспользовался моими связями в столице и сумел договориться о том, чтобы смягчить удар.

— И я должен был за это поплатиться.

— Совершенно верно, — подтвердил Маккарти. — К тому времени, когда я узнал, что идет расследование сделок, заключаемых «М. и Л.» на основе инсайдерской информации, дело зашло уже так далеко, что кого-то должны были за это осудить, и мои друзья, конечно, не могли позволить «Маккарти и Ллойду» продолжать операции в приносившем преступные прибыли отделе арбитража. Мы договорились, что прекратим эти операции и представим жертвенную овцу, как назвали это федералы. Как я уже говорил, это объяснялось политическими причинами. — Он помолчал. — После того как я договорился, вести расследование поручили Кевину О'Ши. Он знал в точности, как должны развиваться события, и держал все под контролем. А вы были наняты специально, чтобы стать жертвой.

— Салли Лэйн, насколько я понимаю, тоже в этом участвовала.

Маккарти кивнул:

— О да. Она работала на О'Ши. Она добыла вашу компьютерную дискету и сделала несколько инкриминирующих телефонных звонков из вашей квартиры.

— Я знаю.

— В результате, когда вы приобрели акции «Белл кемикал» и «Саймонс», О'Ши мог состряпать неопровержимо аргументированное дело против вас.

— И я бы сгнил в тюрьме, — сказал сквозь стиснутые зубы Джей.

— Насколько я знаю, речь шла о заключении на двадцать лет, — безразличным тоном произнес Маккарти.

— Не могу поверить, чтобы мое правительство так со мной поступило.

— Да уж поверьте, Джей, — произнес Маккарти. — Ученые могут сказать вам, что наш мир вращается вокруг солнца, но они лгут. Он вращается вокруг денег. — Маккарти медленно выпустил из себя воздух. — Ничего лично против вас нет, Джей. И никогда не было.

— Но по-настоящему-то речь идет совсем о другом, верно? Маккарти передернул плечами.

— Да, о другом.

— По-настоящему все завязано в Южном Бостоне на «ЕЗ Трэйвел», «Донеголских волонтерах» и уничтожении мирного процесса. Так ведь, Билл?

Лицо Маккарти перекосилось. Он считал, что справедливость требует ответить на вопросы Джея о группе, занимавшейся сделками на основе инсайдерской информации, а сейчас ему стало не по себе.

— Да, — лаконично ответил он.

— С чего же все началось?

Маккарти нагнулся было и начал вставать с кресла, потом снова в него опустился. Черт подери, Джея Уэста нельзя выпускать живым из Байю-Лафурш.

— Пять лет назад «Маккарти и Ллойд» находилась в труднейшем финансовом положении, и я вместе с ней. Компания должна была остаться на плаву, и я дал указание нашему отделу оценки сделать заявку на приобретение компании во Флориде, которая, по моему мнению, могла нас спасти. Я считал, что акции компании должны вот-вот взмыть вверх, но я ошибся. Собственно, компания во Флориде вскоре после того, как мы вложили в нее деньги, пошла ко дну. Директора пытались привлечь других инвесторов, но не преуспели в этом, и компания рухнула, обанкротилась. — Маккарти поджал губы. — Ну а коль скоро эта флоридская компания рухнула, «Маккарти и Ллойд» тоже должна была рухнуть.

— И что же произошло? Как вы удержали компанию от банкротства?

— Команда директоров нашей компании отправилась на остров Сент-Крой для встречи с богатым инвестором, но он после однодневной презентации отказался от нашего предложения. — Маккарти мучительно глотнул. — После презентации директора компании сели на самолет и полетели назад в Соединенные Штаты. А через тридцать две минуты после взлета самолет взорвался, и все они погибли, — спокойно произнес Маккарти.

Джей догадался, зачем была заложена бомба.

— Директора наверняка были застрахованы на большие суммы.

Маккарти кивнул.

— Да, каждый из них был пожизненно застрахован на большую сумму. Общей суммы, полученной по страховкам, было достаточно, чтобы расплатиться со всеми кредиторами и выплатить солидные дивиденды акционерам «Маккарти и Ллойда». «М. и Л.» от этого не разбогатела, но мы оправились. — Он скривил губы. — Катастрофу расследовали, но это ничего не дало. Остатки самолета и тела упали в Атлантический океан в том месте, где большая глубина и сильные течения. К тому времени, когда туда прибыли те, кто расследовал катастрофу, ничего уже нельзя было найти.

— Мне бы в голову не пришло, что вы знаете людей, способных на такое.

— А я и не знал, — безапелляционным тоном заявил Маккарти, словно это было очень важно. — Это они нашли меня. Они взорвали самолет. Они убили Грэма Ллойда, потому что он никогда не согласился бы на подобное. Они купили пятьдесят процентов его акций у вдовы. Они все это сделали. — Он помолчал. — Ничто из всего этого не было задумано мной.

— А кто это «они»? — тихо спросил Джей, пораженный тем, как легко Маккарти отвел от себя всякую ответственность.

Маккарти посмотрел на воду. Он так любил эти места, однако теперь он долгое время не увидит их, — возможно, никогда.

— «Донеголские волонтеры», — наконец произнес он. — Это группа, отколовшаяся от временного крыла Ирландской республиканской армии. Скажем так: они не пожелали принять мирное соглашение, ратифицированное в прошлом году.

— Они взяли свое название от площади Донегол в центре Белфаста, столицы Северной Ирландии. — Прежде чем встретиться с Салли, Джей произвел в субботу некоторые изыскания в библиотеке.

— Совершенно верно, — сказал Маккарти. — Моя семья родом из Северной Ирландии, и многие мои родственники до сих пор живут там. Шесть лет назад один из них познакомил меня с человеком, который сказал, что мог бы помочь мне решить мои проблемы. Я не обратил на него большого внимания, когда мы впервые встретились, но по мере того как ситуация в компании «Маккарти и Ллойд» стала ухудшаться, я вынужден был прислушаться к нему. — Он покачал головой. — Порой я жалею, что мои глаза увидели его.

— «Донеголские волонтеры», должно быть, хорошо обеспечены, — произнес Джей, желая получить от Маккарти как можно больше ответов.

— Ничего подобного. В те времена у них были очень небольшие финансовые ресурсы. Да и все сообщество насчитывало менее сотни человек, — пояснил Маккарти. — Собственно, они были заинтересованы в том, чтобы стать моим партнером, исключительно из соображений обогащения. Они видели в Уолл-стрит возможность быстро набить мешок для ведения войны.

— Как же они могли приобрести пятьдесят процентов акций Грэма Ллойда, если у них не было фондов?

— «Маккарти и Ллойд» в то время почти ничего не стоила. «Донеголские волонтеры» тихонько наскребли три миллиона долларов. А жена Грэма Ллойда пришла в полный восторг, когда они предложили ей такую сумму. Вести войну, имея три миллиона долларов, невозможно, а вот перекупить дохлый инвестиционный банк можно. Теперь «М. и Л.» стоит около миллиарда долларов. И «Донеголские волонтеры» могут вести свою войну.

— Значит, вы наняли Оливера специально, чтобы он создал группу, устраивающую сделки, основанные на инсайдерской информации.

— Совершенно верно. Согласно указаниям «Донеголских волонтеров». Они видели в сделках, основанных на инсайдерской информации, способ дать старт компании, и им было наплевать, что это противозаконно. Если бы компанию поймали на подобных сделках, «Донеголские волонтеры» просто отступили бы в тень. И дело не в том, что они боялись совершить преступление против «белых воротничков». Черт побери, они же убили моего партнера и тех, кто летел на самолете «Гольфстрим»!

— Ну а что такое «ЕЗ Трэйвел» и бар в Южном Бостоне? Чем они занимаются?

Маккарти выпрямился в кресле.

— Когда «Маккарти и Ллойд» начала зарабатывать большие деньги, мои партнеры захотели вывозить наличные, чтобы финансировать свою войну, особенно когда мирное соглашение стало более реальным.

— Вы хотите сказать, что они захотели покупать оружие? — спросил Джей.

— Конечно, именно это я и хотел сказать, — отрезал Маккарти. — Мы владеем пятью предприятиями, в том числе несколькими станциями обслуживания и несколькими гастрономическими магазинами, все они напрямую получают наличные, которые мы переправляем сначала в Антигуа, а потом в Европу.

— А при чем тут туристическое агентство?

— «Донеголские волонтеры» отправляют людей по всему свету для закупки оружия. Людей этих международные правовые органы очень хотели бы прихватить. А туристические агентства могут легко отправить человека по всему свету, не выдавая его личности.

— Но почему переправлять деньги через бар в Южном Бостоне?

Маккарти взглянул на часы. Пора ему было выбираться из этой ситуации.

— Немало денег, вытекших из этой страны в Северную Ирландию для поддержания войны, направлялось через Бостон. И я говорю сейчас не только о «Донеголских волонтерах». За последние два десятилетия мы переправили сотни миллионов, может быть, даже больше. В Бостоне немало сочувствующих. Множество отколовшихся групп. Одной из них являются «Донеголские волонтеры». Пять лет назад это была группа в сотню человек, а сейчас их почти пять тысяч. Половина находится в Северной Ирландии, а вторая половина — в этой стране, многие в Бостоне. Это сила, с которой нельзя не считаться. Согласен, существование центра операции в Америке на втором этаже бара может показаться немного непродуманным, но он работает для них, как и для многих других групп. «Местечко Мэгги» далеко не единственное в своем роде.

— А вы думаете, Оливер знал, что на самом деле происходит в «Маккарте и Ллойде»? — спросил Джей.

— Нет. Он был слишком сфокусирован на себе, чтобы бросить хотя бы беглый взгляд вокруг. — Маккарти в последний раз затянулся сигарой, затем бросил окурок в воду. — Интересно было поговорить с вами, Джей, но я должен... — И умолк, увидев перед собой дуло револьвера.

Джей приобрел оружие за двести долларов у торговца в округе Джефферсон накануне днем, прежде чем поехать в Лафитт. Он несколько раз бывал в Новом Орлеане по делам и знал, что на парочке улиц в западном округе можно купить все, что угодно, лишь бы были деньги. Он крепко держал в руке револьвер.

— Билл, заложите руки за голову и медленно повернитесь.

Маккарти хмыкнул:

— Вы что, считаете, я спокойненько пойду с вами к властям, мальчик? Вот просто так?

— А у вас нет другого выбора.

— Кое-какой выбор у него остался. — На носу «Бостонского уэйлера» появился Картер Баллок, в руках у него был двенадцатикалибровый дробовик, который он нацелил на Джея. — Бросай свое оружие в воду, — приказал он.

Джей медлил.

— Разом! — рявкнул Баллок.

Револьвер шлепнулся в воду и быстро пошел ко дну.

Маккарти с улыбкой проследил за исчезновением револьвера. Даже при том, что Баллок держал на мушке Джея, он не чувствовал себя в полной безопасности. У парня могло быть что-то спрятано.

— Джей, познакомьтесь с Симусом Данном, известным также как Картер Баллок, — сказал он. — Симус является командиром «Донеголских волонтеров» в США. И моим партнером у «Маккарти и Ллойда».

Баллок поднялся на пристань и стал рядом с Маккарти.

— Привет, Джей. Приятного тебе утра, — иронически сказал он. — Давайте, ребята! — крикнул он.

Четверо мужчин в камуфляжной форме вышли из коттеджа с автоматами через плечо.

При виде солдат Джей почувствовал, как у него перехватило дыхание. Это не было любительской военизированной вылазкой. Он невольно оказался в центре профессиональной операции, и его надежда выбраться отсюда лопнула. Он посмотрел на Баллока.

— Что такое эта ферма в Виргинии? Кого вы планируете прикончить, Барсук?

Баллок осклабился.

— Британского премьер-министра, когда он будет сидеть завтра в Манхэттене перед муниципалитетом, — с гордостью ответил он. — В Северной Ирландии никогда не будет как прежде. Англичане и эти чертовы протестанты объявят нам войну. — Оскал его стал шире. — Но мы готовы.

— Вы выкачали уже немало денег из Соединенных Штатов, верно?

— Абсолютно, — подтвердил Баллок. — Достаточно, чтобы финансировать черт-те какую войну.

— И обеспечить мне очень уютную жизнь до конца моих дней, — напомнил Баллоку Маккарти.

— Угу, конечно, — сказал Баллок. Очень скоро Маккарти станет достоянием аллигаторов.

— Рано или поздно кто-нибудь догадается о том, какую роль играет во всем этом «Маккарти и Ллойд», и правительство США прикроет компанию, — заметил Джей.

— И произойдет это в любом случае довольно скоро, — нехотя произнес Маккарти. — Это всего лишь вопрос времени.

— Мы выкачали из этой компании столько денег, сколько смогли, — добавил Баллок. — В прошлом месяце мы обманули контролеров, сбрасывая денежки с ее капитала. «Маккарти и Ллойд» находится на грани краха. Мы хотели еще продлить операцию, но расследование ускорило план ликвидации компании, который уже был нами разработан. — И он кивнул солдатам, стоявшим у двери коттеджа.

«Не может быть», — подумал Джей, глядя, как солдаты направляются к пристани. За пять лет «Донеголские волонтеры» превратили свою трехмиллионную инвестицию в сотни миллионов долларов. Достаточно денег, чтобы вести

серьезную партизанскую войну в течение обозримого буду-
щего. Они легко могут разорвать в клочья хрупкий ирландский мир, на достижение которого ушли годы.

— Это вы убили Эбби Купер? — напрямик спросил он.
Баллок подошел к Джею.

— Да, я. Оливер рассказал Эбби про группу, занимавшуюся сделками на основе инсайдерской информации, во время одного из их кокаиновых междусобойчиков в «Плазе».
Он никогда не умел держать свой чертов рот закрытым и
всегда считал, что Эбби абсолютно лояльна ему. А я никогда
не был так наивен, как Оливер. Я не мог рисковать и не
верил в ее лояльность. Эбби могла все взорвать, если бы
обозлилась на него и пошла в правовые органы. Мы контро-
лировали О'Ши, но не людей, находящихся вне нашего кру-
га. Вот я и убил ее, а потом отправил Оливеру ее письмо об
отставке. — Он помолчал. — Кстати, я действительно пытался в тот день столкнуть Оливера с крыши. — И Баллок
улыбнулся. — То же можно сказать и о том, что произошло
на прошлой неделе в операционном зале. — И он ударил
Джея прикладом в живот.

Джей рухнул на доски пристани, схватившись за живот,
не в состоянии вздохнуть. Несмотря на острую боль, он услышал шум вертолетов, летевших над рукавом реки, чуть не
задевая верхушки деревьев, и — в соответствии с получен-
ными инструкциями — сумел скатиться в воду.

Накануне ночью его грубо разбудили в два часа в комнате мотеля — сначала он ничего не понимал, было только
ощущение хаоса. В маленькую комнату с пистолетами в руках ввалились несколько человек в синих куртках и таких же
бейсбольных кепи. Затем Джей узнал Кевина О'Ши и Салли
Лэйн, или, как пояснил О'Ши, Викторию Маршалл, старшего оперативного сотрудника совместной команды ФБР —
ЦРУ, работавшей в тесном контакте с британской разведкой. Женщина, которую он знал как Салли Лэйн, была не
только младшим помощником О'Ши в министерстве юстиции. Викки была высоко рангированным агентом, выпол-
нявшим даже более важную миссию.

Как выяснилось, Джей не перехитрил правительствен-
ные органы, хоть и считал, что это так. Поместье Оливера

прослушивалось; сотрудники слышали разговоры, которые происходили в кабинете, и поняли, куда направляется Джей. Как пояснила Викки, найти Джея в Лафитте оказалось нетрудно. Собственно, в город еще до прибытия Джея уже приехало несколько агентов ФБР. Они видели, как он арендовал катер, и временно вывели его из строя, пока Джей сидел в баре Пристани Генри, чтобы он не сглупил и не отправился ночью через залив.

А сейчас Джей старался проплыть под катером. Удар Баллока выбил из него дух, и он плыл, работая одной рукой, а другой держась за живот. Легкие его взывали о воздухе — он подтянулся под лодкой и, задыхаясь, выскочил с другой стороны катера на поверхность. В воздухе стоял гул от стрельбы из автоматов, крики и оглушительный грохот роторов вертолета над головой. Брызги фонтаном заливали лицо Джея, тем не менее он сумел глубоко вдохнуть воздух, снова нырнул и стал продвигаться вперед.

Пальцы его коснулись глинистого дна, и он снова выскочил на поверхность. Он оказался всего в нескольких футах от берега и стал пробираться вперед, медленно продвигаясь по тине в доходившей до пояса воде, отчаянно хватаясь за висевшие над водой сучья. Наконец он вылез на берег и шагнул было к густому лесу, но прямо перед ним возник Баллок с ружьем, из раны на его плече хлестала кровь.

— Не могу я оставить тебе жизнь! — воскликнул Баллок, перекрывая грохот и плеск взбудораженной воды. — Ты слишком много знаешь. — И, подняв ружье, нажал на курок.

Джей почувствовал жаркое дыхание у плеча, но боли не было. Он увидел, как Баллок рухнул на землю, извиваясь в агонии.

Викки Маршалл подскочила к Баллоку с девятимиллиметровой «береттой» в руке и дотронулась до его шеи. Пульса не было. Она выхватила у него ружье, швырнула его в воду и подбежала к Джею.

— Ты в порядке? — крикнула она.

С нее текла вода, так как она прыгнула в воду у берега с одного из армейских вертолетов.

Джей, еще не очень соображая, кивнул.

— Они что-то рассказали? — спросила она.

— Не закрывали рта.

— Отлично. — Викки протянула ему свое оружие, затем нагнулась, приподняла его рубашку и отодрала от груди крошечный приемник в водонепроницаемой пленке. — Отлично сработал.

Она схватила свою «беретту» и пошла по илистому берегу к коттеджу.

А Джей опустился на землю у большого дерева и проводил ее взглядом.

— Спасибо, — прошептал он.

ГЛАВА 28

Как только почетные гости расселись, он тщательно сверил их лица с выданными ему фотографиями, затем нацелил бинокль с пятьдесят четвертого этажа здания на площади Чейз-Манхэттен номер один. Перед муниципалитетом слева сидел мэр, а рядом с ним губернатор. Убийце сказали, что следующим должен появиться госсекретарь, а за ним — премьер-министр Великобритании в сопровождении президента Соединенных Штатов. Убийца несколько раз глубоко вдохнул и выдохнул, чтобы успокоить нервы. Он уже убивал людей, но никогда еще не убивал мировых лидеров.

Убийца крепче вжал в ухо электронное слушающее устройство, затем повернулся, взял ружье, обмотал кожаный ремень вокруг левой руки и прицелился сквозь крошечное отверстие в стекле, которое он вырезал две-три минуты тому назад. На дуле был укреплен мощный оптический прицел, который позволит убийце нацелиться на вторую пуговицу темно-синего в узкую полоску костюма премьер-министра. Премьер-министр будет находиться от него на расстоянии восьмисот ярдов. Однако убийца был уверен, что первая же пуля попадет ему в сердце. Он уже не раз совершал такое в Виргинии с более далеких расстояний.

Он был до такой степени погружен в свое задание, что так и не услышал, как вошли люди. Ружье вырвали у него из рук, а самого его бросили на пол, лицом к жесткому ковру пустого кабинета.

Викки Маршалл улыбнулась, глядя, как сотрудники ее команды ФБР — ЦРУ потащили несостоявшегося убийцу из комнаты. Меньше чем за четыре минуты ее команде удалось сломить Билла Маккарти и выяснить в точности, что должно произойти. На пленке магнитофона Джея было записано признание Баллока о том, что премьер-министр Великобритании является их целью. Но Викки и ее команде нужны были подробности, и Маккарти быстро снабдил их ими. Несчастный мерзавец не сумел вытерпеть боли.

Сэвой, стоя на подножке машины, дал отмашку четырем грузовикам, стоявшим позади него в тумане на мокром песке с включенными моторами. Оружие было выгружено, и суда уже возвращались в Северное море. Сэвой окинул взглядом скалы, высившиеся в этой глухой части побережья Ирландии, затем сел в кабину и захлопнул дверцу.

— Поехали, — буркнул он шоферу.

Мотор грузовика взревел, и цепочка машин стала взбираться по узкой гравиевой дороге с берега в горы. «Почти добрались», — подумал Сэвой.

Шофер первым увидел засаду — это была не полиция, а регулярные войска британской армии — и нажал на тормоза. Сэвой проследил за взглядом шофера. Там были сотни солдат, вооруженных автоматами. Он стиснул зубы и принял решение. Живым они его не возьмут.

Он открыл дверцу плечом и побежал. Его подсекли меньше чем в десяти футах от грузовика.

ЭПИЛОГ

Джей сидел на скамье в Центральном парке, наслаждаясь теплом послеполуденного солнца.

— Мне хотелось бы задать тебе несколько вопросов, Салли... то есть я хочу сказать: Викки. — И осклабился, давая ей понять, что ошибся намеренно.

Викки отхлебнула кока-колы.

— Я отвечу на то, на что смогу. Если данные засекречены, просто скажу: «Следующий вопрос». — Она пыталась держаться жестко, стараясь не думать о будущем.

— О'кей. — Джей кивнул. — Кевин О'Ши входит в вашу группу ФБР — ЦРУ? — Он понимал, что это один из тех вопросов, на которые она, по всей вероятности, не должна отвечать.

— Нет. Он действительно работает в команде генерального прокурора.

— Но вы же с ним работали вместе.

— Да.

— Ничего не понимаю.

Викки прикончила остатки кока-колы.

— Полгода назад британская разведка предупредила Центральное разведывательное управление, что нью-йоркская инвестиционная банкирская компания «Маккарти и Ллойд» фигурирует в нескольких сообщениях, перехваченных их сотрудниками национальной безопасности. Расспросили обычных информаторов, и выяснилось несколько интересных фактов насчет «М. и Л.», но недостаточно, чтобы мы могли предпринять какие-либо действия против компании, — пояснила она. — Тогда начальство решило провести тайную операцию и посадить кого-нибудь в компанию под большим прикрытием.

— То есть тебя.

— Меня, — подтвердила она. — Но конечно, нам нужна была твердая уверенность, что я действительно попаду в число сотрудников компании и буду иметь доступ к руководству. Мы удостоверились в том, что началось предварительное расследование сделок на основе инсайдерской информации, и попросили министерство юстиции устроить камуфляж. Информировали президента и приступили к работе.

— Но вы же не знали в точности, что надо искать.

— У нас было некоторое представление об этом, но весьма неполное. Очень недолго мы наблюдали со стороны, пытаясь понять, что происходит, но это ничего не дало. — Викки смотрела на Овечий луг, большое, засеянное травой пространство в парке, простиравшееся перед ними. — Ответственный сотрудник Белого дома встретился с Биллом Маккарти и дал ему понять, что министерство юстиции затеяло расследование сделок на основе инсайдерской информации, но можно договориться и прекратить это расследование без особого ущерба для дела. Маккарти быстро согласился.

— Еще бы нет, — рассмеявшись, сказал Джей.

Викки молчала, глядя на красивое лицо Джея.

— Я люблю смотреть, как ты смеешься.

Джей взял ее за руку. Последние три дня они провели вместе, наслаждаясь всем, что может предложить Нью-Йорк... и наслаждаясь друг другом. И хотя Джея это смущало, но он сильно влюбился в нее.

Она посмотрела вдаль.

— Ну а почти все остальное ты знаешь. Мы дали понять Маккарти и Оливеру, что Кевин О'Ши возглавляет расследование сделок на основе инсайдерской информации, по окончании которого тебя должны упечь в тюрьму. Оба они считали, что я работаю в минюсте. Они проглотили наживку вместе с крючком. Но ты все взорвал, опередив меня, — признала она.

— Ведь это ты взяла компьютерную дискету у меня в квартире. И это ты звонила заведующему финотделом «Белл кемикал».

— Да.

— Но он слышал твой голос, и я сомневаюсь, чтобы он счел тебя за мужчину, — заметил Джей. — Твой голос ведь никак не был похож на тот, который он услышал на моем автоответчике, когда перезвонил.

— А я и не оставляла ему сообщения, когда звонила из твоей квартиры. Я набрала его прямой телефон и просто держала трубку достаточно долго, чтобы телефонная компания могла установить номер, с которого я звоню, а угрозы были произнесены моим коллегой из ЦРУ, чей голос очень похож на твой. И свой звонок он сделал с телефона, который не позволяет узнать, кто звонил.

Джей усмехнулся. Они все продумали.

— Я полагаю, у вас действительно было что-то набрано на этого бедного заведующего финотделом «Белл кемикал». Теперь рассмеялась Викки:

— О да.

— И что же?

— Следующий вопрос.

— Да ну же, это не может быть засекречено, — заметил Джей.

— Я, право, не могу тебе это сказать, — твердо заявила она. — Все это было задумано нами, чтобы спектакль выглядел реально, чтобы Маккарти и Оливер поверили, что разговор о расследовании сделок на основе инсайдерской информации — это правда. И все сработало. Но как я уже сказала, ты все взорвал.

Джей горделиво улыбнулся:

— У меня получилось, верно?

— Да.

— Значит, на самом деле меня вовсе не собирались сажать в тюрьму?

— Нет. Мы бы на какое-то время спрятали тебя и объяснили большую часть того, что происходило. Но в тюрьму тебя не посадили бы. — Она попыталась на этом остановиться, но не смогла. Перегнулась и поцеловала его.

— А это можно? — спросил Джей. — При твоей работе в разведке.

— Все в порядке. — Она попыталась улыбнуться, но это было нелегко. Они так сблизились за эти последние несколько дней. — Какие у тебя еще есть вопросы?

— Я хочу знать про Баллока. Я немного покопал, когда меня интервьюировали для поступления на работу к «Маккарти и Ллойду», и выяснил, что Баллок вырос в Пенсильвании, в городе неподалеку от того, где рос я.

— Это его прикрытие. Некоторые группы террористов, с которыми нам приходится иметь дело, отлично умеют этим заниматься. — Она протянула руку и погладила его по затылку.

— Баллок убил Грэма Ллойда. — Джей поймал ее руку и поцеловал пальцы.

— Да. Он убил Ллойда недалеко от Нового Орлеана в девяносто четвертом году и бросил труп аллигаторам вблизи коттеджа Маккарти. — Ощущение его губ на пальцах взволновало ее. — Затем он вывел яхту Ллойда в море и бросил ее там. Один из его людей подобрал Баллока. А береговая охрана нашла яхту после прошедшей бури. — Викки отобрала у

Джея свою руку. Она не в состоянии была спокойно относиться к его ласкам. — Ты очень мужественно вел себя в коттедже Маккарти, — тихо произнесла она. — Тебе не обязательно было иметь при себе подслушивающее устройство.

— Мне казалось это единственным, что следовало сделать. Ты же говорила, что речь идет о человеческой жизни.

— О жизни многих людей, — сказала она.

— Надеюсь, это помогло.

— Твои действия очень даже помогли. Сегодня утром я разговаривала с моим начальством и...

— Полагаю, это произошло, когда ты вышла на улицу, чтобы выпить кофе. — Последние три ночи они провели в отеле «Четыре времени года». — Хотя нам вполне могли принести его в номер.

— Да, — сказала она, застенчиво улыбнувшись. — Так или иначе британская разведка уже арестовала руководителей «Донеголских волонтеров» и перекрыла линию снабжения их оружием. Вчера перехватили оружие, поступившее в уединенное место на побережье Северной Ирландии, и арестовали человека по имени Виктор Сэвой. А мы годы пытались поймать его.

— Здорово. — Этот вопрос он придерживал на конец. — А вы с Оливером никогда... — И умолк.

— Никогда — что?

— Ну, ты знаешь.

— Да как ты мог такое подумать? — сказала она.

— Горничная в «Плазе» узнала тебя в женщине, которая была там с ним. Я показал ей фотографию, где мы втроем сняты на яхте.

— Я действительно встречалась с ним однажды вечером, — пояснила Викки. — Но просто затем, чтобы оговорить подробности моей новой работы в «М. и Л.». — Она придвинулась к Джею, обхватила его руками и снова поцеловала. — Клянусь.

— Ты ведь спасла мне жизнь, — сказал Джей, крепко прижимая ее к себе. — Баллок мог бы меня убить.

— Я никогда не допустила бы, чтобы что-то случилось с тобой, — прошептала она.

— Почему-то я в этом ни секунды не сомневаюсь.

— И не должен.

Он поцеловал ее в нежную щеку.

— А что будет теперь?

Она знала, что рано или поздно он задаст этот вопрос, но все еще была не готова на него ответить.

— Мы вернем к жизни настоящую Салли Лэйн, — хрипло произнесла она.

— Что-о? — Джей с любопытством уставился на нее.

— Она была на полгода отправлена в Аргентину, пока мы использовали ее имя для прикрытия.

— В самом деле?

Викки кивнула.

— А почему вы воспользовались ее именем? — спросил Джей.

Викки понимала, что надо сказать: «Следующий вопрос», но Джей заслуживал ответа.

— Отец Салли имел флотилию рыболовецких судов.

— Правильно. Это был их семейный бизнес.

— Это тоже была подстава. Сам по себе бизнес был вполне законный, но его суда иногда использовались разведкой Соединенных Штатов.

Джей кивнул. Значит, правду говорила пожилая женщина на берегу в Глостере.

— Джо Лэйн был большим патриотом, как и Салли, — пояснила Викки. — Мы спросили полгода назад, можно ли использовать ее имя для прикрытия, так как мы с ней очень похожи. Она сразу согласилась.

— Ты уклонилась от ответа на мой вопрос, — заметил Джей. — Я-то ведь спрашивал, что теперь будет с нами?

Викки прижала палец к его губам.

— Схожу-ка я за бутылочкой кока-колы. И сразу вернусь.

— Еще за одной бутылочкой? Да тебя разорвет, если ты не перестанешь пить.

Она снова поцеловала его, потом взяла его руки и поцеловала их тоже.

— Я правда люблю тебя, Джей Уэст. — С минуту она смотрела ему в глаза. — Я скоро.

— Поторопись.

Он растянулся на скамье. Солнце приятно пригревало, а он был измучен. Вечером они собирались поужинать и посмотреть шоу на Бродвее. А завтра они поедут к Хэмптонам и проведут день на пляже. Вот если бы жизнь могла так продолжаться вечно.

Солнце опустилось за здание на западе от Центрального парка, когда Джей наконец проснулся. Он протер глаза и посмотрел на часы. Почти восемь вечера. Они опоздают на шоу. Еще не вполне проснувшись, он, пошатываясь, поднялся со скамьи и огляделся — Викки нигде не было видно. Несколько минут он смотрел в пустоту, потом медленно опустился на скамью, все поняв. Она не собиралась возвращаться.

Джей посмотрел на свои руки. Она поцеловала их на прощание.

Он тяжело перевел дух и посмотрел вверх на последние лучи солнца, севшего за зданиями Центрального парка. В глубине души он всегда считал, что она от него уйдет, только не знал, когда это случится.

По вопросам оптовой покупки книг
издательства АСТ обращаться по адресу:
Звездный бульвар, дом 21, 7-й этаж
Тел. 215-43-38, 215-01-01, 215-55-13

Книги издательства АСТ можно заказать по адресу:
107140, Москва, а/я 140, АСТ – "Книги по почте"

Литературно-художественное издание

Фрей Стивен
Инсайдер

Ответственная за выпуск Л.А. Кузнецова
Редактор Р.И. Пухова
Художественный редактор О.Н. Адаскина
Компьютерный дизайн: Ж.А. Якушева
Компьютерная верстка: Е.В. Аксенова
Технический редактор Т.В. Сафаришвили
Младший редактор Е.А. Лазарева

Общероссийский классификатор продукции
ОК-005-93, том 2; 953000 — книги, брошюры

Санитарно-эпидемиологическое заключение
№ 77.99.02.953.Д.000577.02.04 от 03.02.2004 г.

ООО «Издательство АСТ»
667000, Республика Тыва, г. Кызыл, ул. Кочетова, д. 28
Наши электронные адреса:
WWW.AST.RU E-mail: astpub@aha.ru

ООО «Транзиткнига»
143900, Московская область,
г. Балашиха, шоссе Энтузиастов, д. 7/1

Отпечатано с готовых диапозитивов
в ОАО «Рыбинский Дом печати»
152901, г. Рыбинск, ул. Чкалова, 8.